長編戦記シミュレーション・ノベル

中国軍壊滅大作戦

◆

高貫布士

コスミック文庫

この作品は二〇一四年七月に学研パブリッシング
より刊行された『中国完全包囲作戦』を改筆・改稿
したものに、新たな書下ろしを加えたものです。
なお本書はフィクションであり、登場する人物、
団体等は、現実の個人、団体、国家等とは一切関
係のないことを明記します。

目　次

軍事関係標記一覧

ＡＡＭ：空対空ミサイル
ＡＢ：空軍基地
ＡＢＭ：弾道弾邀撃ミサイル
ＡＥＷ：早期警戒機
ＡＧＭ：空対地ミサイル
ＡＨ64：攻撃型ヘリコプター
ＡＩＰ：非大気依存型機関
ＡＰＣ：装甲兵車
ＡＳＭ：空対地ミサイル
ＡＴＭ：対戦車ミサイル
ＡＷＡＣＳ：早期警戒管制機
Ａ47Ｃ：無人攻撃機
ＢＡＴ：ブリリアント対装甲子爆弾
ＢＧＭ71：対戦車ミサイル
ＢＭＤ：対弾道弾防衛構想
ＣＡＰ：戦闘空中哨戒
ＤＤＧ：ミサイル搭載護衛艦
ＤＤＨ：ヘリコプター搭載護衛艦
ＤＩＡ：米国防情報局
ＥＣＭ：電子妨害装置
ＥＲＡ：爆発反応装甲
ＥＶ22Ｂ：オスプレイ
ＦＣＳ：火器管制装置
ＦＰＳ：ロシア連邦国境警備局
ＦＳ：戦闘飛行隊
ＦＳＢ：ロシア連邦保安局
Ｆ15Ｋ：韓国戦闘攻撃機
Ｆ16Ａ/Ｂ：米国戦闘攻撃機
Ｆ35：米国ステルス戦闘攻撃機
ＨＥＡＴ：成形炸薬弾
ＩＣＢＭ：大陸間弾道弾
ＩＦＦ：敵味方識別装置
ＩＦＶ：装甲戦闘車
ＩＲ：赤外線画像追尾
ＬＣＡＣ：エアクッション型揚陸艇
ＬＨＡ：強襲揚陸艦
ＭＬＲＳ：多連装ロケットシステム
ＭＶＤ：ロシア内務省治安部隊
ＮＳＣ：米国家安全保障会議
Ｐ３Ｃ：対潜哨戒機
ＲＭＡ：軍事技術革命
ＳＡＭ：地対空ミサイル
ＳＨ60Ｋ：哨戒ヘリコプター
ＳＬＢＭ：潜水艦発射弾道弾
ＳＳＭ：艦対艦ミサイル
ＴＨＡＡＤ：弾道弾迎撃ミサイル
ＵＡＶ：無人偵察機
ＵＧＶ：無人地上走行体
ＵＳＭ：潜水艦発射対艦ミサイル
ＶＡＤＳ：対空機関砲

中国軍壊滅大作戦

プロローグ

ソ連崩壊後、外部流出した機密資料によれば、かつてソ連はブレジネフ書記長時代に、ただ一度だけ本気で中国への核攻撃を準備したことがあった。

一九六九年の春に起こった、アムール川（中国名・黒竜江）の支流ウスリー川の中洲ダマンスキー島（珍宝島）の未設定であった双方の国境線と土地の領有を巡る、中ソの軍事衝突事件のときである。

じつはその前に一九五〇年代後半のニキータ・フルシチョフ首相時代に新疆《しんきょう》ウイグル自治区で、双方の国境線を巡る緊張状態があった。

これはフルシチョフ首相による、有名なスターリン批判がおこなわれた直後の時期でもあり、これ以降の中国共産党は、毛沢東《もうたくとう》主席自ら党内の親ソ派勢力を切り捨てる一方で、ソ連を［修正主義者］と非難した。

これに激怒したフルシチョフ首相は、対中国経済支援の打ち切りを発表して、双方が非難の応酬を激化させ、両国間に極度の緊張が生じていたのである。

その直後に、世界の注目はカリブ海の小国キューバを巡る米ソ危機に焦点が移り、強硬策から一転融和策に転じたフルシチョフ首相が、最高幹部会で非難を受けて失脚、しばしソ連の権力の座に空白が生じた。

そしてフルシチョフに替わって台頭した権力者は、より粗暴で力に飢えていた。党内で自分の政治基盤を盤石にして、さらに対峙する米国に軍事力を誇示するには、隣国との国境紛争で勝利を収めるのが一番だ。

このときの権力者レオニード・イリイチ・ブレジネフソ連共産党書記長は中国を敵とすることに決めた。

彼は前任者が不可能であると断念した〝軍事による問題解決〟が、可能だと信じ込んだのだ。

ただし中ソ国境付近で赤軍部隊を不用意に動かすと、冷戦相手国の米国を刺激して、極東方面の米軍側に臨戦態勢を取らせる心配があった。

そこで国境紛争は、従来の正規軍に代わり、KGB所属の国境警備隊を当てることが、密かにクレムリン内部の最高幹部会の席上で決定された。

KGB傘下の国境警備隊ならば、仮に紛争が拡大しても「我が国は正規軍を投入してはいないから、本格的な紛争拡大の意図はない」と、国際社会や米国に対して、一応の言い抜けができる。

ただKGB所属の国境警備隊と表向き称してはいても、赤軍と異なるのは制服に付けられた記章や肩章の色だけであり、将兵の階級呼称や個人装備だけでなく、訓練も同等だった。

特に一般装備や車両に関しては、赤軍の自動車化狙撃兵連隊と比較しても、大差がなく、場合によっては二線級の部隊よりも、新型装備の充足率などは高かった。

また隊員の思想教育は、ＫＧＢ職員として徹底されており、待遇や給与面でも赤軍に比べて格段にいい。

その意味から言えば、同じ国境警備任務に就いている部隊は、中国側の基幹民兵主体の紅軍辺防団（辺境防衛兵団）とでは、個々の将兵の持つ装備や武装の水準に、大きな隔たりがある。

この時代の民兵には、重装備の国境警備隊と対峙するには、文字どおり朝鮮戦争以来の「人海戦術」で対抗する以外に、効果的な侵攻阻止戦術は考えられなかった。

実際、ソ連を「修正主義者」と非難しはじめたころから、毛沢東と周恩来《しゅうおんらい》首相、それに林彪《りんぴょう》副主席が顔を交えた席で、何度も「中ソ紛争」の可能性が話し合われた。

このとき、ソ連赤軍は長射程の核弾頭付き弾道弾を多数保有しており、戦端を開けば、確実に北京や南京、さらには上海などの主要都市に核攻撃がおこなわれる、と林彪は考えていた。

国防人民委員でもある林彪は、その可能性と、核攻撃の際に被る甚大《こうむ》な被害の恐れを口にした。

しかし毛沢東は、こうした林彪の報告にも、まったく動揺した様子も見せず、景徳鎮《けいとくちん》製の蛍茶碗に入った龍井茶《ロンジン》を一息に飲み干すと、平然と言い切った。

「ブレジネフらの修正主義者が、いくらでも我々の都市を核爆弾で焼き払うがいい。でも我々は、国内の奥に引き籠もって、なおも戦い続ける。赤軍は我々を追い奥深く誘い込まれ、我が人民軍は、敵軍を包囲殲滅《せんめつ》するであろう。戦いは山岳地でも、森林地帯でも、砂漠でも、さらに高地でも続き、我々は決して銃を置くことはなく断固闘う。敵の最後の一兵を倒すまで、続くであろう」

主席はそう言い終えると、視線をかたわらに控える葉剣英《ようけんえい》に向けた。

毛沢東の指示で、最近軍需科学部門の責任者に任命された葉大将は立ち上がると、次のように報告した。

「国防人民委員、我々にはソ連のように長射程火箙《ロケット》を製造する技術力はありませんが、我が国の留学生がソ連で入手した各種研究資料を基にして、最近極秘に完成した核分裂爆弾（原爆）の研究試作品がございます。主席の指示でそれを急遽改造して、地中埋設型の核地雷を完成させました」

するとは毛は、微笑んで言った。

「我々には火箙はないが、地雷ならある」

ロッキード社がCIAの依頼で極秘に開発した高高度偵察専用の有人偵察機U2が、日本海方面から中ソ国境付近に侵入した。

今回の任務は、米軍の偵察衛星が偶然捕らえた、核爆発を暗示させる閃光の正体を、調査することにあった。

偵察飛行を終えて、無事に神奈川県の在日米軍厚木基地に帰還したU2から回収された高高度写真機と高解像度フィルムは、すぐに航空情報中隊に回され、同時に取り外された集塵《しゅうじん》フィルターもともに精密分析に回された。

その分析結果と報告は、複雑な乱数暗号文に組まれて、国防総省へ太平洋横断海底ケーブルを使って送られた。

その報告は、翌朝、大統領執務室のリチャード・ニクソンの元へ、CIAが作成した極秘情報ファイルとともに届けられていた。

午前中のNSC（国家安全保障会議）を前にして、これに目を通していたニクソンは、内線でキッシンジャー国務長官を呼んだ。

「ヘンリー、この写真に関してどう思う」

このポーランド系ユダヤ教徒の国務長官は、大統領が指差した機密情報ファイルのページをゆっくりと捲りながら答えた。

「この写真を見る限り、毛《マオ》は、ある種の答えを、ブレジネフ本人に突きつけたのだと思いますね」

その写真に添付されたキャプションを読むと、撮影場所はウスリー川流域の中ソ国境付近となっていた。

常識的にみれば、この時期の沿海州は、季節的にはまだ極寒の時期であった。

本来ならば、この大河アムールの支流は、川面も硬く氷結し、両岸や中洲の小島を含む周囲の風景は、氷と粉雪に覆われて、ほぼ白一色の風景のはずだ。

しかし写真には、雪は綺麗に消え去り、中洲の島はモノトーン写真でもよく判るように、一面が黒く焼け焦げていた。

一瞬、キッシンジャーは、以前、見たことのある核兵器の実験場で、航空撮影された核実験直後の写真を思い出した。

「ソ連側が、中国軍が占領した島へ戦術核ミサイルを撃ち込んだのですか？」

「違う。大気上層部に舞い上がった浮遊微粒子の分析によれば、土壌物質の成分が、大量に含まれていたようだ。

核弾頭付きミサイル攻撃では、これほど大量の土砂は巻き上げられない。

研究者の結論では、核弾頭を土中に埋め込んで、有線操作で起爆させたらしい。

たぶん自前の国産ロケットを持たない毛は、あらかじめこの中洲の島に穴を掘り、核爆弾を埋めておいたのだろう」

「そしてKGBの国境警備隊が、この島を守る民兵の守備隊を皆殺しにして、占領した途端に、対岸の安全地帯に潜む政治委員が、爆破スイッチを押したわけですな。多分ブレジネフには、猛烈な警告になったでしょう」

キッシンジャーは、冷たく言い放った。

ここで何人ロシア兵や中国兵が蒸発しようとも、ブレジネフや毛沢東は、なんの痛痒《つうよう》も感じていないだろう。

この共産主義者たちは、ポーランドで自分の両親の親類縁者をガス室送りにしたナチス同様、他人の死にはまったく痛みや良心の呵責《かしゃく》を感じないのだ。

しかし戦略的に考えれば、この警告は、モスクワに対して充分以上の警告となったはずだ。

「大統領、ソ連は中国領内に足を踏み入れても、これでは足下に核地雷が埋められている心配から、迂闊《うかつ》に行動がとれませんね」

国務長官の言葉に、ニクソンは深く頷いてから、こう言葉を続けた。

「ただブレジネフは、中国攻撃の選択肢を断念したわけではない。奴らは別のチャンネルで、中国に核攻撃を加えたいのだが、我が国に異存はないかと、再度打診してきた。

これに関して国防長官は、中ソともに争えば、当然、北ベトナムへの援助も弱まるので、賛成しているのだが、国務省の意見は？」

このとき、キッシンジャーは慎重に言葉を選びながら、大統領の質問に答えていた。

まさにこの回答の瞬間から、ニクソンと毛沢東による米中共同宣言への歴史的な大転換の道筋が、はじまったからである。

キッシンジャーの脳裏にあったのは、ベトナム戦争の幕引きをした〝負け犬〟のイメージからの〝完全なる脱却〟であった。

ダラスで暗殺されたケネディの後任として、副大統領から昇格したジョンソンは、結果的にベトナムで勝利を得るどころか、単に戦局を泥沼化させて、国内に厭戦《えんせん》気分を招いて、祖国に［敗北］のイメージを与えた大統領として大統領府《ホワイトハウス》を去る羽目になった。

この民主党のリンデン・ジョンソンに替わって、新たに大統領府の主となったのは、国民に〝ベトナム戦争の終結〟を確約して当選した、共和党のリチャード・ニクソンであった。

つまり国民や連邦議会は、このニクソンに〝敗戦処理投手〟としての役割しか、期待していなかった。

ただ、もしここでニクソンが米中共同宣言と国交回復という、外交上の大成果をあげて見せれば、その評価は一挙に上昇するのは、間違いなかった。

つまり米国の外交史上に残る名大統領を、演出してみせるアイディアであった。

この際、唯一気がかりな問題は、連邦議会内に支持勢力が残る国民党総統・蔣介石《しょうかいせき》の遺産である。

国民党と彼の息子・蔣経国《けいこく》が統治する中華民国（台湾）を、中国との国交回復後、どのように扱うのか。また台湾だけでなく、連邦議会内の台湾支持派を納得させる必要もある。

これにはキッシンジャー本人も、相当な苦労を覚悟していた。

だが朝鮮戦争以降、米国と敵対していた中国を味方に引き込むことに成功すれば、これまた極東の勢力図を、根底から大きく書き換える大転換のチャンスでもある。

さらにパリ和平会談で、和平交渉の早期妥結を渋る北ベトナム政府側に無言の圧力をかける意味でも、米中共同宣言と国交回復は、文字どおりの〝外圧〟になるであろう。

ニクソンと毛沢東が、北京の人民大会堂で、世界のメディアの注目を浴びつつ、固い握手をすれば、その衝撃は世界を驚かす。

病床にあるホー・チ・ミン主席と、その後継者たちは、背後に控える同盟国の変節に、文字どおりの焦《あせ》りを覚えるに違いない。

パリ和平会談の米国側総責任者として、国務長官のキッシンジャーには、それなりの強《した》かな計算があった。

「そのための根回しには、私が直接中国に出向きましょう。ちょうど、印パ問題で、数カ月先にパキスタン政府の首相と、現地で会談する予定があります。

カラチから、隣国の中国まで足を延ばせば、ソ連を含む欧米諸国の情報機関、さらにメディア連中に、極秘の訪問情報が漏れる心配はありません」

そう言いつつも、キッシンジャーは一呼吸置いて、ニクソンに尋ねた。

「面会を申し込む以上は、手ぶらでと、いうわけにはまいりません。それなりの手土産がないと、向こう側は、こちらを迎え入れてはくれません」

するとニクソンはしばしの沈黙後に、ブレジネフへの回答の件を口にした。

「ブレジネフの打診には、非公式な形で、中国への全面攻撃は、合衆国政府として容認できないと、伝えておこう。

我が国は、第三次世界大戦に加担する気は、皆無である、と、な。国務長官、これならどうだ」

キッシンジャーの口元には、笑みが浮かんだ。

「我が国の承認が得られない以上は、いくら最高幹部会議で書記長が力説しても、政治局員の過半数は、賛成票を保留するでしょう。その情報を、ワシントン・ポスト紙あたりにリークさせましょう。賢明な周恩来首相なら、この情報をそれとなく毛沢東の耳に囁《ささや》いてくれるはずです」

キッシンジャーの読みどおりなら、国務長官のパキスタン訪問がすでに発表になっている以上、中国側から、パキスタン外務省を経由して、なんらかの接触がパキスタンの米国大使館にあるはずだ。

パキスタン・イスラム共和国は、インド連邦共和国とカシミールの領有問題で軍事対立しているから、同様に国境を接する中国から、表面化しないように、さまざまな軍事援助を受けている。

中国政府は、チベット問題で軍事衝突まで起こしたインドを牽制する必要上、ライバルのパキスタンを、有効な手駒として利用していた。

だから中米間の仲介役には、好都合だった。

このようにして翌一九七〇年、世界中を驚かせた、突然のニクソン訪中と米中共同宣言、それに続く米中平和協定の締結は、一九六九年に勃発《ぼっぱつ》した中ソ国境紛争・別名「珍宝島事件（ロシア名・サマンスキー島事件）」を抜きには語れなかった。

第一章　日ロ経済協定

1

日本のメディアの間では、特定の建造物を、地名で表現することがおこなわれている。たとえば政治の中心地は国会議事堂と首相官邸、それに与党本部がある所在地名の〝永田町〟で、一括りに表現される。

これが野党の場合だと、共産党本部のある〝代々木〟は、学生の左翼政治運動の盛んな時代だと、一方の旗頭である共産党系の政治団体を一括りに〝代々木系〟と呼んでいた。一方、宗教系保守政党の公明党は、本部所在地の場所から、政界では〝信濃町〟と呼ばれる。

鉄の組織力を誇り、国会で対立することも多い水と油のような両党だが、お互いの所在地を地図上で確認すると、JRの駅にして〝代々木〟と〝信濃町〟は、わずか二駅しか離れていない。

政界での立ち位置と政党の主義主張が、悉《ことごと》く食い違う政党が、隣り合う場所に本拠地を構えているのは、皮肉としか言いようがない。

その一方で、政界とは対立しつつも、相互利用する関係にあるのが、中央官庁の合同庁舎が密集する場所を指す〝霞ヶ関〟である。

この霞ヶ関の官僚らにとって、永田町、代々木、信濃町は、自らが策定した法案や計画を実現させるために時に手を結び、時には利用するための場所に過ぎない。

その霞ヶ関で、ある北方の大国との領土交渉を巡って、官衙《かんが》（官庁）同士の猛烈な駆け引きがおこなわれていた。

その日の昼、大臣官房付の若手官僚二人が、霞ヶ関のうなぎ屋の座敷で鰻重を注文して、その間に情報交換をしていた。

「この数日間、うちの鉄道局の局長とおたくの貿易経済協力局の局長が、頻繁《ひんぱん》に会っていないか」

国交省出身の若手が、経産省の若手に聞いた。

この二人は大学時代、同じ政治学のゼミに所属していた気安さもあって、しばしば昼飯を取りながら情報交換をしている。

「資源局の話なら、俺の上司も噂は聞いている。外務省のロシア欧州局の親ロ派《ロシアン・スクール》の筋から、事務次官を通じて話がきたらしい」

「その外務筋てぇ、なんだ！」

経産省の朽木《くちき》が人気《ひとけ》を察して、口を噤《つぐ》んだ。そのとき、襖が開いて仲居が注文した鰻重を載せた盆を持って現れた。

「ご注文の鰻重の竹セット、お二つですね」

鰻重と漬け物、そして肝吸《きもす》いの椀が二人の前に置かれる。

「どうぞごゆっくり」

仲居が退室すると、国交省の斑目《まだらめ》が蓋を開けて匂いをかいだ。

「いい匂いだ。予算策定準備で忙しくなるから、これを食って精をつけねば」

斑目が鰻の蒲焼きに箸を入れて言う。

「白子《しらす》鰻の不漁は深刻だな。老舗《しにせ》で松を頼んでも身の薄さに、驚かされる」

「環境省の八瀬が言うには、この調子であと数年、東アジア地域での白子の不漁が続けば、レッドデータ・ブック入りは確実だと。来年はこの店でも、マダガスカル産やインドネシア産の鰻を出すしかなくなるね。

そのうち、日本人が食いつくすさ」

蒲焼きに山椒を振りながら斑目が言う。

「農水省の板垣の話では、日本産鰻の完全養殖が実現するまで、あと五年ほどかかるらしい」

「黒マグロ、チョウザメ。アワビにフグ、資源減少が世界に冠たる日本の栽培漁業を大いに発展させる。

完全養殖で量産白子の生産が軌道に乗るまで、美味《うま》く安い鰻は、庶民の口には入りません。農水省は研究費に予算を付けるべきだな」

そう言いながら朽木は、猛烈な勢いで蒲焼きを平らげていく。

「ああ美味い。それも斑目の奢りだと思うと、よけい美味く感じる」

まだ鰻重を食べ終わらない斑目を横目で見ながら、朽木は楽しそうに黒文字《くろもじ》を使っている。

「俺はじっくり味わいながら賞味するのだ」

斑目はそう言うと朽木の方を見て続けた。

「なんで俺の奢りだと決めつけるんだ」

「どうせ、この代金は大臣官房の参事官の手元で精算されるのだろう。鰻好きの俺を老舗に誘ったときから、情報収集の意図は見え見えだよ」

途端に斑目の表情が変わった。

「外務省からの依頼で貿易経済協力局長がなぜ、鉄道局に接触しているのか？　その裏が知りたいのだ」

すると朽木がおもむろに話しはじめた。

「数年目、アルジェリアで日揮が関わった天然ガスプラントが、イスラム過激派の襲撃を受けて、大勢の日本人技術者が殺害された事件があったのを覚えているか……」

「日本じゃ現地入りした技術畑の副社長までもが犠牲になった事件だったな。これで日揮が海外化学プラント設計の専門企業だと、一遍に国内で有名になったからねぇ」

斑目が当時を思い出して相槌《あいづち》を打った。

「あの一件以来、省内に次官通達が出て、日本企業が海外に技術輸出する際に、該当国のカントリーリスクの調査に万全を期すことになった。言わば現地情報は現地職員任せで、自ら情報収集をしない無駄飯食いの外交官が大勢巣くう、外務省の嘘情報を信じるなと……上からのお達しで、以後は我々も現地調査に出張する事例が増えた」

さらに朽木が奇妙なことを口にした。

「先日、ウチの課長が、商社の重役と新宿に出かけたとき、奇妙な話を聞き込んだ。あのアルジェリア事件の際に、即座に対応したのが、英仏伊の三国の政府で、救出の特殊部隊を送り込む寸前だったそうだ。

それをアルジェリア軍が強硬策に出て、人質もろとも犯人を殲滅したらしい」

「そりゃあアラブの春で、軍部の力が弱まり、EU諸国に介入されることを恐れた軍部が一気に突入したというわけでは……？　違うの？」

朽木は斑目の耳元に口を寄せて囁く。

「ロシアとEUの間で板挟みになったアルジェリア政府が、軍に命じて一気に叩き潰したんだ。これはCIA筋の情報だ」

朽木の解説によれば、ロシア政府は、隣接するウクライナとベラルーシとの通商交渉が決裂した際に、あえて天然ガスと原油の輸送パイプを閉じて、意図的に供給量を減らす強硬策に出た。

このとき、一緒に影響を受けたのは、パイプラインの末端に位置する東欧と西欧諸国であった。必要量が供給されないこともあって、ロシア産の天然ガスや原油に頼るEU諸国が、予期せぬエネルギー危機に晒された。

それ以後、ロシア側に自分たちの喉頸《のどくび》を握られているとの認識から、EU諸国は周辺地域に、ロシアに替わるエネルギーの供給先を求めるようになった。

EU諸国がロシア産に替わる天然ガスの供給地として目をつけたのが、地中海を挟んで対岸にある北アフリカ沿岸部のアラブ諸国であった。

マグレブ諸国と呼ばれる地域であり、一番東端のインド洋沿岸のエジプトから西端の大西洋岸のモロッコまで、アフリカ北部沿岸の広大な地域を指す。

このマグレブ諸国だが、一九世紀には、英仏伊三国の植民地や保護国になっていたこともあり、その地形や資源状況にはEU側も精通している。

しかもこの地域の内陸部には、埋蔵量が豊富な油田やガス田が点在していることが、以前から知られていた。

これらは輸出に適した沿岸部から、遠く離れている点や、民族主義を標榜《ひょうぼう》する独裁者の長期政権が続いていること、部族レベルでの内乱などさまざまな事が影響して、本格的な開発が遅れていた。

しかしEU側がロシアに依存するよりは、エネルギー供給を多方面に頼る政策に変更して以降は、マグレブ諸国への投資が急増した。

日揮が建設と運営に関わる、アルジェリアの天然ガスプラントが本格始動したのは、偶然にもこの時期に重なっていた。

その時期にEUが持ち込んだ計画は、タンカーや天然ガス輸送船に頼らない画期的な方式で、マグレブ諸国の沿岸部からEU側へ海底パイプラインを設置し、そのまま地中海を横断して、EU側の受け入れ先であるイタリア半島のパイプラインに直接繋ごうという野心的なアイディアだった。

この場合、アルジェリアやリビア産の天然ガスや原油は、まず地理的にイタリア半島に一番近いチュニジアの輸送センターにパイプラインで送られ、そこから中間に位置する島国マルタへ送り、そこからマルタ海峡を横断してシチリアに上陸し、EU側のパイプライン網へと接続する計画であった。

この計画が実現すれば、マグレブ諸国は完全にEUと一心同体となり、EU経済圏に取り込まれる。

「まてよ。マグレブ諸国の多くは、首相や大統領が独裁制を布《し》く長期政権が大半だが、パイプラインで繋がると、ＥＵ経済はロシア以上に気まぐれな独裁政権に翻弄されることになる。……いや、まてよ。これが『アラブの春』で、マグレブ諸国の独裁政権が次々に崩壊した原因ではないのか」

斑目が驚きのあまり、目を白黒させるのを面白そうに見ていた朽木は、ここでやっと口を開いた。

「やっと気づいたな。我々経産省とは違い、国交省は今まで、国内しか目が向いていなかったから、それはしょうがない。早い話『アラブの春』は、全部英仏の仕業だよ」

朽木の説明によれば、シナリオを書いたのは英国で、煽動《せんどう》工作員を訓練し、潜入させたのは、国内にマグレブ諸国からの移民が多い仏伊の二カ国であった。

狙いは利権絡みの独裁政権を倒して、複数政党からなる民主政権を国内に樹立させて、マグレブ地域の安定化を図る。

するとす斑目が疑問を口にした。

「それがどうして、モロッコやエジプトに及んだんだい」

「それにはドイツが一枚嚙んでいるからだ。

斑目先生は、ドイツが日本を抜いて太陽電池の生産量世界一になったニュースを、最近聞いているな。

おまけに福島の原発事故後に、メルケル首相はじきじきに国内の原発廃止を決めた」

朽木によれば、ドイツは太陽光や風力発電が盛んな一方で、不足する電気を、周辺国から精力的に購入している。

今は、原発あと追いのフランスなどから購入しているだけだが、ドイツはさらに広域からの電力購入を計画した。

ドイツ政府があらかじめ目をつけていたのは、国土の大半が砂漠のエジプトやモロッコであった。特にモロッコの場合、サハラ砂漠の北端に位置する関係上、砂漠地帯に太陽光電池パネルを設置して、多くの発電が期待できる上に、砂漠を吹き渡る風は、風力発電にとって恰好の条件を備えている。

しかも人が住まない砂漠では、いくら太陽光パネルを設置し、風車を建設しても、なんの環境問題も起きない。

こうしてモロッコで発電された電力は、海底ケーブルでジブラルタル海峡を渡り、スペイン本土に上陸し、ＥＵ全域に広がる送電網でスペイン国内の需要を満たした上で、余剰分はドイツに売電される。

さらにドイツ企業にとって、サハラ砂漠の太陽光発電プラントは、ドイツ国内で製造された太陽光パネルの恰好の売り込み先になる。

「このようにしてＥＵが北アフリカ諸国を、ロシアに替わる代替エネルギーの供給地にする計画が着々と進んでいるわけだよ」

「そうなるとロシアは遠からずして、天然ガスと原油の上得意を失って、新たな売り先を探す羽目になるなぁ」

斑目がふと呟《つぶや》くと、朽木が待っていましたと言わんばかりに口を開いた。

「その新たなロシアの市場が、我が日本国だ」

朽木の上司がＣＩＡ筋から仕入れた情報によれば、ロシア側も旧ＫＧＢ系の組織ＳＶＲ（対外情報局）を通じて、ＥＵ側の計画そのものを遅延させるために妨害工作を仕掛けている。

「日揮関連のプラント施設が襲われたのも、ＳＶＲがイスラム過激派勢力を唆《そそのか》したのが、直接の原因だ。ロシアの国営企業ガスプロムは、メドベージェフ首相の直系の企業だ」

「天然ガスと原油のＥＵ圏への輸出で稼ぐ外貨が、ロシア経済を支えているから、向こうも必死だなぁ」

斑目が、妙に感心した表情で頷いている。

「しかしプーチンが大統領に再任すると、状況に変化が生じた。彼はＥＵに見切りをつけて、再度、極東市場に目を向けたからだ」

朽木が重々しい口調で言った。

「それなら俺も聞いたことがある。なんでも朝鮮半島縦断パイプライン構想を、ロシア側が提案していたはずだ」

斑目の反応に朽木が応じた。

「それは潰れた。北朝鮮が、通過料の請求を無茶に吊り上げたことと、韓国側が、朝鮮海峡横断トンネルの予定ルートと、セットでの建設費用の負担を要求したからだ。

これにはさすがのロシア側も呆《あき》れて、朝鮮半島縦断パイプラインは建設交渉自体を打ち切った」

その瞬間に、斑目が驚きを隠せない表情で言った。

「判った！　そのころから、プーチン大統領は北方領土返還交渉に言及しはじめたんだ」

「そのとおり。プーチンは国内の反対意見を押し切ってまで、北方領土の返還カードを切って、新たに日本との直接交渉を望んだのだ」

朽木はズバリ結論を口にした。

その朽木の一言が、斑目を仰天させた。

「ではなんで、お宅の局長が、うちの鉄道局長と密談するんだよ」

「それが外務省へ持ち込まれた向こうの条件だからだよ。判らないか！」

2

情報提供者と個室で会食後に、新宿の会員クラブを出たエージェントは、待たせていた公用車に乗り込むと、車は虎ノ門に向けて走り出した。

「報告を聞こうか、スケアクロウ（案山子）は、今回どんな情報を伝えてきたのか」

大柄で強面《こわおもて》なフィッシュボーンＣＩＡ副支部長は、開口一番、部下の工作責任者グレッグに尋ねた。

小柄で金髪のグレッグは、何も言わずＵＳＢを副支部長に差し出した。

「ほう、今回は会話内容を録音していたか。感心な心掛けだ」

そう言うとフィッシュボーンは、自分のｉＰａｄにＵＳＢを差し込み再生した。

「儂《わし》も会って直接、話を聞きたいのだが、情報提供者の多くは、儂と会うのを嫌がるので、今回、着任早々の君に出向いてもらったんだ」

副支部長の話を聞いて、グレッグは納得した。

この副支部長は、長い間ＣＩＡ非合法部門に所属していたために、業界特有の悪党面がすっかり板についていた。

レイバンをかけて、肩にトレンチコートを羽織りながら歌舞伎町を歩けば、周囲の客引きは恐れて、誰も近寄らない。

それどころか、見張りのため街角にたむろする、ヤクザや中国マフィアの注目を一身に浴びて、しまいには新宿署のマル暴担当の私服刑事《デカ》までが、その素性を怪しんで尾行する始末だ。

身長七フィートを越える黒人の巨漢が通りを歩けば、誰もが、その素性を怪しむか、その凄みに緊張する。

カラチ、ベイルート、バグダッドと紛争地帯を転々としてきただけに、背中から醸《かも》し出す殺気や凄みは、身についた硝煙の臭いとともに相手を警戒させ、萎縮《いしゆく》させる。

「副支部長ほど、平和な国に場違いな印象の人はいないわ。確かにコードネームどおりの人よ」

着任早々、ボスのオフィスに出向いた際に、秘書のキャサリンから、そう説明された。

副支部長のコードネームは「プレデター（捕食者）」だった。

なおグレッグのコードネームは「スキナー（狩猟用ナイフ）」であった。

早送りで会話の内容を聞き終えたプレデターは、こう質問をした。

「日本側やJRグループが、ロシアに提供するのは在来の高速鉄道の技術だけだな。間違ってもリニア・エキスプレスではないな」

「プーチンの要求は、日本がいま世界各国に技術輸出しているシンカンセン（新幹線）と自動軌道調整機能の二点だけです」

数時間前の会話の記憶を整理ながら、グレッグが答えた。

プレデターが一番気にしていたのは、最先端のリニア・モーター・トレインの技術だ。

これは現在、日本に続いて、米本土でも西海岸や東部で建設が進んでいる。超高速リニア鉄道線に使われている技術だ。

米国が一番恐れているのは、ＪＲ鉄道技術研究所が開発したリニアの基礎技術を応用すれば、電磁カタパルトやレール・ガン（電磁加速砲）が容易に実用化できることだ。

中国が日本の新幹線技術を購入するとき、最後まで執拗に譲渡を迫ったのが、リニア鉄道の技術だった。

日本政府の圧力を受けたＪＲは〝まだ研究中で、実用化前〟を理由に提供を拒んだところ、中国側は渋々断念して、代わりにドイツからリニアの技術を導入し、上海に試験線を建設した。

当時中国は、「世界の最先端技術」だと自画自賛したが、完成後一〇年を経ても、いまだに試験線の名称のままで、実用線になってはいない。

当時、ＪＲの技術者は「ドイツの技術では浮揚できるのは、せいぜい五センチ程度。日本のリニアは一〇センチ以上の車体浮揚が可能だ」と実用性を強調した。

米国防総省《ペンタゴン》は、これに注目した。

「スノーマン（情報提供者）の説明では、下手に最先端のリニアを導入すれば、シベリア鉄道やバム鉄道の建設コストが天文学的数字になって、予定期日までに開業できないことを一番恐れているような感触です」

スキナーの説明を聞いて、ようやくプレデターの顔に笑みが浮かんだ。

米国防総省が、一番恐れていたのは、さまざまな兵器開発に転用が利く、リニア技術のロシア側への流出だ。

日本製リニアの技術データの提供を受けて、日米共同研究中のレール・ガンの実用化が目前に迫っていたのだ。

米国防総省のアナリストによれば、日本先端技術のお陰で、高出力レーザーとレール・ガンが実用化できれば、ＢＭＤ（対弾道弾防衛構想）の主役が、従来のＡＢＭ（弾道弾邀撃ミサイル）から、レーザー・ビームやレール・ガンが主体の高出力エネルギー兵器に置き替わる日も近い。

ＣＩＡ長官がじきじきにプレデターを指名して、日本へ赴任させた理由は、この点にあった。つまり日本の基礎技術や先端技術が、日米以外の外国企業や他国の研究機関に流出するのを可能な限り阻止し、必要であれば、実力行使を辞さないためだ。

強面のプレデターが着任して以降、日本の研究機関や大学、企業で働く、何人もの中国人や韓国人の研究者や技術者が、帰国間際に不慮の事故や事件に巻き込まれている。

仮に本人が入院ですんでも、自宅に置いていた研究資料やデータが、盗難や火事で焼失したり、本人のパソコンやＵＳＢから貴重なデータや資料が綺麗に消失していた。

また中国側に輸出する機械類のサンプルを積んだコンテナが事故で全損、あるいは盗難に遭う事件も頻発していた。

中国側が猛烈に抗議したにもかかわらず、日本の警察の捜査は、すべて迷宮入りだった。

実際、プレデターが、部下たちを前にして次のような説明をしているのを、グレッグは聞いたことがある。

「米国の企業や軍の研究所でおこなわれている先端技術は、政府から研究予算や補助金が支給されている。その多くは、軍事機密に属する研究であるため、施設に出入りする外国人研究者や技術者も厳格な資格審査が課せられている。

当然、機密漏洩に関してはFBIやペンタゴンの監視の目が光っているし、違反者は逮捕され訴追される。もし有罪が立証されれば、最高刑は仮釈放なしの終身刑だ」

プレデターはこう言い放ったのだ。

「噂を聞く限りは、数年前からペンタゴンの関連研究機関や契約先の企業を含め、ここに勤めている韓国人や中国人は、米国市民でない限り、全員が短期間で解雇されていますね。

確かNASAでは、一五年前から中国、韓国国籍の者は、見学者以外は一切出入り禁止です」

そしてグレッグは付け加えた。

「しかし、日本の企業や大学を含む研究機関は、表向き民需の研究や技術開発が目的だから、中国や韓国人でもウェルカムでしょう。日本の警察や公安部門も、訴えられない限り、民事不介入の法律に縛られて手が出せないでいる。だから外国人留学生も容易にトップシークレットに接触できる」

プレデターが憮然《ぶぜん》とした表情で言う。

「だから我々ＣＩＡが、日本政府に代わって、機密情報や技術が、チャイナやコリアに渡る前に水際で阻止するしかない」

そこで日本政府や警察は、我々の仕事に対して、表向き見て見ない振りをする」

優男のグレッグは、ここでようやく非合法工作部門から、プレデターが抜擢された本当の意味を理解した。

この人はＣＩＡ公認の刺客《ヒットマン》に違いない。

そうグレッグが感じたときに、プレデターはブリーフケースからタブレット端末を取り出すと、グレッグに手渡した。

「これはなんです？」

「新しい作戦《ミッション》だ」

画面を見ると〝ルンバ〟の秘匿《ひとく》名称が読み取れる。スクロールすると、この秘密作戦の内容が民間施設への破壊工作だと見て取れた。

「実行部隊はいつごろ、到着しますか？」

「明日の昼ごろ、横田ＡＢ《エアベース》に到着するチャーター便に、軍属を装って搭乗している。君の任務は、横田ＡＢで彼らを拾《ピックアップ》いし、そして秋葉原のオフィスへ送り届けることだ。彼らはそこで、偽のパスポート、身分証明書、工作資金を受け取る」

「彼らの宿泊先は？」

「擬装身分での潜入だから、その近辺のビジネスホテルで充分だろう」

「食事は？」

「外国人観光客の間で人気のラーメン、ＣＯＣＯＩＴＩ（カレー）、回転寿司、ｙｏｓｈｉｎｏｙａ《ビーフボール》、なんでもいい。この手のファーストフードは、彼らの口に合うはずだ」

それだけ言うとプレデターは、ウインクして見せた。グレッグがこのところ、日本の国民食の「ラーメン」に嵌《はま》まっていることをご存じらしい。

「アキバで、何をやるんですか？」

「爆薬の材料や部品の調達に決まっているだろう。遠隔操作式の信管、発火装置を本土《ステーツ》から持ち込めば、空港で大騒ぎになる。秋葉原で調達すれば、必要な部品はすべて揃うし、第一、入手先が特定できない。彼ら、通称・ユニット（分隊）の中には、破壊工作のプロがいる」

さらにプレデターは続けた。

「次のページを開いてみろ」

「日曜大工センター、園芸センター、ディスカウントのドラッグストア、それにコストコ。なんですか？　これは物品購入リストですか」

グレッグの質問に、プレデターは微笑んだ。

「横田ＡＢの車両部から、ワゴン三台を借りる話をつけてある。ユニットのメンバー六人を、二人ずつ三組に分けて、埼玉、東京、千葉、神奈川の店舗を回らせろ。それで必要な物は、銃器以外はすべて揃うはずだ」

グレッグは日曜大工、園芸センター、ドラッグストアの三カ所を回れば、時限爆弾や焼夷弾の製造に必要な材料（電気部品、肥料、点火剤）が揃うことに気がついた。

だが米国系生活雑貨量販店《コストコ》へ向かう意味が判らなかった。思い切ってプレデターに尋ねると大笑いして、説明してくれた。

「食料と飲み物の調達だ。ユニットの連中が、破壊目標がある山陰沿岸の港町に潜入した際、地元の食堂で食事してみろ。東京や大阪などの大都市とは違い、田舎町《いなか》では外国人は目立つし、噂にもなる。

地元で爆発事件が起きれば日本の警察は、本国《ステーツ》の田舎町の愚鈍なシェリフ（保安官）と違って、勘が鋭いからすぐに捜査をはじめる。だから用意されたアジトに潜む間、必要な食用と飲料水を持参する必要がある」

「わざわざ座間で購入しなくとも、岩国ＡＢのＰＸ（基地内購買部）で購入すれば、送る手間がかかりませんよ」

「グレッグ、それでは、非合法工作主任《ケース・オフィサー》にはなれないよ。だいたいＰＸで販売する商品には、容器に国防総省が定めた番号が刻印されている。

作戦終了後に、アジトが捜査されてゴミの中の容器に、この刻印と番号が残っていたら、米軍関与の証拠を残すのと同じだ。だが、コストコで販売された商品ならば、ゴミからは容易に足はつかない」

その瞬間、グレッグは自分の愚かさに気づいた。秘密作戦班《ユニット》の連中が、横田ＡＢを使うのも、日本へ入国した証拠を残さないための配慮だし、手ぶらで入国して、地元で材料のすべてを入手して、爆弾を製作するのも、背後関係を隠蔽するためだ。

手分けして、装備を調達したユニットの連中は予定どおり、秋葉原のビジネスホテルを引き払って、外国人観光客を装い新幹線に乗ると、山陽新幹線の新岩国で下車して待機拠点の岩国ＡＢに入り、爆弾を組み立てながら、作戦開始を待つ。

「破壊目標は、山陰の沿岸部の漁港に、在日企業の白頭山《はくとうさん》産業が保有する倉庫二棟。

ここに、日本国の私企業から入手した各種工作機器、三次元プリンター装置、各種検査機器を保管し、船便があり次第、ほかの貨物に混ぜて国外へ持ち出す気だ。ユニットの任務は、これを倉庫ごと破壊することだ」

プレデターは、緊張を顔に出すまいと懸命に堪えるグレッグの表情を、面白そうに眺めていたが、一言、言い添えた。

「この白頭山産業のオーナーは、与野党の有力政治家数人の後援者でもあり、日本の警察や公安に政治的圧力をかけられる。容易には踏み込めないのだ。しかも倉庫には、日本の広域暴力団が経営に関与している警備会社が、人員を派遣して二四時間警戒している。さらにその中には中国軍や韓国軍の元コマンドも、紛《まぎ》れ込んでいるとの情報だ」

　タブレットの映像資料の中には、日本では携帯や所有が禁止されている銃器や小銃を携行した警備員の姿が複数撮影されていた。

「これはタイプ85サイレンサー・サブマシンガン（中国制式名称・八五式微声沖鋒槍）。紅軍特殊工程《コマンド》兵の装備だ」

　グレッグは、この機関短銃を一目見た途端に、事の重要性を理解できた。

　相手が、こうした装備の扱いに手慣れた連中ならば、当然ながら非合法活動専門のユニットが出張ってくる必要があるわけだ。

「これは地元の公安職員が、密かに撮影したそうだ。日本政府の上層部では、自衛隊の特殊作戦班の投入も検討したが、政治問題化することを恐れて、防衛省筋がＣＩＡ側にリークしたことで判明した。

　さらに白頭山産業の融資先には、米国の大手銀行の日本支店が関与している」

「確かに日本国内に、紅軍の非公然部隊が潜入しているのも問題だし、有力政治家が関与しているのも、米国の大手銀行が資金洗浄に関わっているのも、一歩間違えれば大事《おおごと》になり、両国政府の責任が問われますよ」

この後始末を一歩間違えたら、日米間の大問題に発展する危険がある。

非合法の破壊工作の場合、火を付けるのは容易だが、そのあとの隠蔽工作には人一倍神経を使う。まず、ＣＩＡの関与は絶対表沙汰にはできない。

「とりあえず日米両国政府は、この倉庫を爆発させ、火災が起きることで、警察や行政、国税が介入する口実をほしがっている。

これをキッカケにして、日米両政府はすべてを闇に葬って、表面化する前に始末する腹だ」

プレデターがそう言うと、白い歯を見せて笑った。

副支部長の楽しそうな表情を見て、グレッグは、〝久しぶりの荒事〟だと察した。

おそらくかなりの死傷者が出るが、日本の警察と公安が綺麗に後始末をするはずだ。

その後は、白頭山産業に国税が入って、すべてが調べ上げられ、多数の関係者が別件で逮捕起訴される。最後には複数の大物政治家が、病気を含めてさまざまな理由で、政界から他言無用を条件に引退させられるはずだ。

そして日米の企業や金融関係者に、中国側との取引が、どれほど危険なビジネスかを、この一件が貴重な警告となるだろう。

3

すべての手配を終えて、数日後、新聞の電子版を目にしたグレッグは、山陰地方の漁港にある倉庫と山間部の倉庫で、同時に爆発事故が起きたことを知る。

地元紙の報道では、倉庫の所有者は二つとも同じ白頭山産業で、警察と消防が焼け跡の調査に入ったことを報じていた。

警察と消防は「危険物を違法に貯蔵していた」との見解を発表し、事態の隠蔽工作を伝えている。

それから間もなくして、任務を終了したユニットは全員無事に岩国ＡＢに帰投した。そして定期便の輸送機で横田ＡＢに到着し、その足で横田発のチャーター便に乗り込んで帰国したとの報告があった。

ユニットからの報告では、漁港と山間部の二カ所の襲撃で、八名を射殺。急報で駆けつけた車両四台が爆発に巻き込まれて、合わせて一六名の死傷を確認している。

さらに負傷者と死体と武器の類《たぐ》いは、警察や消防が到着する前に、相手の後続部隊が密かに持ち去った……とのことだった。

以前からの懸案が一つ片づいて副支部長の声は明るかった。

「それで襲撃に使用した武器弾薬や装備一式、爆弾の材料や部品は、どのように始末したんですか」

用心深くグレッグが尋ねると、プレデターはあっさりと言った。

「今、イワクニＡＢでは海側へ滑走路の拡張工事の真っ最中だ。すべては、埋め立て予定地の海底に投棄した。任務を終えたユニットは証拠一つ残さん。手慣れたプロだ」

極秘の報告書を書き終えて、夕刊の電子版をクリックすると、爆発事故を起こした白頭山産業の親会社、金星興業が脱税で摘発され、東京国税庁査察部が入ったことが一面で報じられていた。

また一時期、政界のフィクサーとして有名だったオーナーは、関西空港から出国直前に逮捕されたことが、写真付きで派手に報道されていた。

中朝の裏貿易を闇で支配していた金星興業の詳細は、腐肉に群がる鼠《ねずみ》のように、日本のメディアがあきらかにするだろう。

「見せしめには、最大の効果を日本政府は狙ったな。これ以後、中朝貿易に関わっていた企業は、この事件に怯えて、先方からどれほど好条件を提示されても、規制品の輸出には手を染めなくなるはずだ」

これにより日本から直接機材を入手するルートは、大幅に狭まるだろう。その影響は、先端技術が必要な中国や韓国の軍需産業界にダメージを与える。

まず日本製の精密工作機械や工業用3Dプリンターが入手不可能になれば、航空エンジンや精密兵器の製造開発部門が成り立たなくなる。

このような最先端の高精度加工が可能な工作機器《マザー・マシン》を供給できる国は、世界中に日米独のわずか三カ国だ。

世界の主な工業国は、この三カ国が供給する工作機械に、ほぼ全面的に依存している。こうした先端工作機器類は、いくら大言壮語しても中朝両国の産業界では、製造や自給ができないことは、すでに判明している。

これらの工作機は、先端部分に取り付ける治具《ジグ》と同様に、定期的な調整なしに、長期間に渡って酷使すると消耗が激しく、すぐに加工精度や品質に影響が出る。最悪の場合は故障し、最後には機械そのものが壊れる。

航空機の稼働率や信頼性に影響が出て、潜水艦のスクリューも当然ながら表面加工の精度が落ちて、雑音が増えることになる。

禁輸措置がはじまって三年、新たな先端工作機の導入や更新ができない中国の軍需産業は、絶望のあまり悲鳴を上げていた。

この産業界からの突き上げを受けて、中国側は、闇ルートで欧米や日本から、先端工作機器や治具の入手をはじめた。その役割を担ったのが、在日韓国・朝鮮人や華僑がオーナーの金星興業のような商社だ。

彼らは購入先をチェックされない、中古の先端工作機械や工業用3Dプリンターに目をつけて、倒産した企業や買収した工場から引き取る形で入手すると、これを部品単位に分解して、スクラップや雑貨に混ぜて、第三国を経由して中国へ密輸出していた。

この密輸出は先月、北米域内で摘発され、国務省からの依頼でCIAやFBIが、世界規模での追跡捜査をしていた。つまり日本側が思い切って動くための事件を、意図的に引き起こすことにより、秘密裏にユニットが出動したのだ。

このようにして、闇ルートの企業とオーナーが相次いで当局に摘発された。

次に動くのは、首相を筆頭とする政界であった。プレデターの入手した情報では、この手の後始末は人目を引かぬように、ひっそりと永田町の舞台裏でおこなわれる。与党の大物政治家は、高齢のため後進に道を譲る名目で政界からの引退を表明した。

もう一人は、首相経験者の野党議員で、こちらは持病の悪化を理由に議員を辞職する段取りだ。

この永田町特有の幕引きのお陰で、政府部内から〝媚中派〟と噂される政治家は事実上、一掃されるはずだ。

議会から媚中派が一掃され、親中派が沈黙する中で、息を吹き返し、復活するのは、親ロ派の政治家たちだ。

彼らは一〇年ほど前に、北方領土返還交渉が頓挫した折に、外務省と手を組んだ親中派議員の巻き返しに遭って、政界から事実上、失脚していた。特に鼻息が荒かったのは、北海道が地盤の議員たちだ。

与野党を問わず北方領土返還は、水産業界を含む、道民の悲願だった。

さらに東日本大震災が原因の福島原発事故で、原子力発電が停滞している時期にこそ、新たなエネルギー資源確保が重要だ。その中で、開発が進む樺太やシベリア原産の天然ガスや原油に、熱い視線が向けられている。

「樺太から海底パイプラインを敷けば、宗谷岬から北海道へすぐに持ってこられる。これからの北海道は、日本最北のエネルギー供給基地になる」

選挙のたびに北海道出身の議員が、マスコミの前で熱弁をふるっていた。

外務省の親ロ派にしてみれば、プーチン大統領が自ら〝北方領土返還〟を手土産代わりに〝天然ガス・原油輸出〟を持ち出してきたのだから、まさしく千載一遇のチャンスである。

これを機会に懸案だった〝日ロ平和条約〟を締結して、続けて〝日ロ経済協定〟を結ぼうと考えたのも無理はない。

省内の親中派《チャイナ・スクール》に散々、苦い汁を飲まされた恨みもある。

不安定な中国の政治状況を嫌って、最近は多くの企業が中朝両国から、合併を解消して、次々と事業所を撤退している。そして中国国内から資本を引き上げて、それを新たな投資先のＡＳＥＡＮ諸国やインド圏へと振り向けていた。

近年のバブル崩壊で、一度大きく傾きかけた中国の国内は、共産党の過酷な支配体制を、公安の過酷な取り締まりや紅軍の軍事力で抑えつけても、庶民の憤懣《ふんまん》は抑えつけようもない。

国内には新疆ウイグル、チベットなどを筆頭として、漢民族の抑圧に不満を持つ少数民族問題を抱えている。その上に最近は、香港でも住民の間では、共産党支配に反発して、若者を中心に分離独立の気運が高まっていた。

そんなとき、サミット会談の席上でプーチン大統領が、安倍首相へ囁いたのだ。

「ご自慢のシンカンセンをシベリアに輸出しないか。建設代金と経営指導料は天然ガスと原油輸出のバーターでどうかね」

「いいお話をありがとうございます。早速、関係機関に指示して、調整させましょう」

話はトップ会談で開けた。北方領土返還を糸口に、プーチン大統領は、兼ねてからシベリア開発に、日本の技術と資本を呼び込むことを考えていた。

中国側は、天然ガスや原油輸出の見返りに中国版シンカンセン（中華高速鉄道）をしきりに売り込んできたが、同じ高速鉄道ならば〝本家〟が、格段に優れている。しかも線路を含む沿線開発のノウハウは、老舗ＪＲグループの方が経験の蓄積がある。

価格は中国・韓国連合が安価な提示をしてくるが、作業員と称して中国や朝鮮族の労働者を送り込んでくるのには、警戒が必要だ。特に習近平《しゅうきんぺい》が沿海州を狙っている今は、中国側に介入の口実を与えることになる。

そこでプーチンは交渉相手を日本に絞り、積極的に攻勢を仕掛けた。

特に課題の北方領土問題では、歯舞《はぼまい》、色丹《しこたん》に加えて択捉《えとろふ》島の早期返還まで、公用の席で検討課題に上げる積極性をみせた。

ただし国後《くなしり》島に関しては日ロ共同開発を主張して、容易に譲る気配を見せなかった。

「ロシア側は、シベリア鉄道に続いて、内陸部のバム鉄道もシンカンセン化を強く望んでいる」

外務省からの情報は、シベリアでのエネルギー確保を急ぐ経産省の動きを活発化させるのに充分だった。

一方の国交省は、リニア鉄道の情報漏れを嫌う米国側からの合意を取り付けるのに、かなり苦労していた。リニア鉄道の技術は、日米共通の最重要機密であった。

米国政府は、リニア・カタパルトやレール・ガンの開発に転用できる技術の流失には、事のほか神経質であった。

しかし意外なことに、ロシア側が興味を示しているのは、既存の新幹線技術で、それも運用が容易な技術と、自動軌道変更装置に関してだと判ると、米国務省や国防総省の対応も、次第に冷静になってきた。

米国務省は、その詳細を調べるためにエーゼル・ワトソン国務次官補を来日させた。霞ヶ関の国交省を訪れた国務次官補は、挨拶もそこそこに疑問点をぶつけてきた。

「大量の貨物を、南回り航路を使わずに、極東から欧州へ送るコスト計算を是非とも知りたい」

「二四時間運行で、時速二〇〇キロを維持できれば二週間以内に、アムステルダムのターミナルにコンテナが届くことになります」

「高速貨物列車は一編成一〇〇両が可能なのかね」

そのとき、かたわらに控えた秘書官が手早く電卓で計算すると、その結果を国務次官補の耳元に囁いた。

「よろしい、一日で二、三編成の高速貨物列車を運行すれば、コンテナ船一隻分の荷が捌《さば》けますな」

するとと国交省の井上事務次官は、タブレット端末でJRグループの研究機関が、秘密裏に作成した運行データとCG画像を見せて、具体的な数字をあげて説明しはじめた。

「JRグループの試算によれば、最盛期には、一〇分間隔での高速貨物列車の運行が可能です。しかも旅客列車の運行を間に挟んでの運行です」

国務次官補の口が驚きのあまり、開いたままになっていた。

「なんという緻密さだ。我が国の常識では、想像すらできない数字だ」

　すると井上事務次官は、笑みを浮かべて言った。

「我が国の鉄道輸送の伝統と、輸送効率の高さを知ったら、もっと驚かれますよ。このシベリア新幹線が本格始動したら、中国国営船舶公団が提示する運賃の半額で、欧州諸国へ荷物を届けてみせます。一年以内に中国国営船舶公団は、開店休業間違いなしですよ」

　自ら鉄オタ（鉄道オタク）を自認する井上事務次官は、シベリア新幹線化計画を成功例にして、世界各国へ新幹線ビジネスを展開するセールス戦略の検討を、関連部局に指示していた。

　それだけにJRグループが作成した、想定運行データには相当の自信を持っていた。

現在日本企業グループが北米大陸の西海岸《ウエスト・コースト》と東部沿岸《イースト・コースト》で工事を進めているリニア新幹線を例にあげながら説明した。

「仮に最新のリニア・エキスプレスでなくとも、いくら中国や韓国政府が、新幹線の紛《まが》い物《もの》で、我が国と競争しようとも、我々には実績に裏打ちされた運行管理の経験と安全技術の蓄積があります」

　井上事務次官は、不安定条件の多い航空輸送と比べると、速度は遅いが確実性の高い鉄道輸送の優位性を、通訳を介することなく流暢《りゅうちょう》な英語で説明した。

　その際に、ロシア側が注目したのは、最新技術のリニアではなく、建設コストの安い通常型の新幹線である点を強調した。

会話の途中で国務次官補が、日本政府への詰問のはずが、この事務次官の巧みなセールストークに引き込まれている自分に気がついたときは、もう後の祭りである。

日本車販売店のセールスマンを連想させる事務次官のトークに辟易《へきえき》したのか、会談を終えて、霞ヶ関の官庁街から虎ノ門の米大使館へ戻る車内で、国務次官補が呟いた。

「我が国がチャイナと戦う際には、兵站《へいたん》補給部門のすべてを日本企業に任せたいな。あれならば最前線の兵士たちに、温かいランチと弾薬を時間内に届けるだろうね」

帰国後に国務長官と大統領の前で報告する内容を考えながら、安倍首相の提唱する対中包囲網戦略は、今度はロシアを取り込んで、さらにもう一段階進んだことを、渋々認めるしかないことに気づいていた。

この時点でユーラシア大陸を横断して、極東と欧州とを結ぶシベリア新幹線構想は、日米両国政府の了解事項になった。

この高速鉄道が完成すれば、極東と欧州とを結ぶ海上物流に大きな変動が起きて、一番深刻な影響を被るのは中国の海運業界で、経済的な苦境に陥る。

しかも樺太・北海道ルートで、太いパイプができる日本のエネルギー供給ラインは、中東原油に依存する現在に比べて、はるかに強靭《きょうじん》になり、日本の海上国防軍は、洋上のタンカー・ルートの護衛に割《さ》く艦艇や哨戒機の多くを、沖縄・台湾ラインの防衛に振り分ける余裕ができることを、軍事的に意味していた。

一方、インド政府が対中包囲網に参加したことで、有事になれば中国船舶をインド洋上で臨検して、中東の産油国に依存する中国のエネルギー・ラインを遮断することができる。

「これから合衆国は、アラスカや北海道を中継地にして、どれほど迅速に援軍を現地に送り込めるのか、ペンタゴンに研究させる必要があると思います」

そう説明すると、国務次官補は着席した。

「その場合、中南海が、中ソの国境を越えて、沿海州やシベリア方面の占領を企てる可能性を選択肢に加える必要があると思います」

間髪をいれずに、統合参謀本部議長が発言した。すると大統領は、おもむろに頷いて、この提案を承認した。

ちょうどこのころ、ロシア側の提案で、対中国を意識して、米ロ共同防衛構想の草案が検討されつつあった。この共同防衛構想によれば、米ロ両国と中国との間に存在する同盟国、モンゴル共和国、日本、台湾の安全保障は、両国にとって重要な関心事項であることが強調されていた。

朝鮮半島に関しては、経済的に併合されている事実を指摘して、これは事実上中国側の勢力圏内だと認識されていた。

なお草案には、もし米ロ双方の領域、あるいは近隣諸国への中国側の侵略行為があれば、「両国は共同してこの問題に対処する」との一文が追加されることになった。

これはあきらかに、中国側の侵略行為を想定した一文であった。

4

事態は急速に動いていた。日ロ両国首脳と閣僚や官僚は、頻繁にモスクワと東京を行き来していた。

表向きは北方領土返還交渉の詰めに入っているように見えるが、日ロ間でさまざまな協定が、同時並行の形で進んでいた。

ロシア側にしてみれば、シベリア・樺太産の天然ガスと原油の日本へのパイプライン供給開始と並行して、国内外の注目を集める〝シベリア・シンカンセン〟の着工開始が政治的にも望ましかった。

すでにロシア側は、間宮《まみや》海峡を横断して樺太に至る、海底パイプラインの建設に着工しており、宗谷海峡ルートが完成後、樺太産出の原油と天然ガスもパイプライン輸送する計画であった。

一方、日本側では、北海道近海の深海で試掘されるメタン・ハイドレートをシャーベット状に加工し、海底パイプラインで沿岸のガス化プラントへ送り、水と天然ガスに分離したあとに、パイプラインに乗せて、地元の複数の火力発電所と大都市札幌に供給する計画が始動していた。

つまり北海道は、日本全土を支えるエネルギー供給地としての役割を担うことになる。同様のハイドレートプラントは、日本各地で計画が進められており、日本海側では秋田、新潟沖、太平洋側では三陸、福島沖でプラントが完成次第、稼働する計画であった。また沖縄で計画中のプラントは、完成すれば島伝いに最南端の与那国島《よなぐにじま》まで、パイプラインを延長する予定だ。

この沖縄本島を含む南西諸島には、日本大手企業の研究機関が開発した新技術、太陽光と水を使い、空気中の二酸化炭素から、植物の光合成と同じ要領で、メタノールを化学合成する実証プラントが複数設置されていた。この方式だと、植物から作るバイオ・メタノールと比較して、数十倍も効率がいい。

一年を通じて日照率の高い沖縄県は、この光合成メタノールの生産には、恰好の条件を備えている。

さらに空気中から、二酸化炭素を採取する以外に、メタン・ハイドレートを原料にして、二酸化炭素を製造すれば、メタノールの生産量も飛躍的に増大する。

またこの地で製造されたメタノールは、日本本土へは送らず、その先にある一大消費地の台湾本島へ、天然ガスと同時供給する計画が日台間で立てられていた。

ちなみに深海の海底からメタン・ハイドレートを採掘する技術を開発し、なんとか企業化に成功しているのは、世界でも日本企業だけである。

こうした企業の技術開発は、日本政府の公的支援を受けており、日本の国益を考慮して外国企業へ技術移転することは、原則的に禁止されている。

日本政府は、この種の先端高度技術の輸出や外国企業への提供を、政治的には日本と友好関係にある特定の国に限ってしか、認めてはいなかった。

これは世界有数の植物性バイオ・メタノール生産国の米国やブラジル両国からの要請を受けて、政府内で決定された制限条項である。

日本政府は、この先端技術の提供を最大の武器として、ＡＳＥＡＮ諸国、インド圏、中東、アフリカ諸国との外交戦略に利用した。

ちょうどこの時期、中東産油国の多くが資源保護を名目にして、原油の採掘制限を強化した結果、国際取引価格の上昇がはじまっていた。だから日本政府が提供する光合成技術プラントは、多くの国々で歓迎された。

中でも国際条約で二酸化炭素排出量の削減を求められて、削減対策に苦慮する主要工業国からは、排出削減に直結する日本の光合成技術は歓迎された。

特に副産物として光合成生産されるメタノールは、自動車燃料に混入が可能で、ガソリンや軽油の混入用としても、石油市場からの潜在需要が大きかった。

加えて穀物から製造するメタノールに比べても、生産価格は割安であった。

さらに日本企業が各国に進出して、沿岸部の大陸棚海域で探査をおこなうと、有望な埋蔵量を持つメタン・ハイドレートの堆積層が次々と発見された。

ただ、いくらメタン・ハイドレートが発見できても、これを商業ベースで採掘して、国内で本格利用しなければ、地元の利益にはならない。そこで日本企業が外国政府から請われるままに進出して、各国で合弁企業を作り、採掘ビジネスを本格稼働させていた。

しかし尖閣沖開戦以来、日本と敵対している中国や統一朝鮮には、どのようなルートを迂回《うかい》しても、技術輸出は許可されなかった。

これにより中国と統一朝鮮は、国際条約で定めた二酸化炭素排出量の削減規制枠を、主要国の中で唯一未達成の国家となり、国際的に厳しい非難を浴びて、外交面で窮地に追い込まれていく。

さらに中国経済を直撃したのは、産油国の原油生産削減に伴う、原油取引価格の上昇である。

これに対して日本や欧米諸国は、メタノール生産量の飛躍的な増加で、揮発油や軽油の国内価格の上昇を上手に抑え込んだ。

さらに日本企業はプラスチックやビニール製品の原料《ナフサ》を、石油以外の原料のメタン・

ハイドレートから安価に作り出す技術を開発し、これを国内外の石油化学産業に提供した。

石油の国際価格の上昇で、窮地に陥った中国政府は、ロシア政府に対して大量購入を条件にシベリア産原油の安価な取引を持ちかけた。だが日本市場との通年取引に成功したロシア側は、中国側の望む割引価格での原油輸出契約には消極的であった。

北海道に新たに建設された石油精製プラントは、日本国内で十数年ぶりに建設されるだけに、世界でも最新鋭の自動精製設備を備えており、それぞれ仕様の異なる地域向け製品の同時並行製造も可能だった。

この最新鋭プラントでは、特に製品の品質向上と生産性を重視していた。またそこで生産される石油製品は、エタノール添加の揮発油や軽油を含めて、販路は日本国だけでなく、いまや台湾やＡＳＥＡＮ諸国向け、それに距離的にも近いロシア領内にも、沿海州を経由して、大量に輸出されており、ロシア国内の旺盛な需要を支えていた。

特にシベリアでは、エタノール添加の揮発油や軽油、それに耐寒仕様の特性潤滑油は、極寒時の凍結に強く非常に人気があった。

あまりの人気に、ロシア国内の販売元では、オホーツク海氷結時にも砕氷タンカーを定期運航して、沿海州やシベリア地域への供給を継続している。

こうした国内需要があるだけに、ロシア側としては、日本への原油供給量を簡単に減らすわけにはいかなかった。したがってロシア輸出石油公社側が、中国石油に提示した供給量は、中国側の希望量を大きく下回るものであった。

結局、中国は、割高な中東産原油を国際市場から調達し続ける以外に、選択肢はなかった。

さらに大きな問題は、中国国内にある油田の多くが、過度の採掘がたたって、この近年採掘量が激減していることだ。

中国の油田で採掘される原油は、重質油が圧倒的に多く、効率のいい精製をおこなうためには、国内産重質油の倍以上の量の軽質油を中東方面から、輸入する必要があった。

しかし注水採掘法を過度に繰り返すと、地下の油層そのものが水没して、採掘が不可能になる。こうして中国国内の油田の大半で、採油可能な推定原油量が激減した。この不足分を補うための大陸棚での海底油田開発も、尖閣沖海戦で東シナ海、トンキン湾海戦で南シナ海の大陸棚独占の夢が破れ、試掘探査海域は中国沿岸部に限定された。

その結果、必要な軽質油を海底油田で確保する海洋戦略は、ほぼ水泡に帰した。

今では、中国側が堂々と試掘探査ができる海域は、ほぼ内海に等しい渤海《ぼっかい》や朝鮮半島沿岸を含む黄海《こうかい》の一部だけに限られている。だが渤海海底油田の油層は薄く、軽質油の産出量も限られている。これでは陸上油田の不足分を補えないので、いまや中国側の海底探査の主流は、黄海に移行している。

現時点では、朝鮮半島北部沿岸区域で一応の油徴が確認されている程度で、陸上の不足分を補う埋蔵量は確認されてはいない。

また中国政府が交渉を続けている中央アジア諸国からの原油調達は、中国政府によるイスラム系ウイグル住民への弾圧と、それを原因とする国内のイスラム保守派勢力からの反発に加えて、隣接する大国ロシアからの圧力で、交渉は停滞していた。

中国政府の資源確保戦略は、日米両国を敵に回した時点で、最初の一歩から、大きく躓《つまず》いていた。

まず領海と大陸棚問題で、日本に続いてASEAN諸国を敵に回して、それを後方から支援する米国に続いて、膨張する中国に脅威を感じたインドやロシアも、新たに対中包囲網に加わった。

日米両国政府は『中国は海洋覇権主義を放棄し、隣国への領土的野心と膨張主義を破棄しない限り、両国はなんの援助も見返りも与えない』と、国際外交の席上で繰り返し声明を発表していた。

さらにこの強固な意志を証明するために、米国は太平洋海域における海空軍の戦力比重を、大西洋側と比べても急速に増やしていた。

また日本政府は、海空軍の戦力増強と、陸上国防軍に水陸両用作戦部隊を創設する歩みを着実に進めていた。

そして日米両国は、中国に対抗する戦力育成のために、ＡＳＥＡＮ諸国に沿岸警備隊の創設に続いて、協同艦隊設立への援助と支援を継続しておこなっていた。

「この状況と、東海艦隊、南海艦隊の二度にわたる敗北で、海軍の権威と期待は完全に失墜した。もはや、第一列島線を越えて、太平洋に覇を唱える海洋戦略は、完全に行き詰まり、両艦隊の再建が終了するまで延期を余儀なくされた。

こうなった以上は、我が人民の願望である損失国土奪回の使命は陸軍に託するほか、選択肢がなくなった」

中南海でおこなわれた中軍委の秘密会議の席上で、習近平主席は、次のような結論を出した。

この会議に出席した中軍委の委員たちは、文字どおりに、海軍に頼る洋上覇権戦略を一時棚上げして、本来の紅軍（地上軍）の姿に立ち戻ったと受け取った。

この時点で中軍委は、日本は伝統的な海軍国で、優れた装備と経験を持ち、計画的に艦艇や航空機を整備していると分析していた。

さらに海洋作戦の伝統と経験が少ない陸軍国の中国が、不充分な態勢のままに艦隊を整備して海戦を挑むことが、戦略的にも不利な事実を、渋々ながら認識した。

「日米に対抗して、大艦隊を創設したソ連は、最後まで、外洋を制することができずに、経済が行き詰まり、体制崩壊したではないか」

紅軍出身の長老が、おもむろに発言した。

この意見に、紅軍出身の中軍委の委員の多くが、賛同した。

これには海軍出身の提督らの委員は、なんの反論もできずに顔を伏せたままだ。

「ならば圧倒的な紅軍（地上軍）の戦力を背景にして、戦力の衰えたロシアから、喪失領土の沿海州やシベリアを奪回するのはどうだろう」

これは予算面で、第二砲兵部隊（戦略ミサイル部隊）、空軍、海軍、武装警察よりも、冷遇されていた紅軍総参謀部が、海軍の敗北を絶好の機会として、勢力の巻き返しを企《たくら》んだ根回の結果だった。

これまで笑みを浮かべていた習近平の表情が、この発言を耳にした途端に渋くなった。予期したこととはいえ、下手に海軍を庇うと、批判の矢は指導部に向かいかねない。

さらに中軍委だけでなく、共産党政治局は、日本を仮想敵国に仕立てて、反日思想を煽《あお》った手前、政治的にも窮地に立たされていた。

国内の不満は、敵国の日米ではなく、不名誉な敗北を喫した海軍当局と共産党指導部に対して、地方都市の若年層を中心に、民衆の怒りと非難が向くことになった。

（仕方がない。ここで一時、海軍を切り捨てよう。東海、南海艦隊の再建は、併合した統一朝鮮海軍から、艦隊を取り上げて補充すればすむ。どうせ属国の艦隊だし、この機

会を利用して、東海と南海艦隊に強制編入させよう）

　習近平は判断した。

「今後、祖国防衛の重点は紅軍に置く」

　習近平は重々しい声で、決断を口にした。

　この発言を聞いて、中軍委の委員らは起立して、一斉に拍手をした。

　この一〇年近く、海軍と第二砲兵部隊の風下に置かれていた紅軍の立場がようやく、逆転した記念すべき瞬間であった。

　ここで紅軍の仮想敵は、海を隔てた日米ではなく、中国とは陸続きの隣国ロシアに切り替わった。

　今後は、日米に対抗するために、大金を注ぎ込んで、新型航母（空母）や駆逐艦を多数建造する必要がなくなったことは、予算に余裕ができる。

　紅軍（地上軍）首脳部にしてみれば、航母や駆逐艦、それに原子力潜航艇（潜水艦）建造費だけでなく、年間維持費も巨額であることが、海軍の艦隊再建に反発する理由の一つだった。

「駆逐艦や巡防艦一隻に回す予算があれば、これで一個連隊分の装備が更新できる」

　これは紅軍が、膨大な数の戦車や装甲兵車（ＡＰＣ）、さらには自走砲らの旧式装備を抱えて、更新もままならない窮状を知る幹部らの本音であった。

また一人っ子政策の影響で、あと一〇年もすれば、若年人口の急激な減少に直面して、強力な紅軍の戦力が維持できなくなる心配がある。

この深刻な人手不足を補うには、日本や欧米諸国が鋭意進めているＲＭＡ（軍事技術革命）のように、軍隊のシステム化と装備の近代化に一刻も早く着手すべきだ。

習近平と中軍委は、紅軍の大幅な戦力削減と引き替えに、この近代化案を従わせる腹だ。この改革案は、各方面の集団軍を構成する師団にメスを入れて、一気に旅団規模まで人員を大幅削減し、戦闘組織自体を縮小して戦力の小型《ダウン・サイジング》化を図るものだ。

この改革案を紅軍側がのめば、連隊長以上の幹部や将官の大規模整理を含む、人員削減が可能となる。

ただし物価上昇の折り、国家から支払われる年金だけで、幹部の生活を維持するのは無理な話だ。当然、整理された紅軍幹部には再就職先を世話する必要がある。

だが紅軍傘下の企業には、これほど多数の幹部を受け入れる余地はない。

各軍には、傘下の組織や団体企業がある。

海軍には、民間船舶公社や公団、各地の漁業公社。空軍には、各地の民航（民間航空企業）など、受け入れ先は多い。

武装警察にも地方の公安部や民間警備会社などの就職先がある。

しかし組織改編と軍縮で傘下の鉄道兵団（鉄道部）と建設兵団（建設部）を手放した

紅軍には、大口の受け入れ先がなかった。

そこで紅軍としては、現時点でも戦力規模を維持する目的から、隣国との間で国境紛争の勃発を望んでいた。当面の状況からみて、中国と事を構えるのに適した軍事大国は南のインドか、北のロシアしかない。

インドが相手の場合、その国境地帯には、世界有数のヒマラヤ山脈が聳《そび》え立ち、地形は険しく、部隊の移動に適した幹線道路の数も限られていた。また冬場は過酷な山岳気象ゆえ、航空機の運用もままならない。

このような状況下で、軍事行動が可能なのは、正規軍以外の特殊工程兵（特殊部隊）や偵察兵《レンジャー》に限られる。

さらにインド軍の精鋭グルカ兵に対抗するには、山岳戦闘の訓練を受けて、高地に慣れた山岳兵団に限られるが、その多くは、チベット高原地域出身のチベット系の将兵であり、民族問題が原因で、いまひとつ紅軍首脳部としては信頼が置けないのが現状だ。

さらに漢族の苦手な気圧順応障害（高山病）もあって、紅軍得意の大部隊を投入する戦術は、基本的にヒマラヤの山地では通用しない。

つまり戦闘初期に紅軍がおこなう小規模な部隊による威力偵察以外では、あまり効果的な戦闘はできない。だからインドとの国境紛争は、「戦略的に困難だ」との見解が中軍委から下された。

これに対してロシアとの国境紛争は、戦場が冬期には極寒地になるシベリアを除き、環境的な障害は存在しない。また極寒になっても、内蒙古、東北出身の漢族や朝鮮族の兵士がいるので、対応はできる。

長らく対ロ戦を意識して、冬期を選んで演習や訓練を続けてきた紅軍には、装備や器材は充実している。

その意味で対ロ戦を躊躇《ちゅうちょ》する理由は、紅軍幹部にはまったくなかった。

さらにソ連崩壊以降、国防予算の不足と、徴兵拒否者の増大で、兵力の減少を続けるロシア軍を、今の巨大な人民解放軍（紅軍）は侮《あなど》りこそすれ、恐れる理由はなかった。

こうして沿海州、シベリア方面への侵攻作戦は、正式に中軍委の承認を得た。

そして習近平主席らが、海軍と進めていた第一列島線から第二列島線までの海域を獲得する外洋覇権戦略は、当面の間は後回しにされた。

結果的に紅軍総参謀部が、意図したとおりの戦略変更が承認された。

「我々が海戦に勝てなかったために、再び陸戦中心に戻るのか？」

習近平の下で、長らく中国の海洋作戦を練ってきた老提督は、大きなため息をついた。

「海戦の敗北は艦隊を失っても、陸上の紅軍が健在ならば、国土までは失わない。

だが陸戦の敗北は、国家の存亡や体制の崩壊に繋がる。これは国の前途を誤らせてしまう」

このような発言は、国家の前途を憂えるよりも、指導部への批判と受け取られやすい。この全体会議のあと、発言の主の老提督は、中軍委の委員候補から外され、事実上海軍からの引退を余儀なくされた。

この後、人民海軍や第二砲兵部隊出身の中央軍事委員会の委員や委員候補は、一斉に辞任し、即時、予備役編入になり、そのあとを埋めたのは紅軍や空軍、そして武装警察出身の将軍らであった。

これで江沢民《こうたくみん》以来、海洋権益の拡大を唱えていた上海閥と海軍の勢力は、事実上失脚し、紅軍と手を握った北京閥が実権を回復した。

習近平は、名目上は中軍委主席の地位は確保できたが、実権は官僚集団である北京閥が握った。こうして中軍委内部で勢力交代が起きたことは、中国共産党の国家戦略が変更したことを意味した。

5

日本政府機関の中で、最初に中国の変化に気づいたのは、日本版国家安全保障会議直属の情報分析機関〝国家安全局（ＮＳＡ）〟であった。

これは安倍首相じきじきの指示により、もともとの内閣調査室（内調）を組織改編して、新たに誕生した情報分析機関である。

この部局が発足する際に、官民を問わず優秀な人材を集めるとの首相の方針から、官公庁の縄張りや垣根を越えて、幅広く人材を募っていた。

このNSAに人材を派遣したのは多岐に渡る。官公庁では防衛省の情報本部、総務省の公安調査庁、警察庁の外事部、それに国交省の海上保安庁、厚労省の麻薬取り締まり官（麻取り）事務所、農水省検疫局、文部科学省管轄・財団法人国立民俗学博物館、法務省入国管理局、環境省、経済産業省、財務省などの部局である。

さらには民間企業、大学を含む学術研究機関、企業系シンクタンクやマスコミから、必要な人材を集めていた。

このとき、NSAへ人材を派遣しなかったのは、外務省と宮内庁くらいであった。外務省は政府部内からの情報漏洩を恐れて、最初から首相周囲の助言でパージされていたのだ。逆に外務省の官僚たちは、中国側に対してNSAが情報操作《デフエンス・インフオメーシヨン》を仕掛ける際に、しばしば政府情報のリーク源として、意図的に利用されている。

諜報活動にうとく、気位が高く無能な外交官ほど、相手国政府の歓心を買うために、あえて機密情報を不用意に漏らすからだ。

この中国側の重要情報を掴んだのは、NSAが常時おこなっている通信及びデータ情報の収集と分析からだった。

ＮＳＡの主任分析官水沼《みずぬま》は、ここ最近、紅軍総参謀部が地方の軍管区司令部との間で交わす情報通信の文面に〝北狄《ほくてき》〟という単語が頻繁に現れることに気づいていた。

この単語を検索にかけると〝北方の蛮族〟を意味する単語だと判明した。これを中国に詳しい専門家に尋ねると、このような回答が返ってきた。

「中国の支配層は伝統的に、偏見と差別意識に満ちた中華思想の持ち主です。皇帝のいる中華圏こそ世界の中心と考え、周囲の民族を南蛮《なんばん》、東夷《とうい》、西戎《せいじゅう》、北狄と呼んで、野蛮人扱いしてきました。

我が国日本は、屈折した中華思想から見れば、東方の野蛮人、東夷と見なされ、ＡＳＥＡＮ諸国と民族は南蛮、チベットやウイグルを含む中央アジア諸国の民族は西戎、そしてロシア人は北狄に位置づけられるわけです」

この説明を聞き終えた水沼は、受話器を置くと、こう呟いた。

「東夷と南蛮に、二度続けて敗北したから、今度は海軍とは無関係のロシアに方針を変更したわけか……？」

それから水沼はメタルフレームの眼鏡を外すと、じっくりとレンズを磨きはじめた。

腹を据えて考えはじめるときに、水沼がしばしばおこなう癖だ。得心がいくまで磨くと、レンズの透明度を確認してから掛け直した。そのときには、首相を含む上層部に提出する緊急報告書の骨子が頭の中で、すでに組み上がっていた。

あきらかに中軍委と紅軍は手を組み、習近平に圧力をかけて、戦略方針の変更を迫ったのだ。しかしこの一手は、あきらかに悪手だった。今の中国の状況を考慮すれば、いくら海洋戦略で二度の手痛い敗北が続いても、決して中国側の不利ではない。壊滅した艦隊は、時間をかければ再建することが可能だ。

さらに尖閣沖海戦での損失分の艦艇は、統一朝鮮となった韓国海軍を吸収すれば、戦力の補充は容易にできる。旧韓国海軍は、見栄っ張りの政府が、日本への対抗意識丸出しで建造した新鋭艦が多数含まれていた。

イージスタイプの防空駆逐艦四隻は、先の海戦で相次いで喪失したロシア製旧防空駆逐艦「ソヴレメンヌイ」級四隻よりも、一世代若い新型防空システムを搭載している。

このコリア／イージス艦の弱点と言えば、日米を敵に回した段階で、海軍戦術情報ネットから外され、肝心のデータ・リンク・システムが使えないことだろう。

そのほか韓国海軍が保有する駆逐艦、巡防艦《フリゲート》や沿岸護衛艦《コルベット》のすべては、旧式艦が多い中国艦艇と比べても、平均艦齢が若く装備も新しい艦艇が多い。

この韓国海軍艦艇をそっくり人民海軍に編入すれば、痛手を被った東海や南海艦隊の再建は、短期間で容易だったはずだ。

中国海軍に関する検討会の席上、水沼はこのように綿密に分析した。

「紅軍の唯一の問題点は、旧韓国海軍艦艇に搭載した情報ネットワークが、紅軍艦隊のシステムにはまったく適合していないことです」

続けて、こうも指摘した。

「たぶん建軍当時から中国共産党が掲げた思想体系の下で、党の指示が絶対優位の指揮系統では、上意下達が基本形です。

近年では情報の並列化を重要視するＲＭＡの思考が、浸透している欧米諸国の軍隊で、ほぼ常識化している原則、つまり情報の一元化・明瞭化が、中国紅軍では無視されています」

水沼は一息入れると、結論を口にした。

「欧米諸国のＲＭＡの概念によれば、上級司令部は下位の部隊に指揮統制権限を一部委譲することで得られる利点に関して、紅軍は無理解です。さらに情報共有の概念が薄いので、緊急時には、旗艦からの許可がない限り、配下の艦長が独自の判断で行動できないのが、組織的にみても重大な欠点だと言えます」

加えて、水沼はこのように考察する。

「指揮系統の硬直化が原因で引き起こされる最悪の状態とは、指摘される理論上の混乱が原因で、最後に組織が崩壊することだと言えるでしょう」

この情報統制の混乱状態を、日米艦隊の指揮系統と比較して、水沼は電脳空間上のモデルで紅軍の指揮統制の流れを説明した。

「紅軍上層部は、尖閣沖海戦の敗北から、この体制の弱点を学習していません。仮に気づいていても、制度上では共産党の優位を侵害することを恐れて、抜本的な改善ができないので、弱点の修正は不可能でしょう。

その証拠に、トンキン湾海戦時の南海艦隊の行動を見ても、指揮系統に前回の戦訓から学んだ改善の痕跡が、まったく見られません」

つまり水沼がネットワーク上で組み上げた東海、南海艦隊の指揮系統の動きを情報工学のモデルで検証すると、共産系の軍隊に共通する特有の欠陥、簡単に言えば修復や改善できない潜在的な弱点が、顕著に浮かび上がってきている点を強調した。

水沼は過去二回の戦闘記録を仮想空間上で再現しながら説明する。

一連の時間経過から見ると、最初に両艦隊が遭遇して、戦端が開かれると、情報工学上から紅軍特有の行動パターンが読み取れる。

「時間の経過とともに、両艦隊の戦闘状況が苛烈になり、さらに流動的になると、状況が進展する過程で旗艦と僚艦との間の通信量が急激に増える傾向が見られます」

仮想空間上のモデルで通信情報の交換を示す赤線（送信）、青線（受信・応答）の線が急速に増えている。

「さらに戦闘が進むと、正確な情報を求める旗艦と陸上司令部との間で、急速に通信量が増大し、やがて旗艦と陸上との交信だけに通信機能の大半が向けられ、その情報処理に追われ、僚艦への適切な指示が緩慢になる傾向が顕著に表れてきます」

水沼の説明どおり、陸上司令部と旗艦との間で通信量が増えるのに比例して、指揮下の僚艦の通信量が次第に細くなる。

水沼の話がそこまで進むと、誰かが〝お気の毒〟と言わんばかりに口笛を吹いた。ヤンキーならば誰かジョークでも言うだろう。しかしお行儀のいい日本人官僚たちは、余計な感情を表に出さない。

「すべての状況を把握したがる陸上司令部との衛星交信により、指揮官は冷静な対応ができる時間的な余裕が、次第になくなっていることが推測されます」

水沼が冷静に説明した。

「さらに被弾損傷した僚艦の中には、通信機能が喪失し、交信が途絶した艦も複数現れている。この状況を、司令部との交信に旗艦の通信機能が独占され、旗艦はまったく把握していません」

両軍でＳＳＭ（艦対艦ミサイル）の撃ち合いが続く中で、外周線に配備された艦艇に被弾が相次いでいる。この状況を、ステルス仕様の無人偵察機が搭載する望遠カメラは、容赦なく記録している。

説明の合間に、このリアルな映像が補足するように、カット割りで挿入されている。

船体構造が強固で大型の駆逐艦は、一つ、二つの被弾には、なんとか耐えられるが、船体の小さな巡防艦や沿岸護衛艦は、ＳＳＭが一発命中すると、ほぼ一瞬で船体が破損して、そのまま轟沈する。

中国軍艦は被害制御《ダメージ・コントロール》と船体強度に、致命的な弱点があることを証明するかのような派手な轟沈だった。

その後、時間が経過して、陣形内に消滅艦や被弾艦が増えるとともに輪形陣は、飛来するＳＳＭを陣形の直前で捕捉撃破することが徐々にできなくなる。するとこの直後に輪形陣が破綻して、複数発のＳＳＭが輪形陣の中心へと向かう。

そして数分以内に艦隊を指揮統制する旗艦が、船体各部にＳＳＭの連続攻撃を受けると旗艦の通信機能に被害が発生して、おびただしい情報量に、時間的な空白が生じている。

その後も手負いの旗艦を狙って、次々と飛来するＳＳＭが船体の各所に命中する。

近接防御の短射程ＳＡＭ（地対空ミサイル）が次々と打ち出され、自動制御の機関砲が弾幕を張るが、超低空を敏捷に動くＳＳＭの突入を寸前まで阻止できない。

直撃弾による被弾箇所が急速に増えることで、戦闘機能だけでなく、軍艦本来の機能が削《そ》がれ、通信量が段階的に減っている。

ついには艦隊各艦への指揮統制が、旗艦の炎上で回復不能になり、総員退艦命令が出る。その後に旗艦を引き継いだ副司令官が座乗する次席旗艦も、飛来したＳＳＭが命中し、艦内各部が破損し通信能力が喪失する。

そうなると中国艦隊の指揮系統全体が、一気に破綻を引き起こした。

途端に残存艦艇が、一斉に戦闘を放棄して輪形陣からの離脱がはじまると、秩序が崩壊して、艦隊が四分五裂状態になる。そこに最後のＳＳＭの群れが飛来すると、残存艦艇は単独の対空兵装では防げない。

この最終攻撃で、撃沈された中国艦は一〇隻を超えた。

まさに南海艦隊の崩壊はほんの一瞬で起きた。

これは残敵掃討戦というよりも、艦隊消滅と表現するのに、ふさわしい状況だった。

奇跡的にＳＳＭの直撃を免れた艦が、パニック状態となって、この海域から敗走する。

「状況分析によれば、南海艦隊が防空輪形陣を維持していれば、仮に艦隊旗艦の空母や大型駆逐艦を喪失しても、被弾損失艦の割合は、全体の三割程度で収まったはずです」

会議室の壁面に設けられた液晶画面には、この海戦で南海艦隊が被った破滅的損害の状況が、詳細な分析データとして映し出されている。

この海戦に関しては、中国側が、国内の動揺と政府や共産党批判を恐れてか、当時の詳細な数字を一切発表していない。

だが無人偵察機や衛星軌道上の監視システムが発達した現在では、衆人環視の下でおこなわれたも同然で、中国政府が隠し通すことは難しい。

こうした動画映像も、誰がいつの間に、どこかの情報関連のメモリーバンクからハッキングして、ネットに流出させかねない。

もしネット上の映像情報に、中国政府が気づいて、総参謀部直轄の61398部隊（サイバー情報作戦部隊）が、動き出すころには、中国全土に映像が拡散して、当局の妨害工作は、この映像の信頼性を一層高める逆効果となるだけだ。

長い沈黙が室内を支配したが、やや間を置いて最初に口を開いたのは、首相であった。

「水沼主任分析官、詳細な分析報告ご苦労様でした。尖閣沖、そしてトンキン湾の二度の海戦で、中国政府が二個艦隊を喪失した事実は、いかに強弁しようとも、隠蔽できないことだと再認識しました。

これに懲《こ》りて、習近平主席と、その取り巻きたちは、二度と太平洋の制覇を口にしなくなると思います」

首相は言葉をここで切ったが、事前に水沼が提出した別のレポートの内容には、あえて触れることはなかった。

説明会が終わって、皆が退室しているときに、水沼の前に一人の人物が近寄って、何事かを囁いた。それは首相側近の一人、世耕官房副長官だった。

「首相が直接尋ねたい件があるので、あとで執務室にきてほしい」

この言葉を聞いた途端、水沼は〝北狄〟の件だと察した。

首相の見解では、中国の戦略変更は、閣僚にも明かせない機密情報なのだ。

三〇分後、水沼は機密データの入ったUSBを内ポケットに入れると、同僚に「外出する」と伝えてから、NSA事務局を出た。

別館を出て首相官邸へ向かうと、世耕副長官の手配で、人目につかないエレベーターで、一気に五階まで上がった。エレベーターの扉が開くと、世耕副長官本人が待っており、そのまま人目につきにくい外廊下を通って、首相執務室に案内された。

室内にいたのは、首相以外に、女房役の官房長官、防衛相、統合幕僚議長、与党の実力者で防衛族を牛耳る幹事長らであった。

これに世耕官房副長官を加えた六人が、水沼の機密情報を知る顔ぶれだった。

水沼は、モニターの端子にUSBを押し込むと通信情報分析の結果を、手短に話しはじめた。

一〇分後、すべての説明を聞き終えて安倍首相は口を開いた。

「これは米国も摑んでいる情報ですか?」

「我々が摑んでいる以上、CIAやペンタゴンも早々に察知すると思われます」

「こちら側から、直接米国側に伝えた方が、インパクトとは大きいと思われます」

官房長官が一言、言い添えた。

「僕がオバマ大統領やプーチン大統領に直接電話を入れる」

首相が言うと、世耕は慌てて付け加えた。

「こちら側から、相手側に早速電話会談を申し入れておきます」

「中国側の戦略変更が確かならば、こちらも防衛計画の見直しに入らねば」

「さつま型ＬＨＡ（強襲揚陸艦）の一番艦が、数カ月以内に就役しますが、こちらも予定を繰り上げて、出撃可能にしておく必要があるのでは」

防衛相と統幕議長が、懸念を口にした。

「この際だから、ロシアとの協定交渉を急いで、交渉妥結に持ち込まねば」

幹事長は、素早く対ロ交渉の先行きを読んだ発言をした。

「どうやら習近平の戦略変更は、紅軍強硬派の主張に、中軍委で対抗できなかった可能性があります」

水沼が、先ほど入手した香港情報筋からの情報を伝えた。

レポートの内容に盛り込めなかったのは、台湾の情報筋から裏付けを取るのに、予想以上の時間がかかったためだ。

日本政府は米国務省の仲介で、秘密裏に台湾政庁国安部（情報部）との間に、対中情報に関する交換窓口を開いていた。台湾側は、北京と上海の双方に情報入手ルートを確保しており、中南海の情勢には精通していた。

台湾側にしてみれば、中南海の勢力図や中軍委での決定そのものが、台湾の国運を左右するので、情報収集と解析には力を入れている。

当然のことながら、その情報分析の信用度はきわめて高く、中国政府の内情や政府要人の動向にも精通している。

だから高給を取りながら、無能な外交官が揃っている外務省を通さずとも、ＮＳＡは必要な中国側情報を確実に入手できた。

一応付け加えておけば、外務省が持ち込む中国情報の多くは、情報操作が目的で、意図的に中国政府側が外交筋にリークしたものだ。

以前、その手の情報謀略に翻弄された欧米諸国は、香港に情報収集の拠点を置いて、ここで北京発信の情報と照らし合わせて、内容の真偽を確認するのが常識だ。

米国の場合は、台湾の情報と照らし合わせて内容を確認するのが常識化している。

その点で、日本の外務省は、北京発の情報を裏も取ることもなく、本国に報告する。

これは該当国の情報は〝隣国（台湾／香港）で確認する〟との情報収集の常識すら無視している。

だから対中政策の決定事項から、まず最初に無視されるのは、じつに情けないことに外務省の官僚である。

政権復帰後、安倍首相の代になってからは、対中国への情報漏洩を厳しく規制するようになり、省内の媚中派《チャイナ・スクール》で中国寄りの官僚を、極力政策決定ラインから排除した結果、致命的な情報漏洩はなくなった。

安倍政権の手の内が、ほとんど見えなくなった中国外交部は、極力安倍政権を非難しては、日本の政財界に圧力をかける強硬策に徹している。

皮肉にも、安倍政権の政策が成功し、中朝と距離を置く外交が成功したお陰で、日本の経済は難を免れた。

韓国の経済崩壊や中国のバブル経済破裂時にも、欧米諸国のように深刻な経済危機の影響を受けずにすんでいた。

これは麻生財相が、中国の提案するＡＩＩＢ（アジアインフラ投資銀行）への参加を見送ったときも同様であった。

麻生財相はＡＩＩＢへの不参加を決めた一方で、日本が総裁を出しているＡＤＢ（アジア開発銀行）の大幅増資を決定した。それはＡＩＩＢが破綻したときに備えて、多くのアジア諸国の開発計画への融資が途絶えて、破綻するのを回避するために、財務省が採用した方策の一つだ。

それと同時に日本の経産省は、外務省の警告を悉く《ことごと》無視して、日系企業の中国からの事業所撤退と、ＡＳＥＡＮ諸国やインド圏への製造拠点移転を支援したことで、多くの企業は最小限度の痛手ですんだ。

逆に、必要以上に中国への投資をおこなっていた韓国経済の受けた痛手は、かなり深刻であり、最終的に韓国の国内経済そのものが破綻している。平昌《ピョンチャン》の冬季五輪も経済悪化を理由に辞退する始末で、韓国の国際的信用は完全に地に落ち、〝東アジアのギリシャ〟とまで世界のメディアに揶揄《やゆ》されている。

最終的には破綻処理の過程で、ウォンの信用が失墜した韓国経済は、中国の元《げん》経済圏に吸収される形で併合された。

この未曾有《みぞう》の通貨危機を、安倍政権は瀬戸際で回避し、さらに日銀に指示し欧米諸国の中央銀行と密接に連携して、国際金融の混乱収拾を図った。

その一件以来、安倍政権の国内外の評価は高まり、国民だけでなく、国際通貨〝円〟の評価も上昇した。

さらに日本の財界は、最後まで中国の情報操作に翻弄された外務省の情報を、以後はまったく信用しなくなった。

逆に世論のあと押しもあって、政財界での安倍政権への支持が大幅に増加していた。

第二章　シベリア超特急

1

ウラジオストックでおこなわれた日ロ首脳会談は順調に進み、長年の課題だった北方領土の返還手続き交渉に続いて、日ロ友好条約とともにシベリア開発協力を含む、日ロ経済協定の調印式がおこなわれた。

さらに各国の取材陣を驚かせたのは、プーチン大統領と安倍首相は調印がすむと、そのままウラジオストック市内でおこなわれた『シベリア・シンカンセン』の起工式典に揃って参加したことだ。

その式典の場で発表されたのは、老朽化の激しいシベリア鉄道とバム鉄道の両方を、新たに新幹線規格で建設して欧州と極東を新幹線で結ぶ壮大な計画だった。それは海路に頼らない、内陸物流の大動脈をユーラシア大陸に走らせる構想でもあった。

しかもこの建設計画を引き受けたのは、日本のＪＲグループであることも、あわせて発表された。このＪＲグループは、ロシア国営鉄道と合弁会社を設立し、シベリア仕様の車両の開発設計と製造に加えて、鉄道の運営管理、さらには経営を含むマネージメントの一切を引き受ける、一大ビジネス・プロジェクトであった。

このニュースは、世界のビジネス紙の一面を飾り、北米の東西両海岸のリニア・エキスプレス建設計画を同時受注したとき以上の騒ぎになった。

東証ではＪＲや鉄道関連企業、日立や川重、日本車両などの鉄道車両製造企業の株価は、軒並みストップ高になり、この大商談を逃した影響で、ソウルや上海、香港の証券市場では、鉄道関連株や建設業界株は一気に暴落した。

香港の経済アナリストは『日本の新幹線は台湾、インド、ＡＳＥＡＮ諸国や北アメリカに続く、連戦連勝の大勝利だ』と述べた。

さらに続けて『いまや日本の新幹線は、世界の高速鉄道のスタンダード・モデルだ』と結論づけた。

実際にニューズ・ウィークはさらに辛辣《しんらつ》で、次のような一文を追加している。

「ロシアでの契約成立の結果、世界中の鉄路を走り、先進国の技術をコピーした韓国や中国の高速鉄道は、国際的には信用できない紛い物として世界中から見放された」と皮肉交じりにコメントしていた。

ただ世界で評価されたのは、単に時速二〇〇キロ台で高速列車を線路上で走らせる車体の設計製造技術ではない。

多いときには一〇分間隔で高速列車を運行する過密ダイヤを維持管理する技術と、事故以外の原因では滅多に遅延や運休を起こさないように乗員や技術要員を教育訓練して、高い職業意識と規律、それに高いモラルを鉄道関係者に教え込む、高度に専門的な教育カリキュラムとプログラムだ。

これに加えて、ＪＲグループが得意とする都市再開発能力が注目された。

まず計画の中心に駅舎ビルを据えて、数多くのテナントを国内外から誘致して、駅を利用する乗降客を逃さず、一年を通じて高い収益をあげる〝効率のいいビジネスモデル〟も高く評価された。

プーチン政権が経済進行政策の目玉にする〝シベリア大開発計画〟には、沿線地域の開発が不可欠で、同時にシベリアの沿線都市に定住する、若年労働人口を大幅に増やす快適な居住環境作りが、特に重要視された。

国内のＪＲ施設を、長期間に渡って視察調査したロシア側の調査報告によれば、「ＪＲグループの都市再開発戦略は、旧態然たる駅舎を取り壊して、複合商業施設の機能を持つ、多目的複合商業駅ビルに建て替える複合的なビジネス戦略を検討する」ことからはじまる。

この駅ビルの中には、旅行者が必要とする設備や物だけでなく、沿線周辺の住民の生活に不可欠な設備や店舗が、効率よくまとめられている。

その特徴や利点を具体的にあげれば、スーパーを含むショッピングモール、レストラン街、銀行、郵便局、ホテルやクリニック、さらには自治体の出先機関や警察署や消防署までを収容している。この駅の利用者は、すべてを駅舎内で用が足せる仕組みであった。

さらにＪＲグループは、鉄道高架下に生じる空きスペースを巧みに商業地に変える手腕や経験にも長《た》けていた。

特に駅周辺では需要の多い施設、駐車場、貸倉庫を手始めに、中には幼稚園や図書館や体育館を含む数々の公共施設を、駅から徒歩で数分以内の範囲に収めることができた。

さらにさまざまな施設を高架下に移すことで、生じた用地を地元の地方自治体は再開発に利用できる。

その際には駅前ロータリーや道路幅拡張や新たな商業施設の誘致など、都市近郊の沿線市街地の再開発が可能になる。

人口密度の割に、広大な用地があるシベリアでも、沿線居住人口増加とともに、市街地の過密化が住宅環境の悪化を招き、今では次第に社会問題化していた。

また中国国内の経済悪化とともに、好景気のシベリアへ流れ込む中国人、朝鮮族の行商人《ぎょうしょうにん》が、駅周辺に放置された貨物コンテナを利用して、無許可で開業する仮設市場の拡大は、地元の自治体関係者には、治安問題も含めて頭痛の種であった。

市街地の中心部が、隣国から流入してきた中国、朝鮮系難民が住み着いてスラム化すると、地元民を含めてロシア移住の希望者が、確実に減少する。

そこでロシア中央政府と地元政府は、ＪＲグループの指導で、大型商業施設を含む複合駅ビルを建設し、ここに地元商店を組み入れたショッピングモールを設けた。

ここには、ＪＲグループの商社を通じて、ロシア鉄道公社が一括で仕入れした商品や、日本製や欧米製の良質で最新流行の商品が棚に溢《あふ》れており、沿線住民の購買意欲を刺激する。

また区画整理や都市開発で出店する商業施設は、日ロ合弁企業が経営する大規模ストアやディスカウントショップだ。

さらにこの手の外資系企業は、地元住民を従業員に雇い入れ、あわせて日本式の従業員教育も施す。

だから、地元住民の雇用確保にも繋がり地域経済も潤い、最終的には地元住民の雇用や所得も着実に増え、同時に地元経済も潤う計算だった。

この日本式ビジネスモデルがシベリア鉄道沿線に定着すれば、地元資本の商店も繁盛する日本式を見習って、顧客サービスに力を入れる。

大企業の資本力とさまざまな接客ノウハウを前にしては、安売りが唯一の武器である中国や朝鮮系商人には、到底太刀打ちができなくなっていく。

じつは、シンカンセン化計画がはじまる半年ほど前から、国交省の仲介で、ロシア国営鉄道公社とＪＲグループの間で、沿線商業地域のマネージメント契約が結ばれており、すでにプロジェクトの前段階が始動していた。シベリア鉄道の主要駅の駅舎の取り壊しと並行して、計画の中核となる駅ビル建設計画がスタートしていた。

駅ビルの建設計画自体が、ロシア国内で多くの求人を生み出しており、ロシア全土から多くの労働者、技術者、職人が集まり、沿線一帯が活気づいていた。

さらにこれに輪をかけたのが、シベリア鉄道、バム鉄道と並行して、ロシアゲージのシンカンセン軌道の建設である。

主な工区には、鉄道本線とは別に、建設資材運搬用の引き込み線が建設され、高架構造に必要な地盤造成が、すでにはじまっていた。

従来、中国人や朝鮮人たちが営業していた仮設市場は、そのコンテナが撤去されると、建設資材置き場へと一夜で変貌した。

こうしてシベリア鉄道沿線から、仮設市場が急速に姿を消していた。

この仮設市場から中国、朝鮮人の行商の姿が消えたことには、ほかにも原因があった。その一つは中ロ国境付近での緊張が高まって、ロシア側が入国審査を強化した結果、実質的に国境閉鎖に近い状態が生まれたことだ。

さらに中ロの国境紛争に巻き込まれる危険を察知した行商人の多くが、シベリアを嫌って、行き先を新たな市場である中央アジア諸国に変更したのも大きい。

ある意味、国境をまたいで、行き来する商人だけに、この手の危機には敏感に反応する。実際、欧ロ地域から〝東に向かう〟軍用列車の本数が、このところ、確実に増えていた。

そして非常時の臨時ダイヤで運行されるウラジオストック方面の軍用列車が、欧ロ方面に戻る際に、各工区に鉄道建設資材を運搬している。

その際に優先されたのは、軟弱な永久凍土のさらに下にある堅い岩盤に向けて、シートパイルを打ち込む人工地盤の建設資材だ。

極寒の地シベリアでは、地表を少し掘ると永久凍土の地層にぶつかることが多い。だがその引き締まった地層を岩盤だと思うのは、大きな間違いだった。

もしその上に建物を建築すると、その後の熱が永久凍土を溶かして、後日、地盤沈下や建物の床が大きく傾く原因になる。

ただ、シベリア鉄道の沿線部分には、このような永久凍土の地層は少ないが、さらに北方を走るバム鉄道になると、随所にこの地層が点在する。

しかしいくら南部のシベリア鉄道には、永久凍土層が少ないからといっても、水分を多量に含む軟弱な地層が多いことには変わりがなかった。

二〇世紀初頭のシベリア鉄道建設では、下に丸太を敷き詰めた上に、土砂を含む盛土をして、軌道面での強度を確保したが、高速鉄道になると、この程度の強度確保では、充分ではなかった。

　そこで、あえて高架鉄道を建設する工法を採用して、土中の地盤に無数のシートパイルを打ち込み、この杭で直接軌道面を支える構造を採用した。土中に高架軌道の高架を支える杭を通すことで、軟弱地層や永久凍土の影響を受けない強度の高い高速鉄道の軌道面を確保している。

　なお各工区では、土中の地盤に杭を打ち込んだのち、その上から盛り土をして軌道の基礎部分を覆っている。

　これは極寒の時期に、軌道の基礎部分が凍結して、積雪の加重で破損するのを防ぐための工夫だった。

　この光景は地元住民が見れば、シベリア鉄道の沿線に沿って、延々と長大な堤が築かれているような印象を受けた。

　この異様な盛り土の障壁は、中国の万里の長城に引っかけて、外国の通信社は「粘土《クレイ・》の長城《ロングウォール》」とキャプションをつけて報じたが、中国側は〝ロシア側がおこなった野戦築城工事の一環〟だと捉えていた。

　この土手の建設作業に関して、ＪＲ側は地元住民の疑問に答えて、〝この土手は、シンカンセンの軌道を敷くための盛り土の一種だ〟と説明している。そして住民の要望を入れて、ところどころに車両が通行できる幅の切り通しを設けていた。

この箇所はシンカンセンの軌道を敷く際には、鉄道橋が架けられる予定だったが、同じ場所を通過するシベリア鉄道本線から見れば、まるでシンカンセンの工事現場から見下ろされている印象が強かった。

必要な建設資材を最寄りの補給拠点から運搬してきた貨物列車は、本線の脇に設けられた引き込み線に入る。

ここで列車を牽引してきた電気機関車は切り離されて、資材を下ろして空になった有蓋貨車と無蓋貨車を連結して戻っていく。

物資の運搬と作業要員の移動はすべて、シベリア鉄道の本線を使っておこなわれていた。駅同士の区間が長いシベリア鉄道沿線は、移動や往復に一般道路を使うのは、あまり効率のいいことではない。

冬場は容易に凍結するし、事故でも起こしたら目も当てられない。

特に極寒の時期に車両故障を起こせば、駅の間隔が極端に離れているので徒歩だと数時間では着かない。吹雪に巻き込まれて遭難すれば、命の危険すらある。

だから、シベリア鉄道とほぼ同時期に起工したバム鉄道では、沿線人口の少ない辺鄙《へんぴ》な作業工区には、作業員の宿舎に改造された列車が、退避線上に停車している。

一〇〇名ほどの作業班は、一カ月のうち三週間ほどは現場に留まり、一日一〇時間の軌道建設作業に従事するのが、一般的なスタイルになっていた。

宿舎から現場はすぐなので、病気や怪我でもしない限り、作業班は週に一回の休養日を除き、定められた日程に沿って作業する。

列車内に積み込んだ食料と補給物資がなくなるころには、課せられた作業工程が終わり、列車は作業班を乗せて、休暇のために最寄りの工区基地のある駅に戻る。

そのころには、別の作業班を乗せた列車が、担当工区の現場に到着している予定だ。

規定の作業を終えた作業班は、一週間ほどの休暇を思い思いに過ごしてから、再び作業列車に乗り込み、指定された工区へ向かい、実質三週間の建設作業に従事する。

作業列車は基本的には、人数分の作業員宿舎を兼ねた個室寝台車と、調理場を備えた食堂車、サロンと売店、図書室を設けた娯楽車、医師と看護師が常駐する医療車、洗濯室とサウナを併設した浴室車、現地事務所を兼ねる作業指揮車、発電車、給水タンク車に加えて、倉庫を兼ねた有蓋貨車と無蓋貨車が牽引用の電気機関車に連結されている。

作業員宛の郵便物、新聞、雑誌の類いは、最寄り拠点駅に託され、毎日一定時間に、現場を通過する貨物列車から、定期的に受け取る仕組みだった。

だがこのように各工区で続けられていた建設作業が、突如中断を余儀なくされる事態が発生した。

2

ある日、シベリア鉄道の各工区は、在ウラジオストックの建設工事総合管理事務所から、緊急に発せられた責任者宛の電文を受け取った。

［各工区の作業列車は、ただちに建設作業を中断して、最寄りの基地駅へと移動し、必要とあれば職場を放棄して、安全地帯へ避難せよ］

それは緊張状態が続いていた中ロ国境付近で軍事衝突が起きたことを意味していた。

ロシア側の発表によれば、紅軍部隊に警護された中国側労働者の一団が、中ロ国境を越えてロシア領内に侵入し、無通告で建設工事をはじめたことが発端だ。

これに対して、ロシア側の連邦国境警備局（ＦＰＳ）の警備隊が実力排除に動いたことで、護衛で同行していた中国側の警備隊が、突如発砲したことから、実質的な軍事衝突となった。

それは国境警備隊同士の小競り合いのような銃撃戦ではなく、双方が互いに、戦車や装甲車を出動させ、正規軍部隊を投入した戦闘であった。

お互いに周辺地域に正規軍の戦車隊を待機させた状況下で、実力行使に出たからだ。

ロシア側の読みでは、赤軍の投入も辞さない覚悟を見せれば、連絡を受けた中南海は紛争の激化を恐れて、現地の紅軍を抑えて、事態収拾に動き出すと見ていた。

しかし中ロ国境付近や内蒙古自治区、それに東北地区一帯を監視する偵察衛星の画像を解析してみると、紅軍は新たな集団軍の車列を続々と現地へ移動させている状況が判明した。

この時点で赤軍参謀本部に加えて、対外情報部（ＳＶＲ）やロシア連邦保安局（ＦＳＢ）から寄せられた報告を検討したプーチン大統領は、次のような判断を下した。

「奴らは本当に戦争を仕掛けてシベリアと沿海州を奪う気だ」

プーチンが呟くと、かたわらにいた国防相が付け加えた。

「海洋戦で日米に敗北した結果、海洋制覇を断念した中国人は、地上戦に本腰を入れる気なのです」

この発言でプーチンの腹は決まった。

「赤軍に対して、総力をあげて侵入者を撃滅し、二度とロシア連邦共和国領を奪う気が失せるように、容赦なく鉄槌《てっつい》を加える」

これに対して赤軍総参謀長が、青ざめた表情で現状を報告した。

「相次ぐ国防予算削減の影響を受けて、沿海州、東シベリア戦域方面の赤軍部隊の戦力は、最大時期の半分以下に激減しております。さらに装備や兵器更新の遅れで、半数近い部隊には旧式装備しか与えられておりません」

「ヨーロッパやコーカサス方面から、増援部隊を割けないのかね」

プーチンが尋ねると国防相が首を横に振る。

「現時点で派遣できるのは、重装備を持たない空挺師団か、緊急展開部隊に限られます。重装備の運搬には、シベリア鉄道の通る地域が、中国側の攻撃を受けている状況下では、北極海経由で海上輸送をおこなう以外、選択肢はありません」

「バム鉄道への迂回も検討しましたが、中国側が分岐点のあるダイシェットやカンスク周辺にも、空挺コマンドを降下させて、空爆を地上から誘導しており、複数の鉄道施設に被害が続出中です」

参謀総長が暗い表情で報告した。

そのときに幕僚の一人が、大統領執務室へ入ってくると、一通の電文を参謀総長に手渡して、一言、二言囁いて退室した。

一瞬に参謀総長の顔色が変わったことを、プーチンは見逃さなかった。

「参謀総長、悪い知らせかね」

大統領の問いかけに、参謀総長が、おずおずと報告した。

「ウラジオストックの海軍司令部から悪い知らせです。朝ロ国境付近で、朝鮮軍に不審な動きありとの通報です」

プーチンが口を開く前に国防相が、怒りの声を発した。

「ソ連邦が全盛時代には、物心ともにソ連邦の援助で政権を維持し、中国が経済成長すると、途端に中国に尻尾を振り、今回は中国の力を借りて念願の南北統一を果たすと、中国に媚び諂《へつら》い、今ではロシア侵略に加わるとは……なんという恥知らずな連中だ」

するとそれまで険しかったプーチンの顔に笑みが浮かんだ。

「いよいよ中朝両国が、我が国に向かって牙を剥《む》いてきたか。事態がここまで悪化すれば、同盟国である日米に、軍事援助を求める理由が整った。日米両国がロシアへの救援を躊躇する理由がなくなった……」

元KGBのエリート官僚として、青年時代は国際諜報活動の分野に身を置いていただけに、プーチンは感覚的にも、微妙な国際情勢の変化を嗅ぎ分けていた。

中ロ二国間の紛争であれば、国際社会は二国間の問題として、〝知らぬ顔〟を決め込むことができる。

米国議会の保守派勢力（共和党）は、これ以上国際紛争に介入して、軍事費が増加することには反対の姿勢を崩さない。

だが過去に国連事務総長を選出した国家（韓国）が、中国に荷担し、ロシアへ攻め込んだとなれば、二国間から多国間紛争へと間違いなく発展する。

二国間紛争ならば、国連が間に入り調停をおこない、外交交渉の場で解決を図る方策もある。中ロ両国が安保理の常任理事国でも、国際世論は容易には動かない。

もし欧米諸国が中国に対する外交圧力をかけるとしても、せいぜい国連総会の場で非難決議を可決して、〝常任理事国の資格停止〟を承認させるのが限界だろう。

だが侵略行為に統一朝鮮が荷担したとなると話は別だ。

そうなると米国議会保守派や参戦反対の世論も、〝大国同士の国境紛争〟で、事態を片づけるわけにはいかなくなる。

米国政府は、ロシアからエネルギー供給を仰ぐ日本を誘い、米国大統領が議会の保守派を説得すれば、日米両国が中ロ紛争へ本格介入する道が開かれたも同じだ。

「重要なのは、いかに日本の世論を味方につけて、米軍が日本列島を足場にして、沿海州へ援軍を送り込むのに有利な情勢を、つくり出せるかだ」

プーチンはそう呟くと外相を呼び出し、具体的な指示を伝えた。

「戦略的に最も重要なのは日本列島の位置だ。おそらく中国政府は、あらゆる手練手管《てれんてくだ》を駆使し、さまざまな圧力をかけて、日本の参戦を阻止しようとするはずだ」

事実、プーチンの読みどおり、中国外交部は、あらゆる外交チャンネルを通じて、日本政府と国会に〝参戦を思いとどまるように〟と圧力や説得工作をおこなっていた。

「中国にとっては、米軍が日本を経由して、ロシアへ援軍を送り込むのは黙認する。だが日本が紅軍と交戦する事態は、なんとしても回避したい意図が露骨でしたなぁ」

中国大使が辞したあとで、安倍首相は官房長官に外相、防衛相それに幹事長を含めた五人で対応策を練った。

「しかし日本政府が参戦を見送るのなら、尖閣諸島の領有権を認めてもいいと提案してくるとは、中国もかなり焦《あせ》っていますなぁ」

外相は呆《あき》れたと言わんばかりの表情で言う。

「最悪の手段として、日本本土攻撃の意図までチラつかせるとは、ヤクザの恫喝《どうかつ》と同様で、安保理常任理事国の自覚は皆無といえる。国際儀礼も無視して、まさに侵略者の態度だ」

普段は温和な性格で知られる防衛相が、珍しく侮蔑《ぶべつ》する口調になった。

「その余裕の無さこそ、外交失態を繰り返して、追い詰められた中国の本音でしょう。今回は最悪の場合を覚悟する必要がありますね」

官房長官は、ズバリ本音を口にする。

「そのときは、日本国内、特に北海道や日本の主要都市、核関連施設や在日米軍と国防軍の基地に対して、テロやミサイル攻撃を、想定する必要がありますな」

官房長官の話を受けて、幹事長が本題に切り込むと、周囲の空気は緊張した。

想定される弾道弾の戦略目標を一気に列挙するところなどは、さすがに軍事通を自認するだけのことはある。

「マスコミが騒ぎ出す前に、北朝鮮のミサイル攻撃を想定した防衛計画を早速、実施に移すように指示を出します」

「それはいいことだ。中国大使が日本の新聞に意図的にリークして、国内に騒ぎが起きてからでは、国民の動揺は簡単には収まらない」

「国交省の全面協力が得られれば、都市の近郊にPAC《パック》3（地対空ミサイル）や最新鋭のTHAAD《サード》（弾道弾迎撃ミサイル）の展開も容易になるでしょう」

「判った。国家危急の際だ。以前に防衛省から申請のあった、例のゴルフ場の緊急強制収容に関する法令は、即日実施に移させる」

首相がそう言うと、防衛相は一礼し、早々に指示を出すために、首相執務室から退出した。

「確かにゴルフ場を、迎撃ミサイルの展開先に強制収容するのは妙案かもしれません」

幹事長は笑みを浮かべて言った。

「この国家非常時に、お気楽にゴルフ・コンペを楽しむ余裕は、我が与党の政治家にはありませんからね」

唯一の趣味が模型造りと鉄道オタク（乗り鉄）で、インドア派の趣味人を自称する幹事長は、党内ではゴルフ嫌いで有名だった。

「幹事長の好みはさておき、我が国の生命線を中南海に握られるのは、決して愉快なことではありません」

首相の口調は、あくまでも冷静であった。

「この期に乗じて、朝鮮軍が対馬や北九州、さらには山陰にも何か仕掛けてこないとも限りません。海保や警察も国防軍との連携を重要視するように、指示を出しましょう」

この発言は、首相や幹事長の地元選挙区が、朝鮮からの脅威に日常的に晒されていることを周囲に暗示させた。

「中国の尻馬に乗って、自分たちも勝ち組になったつもりで、何を仕掛けてくるのか予測がつかないほど、やっかいな連中ですからねぇ……」

官房長官がこの先の状況を考えて、思わずため息をついた。

そのとき、一人の首相付秘書官が現れて、一通の公電文を差し出して囁いた。

「統一朝鮮政府の軍隊が、朝ロ国境を越えたとの緊急情報が、モスクワやワシントンから入りました」

首相の一言で、その場に緊迫した空気が流れた。

「予想より早く朝鮮軍が動き出したか。統一政権成立後、軍の実権を握ったのは韓国だと聞いております」

外相が、すかさず言い添えた。

「あの女性大統領が、文字どおり中国の尻馬に乗って、軽率な行動に走ったのに違いありません」

幹事長が確信を持って言った。出席者の皆が幹事長の言葉に頷いた。

「首相、ロシア側に救援を申し出る好機です。国連総会で米国が中朝両国への制裁措置を議長に提案するのは、ほぼ確実でしょう」

すると首相の顔に笑みが浮かんだ。

「貧すれば鈍すの譬《たと》えどおりに、内政に行き詰まった中朝は暴走をはじめたかな。ここは二の矢、三の矢を繰り出すときだ。外相、大至急ワシントンＤＣへ向かってほしい。できれば一時間後に、羽田に到着する台湾政庁の外交部長（外相）を引き連れて、間髪をいれず訪米してください」

そして一呼吸置いて、政治的な狙いを初めて口にした。

「米国務長官に提案するのは、台湾の国連復帰だ。もし台湾が国連に加盟すれば、中国の外交政策は窮地に追い込まれる。

仮に反対して国連を脱退すれば、その空席となった後釜に、台湾が自然に座ることになる」

「台湾の国連復帰と常任理事国入りですか、中国も必死で巻き返しを図るでしょう」

外相は重大な使命に表情が強ばっている。

「アフリカ諸国は、条件次第で、賛成に回るでしょうが、問題はイスラム諸国と、中国との関係が深いEU諸国ですね」

「票読みでいくと、ASEAN諸国やインドは賛成に回りますから、あとは中南米諸国の切り崩しでしょう。

アジア圏で中国に同調するのは、わずかパキスタン一国くらいかと。オセアニアと太平洋諸国は台湾支持に回りますかな」

幹事長が即座に票読みをした。

「イスラム諸国には、同じイスラム圏のインドネシアとマレーシア、ブルネイが説得するだろう。中央アジア諸国はロシアに説得してもらう。

さらにEU工作は、ロシアと米国が担当するはずだ。これでは、伝統的な中国贔屓《びいき》のドイツ政府も口は出せないだろう」

EU諸国の中で日本支持の英仏と対抗するように、中国との関係を深めているドイツへの牽制にもなる。

今回の国境紛争を巡って、欧州諸国での特亜三国（中国・韓国・北朝鮮）に関する世論は確実に悪化している。

もともと国際的に評判の悪い北朝鮮や韓国が一緒になった統一朝鮮など、今回の中ロ紛争の参入で、さらに評価を下げているはずだ。

ここまでの首相の読みは、見事に的中している。東京五輪招致の際に見せた外交手腕は、今も健在だった。

首相執務室に居合わせた全員が、安倍首相の目指す対中包囲網の真の狙いを、このとき認識した。

日本が単独で実行するよりは、米国と同盟を組み、できれば南シナ海の脅威に悩むASEAN諸国やインドも同盟に引き入れる。さらに今回はロシアを梃子《てこ》に、台湾の復帰を狙う。

「台湾が国連に復帰した暁には、常任理事国としての中国の立場が怪しくなるでしょう。いまや中国の覇権主義に対する反感から、我が国や米国をはじめ、ASEAN諸国からインドに至るまで、台湾を強く支持する国々が揃っている」

アジアの盟主を気取っていた中国と、その先棒を担いだ統一朝鮮が企てた対日包囲政策が、今度は我が身に降りかかってくる。

「まさに人を呪《のろ》わば、穴二つですな。特亜三国の国連での外交上の孤立は、目に見えています」

官房長官が感心したように言う。

「独善的な中国を直接牽制するように、アジアからも常任理事国候補を追加する提案が、ロシア側から国連総会に提出されるだろう」

首相がさらりと重大な機密を口にした。

「おそらく日本とインドがアジア地域での新たな常任理事国の候補にあがるでしょう。この提案に反対するのは、特亜三国に、親中派と親密でインドと対立する隣国パキスタンがせいぜいのところ」

幹事長がそう言ってニンマリする。

3

ワシントンDCの大統領官邸《ホワイトハウス》では、クレムリン宮殿のプーチン大統領との電話会議を終えたオバマ大統領が、その結果をNSC（国家安全保障会議）の席上で説明していた。

「……というわけで、ロシア側は我が合衆国《ステーツ》に援軍の派遣を要請してきた」

オバマはそう言うと、静かに出席者一人、一人の顔を見た。

合衆国憲法の元、大統領は議会の承認がなくても一定期間（約六〇日間）合衆国の陸海空海兵隊の四軍に軍事介入を指示する権限が認められている。

介入が長期化するようならば、連邦議会を説得するに足る情報を、大統領側は提示することが求められる。

「ロシア側が求めているのは、ヨーロッパロシアかコーカサス方面から援軍を派遣して、シベリアや沿海州に進入した中朝連合軍を駆逐する邀撃《ようげき》態勢が整うまでの時間稼ぎだ」

統合参謀本部議長は、大統領の説明を聞いて〝当然だ〟と言わんばかりの表情で頷いた。

「当面の目標は、日本海に面したウラジオとナホトカを確保すれば、それだけで充分だと思われます」

統合参謀本部の見解ではここを足場に、ロシアが要求する軍需物資を日本海を経由して送り込む方針だ。

「中国側の戦略目標は、ロ清条約で譲渡を迫られた軍港湾都市ウラジオストックの奪回と沿海州の大半を占領して、ロシアとの交渉に持ち込むことでしょう」

国務長官は、すでに中国がこの国境紛争を短期間で確保して、あとは条件交渉に持ち込む腹だと分析していた。

「逆にウラジオストックを確保できなければ、中国側が紛争を起こした理由を、国内に説明できません」

「国境紛争が長期化すれば、中朝の立場は国際社会では一層まずいことになります」

「それに強《したた》かな中国のこと、ウラジオストックとナホトカの確保には、統一朝鮮軍を前衛部隊に投入する計画でしょう」

ＣＩＡ長官は、このような分析を伝えた。

「つまり、ロシア人の恨みを買う役割を、朝鮮側に押しつけた形だ」

議長役の副大統領は、中国側の狙いを言い当てた。

「これで決まりだな。緊急展開軍と九州方面駐留の第2師団及び海兵隊を、日本経由でウラジオに送り込む。ウラジオストック海岸堡《ビーチ・ヘッド》を、なんとしても守り抜くのだ」

大統領の断固たる指示で、統合参謀本部議長は、具体的な作戦構想の説明に入った。

「第一段階で、投入できるのは緊急展開軍所属の第82空挺師団と第101空中機動師団の二個軽装備師団です」

統幕議長の説明では、この部隊は空輸可能な軽装甲車両（装輪装甲車）とヘリ部隊で編成されており、打撃力のある戦車や自走砲、戦闘兵車などの重装備を持たない。

ただこの二個師団の将兵は、戦闘経験豊富な精鋭揃いで、彼らの任務は、いち早く現地に到着して展開し、敵の進撃を妨げながら、海上輸送中の本隊（海兵隊、米陸軍重装備師団）の到着まで、必要な時間を稼ぐことにある。

さらに中部太平洋上のハワイから太平洋を横断して空輸された第25軽歩兵師団が、北海道で事前集積装備《ポムカス》の武器・弾薬、各種車両、戦闘装備を受領して、上陸作戦部隊の隊列に加わることになる。

今回の上陸作戦部隊は、太平洋岸の第2海兵隊師団から充分な増援を受けて、完全編成に戦力を回復した在フィリピンの第3海兵隊師団に、在韓米軍廃止後に九州へ移転していた米陸軍第2歩兵師団（機械化歩兵師団）、それに同盟国の日本国防軍から、第七機甲師団、第二（機械化）師団が加わる。

特に日本国防軍の第二師団には、北部方面隊（北方野戦軍）直属の各部隊、第一戦車群（一〇式戦車装備の増強戦車連隊）、第一特科（砲兵）旅団、高射特科（野戦防空連隊）群、方面施設（野戦工兵）旅団を含む各種部隊を編成下に入れて、大幅に戦力を補強している。

これらの戦力を具体的に言うと、機甲師団一個、機械化歩兵師団三個、軽歩兵師団一個となる。

「米軍の基準でみても、野戦一個軍団に匹敵する戦力だと言えます」

液晶画面上に映し出した編成表を指し示しながら、四つ星の陸軍大将は投入する戦力の説明をした。

「ではウラジオストックに迫る敵軍の戦力に関して聞きたい」

大統領が言うと、参謀本部議長に代わって、CIA長官が説明をはじめた。

「現時点で、東北部に配備された中国紅軍の北部戦域方面軍は中ロ国境の愛琿《アイグン》河を渡河したのち、偵察衛星の情報と通信情報の解析によれば、ロシア領内のヤブロイナ山脈から、スタノボイ山脈に至る線まで進出しております」

液晶画面に映された画像情報では、防衛側のロシア赤軍は進撃する中国紅軍に対し複雑な山地の地形を最大限に利用した遅滞戦術を実施して、戦力が整うまでの時間稼ぎをしていらしい。

「これに対して中国紅軍は、モンゴル政府に圧力をかけて、内蒙古に待機中の西部戦域方面軍が、モンゴル国内を縦断して、バイカル湖の西側へ進出する機会を狙っております」

　画面に映し出された地図上には、中国紅軍の予想針路が表記され、その針路上にあるのは、シベリア鉄道とバム鉄道の分岐点の都市であった。

「中国紅軍は、この二方面に戦力を集中させております。また新たにウラジオストック、ナホトカ方面へ侵攻する動きを見せているのは、中国紅軍総参謀部指揮下の統一朝鮮軍で、戦力は二個野戦軍の模様です」

　出席者の間からは、驚きの声と同時に、ため息が漏れた。

　わずか数年前までは、米国の同盟国として、在韓米軍が駐留していた国なのに、米軍が引き上げた途端に中国へ尻尾を振って、いまや中国の属国と化して、中国のロシア侵攻の先棒を担いでいる。

「恥知らずな国家だな」

「朝鮮戦争で、多くのＧＩ（米兵）が犠牲を払って、自由と独立を守った結果がこれとは。呆れ果てるな」

「隣国の日本人が、嫌うだけのことはある」

「これが、かの国の伝統的な事大主義《じだいしゅぎ》の神髄《しんずい》だよ。常に強い側につくことで、自己の存続を優先する典型的なご都合主義だ」

出席者から怒りの声が漏れる中で、国務長官は、このように言い切った。

「だがご都合主義は、新たな宗主国にも信用されない模様で、これを見てください」

CIA長官が新たに映し出した映像には、小柄な戦車兵が韓国軍の新鋭K2戦車に、命令一下、速《すみ》やかに乗車する光景があった。だがなぜか全体からは違和感が拭い切れない。

「その低い身長と軍服から推測すると、韓国製戦車には旧北朝鮮人民軍の将兵が搭乗している模様です」

CIA長官は、このように映像の種明かしをした。

「つまり、中国側は旧北朝鮮人民軍の忠誠度に疑問を持ったためか、旧韓国軍の装備を旧北朝鮮人民軍出身者で構成された部隊に配備したと類推されます」

「統一朝鮮内部は、完全に中国へ従属した体制ではなく、依然として政府や軍部に不満分子が存在するわけか」

渋い表情で映像を見ていた国務長官は、中朝が一枚岩の体制ではないことを知って、思わず微笑んだ。

以前にFBI長官から〝合衆国内に居住する中国系や韓国系市民や居住者が、あまりに多すぎて、監視の目が行き届かない〟と監視状況の説明を受けていたことを思い出したからだ。

「同じアジア系でも日系市民のように、比較的高学歴高収入で、順法精神に溢れ、地元社会に同化しているのとは根本的に事情が違います」

ＦＢＩ長官は、日系人と比較する方が無理なことを指摘した上で、政府部内や軍内部から中国、韓国系の人材が、かなり前からＦＢＩの監視対象になっていることを明かしていた。

「同じ中国系でも、香港、台湾やシンガポール系市民のように、中国本土と無関係なことが証明されれば、監視対象から外されます。

しかし韓国系市民は以前から反日行動など、本国からの影響下にあることを完全否定できません」

事前の説明でＦＢＩ長官は、国務省を含めて、連邦政府の主要官庁や軍部から、リストに名前が記載された者らの〝極秘情報関与資格《クリアランス・レベル》〟を下げるように要請していた。

人種別・民族別に、ＦＢＩが全国規模で監視対象に置くのは、９・11テロ事件以降にアラブ系・イスラム系市民や在留者を対象にして以来のことだ。

このときは、鉄道や空港などの交通機関、連邦政府機関の建物で厳しい監視態勢を敷いたため、世論からの抗議が続出したが、予防拘束された容疑者の多くが〝好ましからざる外国人〟として、在留許可や〝市民権登録《グリーン・カード》〟を没収されて、強制送還の対象となった。そのときの〝国外追放〟該当者の人数は、決して少なくはない。

「しかし今回の場合に限っては、中国及び統一朝鮮本国とは、外交関係途絶状態にありますので、国外追放処分の韓国系市民や外国人の拘束者は、強制送還の受け入れ先がありません」

「世界各国に問い合わせても、地元住民との間でトラブルが多い韓国系市民が、居住する国は少ないので、その中でも在日韓国人が多く住む日本政府にも、内々に受け入れを打診しましたが、結論として、拒否の回答が外交レートを通じて、正式に返信されてきました」

そこでFBI長官が、一呼吸置いてから、次のように強制送還先を明かした。

「結論として、国内に少数民族の朝鮮族が居住するロシア連邦が、受け入れを承諾しており、現時点では、人権団体を通じ欧州経由でロシア国内への強制送還を、随時実施しています」

このFBI長官の説明では、外国からの移住者や入国を希望する外国人に、門戸を開いている〝自由の米国〟でも、いざ戦争状態になれば態度を豹変《ひょうへん》させることを意味していた。

その場合の対処方法は、容赦なくかつ冷酷であり、安全保障に関する国内法を盾に取り、国外追放を淡々と実施している。

今回は韓国系の市民に適応された緊急措置（国外強制追放）に対して、人権団体や宗教団体から、わずかな抗議の声が上がった程度にすぎなかった。

さらに意外なことに、連邦議会に影響力のある米国の世論やメディアは、この事態を静観するだけで、ほとんど動かなかった。

これは中国系市民への緊急措置（台湾への追放）に、米国内で擁護の声が上がったのに比べて、あまりにも冷淡過ぎる反応だった。

ある意味では、これが米国へ移民したアジア系民族として、米国内で培《つちか》った歴史の差でもあった。

日系や中国系市民は、移民に関しては一九世紀以来の長い歴史があり、大都市や各州（ハワイ、カリフォルニア）の政治や地域経済の面では、すでに確固たる地盤を築いていた。

中国系市民は、旧世代（台湾系）と新世代（大陸系）との間で、明確な線引きが存在しており、連邦政府やＦＢＩが緊急措置の対象にしたのが、新顔の大陸系の新世代市民であることが、多数派の中国系市民に安心感をもたらした要因の一つにあげられる。

加えて持ち込んだ外貨で、米国内の地所やマンションを買い漁る新世代移民の行動が、地元メディアで頻繁に報道されていたことも、米国内の世論を動かす際には、大きなブレーキとなった。

さらに大都市でアフリカ系市民やヒスパニック系市民団体との関係が悪化していたことも、同情論を呼び起こすまでには、至らなかった原因としてあげられる。

特に日ごろから、すぐに過激な抗議行動に走る韓国系市民への緊張状態が、すでに存在していたことも、〝少数民族差別《マイノリティー》〟に関する抗議運動が、市民レベルにまで拡大しなかった原因でもある。

少数民族の間でも新顔の韓国系市民は移民の歴史も短く、政治的にも地域社会から、孤立していたのだ。

4

ステルス仕様の無人偵察機がエンジンを停止して滑空状態で、朝ロ国境の河川上空を通過する。この河川を地図上で確認すれば、豆満江《トウマンガン》と記載されている。中国側の地名では図們江《トウメンチ》である。

偵察機の機載カメラは、この河川に沿って何本もの軍用浮橋がかけられ、次々と戦車や装甲車、自走砲が、渡河する光景を撮影した。その直後に電波探知機が警戒レーダーの周波数を感知して、即座に警報が鳴り出す。

地球の裏側で無人機を操る操縦者《コントローラー》は、舌打ちすると機首を上げて、再びエンジンを起動させた。

いくらステルス仕様の機体でも、エンジンを動かせば、温熱排気から赤外線が探知されるし、エンジンが発する轟音は隠せない。高高度から滑空状態に移行して、音や熱を発することなく、敵に感づかれぬままで軍用橋の撮影を終えようとしたが、その考えが甘かった。

敵は高感度の光学監視装置に加えて、精度の高いミリ波レーダーまで、上空監視用に配備していたらしい。

「チャフ（電波攪乱片）、フレアー（発熱発光体）展開」

操縦者はそう言うと、電波攪乱片の束と発熱熱源体を、機外に連続して放出した。

発見された以上は、こうした防御手段は、単に時間稼ぎの気休めにすぎない。

すでに周囲に対空砲火の弾幕が張られ、赤外線あるいは電波誘導型対空ミサイルが次々と周囲に打ち上げられている。

「どうやら今回は、雀蜂《すずめばち》の巣を突っついたらしい。この雀蜂は火病《ファビョン》（病的興奮）になっているぜ」

操縦者のマリオ・アンドレッティは、派手に警告音が鳴り、背後に迫るミサイルを巧みに回避しながら、呟いていた。

そのときに、相棒の偵察士官のルイージ・マッツが叫んだ。

「データ転送終了。映像は記録した」

直後にマリオが操作する無人偵察機ＲＱ10プレデター２に対空ミサイルが直撃し、画面から映像が消えた。

「墜とされたか！」

悔しそうに呟くマリオ。たとえ我が身は無事でも、自分の分身と同様な遠隔操作の機体を敵に墜とされるのは悔しい。

映像が途切れた画面を見て、ルイージが呟いた。

「大丈夫。目標の浮橋の位置は、すべて攻撃データに設定ずみだ」

抜け目のないルイージは、対空ミサイルに追尾されて回避行動中も、ちゃんと目標設定に必要な情報処理時間を秒単位で計算して、撃墜されるまでの間に稼いでいたらしい。

ルイージが映像を巡航ミサイルのモノアイに切り替えると、すでに飛来した巡航ミサイルの照準枠《クロス・ケージ・サイト》内に狙った渡河橋の姿が大映しになる。接近するミサイルに気づいた両岸の部隊から、猛烈な勢いで巡航ミサイル目掛けて、対空砲火が打ち上げられた。

「今ごろ気づいても、遅すぎるぜ」

ルイージは、もはや手遅れと言わんばかりの口調だ。

次の瞬間、高高度を飛ぶ無人観測機のカメラが、巡航ミサイルの命中で吹き飛ぶ渡河橋を捉えていた。

「六カ所中、すべてに命中、完全破壊を確認」

爆煙が晴れたころに六カ所の軍用浮橋が、真ん中から破壊されているのが視認できた。

「これで一時的には、敵の侵攻を足止めできるが、この軍用浮橋は数時間で復旧されるにちがいない」

ルイージは、煙草に火をつけると、大きく煙を吐き出して呟いた。

「初日は二カ所、翌日は四カ所、三日目には六カ所と、破壊するたびに、敵は浮橋の数を増やしてやがる。まさに根競べだぜ」

ルイージは、そう言ってウインクした。

「これも多国籍軍の先遣部隊がウラジオストックに入るまでの時間稼ぎだ」

マリオが、コーヒーカップを片手に言った。

「しかし、湾岸戦争のころは、俺が前席で操縦を担当し、お前が後席で戦術士官をやっていたよなぁ……」

「今ではコーヒーを飲みながら、煙草を片手に地球の裏側から、リモコンで無人機を遠隔操作して、攻撃できる楽な時代になったもんだ」

「それにミッションが終われば、地対空砲火で傷ついた機体を必死で操りながら、なんとか無事サウジの基地へ帰り着くことを心配する必要もない……」

ルイージがそれに応じる。

「時間がくれば、交代要員に当直を引き継いで、この部屋を出て家に戻り、家族と一緒に温かい晩飯が食える」

「これも皆、科学と技術の進歩のお陰だ。だから俺たちのように用済みのロートルパイロットにも、軍からお呼びがかかる」

そう言って、何本ものコードが付いたヘッドギアを脱いだマリオは見事な禿頭だった。かたわらの相棒のルイージの頭は白髪だが、車椅子に腰掛けている。

二人が着込んでいるジャンパーの胸には、操縦者資格章《ウイングマーク》と数々の戦功を示す略受賞《サラダバー》が付けられている。だが、すでに二人の身分は、高齢や障害を理由に現役を退いて、合衆国空軍USAFの退役軍人の扱いだ。

CIAと国防総省《ペンタゴン》は、こうした歴戦の退役軍人に目をつけていた。反射神経は衰え、肉体は高いGのかかる空戦機動には耐えられなくとも、蓄積した戦闘経験と勘が衰えていなければ、無人機を地球の裏側にいながら遠隔操作するのに、なんの支障や問題もない。

反射神経の衰えは、操縦プログラムの修正や改良で、いくらでも補うことができる。それに肉体の消耗を考慮に入れなければ、数多い退役軍人たちからいくらでも、必要な人材は確保できる。

さらに年若い新米パイロットに比べて、幾多の闘いを潜り抜けた戦歴や経験は、任務を達成させる上で、抜け目のなさと、戦闘の際の駆け引きに生かすことができる。

このマリオとルイージのコンビは、湾岸戦争の地上攻撃で、抜群の戦果と戦功をあげたコンビだ。だが最後の出撃で、ルイージの乗機が被弾し、脱出の際に負傷して、それ以来車椅子に頼る身の上になった。

マリオの場合は、戦後に教育部隊へ転属し、その後長く教官を務めたが、持病の心臓病で退役を余儀なくされた。

それでもこの二人には、再び操縦桿を握りたいという願望があり、ゲームメーカーで航空機操縦ソフトの開発に従事していた。

その経験に目をつけたＣＩＡが、マリオとルイージの二人を無人機の操縦者として契約したのである。

有人機と違い、遠隔操縦の無人機は、撃墜されても搭乗員に死傷者は出ないし、敵地に落下傘降下して捕虜になる心配もない。有人機ではないので、犠牲の多い危険な任務にも迷わず投入できる。

また被弾した機体は、基本的には使い捨てだし、航法装置類には自爆装置もあるから、余計な証拠も残さない。

したがって、時に暗殺などの非合法な任務を遂行するＣＩＡの軍事作戦部門には、最適の機体であった。

今回の任務は、多国籍軍が参戦する前なので、形式的には〝非合法作戦〟に分類されている。もっとも大型輸送機を使い、専用コンテナで空輸された無人攻撃機ＭＱ11リーパー２と無人偵察機ＲＱ10プレデターは、前線ではなく日本の本州にある航空基地《エアベース》から、沿海州上空の戦場に、日本海を横断して随時出撃している。

また対地攻撃の巡航ミサイルは日本海に進出した攻撃型原潜ＳＳＮから、必要に応じた数だけ海中発射されている。

今回の無人機を使う作戦が隠密作戦になるのは、背後にいろいろな政治的な事情があった。

ロシア政府が、中国の侵略行為を国連に提訴して、多国籍軍派遣部隊を自国領内の軍事拠点に迎え入れることに、赤軍部内にいまでも根強い反発があったからだ。

プーチン大統領は、頑迷な軍首脳部の説得に苦労していた。

赤軍首脳部は〝軍事機密〟を盾にして、多国籍軍の受け入れを頭から否定した。

結局、激怒したプーチンは反対派の急先鋒である参謀総長を更迭して、赤軍の反対を抑え込み、〝大統領権限〟で受け入れを決めた。

ただこれが決まるまでの二日間、ＣＩＡの軍事部門は、〝非合法任務〟として、日本政府の公認の元で、北上する統一朝鮮軍に対して、進撃を足止めにする遅滞攻撃を継続していた。

一方、沿海州や東シベリア軍管区へ向かう紅軍の統一朝鮮軍の主力は、ロ中国境を越えて進撃している。

これに対してウラジオストック方面の防衛に投入されているのは、ロシア海軍歩兵を除けば、連邦国境警備局（ＦＰＳ）や内務省治安部隊（ＭＶＤ）など、ロシア国内の予備軍に近い二線級の部隊が大部分であった。

これでは、相手を簡単に撃退できるレベルではなかった。

装備する戦車は、老朽化したＴ55やＴ62から、赤軍払い下げのＴ72に更新されてはいたが、乗員の訓練不足は明白だった。

それに比べ統一朝鮮軍の戦車兵は、不慣れな旧韓国軍のＫ１／Ｋ１Ａ１戦車を、短期間の訓練で見事に使いこなしていた。

しかもＴ72はカトセカ自動装填システムを採用しているので、砲弾と装薬を別個に装填する必要があり、主砲の発射速度がいま一つ遅かった。

一方、統一朝鮮軍のＫ１／Ｋ１Ａ１は、手動装填式なので、熟練した装填手にかかれば、発射速度は断然早い。

遠距離砲戦では、レーザー誘導の対戦車ミサイルを発射できるＴ72が優位に立ったが、両軍が接近して交戦距離が縮まると、Ｋ１戦車の方が圧倒的に有利であった。

国境線付近の戦闘では、ＦＰＳとＭＶＤの戦闘部隊を集めて、急遽編成された混成部隊のＴ72は、河川を渡河した統一朝鮮軍のＫ１戦車群と遭遇して、そのまま戦闘に突入したが、砲火を交えてみると、両車の練度の差はあきらかだった。待ち伏せするＴ72は撤退する暇もなく、その場で、次々と撃破されて、おびただしい残骸を晒していた。

もちろん朝鮮軍のＫ１／Ｋ１Ａ１戦車も無傷ではすまなかった。

この被弾擱座した統一朝鮮軍戦車の多くが、旧式の一〇五ミリ砲搭載のＫ１型であった。

一二〇ミリ砲に換装したＫ１Ａ１型は、増加装甲を備えた分だけ、被弾には強靱《きょうじん》さを示した。

ただ小柄な車体に無理矢理一二〇ミリ砲を搭載したことにより、車内容積に余裕がなく、搭載弾薬を撃ちつくして、燃料切れになる車体が続出し、戦闘のたびに補給部隊の到着を待つ光景が、頻繁に見られた。

これはＫ１の後継型のＫ２が、国産パワー・パック（主機と変速機を一体化した機関部の総称）開発の失敗から、当初の量産配備計画が大幅に遅延した影響がモロに出ていたためだ。

なおＫ１Ａ１は、このＫ２生産遅延をカバーするために、無理を承知で主砲を一二〇ミリ砲に換装すべくK1を改造した車体だ。

ただそれまでは、旧式で時代遅れのT55やT62しか扱ってこなかった旧朝鮮人民軍の戦車兵は、この弱点を知らないままに、このK1A1を配備されて、短期促成教習を受けただけで、国境の戦場に駆り出されていた。

韓国製兵器に共通するものは、技術の熟成を待たずに〝パルリパルリ（早く早く）〟方式で、開発計画を急がせた結果、信頼性の向上や欠陥の改修が後回しにされ、さまざまな問題点を抱えたまま配備先の部隊に、すべての皺《しわ》寄せが集まる体質であった。

そのためか、国境付近から一〇〇キロほど前進する間に、戦闘での損耗以外に、機械的故障が原因で行軍途中に脱落するK1A1戦車が続出していた。

結果として、後方から野戦整備中隊が到着するまで、進撃が大きく遅延していた。

このお陰で、軍港都市ウラジオストックへ統一朝鮮軍が殺到する前に、ロシア海軍歩兵は充分な地雷原を前線に構築することができた。

そして統一朝鮮軍の先鋒部隊が、ウラジオストック郊外に達したときには、アラスカ経由で到着した緊急展開軍の第一陣がウラジオストックの後方で配置についていた。また重装備を備えた第1海兵師団と第3海兵隊師団の混成部隊を乗せた強襲船団がウラジオストック軍港に入港していた。

これで、携行対戦車兵器を含めて、さまざまな対戦車ミサイル（ATM）を持つ、第

82空挺師団と第101空中機動師団将兵が、艦艇乗員を掻き集めて臨時編成したわずか一個旅団しかないロシアの海軍歩兵連隊に代わって、塹壕線内での配置についた。

最初に統一朝鮮軍へ攻撃を加えたのが、米本土から空輸されて、ウラジオ近郊の飛行場に展開したばかりの攻撃型ヘリＡＨ64ロングボウ・アパッチＡ／Ｄ装備の航空旅団であった。

ＡＨ64は観測ヘリＯＨ58とペアを組んで、前線の随所で統一朝鮮軍戦車の隊列を襲撃した。

米軍のＡＨ64は、起伏のある地形や小高い針葉樹林をうまく遮蔽に利用して、その姿が敵軍に晒されるのを避けた。

この空中騎兵は、これまで極東地域や欧州地域で演習を繰り返していたため、対空火器や携行ＳＡＭを備えた敵軍を相手にする場合の戦術に長《た》けていた。

普段の監視や警戒は、無人機のドローンや観測ヘリのＯＨ58、それに地上の前線観測班に任せ、ＡＨ64Ｄの編隊は、林の中に切り開かれた空き地で、機体に擬装網を被せて待機している。

この待機中の機体は、中隊単位ではなく、基本的に二機か四機単位で、広く分散している。

ＡＨ64一機あたり最大八発の空対地ミサイルＡＧＭ114ＡＴＭと、機首に三〇ミリ機関砲一門を装備している。

特にこのAGM114ATMはセミ・アクティブ方式なので、発射直後に回避行動に移れることは、低空を低速で飛ぶ攻撃ヘリにはありがたい兵器だ。

ATM発射後も目標に命中するまで、誘導し続けること自体が、敵に恰好の的を提供することになるからだ。

地形を利用する対戦車戦闘に慣れた米軍のアパッチの搭乗員は、無闇に敵前に姿を晒さず、ヘルファイアの発射時に急上昇して、ほんの数秒だけ機体を敵に現すだけだ。

しかも一度に全弾を発射することはせず、すぐに降下して林間に姿を隠すと、次にはまったく予期せぬ所に出現しては、再びATMを発射する行為を繰り返した。

その上、発射の直前まで姿を現すことなく、ローターのマスト上のロングボウ・レーダーで、攻撃地点と目標の事前監視を怠《おこた》らなかった。

統一朝鮮軍の戦車部隊は、車長が自ら砲塔上に出て重機関銃の銃握に手をかけ、対空監視を怠らなかったが、やはり不意に現れるアパッチの攻撃に対処することには無理があった。アパッチの姿に気づいたときには、もうATMは発射されていた。

こうして敵の第一梯団は、この攻撃に耐えられず多数の残骸を前線に残して、煙幕の陰に隠れて後退した。

次に戦場へ現れた第二梯団は、各戦車中隊の車列に自走対空機関砲や自走短SAMを伴っていた。

さらに戦車の車上には、携行ＳＡＭの発射筒を構えた袴上歩兵《タンクデサント》まで乗せて、アパッチの攻撃に備えていた。これでは戦車殺しのアパッチといえども、この梯団には簡単に手を出せない。

だがここにはそれに対応するものがあった。ＯＨ58観測ヘリである。

操縦士の横に座る観測手は、ＡＨ64が敵の対空兵器を苦手と判断するや、即座に敵の地図上の座標位置を、後方に待機する自走三〇〇ミリ多連装ロケット発射機ウラガン装備の地対地ロケット砲大隊へ転送した。

このロシア製自走ロケット弾発射機は、米軍のＭ270ＭＬＲＳ（多連装ロケットシステム）に匹敵する広範囲面制圧兵器で、最大射程はＭＬＲＳの三二キロメートルよりも長い三五キロメートルを誇っていた。

ウラガンの車列は、発射機の砲口を指示された方位に合わせると、一二発のランチャーから対戦車／車両用クラスター弾を一斉に連射した。連射されたロケット弾が、第二梯団の頭上へ降り注いだのは、最初の第一梯団の隊列が撃破された場所を通過して、針葉樹林帯を抜ける道路上に達したときだった。

激しい爆発と閃光が続き、濛々たる爆煙が吹き払われたあとに残るのは、残骸と化した戦車や装甲兵車に加えて、さらにはＡＨ64に対応した自走砲の車列であった。この攻撃で、第二梯団の隊列は完全に消滅していた。その戦場上空を、背後にAH64を従えたOH58の編隊が通過していく。

　こうしてウラジオストック占領を目指した統一朝鮮軍の先鋒戦車連隊は、短時間で壊滅し、これに懲《こ》りた朝鮮軍は、機甲旅団による短時間での奇襲策を断念した。

　これによりウラジオストック防衛の赤軍部隊は、市街地の郊外に重厚な防御陣地を構築する時間が稼げた。それとともに応援の多国籍軍が到着するまで持ち堪えられる見通しがついた。

5

　紅軍総参謀部にとって、開戦初頭にロシア沿岸部へ侵攻した統一朝鮮軍のウラジオストック急襲作戦が頓挫したのは、予定外の出来事であった。

　だが他方面での作戦は、ほぼ当初の予定どおりに計画は進捗《しんちょく》していた。

　ロシア赤軍は、東シベリア、ザバイカル軍区の手持ち兵力の大半を国境付近の戦闘に投入して、他方面での動きに対応できる戦力の余力は、戦闘の激化とともになくなりつつあった。

　この緊急事態にプーチン大統領は、兵力不足の赤軍に代えて、後方の治安維持に当たる国境警備隊や内務省傘下のＭＶＤまで、最前線の防戦へ投入する状態に追い込まれていた。

この中国紅軍の攻勢を阻止して、国境の向こう側へと押し返すためには、欧ロ地域や政情が不安定なコーカサス方面から、駐留兵力を次々に引き抜いては、シベリアの戦場へと送り出す必要があった。

この防衛作戦の最大の難点は、一個師団の陸送に軍用列車が数個編成必要なことだった。

部隊の人員は輸送機で空輸できるが、戦車や自走砲を含む重車両類は、輸送機での運搬は効率が悪く、輸送機の数も足りない。

その点、鉄道輸送は、燃料や弾薬ごと満載したフル装備で、運搬ができる。

ただシベリア鉄道やバム鉄道には、シベリアや沿海州地域へ生活物資を輸送する役目があり、これを代行できるのは、北極海回りの沿岸航路しかない。

ロシア海軍は、重装備の輸送用に太平洋艦隊所属の強襲揚陸艦を、北極海経由でムルマンスクへ回航させる一方で、北洋艦隊所属の輸送艦艇に軍需物資や重装備を満載して、オホーツク海に向けて急行させている。

ロシア政府鉄道省と、国営鉄道公社は、シベリア鉄道向け資材や建設機器、さらには労働者すべてを、バム鉄道の建設工区へ優先的に回して、鉄道のシンカンセン化工事を昼夜兼行でおこなっている。

ＪＲグループは、北海道やサハリンに設けた資材備蓄施設に、夏の間に多数の建設資材を運び込んでおり、コンテナ船やＲＯＲＯ貨物船を使い、本格輸送をはじめていた。

なお当初の拠点は、総合監督事務所があるハバロフスク郊外に置かれていたが、中国側の国境に近く危険だとの理由で、事務所を北方のビロビジャンに移転し、建設拠点も河川輸送の便利さを考慮して、コスモリスク・ナ・アムールに設けられた。

したがって建設工事は、沿岸部に近いウスリー線工区よりも、建設拠点により近いアムール線工区から、ザバイカル線工区、東シベリア線工区と順次着工している。

欧ロルートは、まずモスクワを起点にウラル山脈の中心工業都市エカテリンブルグまでの区間で、ＪＲグループから提供された技術資料をもとに、赤軍建設工兵隊が建設工事を進めていた。

バム鉄道北部路線だけではなく、この地域のシベリア鉄道の区間は国境紛争が拡大しても、〝現場に戦火が及ぶ可能性が少ない〟との判断から、同時並行の形で、高速鉄道建設工事が進められていた。

だが工事現場の横を各種兵器や武器弾薬を満載した軍用列車が、何本も通過する光景を目にすると、作業員たちは戦場が次第に、間近に迫っていることを実感していた。これに加えて、より深刻さを増したのが、戦火を逃れた沿線各地の避難民を乗せた臨時列車が通過する光景であった。

プーチン政権は、紛争地域の拡大に伴い、計画的に住民を比較的安全な欧ロ地域へと疎開させていた。

ときには住民を乗せた客車以外に、家畜を乗せた有蓋貨車も連結されていた。

さらに民間人を乗せた列車の中には、シベリアに出稼ぎにきていた漢族や朝鮮族の労働者を大勢乗せたものも含まれていた。

これら敵性外国人は、現地に残留させると、進撃してきた中国紅軍に協力する可能性があるため、戦闘地域から遠く離れた中央アジア諸国やウクライナ、ベラルーシの地へと〝安全地帯に保護する〟との名目で、ＦＳＢ（ロシア連邦保安局）職員の監視付きで、強制移動させられているのだ。

その後、第三国に相当する欧州諸国を経由して、ほぼ全員が中国に向けて、強制送還させられる予定だ。

これは下手にロシア国内に、長期間止め置くと、「ロシア反動政府は、中国民衆を不法拉致《らち》監禁している」とのロシア批判に利用され、中国側の侵略行為の正当化に、使われる危険があったからだ。

ロシア政府が地域の住民や家畜を避難させるのは、戦闘区域一帯をあらかじめ無人地帯にしておけば、砲爆撃の際に、一般市民や住民を戦禍に巻き込む心配がなくなるからだ。

つまり進撃する紅軍部隊にとっては、人家や市街地を確保しても、すぐに砲爆撃で破壊され、何も手にできないことになる。

［侵略者の中国人《キタイスキー》には、何も与えるな。焼き払え］との大統領令のとおりに、ロシア側は中国人には何も渡す気はなかった。

これは第二次大戦来、旧ソ連政府が、占領地を併合する際の根拠として、さんざん利用してきた過去の歴史があった。元ＫＧＢ職員のプーチンは、このことをよく承知していた。

地元に住民がいなければ、中国紅軍が、ここに臨時政府を立ち上げても、〝ロシア連邦の圧政に苦しむ住民が、中華人民共和国への併合を希望した〟として、傀儡《かいらい》政権を樹立する動きをあらかじめ防止できるからだ。

早い話が、占領地に住民がいなければ、その地に臨時政権を樹立することは困難になる。厚顔無恥な中国紅軍の軍政部門でも、法的に占領地を併合するなどの声明を、国際社会に向けて発表することができない。

ロシア政府の強みは、ソ連時代の経験から中国共産党の思考パターンと占領地の拡張戦略を、素早く見抜くことができる点であった。自己の正当化に関して、相手の手の内は知りつくしていた。

毛沢東が〝共産党と民衆は、魚と水の関係だ〟と論文で主張したとおり、民衆を切り離しておけば、得意の洗脳工作や情報宣伝を駆使して、〝自己正当化のため〟に民衆を操ることができない。

それとは逆にロシアにいるシベリア難民を、世界のマスコミに取材させることで、〝中国の侵略行為は、多くの民衆を苦しめる災厄《さいやく》だ〟と世界に向けて広く宣伝できる。

この報道を追い風にして、ロシアと日米は、国連総会で〝中国の侵略行為〟を徹底糾弾して、世界での中朝の影響力を最大限に減少させて、安保理での発言力を封印することに成功した。

それと同時に、中国に侵略されたロシアを援助する日米の立場を正当化し、加盟国からの支持を取りつけられる。

そこで日本政府の国連代表部が提案したのが、〝台湾共和国の国連復帰〟であった。

つまり中華人民共和国の加盟に反対して、国連を脱退したのが、蔣介石率いる中華民国であり、新たに加盟を申請したのが、中華民国から国名を〝台湾共和国〟に改称した独立国台湾であった。

仮に台湾の国連加盟が実現すれば、中国が常時主張する〝台湾は中国の一部〟との主張の根拠が消滅して、〝国連加盟国台湾〟の独立は、国際社会で承認されたことになる。

当然ながら、中国政府の政治干渉は、「国連憲章が定める、民族自決の権利を侵害する行為」となり、その結果として、国連が定める『制裁の対象』になる。

もしこれに中国の国連代表部が反発して、〝国連脱退〟をにおわせれば、米ロは即座に安全保障理事会の〝常任理事国の資格停止〟を国連総会に申請して、中国と統一朝鮮を窮地に追い込める。

そして最後に、中朝両国が国連から脱退するように仕向けるのが、日本政府の真の狙いだ。中朝が国連を脱退すれば、国際社会での中国の影響力は一気に激減して、両国の主張を支持する国は皆無になる。

またこれと戦う日米ロの三国は国際社会を代表して、〝平和の執行者〟の大義名分を背景に中朝と戦うことができる。

具体的に言えば中朝を叩くことで、この三国の主張と国益は一致する。

特に日本の場合は、極東地域で日本を脅かす〝長年の宿敵〟中朝両国と、国際的な大義の下で戦うことができる。

また米国としては、環太平洋地域での米国の覇権に挑戦する競争相手を、完膚なきまでに叩き潰すことができる。

さらにロシアにしてみれば、すでに確定して一〇〇年以上が経過したシベリアと沿海州を守ることができて、中国人や朝鮮人のシベリア進出を、当面は阻止することができる。

このほかにも、極東や国際社会から、中朝の勢力を駆逐することは、周辺の多くの国に支持される行為である。

中朝から脱出した多くの外資系企業が、製造拠点をＡＳＥＡＮ諸国に移したことで、強欲な中国の介入を気にせず、南シナ海の大陸棚開発も促進できる。

またこの地の華僑勢力は、中国の圧力を気にせずに日本や台湾との間で、ビジネスや投資もできる。

インドは、ヒマラヤ地域の隣国ネパールとブータンの安全が確保できて、宿敵パキスタンを押し込められる。

さらに中国からチベットを分離独立させて、国内のチベット難民をダライ・ラマとともに、祖国へ帰還させられる。

中国政府の掲げた〝覇権主義〟は、周辺国すべてと、なんらかの形で〝衝突〟を引き起こす要因を含んでおり、東アジア地域全体から見れば、厄介事を引き起こす点では元凶であった。

東アジア地域では、中国と行動をともにする統一朝鮮ですら、渤海にある岩礁の領有問題を抱えていた。だが実際は、国内経済が破綻した段階で、統一朝鮮は中国の経済圏に隷属する関係になった。

ただ日米との関係をご破算にしてまで、中国側にすり寄った段階で、数年以内に取り込まれることは予測されていた。

事大主義の韓国政府は、北朝鮮を統合して、国土の統一を達成する代償として、〝民族自決の権利〟を放棄してしまったのである。

それ以来、統一朝鮮はいつも中国政府と同じ行動をとるようになった。

その結果、世界各国は統一朝鮮政府を、事実上〝中国の属国〟と見なすようになった。

そこでウォールストリートジャーナルは、［統一朝鮮は、中国経済圏の寄生虫か？］の見出しで、統一朝鮮政府の経済政策を手厳しく批判した。

中国共産党は表向き［統一朝鮮政府には、経済統合をおこなうが、香港やマカオと同様に一国二制度を適用し、主権を尊重する］と宣言したが、実際に併合すると朝鮮政府から外交・軍事の主導権をすべて取り上げている。

さらには外交顧問と称して、複数の監視役を青瓦台《せいがだい》（大統領府）に常駐させて、大統領が開く閣議にまで出席させて、逐一、行動や発言を監視、監督している。

公安司法関係には、旧北朝鮮政府の朝鮮労働党員を多数配置して、事実上の国内監視体制を強化した。

またこれらの事実を報道した新聞雑誌を、すべて発行停止にして、放送局には放送中止を命じるなどの管理体制を強化した。

さらに北朝鮮時代に中国政府がおこなった、経済援助（無償・借款）の累積債務の返済を強硬に要求し、代物弁済を命じている。

これらの決済は、現物通貨ではなく、帳簿上で換算するバーター方式で処理され、朝鮮側にとっては、きわめて不利な状況下で決済がおこなわれていた。

また旧韓国政府は、自国軍の保有する最新装備のすべてを、債務返済の〝担保物件〟との名目で、中国側の管理下に置かれている。

中南海の本音は、債務返済の名目で、韓国が保有する全資産を中国側の管理下に置き、弾薬を含めて、紅軍へ提供させることにある。

このようにして中国は、朝鮮、韓国の国内から代物弁済と称して、徹底して資産や資源を収奪していった。

中国に併合された結果、祖国再統一に驚喜した民衆も、やがて過酷な中国の経済支配に不平、不満が噴出した。

だが、これらは朝鮮労働党が支配する公安警察の手により、次々と摘発、封印されている。

そしていつの間にか、統一朝鮮は中国中央政府にとって、単なる辺境の一地方政府以下の扱いになっていた。

第三章　日本海対潜作戦

1

中軍委は、対ロ侵攻を決断した直後から、ロシア政府が日米に救援を求めるであろうことは、すでに両国政府の反応とともに予想していた。ロシアの場合、国防にとっての重大な障害は、ユーラシア大陸北部全体にまたがる広大な国土だ。

人員は空路で輸送できるが、戦車や自走砲を含む重装備の大半は、鉄道に頼る陸上輸送でないと運搬は難しい。

鉄道が無理なら、一度に大量輸送ができる輸送艦艇や揚陸艦艇を使えば、連隊規模で運搬できるが、海路は大陸沿岸を大きく迂回する必要があり、欧ロ方面からシベリアを含む沿海州へ部隊を派遣するには、極寒の北極海が一番の障害となる。

夏場でも流氷の浮かぶ北極海を航行しなければ、輸送船は沿海州までたどり着かない。しかも船舶が北極海を無事に航行できる季節は、一年のうちほんの数カ月間に限られる。

だからシベリア鉄道が攻撃を受けて、陸上輸送が困難になると、隣接する同盟国に援軍の派遣を要請するのが、国内から援軍を送るよりも、一番手っ取り早い。

米国は、世界各地に派兵できる海兵隊を、自前の輸送艦艇と一緒に多数揃えて、師団単位で維持している。

しかも日本国内に上陸作戦艦艇を複数、停泊させている。また不完全編成ながら、第3海兵師団と第1海兵航空団が、沖縄や本州に分散駐留している。

最近は拠点の一部をフィリピンやオーストラリアに移転させたが、沖縄には基地施設を残している。

特に有事の際には、いつでも各方面より兵力を集中して、再編成が可能であるのが、最大の強みである。

さらに九州各地や沖縄本島を含む西日本国内の数カ所には、韓国から撤退してきた陸軍第2歩兵師団を含む元在韓米軍部隊が、一時的に駐留している。

この第2歩兵師団は、グアム島や背後のハワイに建設中の専用駐屯地が完成次第、速やかに日本から移動する計画だ。

さらに輸送船舶が航行する日本海は、海上国防軍と米海軍第7艦隊が、日本海と太平洋沿岸航路帯全域に、総力をあげて対潜捜索網を展開して、哨戒を続けている。

日本海への侵入は、対馬沖を通過して、直接侵入する方法と、沖縄・琉球諸島海域を通過して、太平洋に出て、津軽海峡を横断する方法。それか北海道を迂回して、オホーツク方面から日本海に侵入を試みる大回りのルートしかなかった。

このなかで対馬海峡を強行突破する可能性が高いのは、中型小型の潜水艦が主体の統一朝鮮海軍であり、太平洋方面から日本海へ回り込もうとするのが、大型潜水艦が多い中国人民海軍であった。

対馬海峡の場合は、海峡周辺の海底に聴音機が幾重にも設置され、潜航状態で通過を試みる潜水艦の推進機音や艦外に漏れる騒音を聞き取り、その音紋の特徴を分析していた。

それを元にして海上国防軍情報業務隊では、中朝の〝潜水艦識別プログラム〟を作成して、国防艦隊や航空作戦集団傘下の艦艇や航空機に配布していた。

これは聴音機が音紋を探知したら、瞬時にして分類し、仮想敵国の潜水艦は赤色で、友軍（日米）の潜水艦は青色でコンピューター画面に表示される仕組みだ。

なおロシアや他のアジア諸国の潜水艦は黄色で、識別番号が表示されるが、ロシアの場合最近まで赤色（仮想敵国）に分類されていたものの、更新された最新版では、この赤色表示を外されていた。

それでも、中国人民海軍が保有する潜水艦の中には、旧ソ連製［キロ］級通常型潜水艦か、そのコピー生産型が含まれているために、プログラム上ではロシア潜でも、識別表示に赤色表示が出る場合も多かった。

だが中国がロシアに侵入した段階で、友軍誤射を防ぐために、ロシア太平洋艦隊所属の潜水艦に限って、詳細な音紋データがロシア海軍から直接提供されて、分類変更が可能になった。

統一朝鮮海軍所属艦に関しては、旧北朝鮮や旧韓国海軍のどちらも詳細な音紋データが記録されているために、敵艦識別は容易であった。

統一朝鮮海軍の「チャン・ボゴ」、「ソン・ウォンイル」級はともに、船体表面の工作精度が荒く、溶接加工仕上げ工程も雑で、無音潜水航行中でも、雑音が多い潜水艦として、容易に識別ができた。

特に「ソン・ウォンイル」級は、スクリュー部分の表面仕上げや減速ギアの組み立てにミスが多く、航行中の騒音が多かった。

この雑音は、海中の音響条件さえ良ければ、相当の遠距離からでも探知が可能であった。

ただこの「ソン・ウォンイル」級通常型潜水艦は、音響誘導魚雷以外に、対艦巡航ミサイルを搭載している点が、旧韓国海軍の自慢でもあった。

したがってこの「ソン・ウォンイル」級SSに関しては、〝最優先攻撃目標〟に指定されていた。

米国哨戒機P8ポセイドンと国産哨戒機P1は、日米双方が航空優勢を確保している間は日本海や太平洋側の沿岸で、二四時間の対潜哨戒を実施している。

さらに対馬沖、あるいは沖縄諸島海域には海上国防軍の新鋭［てんりゅう］型潜水艦SSが待機しており、太平洋上では、米海軍の攻撃型原潜SSNが警戒を続けていた。

日本海方面の対潜聴音網の要《かなめ》である対馬には、すでに陸上国防軍総隊司令部直轄の水陸両用戦闘団が配備されていた。この両用戦闘団に加えて、対空特科高射群や戦闘機動車装備の歩兵戦闘大隊が派遣されており、統一朝鮮軍の海空からの侵入に備えて、防衛態勢を敷いていた。

また対馬近海の日本領海内では、佐世保の第二護衛隊群が、舞鶴の第三護衛隊群と交代で洋上監視活動を続けており、釜山《プサン》に集結した統一朝鮮海軍艦艇を威圧していた。

米海軍第7艦隊も、本国から派遣された最新鋭［ズムウォルト］級駆逐艦三隻を佐世保に派遣して、統一朝鮮海軍と中国北海艦隊が日本海へ侵入するのを、阻止する構えであった。

一隻で並みの駆逐艦数隻分に匹敵する戦闘能力を有する［ズムウォルト］級DDG（ミサイル搭載護衛艦）を、三隻も佐世保へ派遣した意図は、統一朝鮮海軍が日本海へ出撃を試みたら、〝総力をあげて殲滅する〟という米国側からの無言のサインである。

統一朝鮮政府も、このサインを〝単なる恫喝ではなく、本気である〟と即座に理解した。

ソウルからの報告を受けて、紅軍総参謀部は中軍委に判断を問うた。

中軍委の会議では議論は紛糾したが、海上国防軍の実力は、尖閣沖や南シナ海で酷い目に遭っている経験からあきらかであった。

それに米海軍の最新鋭艦三隻が加わったことで、その攻撃力は、出撃した統一朝鮮海軍を容易に撃破できることを意味していた。

さらに手持ちの北海艦隊に、統一朝鮮海軍の保有する艦隊を加えても、出撃に躊躇する意見が大半であった。

もし水上艦隊が壊滅すれば、沿岸防衛部隊だけでは、渤海湾の防衛は覚束《おぼつか》なくなる。そして渤海湾に敵が侵入したら、海の玄関口の天津に敵軍が上陸する可能性が高くなり、そうなれば首都北京の防衛も、将来的には危うくなる。

中軍委では、そんな政治的な判断が働いた。

ただ水上艦隊が駄目なら、潜水艦隊に出撃を命じればいい。新鋭の214型は、燃料電池を搭載したＡＩＰ潜水艦で、潜水状態で対馬海峡を突破して日本海に入り、日本の輸送船団を海中から攻撃できるに違いない。

ソウルにいる統一朝鮮政府の政治家たちは、日本の政治家のように、定期的に専門家（軍人）や官僚の意見を聞き、合理的な判断を下すような教育訓練は、ほとんど受けていない。

韓国のころより、一部の大統領を除き、歴代の大統領の大半が犯したように、朝鮮国内の政治家たちは、対日問題に関しては、冷静に事態を考えることをせずに、軽薄な文言《もんごん》と軽率な行動を繰り返していた。

潜水艦隊の出撃の決定に統一朝鮮軍参謀本部や海軍司令部は異議を唱えたが、国内では〝火病大統領《ファビョン・プレジデント》〟の異名を取る朴《パク》大統領は、国防族議員の要求を入れて、潜水艦戦隊に出撃を命じた。

この時点で、即座に出撃可能だった潜水艦の数は、国内経済破綻の影響もあって、国防予算の大幅削減により減っていた。

具体的には209型が九隻中六隻で、214型が九隻中七隻、旧北朝鮮海軍保有の旧式な［R］／［明］級潜水艦一二隻中八隻にすぎなかった。

この半強制な出撃命令を受けて、海軍司令部は、旧式潜水艦八隻を囮《おとり》にして、新鋭潜水艦で対馬海峡を突破し、目標のオホーツク海域へと、密かに侵入する作戦計画を立案した。

作戦計画の第一段階は、対馬沖から北九州近海を旧式な［R］級や［明］級潜水艦八隻が、これ見よがしに行動する。

これに引きつけられる形で、第二護衛隊群が北九州近海に移動した隙を狙い、長距離機が対馬への空爆を強行する。

対馬側の守備隊が、防空で手一杯になれば、その分だけ対応が遅れるので、無事に海峡を探知されずに、通過できると判断していた。

だがその朝鮮側の計画に、大きな誤算があった。

スクリューを止めて、水中に浮遊状態を維持する自動懸垂（海中浮遊）状態で、海流に乗って海峡突破を図る無音航行の209型潜水艦に対して、海底に設置した固定ソナーや磁気探知機が反応するのだ。

この情報は洋上のブイを経由して、電波と音波信号を使い、陸上と海上の両方の監視装置に、警報が発せられる仕組みであった。

こうした警報は上空の早期警戒機を中継して舞鶴の第三護衛隊群だけでなく、同じく海中で待機中の潜水艦隊にも逐一通報され、即在に相応の邀撃態勢が取られる。

また対馬上空に統一朝鮮空軍機が出撃しても、今の規模の空軍では、航空優勢を確保できる時間と空域はきわめて限定されている。

しかも国内経済が破綻して以来、統一朝鮮空軍では交換部品の備蓄量が少なくなっているため、予備の機体から取り外した補修部品の共食い整備で、辛うじて必要最低限度の稼働数を確保していた。

そんな状態なので、空中戦や防空ミサイルで未帰還機や損傷機が増えると、急激に出撃機数が減少する。

つまり米軍からの軍事援助が断ち切られているため、旧韓国空軍の稼働を維持できる機体は、短期間で激減してしまった。

それも、一部をノックダウン方式で国内生産しているＫＦ16Ｃ／Ｄに限定されている。ほかにＦ５Ｅ／Ｆもあったが、すでに国内生産ラインは廃止されている上に、Ｆ15Ｋや Ｆ４Ｆは完成輸入機体なので、大半の機材は消耗部品を含めて、国内での補充部品の調達は困難であった。

さらに韓国が国産化したＦ５Ｅ／Ｆタイガーは、性能の陳腐化とともに、機体の老朽化が進み、すでに耐用年数に達した機体が多い。もはや、戦力としては期待できない状態だ。それは自国で近代化改修ができないＦ４Ｆも、ほぼ同様であった。

はっきり言って、戦術機は国産の高等練習機ＡＴ50以外は、自力調達できないのが現状であり、大言壮語する割には、見かけ倒しなのが旧韓国空軍であった。

さらに本来は戦闘攻撃機である兼用型のＦ15Ｋでは、段階的な近代化改修（ＪＭＳＩＰ）を受けた日本の邀撃仕様のＦ15Ｊ改を、空戦性能で上回ることは技術面で難しい。

ましてＦ15Ｊ改が、早期警戒群のＥ767ＡＷＡＣＳ（早期警戒管制機）やＫ767空中給油機を含めて、さまざまなサポートを受けられるという状況があるので、数的には劣勢となっても、優位な形で闘いが進められる。

紅軍総参謀部の要請により、朝ロ戦線での航空支援に、保有するＫＦ16の大半を差し向けた結果、対地攻撃任務は五〇機足らずのＦ15Ｋに課せられることになった。

今回の作戦には、慶尚南道《キョンサナムド》泗川《サチョン》基地と全羅《チョルラ》南道光州《グァンジュ》広域基地の二カ所から離陸した、Ｆ15Ｋ二個飛行隊三六機とＫＦ16Ｃ一個飛行隊二二機が参加した。

ただ今回の作戦には、レーダー警戒網を混乱させる電子作戦機はなく、戦闘の第一編隊のＦ15Ｋのうち、数機が爆装の代わりに簡易ＥＣＭ（電子妨害装置）ポッドを携行していた。

これには空域全体にジャミング（電波妨害）を仕掛ける能力はなく、せいぜい編隊の周囲を探知しにくくする限定的な能力しかなかった。

この程度のＥＣＭ能力では、高性能のＥ767ＡＷＡＣＳの目を誤魔化すことは、事実上不可能であった。

日本海上空で、朝鮮半島から発進する多数の機体反応を捕らえた途端、Ｅ767は速やかに、西部方面隊に向けて警報を発した。

「ＩＦＦ（敵味方識別）に反応がない未確認機の編隊多数が、朝鮮半島南の基地を発進、対馬方面に向けて南下中……まもなく警戒空域に達する見込み」

この連絡を受けると、対馬上空域でＣＡＰ（戦闘空中哨戒）中の二個編隊四機が向かったが、その前に日韓両空域で警戒飛行中の無人哨戒機ＲＱ２鶴《ひばり》が統一朝鮮軍の編隊と接触する。

　この鶬は、胴体下部の軸線上に警告射撃用の曳光弾射撃をおこなう機銃ポッドを装着して、翼下には数発の信号ロケットを搭載しており、CAP機が現れる前に、侵入機の機種と国籍を操縦席内のTVカメラで確認した上で、後方で待機中の友軍機に警告を与えるのが任務である。

　ある意味で敵機と最初に接触して、警告を与えるとともに、最初に攻撃を受けて撃墜されるのが、囮役の無人機に課せられた役目だ。

　これは尖閣沖海戦のあとで実用化された無人機で、地上から衛星を中継して遠隔操作される。

　無人機の鶬が攻撃された瞬間から、侵略や攻撃の〝意図あり〟と判断されて、後方で待機中のCAP機が邀撃に向かう。

　無人機が撃墜されたことで、CAPの操縦者は、ひと昔前の「防衛出動の際にも、敵が発砲してから、初めて自衛戦闘に入れる」という、現実とは矛盾した規則に縛られることなく、即座に邀撃戦闘モードで空戦に入れる。

　さらに地上では、無人機への攻撃が確認された瞬間から、待機中のスクランブル予備機（四機）が緊急発進する。

　加えてここ最近の緊迫した情勢から、築城《ついき》AB配備の二個飛行隊のうち、一個飛行隊は、出撃態勢に入っており、続いて、残る一二機が次々と緊急発進する。

緊急発進したF15J改の編隊は、主に空対空ミサイルAAMと予備の落下増槽を装備しているだけなので、機体は軽く機動性にも優れ、空戦の際にもあきらかに有利であった。

これと比較して、統一朝鮮空軍のF15Kは、攻撃目的で出撃した関係上、空戦用AAMに加えて空対地攻撃用ASMや爆弾等を搭載し、あきらかに重装備で機体は重い。

なまじ機体の外見が似ているから、統一朝鮮空軍のパイロットは「このスラム・イーグルの方が、機体が新しいだけに、空戦では、日本人《チョッパリ》のイーグルより強いのだ」と勝手に思い込んでいた。

だが同じF15系の機体だけに、操縦者の技量や機体改造の細かい違いが、高機動飛行の際には如実に出る。有利さを利用して、一気に加速して襲いかかるF15J改の動きに、機体の重いF15Kの反応は遅く、即座に追従しきれなかった。

2

統一朝鮮空軍のパイロットたちは、スラム・イーグルを導入後も、敵地上空でなんの支援もなしに戦う訓練を長らくおこなってきた。

それに対して航空自衛隊時代を通して、航空国防軍に名称を変更したあとも、日本側のイーグル・パイロットたちは、地上のバッジ・システムやＡＷＡＣＳの指揮統制下で、情報提供や支援を受けて、密接に連携し戦うことに慣れていた。

さらに米軍との合同演習では、各種のＥＣＭ器材を使用して、さまざまなジャミングを想定して戦う術をマスターしていた。

導入以来、三〇年間で機体は改修、改良を段階的に施されて、日本のパイロットはそのたびに、完全に機体の操作方法や癖をも習得してきた。

またＡＥＷ（早期警戒機）のＥ２Ｃ時代から、本格的なＥ767ＡＷＡＣＳを導入して以降、邀撃戦闘機とＡＷＡＣＳとの連携も熟成期に入っていた。

だから経験の浅い統一朝鮮空軍のパイロットが、Ｆ15Ｋの高性能と機能を最大限に生かし切れていないことにも、すぐに気づいた。

最初のＣＡＰ機四機と接触後に、直衛機編隊の四機が釣り出されるようにして編隊を離れた。さらに緊急発進した四機が現れると、再び四機が引き離されて、直衛機は当初の半数以下に減っていた。

編隊から引き離された直衛機は、Ｆ15Ｊ改に巧みに誘導されて、味方編隊に急に戻れないほどの距離まで飛んだ挙げ句に、中空域での格闘戦に持ち込まれて、無駄に燃料を消費させられた。

引き離された八機は、空戦教育隊出身の熟練パイロットが操縦する機体で、全機が簡単には撃墜できない。

その素早い動きから、最初に食らいついてきた八機は、腕に覚えがある連中だと見抜いたF15J改のパイロットは、空中戦を回避し、単に高速で引き回して、残存燃料を不足にさせるのを目的とした。

こうしてエース級が編隊を離れて、手薄になった直衛編隊に、築城ABを緊急発進したF15J改の本隊が突入してきた。

本来の編隊空戦時に中核となるエース級のパイロットが抜けた直衛編隊は、迅速な対応ができないままに、一方的に蹴散らされて、F15J改は爆装したF15Kの編隊に食らいついた。

近距離で発射されたAAM5（〇四式空対空誘導弾）は、撃ち放し方式の赤外線画像追尾機能がついており、フレアーやチャフを散布されても、容易に欺瞞《ぎまん》できない。

爆装して機体が重く、動きが鈍いF15KやKF16Cは、急速に接近するAAM5を回避できないまま次々に撃墜されている。生き残った機体は、翼下の爆弾や落下増槽をすべて投下して、身軽になった機体だけだった。

日本側の狙いは、爆装を直前で投棄させて、事実上無力化することにあった。

さらに増槽を投棄した機体は、機内燃料だけでは往復がきついため、ただちに反転して対馬空域から半島南部の基地に帰投するしか選択肢はない。

それでもなお一部のＦ15ＫとＫＦ16Ｃの編隊は、爆装したままで、対馬空域に向かって飛んでいた。この編隊が標的として狙うのが、海上国防軍が対馬海峡の監視目的で設置した一連の聴音監視施設だ。

このほかにも、対馬の航空国防軍管轄の防空レーダー監視サイトも、攻撃目標に加えられている確率が高い。

対馬は韓国時代から、事あるごとに竹島と並んで、領有権を執拗に主張してきた歴史的経過がある。だから海と空の監視網を航空攻撃で破壊したら、次に統一朝鮮軍が狙うのは、対馬の軍事的な占領だった。

そこで日本政府は、統一朝鮮が、中国の影響下に組み込まれた段階から、対馬の監視網と防衛態勢を段階的に強化していた。

水陸両用作戦団の増派で、戦力が大幅に増強された対馬警備隊が日常的に駐留するのも、この島の防衛のためだ。

こうして上空を旋回するＥ767は、築城ＡＢの全飛行隊に〝緊急出撃〟を指示すると同時に、対馬島内の防空部隊に向けて、戦闘態勢を発令した。

統一朝鮮空軍側は、今回出撃したＦ15Ｋのうち、半数近くの機体を制空戦などに振り向けて、残る機体の半数をＫＦ16Ｃとともに爆装して施設攻撃に投入した。

これを阻止するのは、西部方面隊に集められた築城ＡＢのＦ15Ｊ改二個ＦＳ（戦闘飛行隊）四四機である。後詰《ごづ》めには宮崎の新田原《にゅうたばる》ＡＢのＦ15ＭＪ改一個ＦＳ二二機、Ｆ２一個ＦＳ二五機が待機しており、戦力を消耗した戦闘飛行隊と速やかに交代すべく、福岡の築城ＡＢへ進出する態勢が整っていた。

この周辺空域で戦うＦ15ＭＪ改の搭乗員には、くれぐれも、対馬の上空へ入り込まないように念が押されていた。

「外見上はＦ15ＭＪ改とＦ15Ｋはそっくりですし、ＫＦ16とＦ２の識別も困難です。いくらＩＦＦが作動しても、間違って友軍機を攻撃しないとも限りません」

対空部隊の指揮官は、そう言って笑った。

国防軍は、対馬防衛のために、さまざまな誘導兵器や機関砲を島内各所に持ち込んでいた。

対空兵器も中空域までをカバーする〇三式中ＳＡＭに加えて、中低空域をカバーする八一式短ＳＡＭ、それに低空域専用の九三式近接ＳＡＭに加えて、小隊単位で配備された九一式携行ＳＡＭまで、さまざまなタイプのＳＡＭだ。

これが陸上部隊とともに、海上、航空国防軍の聴音施設やレーダー・サイトにも配備されている。面積あたりの対空兵器の配備密度は、半端ではない数字である。

さらに退役戦闘機から取り外した二〇ミリバルカン機関砲を、陸上用に転用した対空機関砲VADS改1が、対空照準器付きの一二・七ミリ重機関銃とともに、要所要所に配備されている。

これは有効射程が短いことから、主に空挺作戦時の対ヘリコプター向けの装備だが、超低空で侵入を試みる機体に向けても、有効な弾幕射撃を展開できる。


対馬上空へ、追撃機を振り切って突入したF15KとKF16Cの編隊に対して、次々にSAMが発射された。

最初にSAMの餌食になったのは、高度を下げて突入を試みたKF16Cの編隊だった。○三式中SAMの直撃を受けて、先頭の機体が消滅し、後続機は慌てて回避行動に入り、飛行高度を下げた途端に複数の短SAMが飛来する。

この短SAMは、IR（赤外線画像追尾）方式とセミ・ホーミング方式の異なる追尾方式の誘導弾を併用しているから、容易には追尾を振り切る回避行動ができない。

さらに、チャフやフレアーかの選択を迷っている間に、短SAMに近接信管の作動範囲に飛び込まれて、被弾損傷する機体が続出した。

低空で損傷した機体は、機動性能が大幅に低下し、次のSAMが飛来した際には必ず食われる。

爆撃機としてのKF16Cは僚機の半数が撃墜されると残りの機体は突入を諦《あきら》めて、爆弾や対地ミサイルの類いを、海上に投棄すると、安全空域に離脱していく。

このようにSAMの邀撃を受けて、F15Kの突入針路上に据えられた対空兵器とSAMを掃討する役割のKF16Cの編隊は、期待された効果をあげられず、早々に攻撃を断念した。

この時点で対馬上空に残っていたのは、まだ爆撃を終えていない、統一朝鮮空軍の精鋭F15Kの編隊だけである。このF15Kは、翼下のパイロンにECMポッドを吊り下げているから、索敵レーダーに多少のジャミングを仕掛けられる。

さらに超低空侵入に適した航法装置を搭載しているので、極端に低い高度で侵入すれば、索敵レーダーの死角に飛び込めた。

しかしいくらECMで索敵レーダーを躱《かわ》しても、訓練された兵士の目まで欺《あざむ》けない。数機単位に分かれて、超低空で対馬上空に侵入したF15Kを迎え撃ったのは、目視でも誘導できる光学照準の九三式近接防空SAMや、歩兵が肩に担いで、照準と操作ができる九一式携行SAMであった。

これらの小型SAMは、中空域を飛ぶ敵機には効果がないが、超低空で侵入する敵機やヘリコプターが相手なら充分な威力を発揮する。しかも車載と違って、茂みや家屋にも隠れられる。

さらに複数方向から同時に発射されると、超低空を高速で飛ぶ機体は、容易に回避行動がとれない。

　ただ携行ＳＡＭは、弾頭部の炸薬量がほかのＳＡＭと比較して極端に少ない。そのために、機体や翼部付近に一、二発命中しても、撃墜には至らない。

　それでも被弾、損傷した機体のパイロットは、本能的に回避行動を取り、高度を上げて、安全な空域に逃げようとする。

　その途端、破壊力の大きな中ＳＡＭや短ＳＡＭの捜索レーダーに探知されて、撃墜されてしまう。

　なんとか数機が搭載する空対地ミサイルを発射するが、攻撃目標の周囲を固めるＶＡＤＳ改１が展開する弾幕から、逃れることはできない。

　この手の空対地ミサイルは、有人の航空機とは違い、針路上に弾幕が存在しても、回避行動を取らずに、最短距離を突っ込んでくる。

　だから予想針路をカバーするように、ＶＡＤＳを事前に配置しておけば、どの方向から飛来しても、弾幕の中を通過することになり、確実に撃墜される。

　このＶＡＤＳは射程が短い上に、炸裂弾にはＶＴ信管が使えないなどの弱点は多いが、拠点防御用に、対空火器が不可欠な航空、海上国防軍にとっては、安価で大量調達ができる点で、じつに便利な対空火器だ。

　なにせＶＡＤの本体の二〇ミリ六銃身回転機関砲は、退役した戦闘機から取り外した二〇ミリバルカン砲を流用した対空火器だ。

戦闘機の場合、エンジンや電子機器と比べ、機関砲は射撃訓練以外には滅多に使わない。

このため機体の用廃処分時にも、まだ銃身や機関部には使えるものが多い。

さらにこの二〇ミリバルカン砲は、F104Jから導入がはじまりF4EJ、F1と歴代戦闘機の標準武装として使われ続け、現有のF15JやF2でも依然として、採用が続いている。

だから用廃程度の良い物だけを選んでも、相当数のVADSが調達できる勘定になる。

なにしろ機関砲は、すでに帳簿上では原価償却がすんでおり、その分だけ機関砲本体の調達価格が抑えられるから、航空国防軍は全国に点在する航空基地、施設、レーダー・サイト等の自衛用に、このVADSを大量調達して九一式携行SAMとともに配備している。またVADSは、SAMとは違い、地上目標向けの弾幕射撃にも使える。

そのため、ゲリコマ（ゲリラコマンド／破壊工作対策）撃退用にも転用できる点などが評価されて、防衛省内でも調達数が上積みされた経緯がある。

今回は対馬のレーダー・サイト防衛用に、国内にある在庫のVADS改1をすべて掻き集めて、操作要員とともに、この対馬の国防軍施設内に運び込んでいる。

なおこのVADSは、統一朝鮮空軍の注意を引かないために、ほかの建設機械や貨物コンテナに擬装して、それとなく敷地内に置かれていた。

こうした国防軍の擬装を見抜けなかったことが、空爆を敢行した統一朝鮮空軍の敗因であった。

統一朝鮮空軍は虎の子のF15KやKF16Cを損耗させて、なんとか破壊に成功したのは、外部に露出した対馬レーダー・サイトのアンテナ・ドームだけであった。聴音／ソナー施設は、地下式のために、空爆でも装置本体は損傷すらしていない。

しかもレーダー・ドームの損傷は、数時間後にCH47に吊されて到着した移動警戒隊の野戦レーダーによって、バッジ・システムの空白は素早く埋められた。

航空国防軍は、敵の空襲でレーダー・サイトが破壊されたときに備え、常時複数の移動警戒隊を配置している。

また海上国防軍では対馬の施設が損傷した場合に備えて、佐世保基地に［ひびき］型音響測定艦二隻を事前に待機させていた。

この二隻の音響探知能力で、対馬島内の施設が機能を回復するまで、海洋哨戒の穴を補う計画を立てていた。

したがって、統一朝鮮側がどれほど執拗に対馬を空爆しようとも、監視拠点対馬の能力は喪失しなかった。

こうして対馬上空の防空戦闘で、統一朝鮮空軍は温存すべきF15Kの損耗数が急上昇して、短期間で大事な航空戦力が枯渇した。

加えてＦ15Ｋ、ＫＦ16Ｃを操縦できる、経験豊富で優秀なパイロットの多くを失っている。

日本側の場合は、すべて自国領内の対馬上空での空戦のため、死者以外は全員救助されている。

また損傷機も国内で修理ができる態勢が整っており、航空国防軍自体の在場予備機《スペアー・ストック》も多く残っている上に、必要ならば同盟国である米空軍や州兵空軍の保有する在場予備機からも、機体貸与の形で現物調達ができる。

これは中東戦争で、イスラエル空軍（ＩＡＦ）を援助する際に、米国政府と国防総省がおこなっていた緊急損失補充方法だ。この方法で航空国防軍は、対馬沖航空戦で損耗した戦力を回復している。

それだけではなく、三沢ＡＢで編成中のＦ35ＡライトニングⅡ装備の戦闘攻撃飛行隊が、前倒しで機体の引き渡しを受けた結果、実戦配備につける目処《めど》が立った。

航空総隊司令部は、この一個ＦＳ（戦闘飛行隊）を西部方面隊に移管して、築城基地ＡＢに進出させている。

この結果、岩国基地に展開する米海兵隊航空団所属のＦ35Ｂ二個ＦＳと併せて出撃させれば、対馬海峡上空の航空優勢は確保できる目算が立った。

あとはこの日本海に哨戒機や哨戒ヘリを二四時間飛ばして、護衛艦とともに、監視を怠らない状況を作り出すだけであった。

統一朝鮮空軍が対馬航空戦で大損害を被ったのちは、損傷機の多くは、要修理の機体となって、稼働機数は激減していた。

これらの機体は、補修部品や交換部品さえ入手できれば、即座に稼働状態に戻せた。

しかし外交関係断絶で、日米からの補修部品の入手が途絶したこともあり、F15Kを含む多くの機体の修理と再稼働は、ほぼ絶望的であった。

そんな状況下でも、搭載エンジンをはじめとして、一部を国産化しているKF16は、一部の電子機材を搭載した機体を除き、一応は基本モードに限定すれば、飛行可能である。ただ対地攻撃機能を強化した改修型（ブロック／25）は、電位機材が使えないので飛行不能だ。

つまり交換・補修部品の不足が原因で、対馬空戦以降の統一朝鮮空軍の戦力再建は、遅々として進んでいない。

そこで同盟国である中国側からは、中国製の殲撃《せんげき》10をはじめ11や15など数十機の供与を受けた。

だが米国式の養成教育方式で、新兵のころから育成された旧韓国軍の搭乗員や整備員には、勝手が違った。形式重視の硬直化したソ連式の航空機運用システムは、未経験であった。だから機種転換訓練は、あまりに勝手が違うのか、どこでもトラブル続きで、思うように機種変更は進んではいない。

さらに統一朝鮮空軍の残存機種で、唯一の戦力といえるKF16C／Dは、日本海方面に出撃できなかった。それというのも稼働機は残らず沿海州での地上軍支援に投入されて、首都防空飛行隊の保有機を除き、当面は日本海方面に出撃できる機体はなかった。

3

こうした状況下で、功を焦った統一朝鮮政府の強引ともいえる命令により、海軍司令部は指揮下の潜水艦隊に対して、無謀な海峡突破作戦を命じた。

ただ統一朝鮮海軍司令部の幕僚たちは、旧韓国海軍出身者が圧倒的に多く、日韓合同演習で海自の対潜捜索の能力の高さを熟知している。

したがって、潜航能力が低い旧北鮮海軍の所属艦［R］級及び［明］級を囮にして、日本側の注意を引き、その間に209型や214型潜水艦に突破を命じる作戦を立てた。

ただし航続距離の関係で、対馬近海の対戦警戒網を突破できるのは、新鋭の214型のうちＡＩＰ（非大気依存型機関）搭載の改造を受けた改良型だけだ。それ以外の209型／1200は、ここで日本側の注意を引いて時間を稼いだのちに、一〇日以内に済州島基地へ帰投するように命じられていた。

この一〇日の期限とは、209型／1200が搭載する蓄電池の連続稼働限界時間を示している。214型の場合は、AIP機関として船舶用の燃料電池を搭載しており、理論上では時速四ノットを維持して、最大一四日間の航行が可能だ。

だが船舶用燃料電池は、時折、異常な過熱などで出力が低下するといわれ、この問題そのものが未解決だと伝えられている。

設計企業と燃料電池の開発企業が、使用国向けに配布したマニュアルによれば、長時間に渡り連続使用する際には、特別な指示が出されていた。

それは一定時間ごとに、燃料電池の稼働を停止させて、艦外から取り入れた海水を使い、放熱冷却させるというものである。

その際には、あえて水中航行を継続せずに海底に鎮座して、蓄電池の温度の低下を待つか、あるいは外気を吸入してディーゼル発電機を駆動させるシュノーケル航行に切り替えるかを選択することになる。

しかしシュノーケルを海面に突き出す浅深度での航行は、低空を舐めるように飛ぶ哨戒機に発見される確率が高くなり、隠密行動には不向きだ。

ただ水中速度平均四ノットを維持し、途中の休止時間を含めたとしても、順調に航行を続ければ、214型は数日以内にウラジオストック沖合に到達することになるので、それまでに予想針路上を捜索して、確実に214型の痕跡を捕捉し、撃沈しなければならない。

この捜索と攻撃を担当するのが、舞鶴基地が母港の第三護衛隊群と、八戸ＡＢが拠点の第二航空群である。

こうした航空支援を受けて、第三護衛隊群は対潜哨戒網を展開して、日本海全域に網を張り、北上する敵潜艦を捕捉する手筈を整えていた。

敵潜水艦を対潜網へ追い立てる勢子《せこ》の役目は、呉の第一潜水艦群に割り当てられた。この「そうりゅう」型潜水艦ＳＳは、ＡＩＰ搭載艦として、液体酸素を使うスターリング機関を四基搭載している。

スターリングエンジンは、液体酸素を気化して燃焼させ、その熱で熱交換器のヘリウム・ガスを膨張させて装置を動かし、発電する方式だ。

このスターリングエンジンを駆動させれば、「そうりゅう」型は外殻部に収容した耐圧液体酸素タンクの搭載量から計算すると、水中速力平均五ノットを維持したままの状態で、最大一四日間連続潜航ができる。

ドイツ製の214型と比較して、国産の「そうりゅう」型の方が、ＡＩＰ搭載艦としては、搭載可能な液体酸素量にもよるが、あきらかに水中航行能力が優れている。

ただ船体の大きさに関しては、214型は水中排水量一八〇〇トン程度で、「そうりゅう」型は四二〇〇トンと倍以上の差だ。

韓国時代から統一朝鮮側の兵器導入政策は、ある意味では場当たり的で、国情を考慮した選定をおこなった様子がほとんど見られない。

簡単に言えば、日本の防衛整備計画を見て、単なる対抗意識丸出しで目新しい兵器を導入したにすぎない。

それも自国の兵器産業の技術水準や蓄積を考慮せずに、高価で目立ちそうな兵器をカタログ性能だけで選定していたから、就役後にトラブルが続出して、充分に使いこなせないうちに、性能や機能が陳腐化することの繰り返しだ。

この醜態を晒す統一朝鮮政府の兵器選定や製造に比べて、日本政府の兵器／装備の選定や国産化計画は、慎重すぎるほどの段階を踏んでいる。

大戦後の潜水艦整備計画は、最初は米国の供与艦を水中標的艦［くろしお］として導入し、その後、戦後の技術空白期間を埋める形で国産艦の試作［おやしお］の建造に着手した。

その後、海上自衛隊では、沿岸防衛用小型潜水艦［はやしお、なつしお］型を経て通常の外洋型［おおしお、あさしお］に進歩してから、ティアドロップ型［うずしお、ゆうしお、はるしお］を経由して、現有の葉巻型［おやしお、そうりゅう］に発展した。

そして改［そうりゅう］型ともいうべき［てんりゅう］型では、既存のＡＩＰ機関の代わりに、最新のリチウム・イオン蓄電池を全面採用している。このリチウム・イオン蓄電池の性能は通常型潜水艦の水中性能を原潜並みに引き上げたとも伝えられている。

まさに日本の潜水艦に関しては、戦後の長い歴史だけでなく、最新の建造技術や先端技術も培ってきた。

それは帝國海軍の時代から、日本海や太平洋を想定海域として、長年に渡り潜水艦の開発建造を続けてきた伝統が、潜水艦隊の運用面では有利に働いているのは確かだ。

統一朝鮮政府は、知ることができなかったが、冷戦時代に米太平洋艦隊司令部が、海上自衛隊に求めたのは、ソ連太平洋艦隊を日本海に封じ込めて、太平洋海域に出さないことだった。

冷戦時に想定された計画では、太平洋艦隊所属の攻撃型ソ連原潜は、その原潜特有の速力に物を言わせてカムチャッカ半島やアリューシャン列島方面から、北太平洋海域に進出を図ることであった。

これを阻止するのは米海軍太平洋艦隊所属の第3艦隊で、その一方で対馬、津軽、宗谷海峡を通過して、中部太平洋海域へ進出を試みるソ連原潜や通常型潜水艦を阻止するのが、海上自衛隊と米第7艦隊であった。

その中で海自に期待されたのは、日本海や日本近海で、ソ連海軍の潜水艦を徹底して駆り出して、捕捉することにあった。

海自の水上艦隊（護衛艦隊）は、ソ連海軍の潜水艦部隊を日本海に封じ込め、太平洋では日本近海や中東からの資源輸送ルートに近づくソ連艦を捜索、駆逐する対潜作戦に特化していた。

さらに潜水艦隊は、隠密性の高い通常型潜水艦の利点を生かして、対馬、津軽、宗谷海峡近辺での待ち伏せで阻止を狙っていた。

ここで狙うのは、艦内からの雑音が多い攻撃型原潜だけではなく、バッテリー推進の際には、ほとんど騒音を出さない通常型潜水艦を含めて、両方の場合を想定した上での待ち伏せ攻撃である。

これは哨戒機と哨戒ヘリを主体とした航空集団の存在も、ほぼ同様である。なにも敵艦を狙うのは、海中からだけではない。航空機と連携して上空からも、敵潜水艦の航跡を追跡して、繰り返し攻撃を加える訓練をしていた。

その規模と練度からみて、西側では対潜哨戒機P３Cの保有数だけでも、米海軍航空哨戒部隊に匹敵する戦力を維持していたのも、こうした理由からである。

また掃海隊群は、航路封鎖を狙って、ソ連軍が沿岸部の航路帯に敷設《ふせつ》した機雷を掃討するための技術を蓄積した。

このような経緯を考えれば、中国と統一朝鮮の潜水艦部隊にとって、日本海に足を踏み込むことは、幾重にも罠が張られた危険地帯に突っ込むのと同じく、無謀とも言える行為なのだ。

だが統一朝鮮政府は潜水艦隊に、この無謀とも思える命令を下した。ただ海上国防軍の能力を知る海軍司令部は、入念な囮戦術を準備して、実行に移した。

最初の囮である旧式な旧人民海軍の潜水艦に対して、佐世保の第二護衛隊群は、この旧式潜水艦の音源を追跡して対馬沖から西へと移動した。

普通、敵潜水艦が二、三隻程度なら、航空集団に通報する程度だっただろうが、これが八隻となると数が多すぎた。旧式艦だが逃走する八隻すべてを殲滅すれば、敵への打撃は大きい。

ところがこの時点での第二護衛隊群は、第一線任務ではなく、二線級用途にしか使えない旧式潜水艦に、攻撃を加えることにより、本命を見逃すことになると判断していた。

これは国家安全保障会議（ＮＳＣ）の判断とは違っていた。

ＮＳＣはこの手の二線級が奇襲作戦任務に使われる可能性を、以前から憂慮していた。つまり後方攪乱任務に近いゲリコマ作戦で、旧人民軍系特殊作戦部隊（軽歩兵）を、警戒ラインの背後にある日本領内に運搬する手段に使うのではないかとみていた。

警察庁も常々、朝鮮側が軽歩兵を後方攪乱目的で、日本本土に送り込むことを警戒して、神経質になっていた。

だからこの際、警察庁官僚の進言を重視して、運搬手段として使われる可能性の高い旧式潜水艦部隊を排除する絶好の機会とみた。

そこで［可能な限り敵潜水艦を殲滅せよ］と、ＮＳＣは護衛艦隊司令部に命令した。その指示は純粋な軍事的判断よりも、ＮＳＣの主張する政治面を重視したものだ。

［仮に、報告どおり旧式艦であっても朝鮮海軍の潜水艦が、九州、沖縄、あるいは本州太平洋沿岸に、後方攪乱要員を上陸させるのは、政治的にみても、治安上好ましいものではない］

この警察・公安側の判断が護衛隊群の現場判断より優先した。

こうして囮の潜水艦群を追って、第二護衛隊群が警戒網を緩めた隙に、統一朝鮮海軍側は二個の潜水艦群を対馬沖に送り込んだ。これが209型潜水艦［チャン・ボゴ］級六隻と214型［ソン・ウォンイル］級七隻であった。

侵入は電動モーターを使う静粛モード航行にしたので、海中の聴音器による捕捉を免れた。

しかし海流に乗って対馬海峡を突破したものの、日本海で操業中の複数の漁船群に遭遇してしまった。漁船の多くは高性能の魚群探知機を搭載しており、各漁船の船主は所属漁協を通じて、海中で不審な反応があった際には、海保へ報告するように通達がされていた。

そこで数隻の漁船は、海中を進む巨大な物体の反応を探知するや、即刻漁業無線で最寄りの海上保安本部へ報告した。

4

海保から通報を受けた護衛艦隊司令部は、素早く反応した。連絡を受けた［ひびき］型音響測定艦が即座に的確な位置を算出し、その場で座標点を艦隊司令部へ転送する。岩国基地を発進したＰ３Ｃ／Ｐ１哨戒機は、指定された海域での捜索活動を開始した。海中に投下したソノブイが次々に不審な音紋を探知し、メモリーのデータが、統一朝鮮海軍所属艦だと告げている。

「音紋式識別、赤１０１５」

戦術作戦士官（通称ＴＡＣＯ）の志摩大尉が、モニターを見ながら、艦種と艦名を確認する。

「よく調べてくれ。友軍潜水艦と誤認するなよ。誤爆して、〝味方殺し〟の汚名は被るのは、御免だぜ」

機長の真田少佐が再度の確認を要求する。

「再度確認します。念のために、発音弾を投下します」

志摩の指示で、兵装員が音響弾を海面に投下する。着水した発音弾が、海中で炸裂すると、発生した音波が周囲の海中に広がっていく。

次の瞬間、時速四ノットで航行していた目標が、急に速力を上げると、そのまま艦首を下げて、急速潜航の動きを見せる。

「はい。敵潜認定……攻撃態勢よろしく。標的が友軍なら、海中のソノブイに向けて、ピンガー（探査音）一発打って、誤射を避ける合図をしてきますよ。敵なら泡食って、このように逃げだします」

真田少佐は、何も言わず反射的に命じた。

「目標は敵潜と認定、これより攻撃に移る。短魚雷投下準備」

Ｐ３Ｃは、海面高度まで降下すると、胴体下面の兵器庫《ウエポン・ベイ》の扉を開いて、攻撃態勢に入る。逃走を試みる敵潜の上を通過する際に、尾部にパラシュートを装着した音響追尾魚雷二発を続けて投下する。短魚雷は着水すると同時にパラシュートを分離し、海中に突入して追尾をはじめる。短魚雷は螺旋《らせん》状を描きながら、設定深度まで降下する。

この間に記録された音紋とセンサーが拾った海中音とを比較して、その音紋が一番よく探知できる方位に針路を合わせて、音源の追尾に入る。

短魚雷は、艦艇用の長魚雷と比較して、航続距離こそ短いが、搭載機が目標の頭上にまで接近して投下する近距離の追走なので、その弱点はカバーできる。

二発を同時に投下するのは、敵潜が囮《デコイ》を射出して、探知センサーを欺き、脱出しようとするのを防ぐためだ。

回避を試みた艦番号095［パク・イ］の右舷に短魚雷が命中。さらに続けて二発目が艦尾に命中して炸裂し、とどめを刺した。

「海面に油紋を確認、浮遊物もあわせて視認」

窓際に座る観測員が報告した。

「これで戦果一隻、通信員、基地に連絡。最寄りの艦艇に戦果確認と漂流物の回収を依頼しろ」

真田少佐は、歓声をあげるクルーを尻目に、淡々とした口調で指示を下す。

機内通話で志摩が話しかける。すると真田は、ポツリと言う。

「機長、クールですね」

「防大同期の親友が、航空適性試験で撥ねられて、最後にはサブマリナー（潜水艦乗り）になったのだよ。今は［そうりゅう］型の副長をやっている。

奴は俺の妹の旦那だ。俺がこの手で沈めた、あの潜水艦の乗員にも家族がいるだろう。軍人の宿命だな」

「そうでしたか、機長の親友が潜水艦乗りに……」

志摩はそう言って、黙った。

そのころ、真田の義弟・南部少佐が副長を務める［そうりゅう］ＳＳ508が壱岐の沖合で待機していた。

潜水艦隊司令部は、同士討ちを防ぐために、日本海の随所に「そうりゅう」型を配置した襲撃海域《キルゾーン》を設定していた。

配置されたＡＩＰ潜水艦は、その特性を利用して、対戦掃討が佳境に入る数日前から待機状態のまま過ごして、その後に索敵、襲撃行動に移るように命じられていた。

「この二日間は、無闇と騒がしかったな」

艦長の速水中佐が呟いた。

「ここ六時間で、ほとんど爆発音が聞こえなくなりました。戦闘海域が北に移ったんではないでしょうか」

すると速水艦長は、ニヤリとして口を開いた。

「潜水艦乗りの特徴は、鉄の棺桶の中にいると、それに馴染んでしまって想像力が働かなくなる。副長、君も頭を使いたまえ。敵の裏をかくことを考えるんだ」

そのとき、聴音手が報告した。

「遠方から推進器音が聞こえます。一軸です」

「ほら、用心深い奴が、おいでなすったぞ。潜水艦は競走馬とは違う。無理に急げば、それだけ物音を立てて、哨戒機や水上艦艇に探知されやすくなる。最近では漁船も高性能の魚群探知機を搭載しているから、外洋を潜航中の潜水艦は簡単に探知される」

速水がそう言ったあとで、音紋判定をしていた戦術情報士官が報告した。

「この音紋パターンの特徴は、ドイツ製212／214型と、きわめて類似しています」

「214型を極東地域で導入しているのは、統一朝鮮海軍だけだ。台湾がシンガポールと商談中の214型を除いての話だが……」

速水がそう言って、副長の驚く表情を見ているときに、戦術作戦士官が報告した。

「特徴が一致しました。識別番号、赤２０２２。214型［アン・ジュングン］艦番号０７５ドンピシャです」

その場で速水の視線は、０７５［アン・ジュングン］のデータを表示したモニターに向けられる。

「ハルビン駅で明治の元老の伊藤博文を暗殺したテロリストの名前を冠した敵艦だな」

速水艦長は静かに呟いた。

「発射管室、デコイを射出しろ。奴に尻を向けさせるんだ。死角から仕留めてやる」

［そうりゅう］の発射管から、有線誘導の囮魚雷がゆっくりと離れていく。

発射音を立てれば、こちらの意図に敵潜が気づき、回避行動を取ることを見越して、発射管から静粛発射《スイム・アウト》させたのだ。

囮魚雷は、静かに［そうりゅう］から離れると、しばらく間を置いて、尾部のスクリューウーが駆動して動きはじめる。魚雷にはスピーカーがセットされており、動きながら日本側の潜水艦の特徴ある推進器音を再現する。

この囮魚雷の誘導は母艦から有線でおこなわれ、敵潜の注意を引きつけるさまざまな動きを再現する。

「敵が囮に気づきました。発射管の扉を開きます」

「大きく旋回して、誘ってやれ……敵潜が回頭して針路変更するように、仕向けるんだ」

速水は、デコイの動きを制御する魚雷発射管室に細かく指示を伝える。

囮の魚雷を日本の潜水艦だと勘違いした「アン・ジュングン」は、ゆっくりと回頭して、艦首をデコイに向けた。

その瞬間、艦尾は「そうりゅう」の方に向けられ、完全に聴音機やソナーの死角に入る。潜水艦の聴音機やソナーは、構造上、騒音源から一番離れた艦首や艦橋前方に配備されるのが一般的で、一部の新鋭艦には死角をカバーするために、舷側部にも聴音機が追加装備されている。

推進器や機関部が集中する艦尾部分には、騒音で聴音機やソナーの機能が阻害されるために、あえて設けないのが常識だ。

それでも米海軍の原潜や一部の潜水艦には、艦尾の死角をカバーする目的で、艦橋後部や舷側部に装着したカバーケースから、曳航索に仕込んだアレイソナー（通称・金魚の糞）を後方に伸ばして、艦尾の死角をカバーする方法を取る。

だがアレイソナーを曳航した際には、操艦を間違えると、伸ばしたアレイソナーが推進器に巻きついて、プロペラが切断する事故を起こしやすく、潮流が複雑な沿岸海域での運用に際しては、特に慎重な操艦が要求される。

それだけに操艦技術が未熟な艦長だと、アレイソナーの煩《わずら》わしさを嫌って、装備されていても、あえて使わないことが多い。

この214型「アン・ジュングン」の艦長も、壱岐諸島近海を航行するに際して、不慣れな海域なので、操作の難しいアレイソナーは収容したままだった。

「敵潜が、囮に向けてピンガーを発信しました」

聴音手が報告する。

ピンガーを打てば、その反射音で、囮が小さな魚雷でしかないのが判明する。

「二番発射管、発射」

間髪いれず、速水が命じた。

「そうりゅう」から放たれたホーミング魚雷は有線誘導で、確実に「アン・ジュングン」の推進器を捕らえていた。

「囮に気づいた敵艦は慌てて回頭をはじめました。あっ！　発音弾を射出しました」

聴音手の報告に、速水は低い声で言った。

「もう遅い、遅すぎるのだ」

魚雷が艦尾に直撃し、爆発音が響いた。

「推進器部分に命中、推進器音途絶。破壊を確認」

「艦長、推進器を破壊された以上は、緊急浮上するしか手段はありません……」

南部は自分の願望を思わず口にした。だが、南部の期待は、聴音手の報告で遮られた。

「敵潜は浮上しません。依然降下を続けています。一直線に潜って行きます。もうすぐ四〇〇メートルを越えます」

「なんらかの拍子で、下げ舵に潜航舵を切った状態で、固定されたに違いない」

「五〇〇メートル。タンク・ブロー、浮上を試みています。……依然、降下を継続中……六〇〇メートル、圧壊深度です」

やがて、内殻が深海の水圧に耐えかねて潰れる音と、空気が一気に放出される音が海中に響く。

「標的をロスト（喪失）」

聴音手が報告する。

発令所は一瞬の静寂に包まれた。誰も歓声をあげる者はいない。明日は我が身だ。その場の誰もが、そう思った。

南部が速水艦長の顔を見ると速水が頷く。南部はマイクを手にすると告げた。

「戦闘態勢解除、警戒態勢に移行」

しばらくして、速水艦長が言った。

「報告書を書かねばならん。俺は少しの間、船室へ戻る。副長、あとを頼む」

自室に戻った艦長のあとを受けて、南部が発令所のキャプテンシートに座る。

船務長が厨房からマグカップを手に現れ、南部に手渡した。

「ありがとう。いい香りだ」

南部は一口啜って、アイリッシュコーヒーだと気づく。

「一杯、やりたい気分だろうと思いましてね」

有坂大尉は、そう言って白い歯を見せた。

「ついでに艦長にも持っていってほしい」

南部の言葉に有坂は答えた。

「先ほど、補給長が秘蔵のミニ・ボトルをポケットに入れて、艦長室へ向かいました」

「勝った気がしないな」

ポツリと南部が呟くと、有坂が言った。

「二七名が艦と運命を共にして、六五名が艦共々に助かったと考えるべきです。向こうは直前まで、俺たちを沈める気満々でしたから」

有坂の言葉に南部は静かに答えた。

「奴らは、チョッパリの潜水艦を雷撃する気だった。だが我々の艦長が一枚上手で、奴らが破壊された。勝者に生を、敗者に死を！　それが戦争の宿命だな」

「そう割り切ってください。艦長と副長の判断力に、本艦六五名の命がかかっていますからね」

船務長はそう言って、飲み終えたマグカップを受け取ると厨房に戻っていった。

この、三日間の戦闘で、対馬海峡の突破を図った朝鮮海軍の潜水艦のうち、判明したものだけで209型六隻中四隻が撃沈され、214型も七隻中三隻の消息が途絶えた。

囮任務を担当した209型のうちで、哨戒機や潜水艦の待ち伏せを回避して、無事に済州島の基地に帰還できたのはわずか二隻にすぎなかった。

また航行中に対潜攻撃で損傷し、作戦を断念して途中帰投した214型は二隻を数えている。その間に哨戒機の捜索や［かいりゅう］型の待ち伏せを回避して、なおも日本海を航行中の214型は、わずか二隻に激減していた。

その行く手に立ち塞《ふさ》がるのは、舞鶴総監部を母港とする第三護衛隊群であった。

ＤＤＨ（ヘリ搭載護衛艦）［いせ］を旗艦とする第三群は、イージス防空護衛艦ＤＤＧ二隻と汎用《はんよう》護衛艦ＤＤ五隻で編成されており、創設以来、主に日本海を担当海域にしている。

長年、旧ソ連／ロシアの潜水艦を相手に、捜索の腕を磨いてきた凄腕の連中だ。

その護衛艦の目となり、耳となるのはＤＤＨの搭載機を含めて一五機を数える哨戒へリSH60K群であった。ソナーブイを投下して上空を通過する哨戒機に比べ、この対潜ヘリは、敵潜が潜む海面上に静止状態を維持し、吊り下げ式ソナーによる徹底した捜索で、敵潜の動きを封じ、監視を続けることができる。

さらに必要とあれば、海底に鎮座して息を潜めている潜水艦をピンポイントで見つけ出すことができる。

5

航空護衛艦DDH［いせ］の飛行甲板から、SH60Kシーホーク哨戒ヘリ二機が、相次いで発艦した。これは対潜警戒任務の交代である。

ほかの護衛艦DDを発進した僚機三機とともに、計画では両翼に大きく広がった逆シェブロン隊形を展開しつつ、前方海域を中心にして、徹底した対潜警戒を実施する予定だった。

第三群が遊弋《ゆうよく》している針路上に沿って、各ヘリは散開しながら、吊り下げソナーと発音弾を併用して、敵潜を潜伏場所からピンポイントで狩り出すのが狙いだ。

この哨戒ヘリと前後して［いせ］に着艦したのは、AEW早期警戒機仕様のEV22BオスプレイV／STOL機だ。

ＥＶ22は、機内のキャビン兼貨物室にコンテナ型の電子戦ユニットを搭載し、胴体側面に吊り下げ式のアンテナ・ドームを装着した簡易ＡＥＷだ。

これは日米共同計画により、米国側で研究開発中のＥＶ22Ｃに先駆けて、データ収集目的で改造された実験機だ。開発を担当したのは、防衛技研と航空装備実験団だ。

高高度の警戒管制はＡＷＡＣＳのＥ767に任せて、ＥＶ22Ｂは海面高度から中低高度空域の警戒監視任務に特化している。

このＥＶ22Ｂに課せられた使命は、海面高度すれすれを飛来する対艦ミサイルＳＳＭの警戒監視であった。

イージス艦の対空レーダーを含めた平均的な艦載のレーダーはその構造上、高高度での監視捜索能力は高い。だが低空域になると地球の丸さが仇となって、電波の届かない水平線の向こう側は、ほぼ死角になる。

これに対して、ＡＥＷを艦隊の頭上に常時飛ばしておけば、高い空から海面を見下ろす形になり、分析能力の高いレーダーを使えば、ＳＳＭの有効射程全域を、ほぼカバーすることが可能になる。

今回、第三群が日本海で対潜掃討任務を任された際に、小牧基地から改造を終えた三機が分遣隊とともに、急遽［いせ］に派遣された。これは中朝の潜水艦が水中発射型ＳＳＭを搭載したことへの対抗策だ。

さらに加えて、老朽化した機体ながら随時、性能向上の改修を施されたE２Cホークアイも、日本海上空に飛行して、定期的に洋上監視を続けていた。

対馬航空戦以来、日本海の航空優勢は、統一朝鮮空軍の戦力が復活できない以上、ほとんど脅威にはならず、海上国防軍の哨戒機や哨戒ヘリが、自由に飛行できる状況となっている。

このため日本海への侵入を企てた214型潜水艦は、孤立無援の状況下で、封鎖線の突破を試みなければならなかった。

この214型には射程五〇〇キロメートルのＵＳＭ（潜水艦発射対艦ミサイル）天竜が搭載されており、輸送船団に近づけるとかなりの被害が出ることが想定された。

情報資料からの推定によれば、この214型は魚雷と併せて最大一六本を混載できる能力があるとみられている。

だが日本海での航空優勢を喪失している現在、中間誘導をおこなう航空機は使えない。ただし中国側の偵察衛星を使えば、長距離からの船団攻撃は不可能とは言い切れない。

だから被害が出る前に、ＵＳＭ天竜を搭載した214型二隻を、一刻も早く撃沈するのが、第三群の急務となっていた。

第三群司令・門谷中将は、ある決断をした。

「輸送船の代わりに、この旗艦を囮に使おう。当然、［いせ］が目の前に現れれば、敵潜は確実に攻撃してくる。

　飛来するUSMの処理は、護衛のイージス艦や個艦防御兵器で充分に対処できる。攻撃に出た途端、奴らの潜伏場所が特定できるのならば、そこを叩けばいい」

　目前のモニター画面を見る限り、対馬沖や壱岐諸島周辺で網を張っていた第一潜水艦群の［そうりゅう］型SSも、事前の配置を撤収して、北上をはじめており、潜伏中の214型二隻の追い込みは、すでにはじめられている。

　また九州沖で統一朝鮮海軍の第三潜水艦群の［R］および［明］級を掃討していた第二護衛隊群も、潜伏中の中国潜水艦を含む敵潜八隻を、連続して捕捉撃沈する戦果をあげ、急ぎ反転して、対馬沖に向かっていた。

　この強力な第二群が新たな配置につけば、統一朝鮮海軍が残存する潜水艦の再出撃を試みても、対馬沖に敷いた封鎖線で完全に阻止できるのは、間違いなかった。

　その一方で、第一護衛隊群と第7艦隊は、太平洋沿岸を固めており、太平洋を迂回して、オホーツク海侵入を企てる中国潜水艦艦隊を、次々と狩り出しては捕捉撃沈していた。さらに第四護衛隊群は津軽海峡に陣取って、日本海に突入を図る中国潜水艦を、海峡の手前で確実に阻止していた。

　今回の作戦に、人民海軍総参謀本部は、過去の開戦で被害の比較的少なかった旧東海艦隊や南海艦隊所属の原潜や通常型潜水艦を集めて、新たに〝潜水艦打撃艦隊〟を創設して、統一朝鮮海軍とともに新たな作戦を実施していた。

狙いは日本海やオホーツク海方面で、ロシア沿海州地方に向かう、多国籍軍部隊の海上輸送を阻止することであった。そのために、多数の潜水艦を投入したのだが、損害は作戦日数の経過とともに上昇していた。

これは人民海軍総参謀本部が日本国防軍の対潜捜索・掃討能力をかなり過小評価していたということになる。

外洋作戦主体の米海軍は、海上自衛隊の時代から、日本の対戦掃討作戦能力の高さを評価していた。それに比べて、長らく沿岸作戦重視の人民海軍総参謀本部は、あまりにも海自の作戦能力に無関心すぎたのだ。

中国海軍の場合、旧ソ連海軍の三海峡に相当するのが、九州方面から沖縄、さらに台湾へと延びる第一列島線である。

日米は、こうした海峡や島々の間の幅が狭く浅い海底《ボトル・ネック》に、高性能の聴音機やパッシブソナーを幾列にも敷設していた。

こうして精密な監視網を整える一方で、周辺国の保有する潜水艦の音紋収集と分析を精力的におこなっていた。

このように貴重な音紋が、日米海軍当局に採取されている現実を、中朝両国は覚悟しなければならなかった。

その結果として、ここまで苦戦をしたのは、紛れもない真実だ。

米海軍は、各国が保有する潜水艦の情報を収集しては、これを分析し記録してきた。

その同盟国である日本は、日本近海で採取した音紋を含む各種情報を、米軍へ提供する見返りに、これらを蓄積したデータ・バンクに、情報ネットを通じてアクセスする権利を得ている。

日本の海上国防軍は、艦艇や哨戒機に搭載された端末を通じて、個々の音紋や各種情報を米海軍のデータ・バンクで照合すれば、艦種や艦名だけでなく、各艦の性能や特徴も瞬時に判別できる。こうして艦種が判れば、船体の規模や性能も推測できるし、当然、艦名が判れば、所属部隊や艦長名だけでなく、当人の過去の経歴まで、膨大な記録《ビッグ・データ》の中から識別できる。

米海軍兵学校《アナポリス》や海軍大学には、旧韓国政府が多くの将校を留学させていた。

建軍当時は旧帝國陸軍や満州国軍出身者に対抗する意図もあって、韓国軍は軍官（士官）教育の大半を米国に依存していた。

そんな歴史背景もあり、自国の育成態勢が整うまで、有能な人材の多くは米国留学経験者で占められていた。そのため米海軍省には、旧韓国軍系将校に関する人事記録が大量に残っていた。

韓国の経済破綻を機会に、中国側の経済圏に組み入れられたことに危機感を感じた軍人や官僚の多くは、次々と祖国を離れて、米国に政治亡命した。

そこで米国の肝煎《きもい》りで、反共主義を標榜する大韓民国臨時政府を米国内で立ち上げ、在米朝鮮系市民に〝個人的な忠誠〟を誓わせて、国務省に登録させた。

その忠誠登録を根拠に、亡命者を含むあらゆる朝鮮人関係者に対して、亡命政権への協力を要求した。

この場合、忠誠登録者には義務として、自国の機密情報の一切を、米国政府へ提供しなければならなかった。

宣言を拒否した場合には、たとえ米国市民権保有者でも、〝敵性外国人〟として分類され、FBIの手で検挙される。その後は移民局へ引き渡されて、国外追放処分となる。

旧韓国社会では、高学歴で社会的地位が高く、裕福な家庭はおしなべて留学や就職先に米国を選ぶ傾向が強く、一族や親族の誰かが、米国で就労許可や市民権を取得して、長年居住していた。

こうして多くの在米韓国人は、臨時政府への忠誠宣言を選択し、潜在的な情報提供者として登録された。

米国政府とCIAは、旧韓国軍や韓国政府官僚の詳細な人事記録（軍官以上）を含む、膨大な個人情報を蓄積できた。

米軍はいながらにして、統一朝鮮軍内部の上級将校や高級官僚、さらには経済人に関する膨大なリストを入手したわけだ。

その点で計算高く、機を見るのに敏な中国系市民は、中国が日米に敵対したと公表された段階から、強《したた》かに行動していた。

まずは多くの在留中国系市民が〝本国政府と共産党を見限り〟米国政府に対して、積極的に情報提供を申し出ていた。つまり〝勝ち馬〟に乗ったわけだ。

だが一族内の結束意識が強く、米国移住後も本国との人間関係に縛られる傾向の強い、朝鮮・韓国系市民には、このような〝国外追放〟という法的な恫喝の方が、効果がある。

さらに亡命政府への〝忠誠登録〟という心理的免罪符を与えることで、〝積極的に戦争協力させる〟との巧みな計算が働いていた。

加えて、こうした情報を国際社会に流布《るふ》させることで［中朝双方に民族対立の溝を生じさせる］という高度な心理作戦を仕掛けた。


第三群司令・門谷中将は、自分の席でモニターを使って、データ・バンクから唯一、未確認だった214型［リ・ミョン・パク］艦番号082の記録を調べていた。

「なになに、艦長名金永喆《キム・ヨンキルジヨンイン》中領（中佐）、年齢四六歳、全羅南道光州《チヨルラナムドグアンジユ》市出身、海軍士官学校次席卒業、米海軍大学幕僚養成課程留学。

そうか、全羅道出身者か、道理で昇進が遅いはずだ。軍部は新羅系の慶尚道《キョンサンド》出身者が優遇される傾向が強い。金大中《キムデジュン》時代までは、百済系の全羅道出身者は傍流扱いだったからな」

佐官時代に在韓日本大使館で駐在武官を経験した門谷提督は、韓国の情勢にも精通していた。韓国は日本に比べて、氏族や地域差別が根強く、身贔屓《みびいき》が常識化している社会であり、いくら成績優秀者でも出身地域が違えば昇進は遅くなる。

「米海軍大学での性格分析では、沈着冷静で辛抱強く、忍耐力がある。

パルリ、パルリ（早く早く）が口癖で、すぐ成果を求める短気な韓国人の中では、極めて珍しい人材だな。これは要注意だぞ」

今までの統一朝鮮軍の潜水艦には、せっかちで忍耐力に欠ける指揮官が多く、潜伏場所から早々に正体を現して、日本側の捜索網に引っかかり、勝手に自滅していた。

だがこの男は、並みの連中とは大分、毛色が違うらしい。この間、正体を現さず、痕跡さえ残さずに姿を隠し続けている点からみて、082号潜の艦長は油断のならない相手だ。

残るもう一隻の214型［チャ・ドンリュウ］艦番号073は、佐渡沖海域で、海流に紛れて航行中のところを、音響測定艦［ひびき］の僚艦［はりま］の音響分析で探知されていた。

この［はりま］からの通報で、第三群所属の護衛艦から発進した哨戒ヘリに追跡を受けて、攻撃されつつあった。

　こうして動きが特定された以上、捕捉撃沈されるのは、もはや時間の問題であった。撃沈を免れるためには、緊急浮上して降伏するしか、073号潜に残された選択肢はない。

　それに073号潜の艦長・李《イ》中領は、米軍の人事評価では、軍人一家の出身で、韓国海軍のエリート・コースを歩み、性格は上司に弱く、部下に高圧的な態度を取るほかに、挫折を知らない分だけ、精神的重圧に弱く計算高い男とされている。

　副長の祭鞘《サイシヨウ》少領も叔父が元海軍提督で、その縁故で昇進したとの記述であり、典型的なイエスマンとして、留学先での人物評価は極めて低かった。

　この人事記録から、門谷中将は、相手の心理状況を読んだ。

「絶望的な状況下で、絶え間なく圧力をかけ続ければ、その重圧に耐えきれず、艦内で孤立した艦長の神経は、心理的に持ち堪えられずに、浮上降伏を選ぶだろう」

　案の定、護衛艦に発見され、包囲下に置かれて、動きがとれなくなった073号潜は、やがて浮上して白旗を掲げた。

「敵艦長は拳銃で自決、混乱した副長は浮上降伏したそうです。敵潜は鹵獲《ろかく》されました。第三群は、一部を除く乗員を護衛艦に移して監視下に置き、舞鶴に向けて曳航を準備中です」

　通信幕僚からの報告を受けて、門谷はリストから073号潜の項目を削った。

「残る一隻は、金永喆の082号潜だけだな。でも最後に残った奴は、一番しぶとい。油断はできんぞ」

門谷中将は、モニターに日本海の海図を映し出して、082号潜の予想潜伏位置をチェックした。

第三群直轄の第三護衛隊に加えて、佐世保と舞鶴から第一三、一五護衛隊が加わり、捜索網はより強化された。さらに対馬方面から、統一朝鮮の第三潜水艦群を壊滅させた第二護衛隊群が、補給艦からの洋上補給を終えて、日本海の北上をはじめている。

さらに海中では、第一潜水艦群の一部の監視艦を除き、潜水艦の半分以上に北上命令が出て、速やかに移動を開始している。

このようにして、今も潜伏中の082号潜を探す捜索網は、徐々に強化されていた。

包囲網が狭まる中で、護衛艦［まきなみ］ＤＤ112の搭載ヘリが、海中を捜索中に、沈没船の残骸の中に混じって、異なる形状の物体が海底に鎮座しているのを、吊り下げソナーで探知した。

この海域では、すでに幾度も捜索がおこなわれたが、どの護衛艦もソナーを使った音波探知や哨戒機のＭＡＤ（磁気探知機）で海底沈没船は探知したものの、その残骸に紛れて潜む潜水艦の存在は見逃していた。

別の哨戒飛行コースを飛ぶ哨戒ヘリのうちの一機が、この反応の違いに気づいたのは、付近の海域を別の輸送船舶が航行する際の事前警戒飛行中であった。

それは米軍への物資運搬用にチャーターされたコンテナ船が、第一三護衛隊にエスコートされ、現場海域付近を通過した直後だ。

これは日本海に侵入した敵潜水艦が、ほぼ撃沈されたとの報告を受けて、安全が確認されないうちに、在日米軍補給兵站本部が、それまでに港内へ足止めしていた輸送船の出港を、半ば強引に命じたからだ。

この事態に海上国防軍艦隊司令部は、舞鶴の第一三護衛隊を捜索任務から外して、急遽護衛役に派遣した。

船団はウラジオストックを目指して航行を続けている。

そして船団が、ちょうど佐渡沖北方海域に達したとき、推進器音をキャッチして、潜伏していた082号潜が動き出した。

日本海に侵入した潜水艦群に、統一朝鮮海軍司令部が命じた指示の一つは、日本海での交通破壊戦の実施だった。艦長金永喆は、この命令を履行するつもりであった。

このときわずかに発射筒の扉が開く音を、ヘリが海中に投じた聴音機の一つが捕らえていた。

「警報！　海中の標的に攻撃の兆候！」

「了解、ただちに攻撃実施を許可する。全力で阻止せよ！」

SH60K36号機はすぐに高度を下げると、搭載した短魚雷を投下する態勢に入った。

「[まきなみ] 2了解！　これより攻撃に入る！」

両脇に装着した短魚雷二発を相次いで投じた上で、眼下の海面に向けて、発音弾と着色弾《マーカー》を連続して発射した。

このうち、発音弾は海中突入後、即座に炸裂して強烈な音を発する。この音に驚いた敵潜が慌て回避しようとして速度を上げれば、これを短距離のセンサーが捕らえ、より追尾しやすくなる。

さらに着色弾は、内部に充填した染料が海面を黄色く染めて、敵潜の潜伏海域を上空から一目で確認できるようにする。

その直後に、発射管から撃ち出されたと覚しき四個の飛翔物体が海面を突き破って、飛び出していく。

「敵潜より、USM四発発射確認！　警戒せよ！」

SH60K36号機が発した警報は、即座にネットを経由して、この海域にいる全艦艇や航空機に伝えられた。データによれば、このUSM天竜の有効射程は五〇〇キロメートルを越えており、どの艦を狙って発射されたのか、特定が困難であった。

第三群の旗艦［いせ］も、その現在位置から考えると、射程内に入っている確率は否定できない。

するとSH60K36号機から転送された映像データを元に、国立電算機センターのスーパー・コンピューターが算出した目標の推測位置を、通信衛星を経由して、横須賀の司令部から転送してきた。

近年の軍事技術革命の成果により、衛星通信ネットワークを介し、国内のスパコンとの間で直接情報通信ができるのも、情報ネットワークの持つ強みの一つだ。

ミサイルの弾道計算は、ABM計画の成果の一環で、ほぼ瞬時に分析可能なプログラムができている。

CIC（戦闘指揮所）の液晶画面には、国内のスパコンが、瞬時に弾き出した計算結果が、数値データとして即座に転送され標示されている。

「本艦は誘導弾の飛翔コースから外れています」

CICから、これを確認した戦術長が、報告してきた。

門谷中将の表情に安堵の色が浮かぶ。だが次の瞬間に新たな座標点が表示され、表情が緊張した。

「狙いはもっと手前、第一三護衛隊がエスコート中のコンテナ船四隻と判定、ただちに邀撃態勢に入れ！」

門谷は即座に指示を出す。

だが第一三護衛隊は、旧式汎用護衛艦DDが主体で、第三群の所属艦ほど、素早い対応は期待できない。

「ＥＣＭ、ＥＳＭ緊急展開。艦載ヘリ、デコイの展開を急げ！」

門谷は大声で指令を出す一方で、指揮下のイージス艦に邀撃命令を出した。

［あたご］ＤＤ177のＶＬＳ（垂直発射装置）から、スタンダードＳＡＭが連続発射される。

「飛翔中の敵ＵＳＭのうち、三、四番に命中、撃破を確認。なお一、二番は依然飛翔中」

「第一三護衛隊、［ゆうぎり］、［あまぎり］、［うみぎり］、自動迎撃モードに移行」

「［まきなみ］より入電、敵潜水艦の攻撃に成功せり、撃沈を確認」

「第一三護衛隊、先任艦より報告、飛来せる敵ＵＳＭ一番迎撃、二番目はコンテナ船［カシアス・クレイ］号近くで炸裂、破片による被害を視認。火災発生せるも、即座に消火され鎮火。［カシアス・クレイ］号の被害は軽微、航行に支障なしとの報告を受信せり……以上」

門谷は、交信を終えると安堵のため息をついた。

「危ういところだった。土壇場で気づき、早々に撃沈できて、不幸中の幸いでしたね」

かたわらに立つ幕僚の一人が言った。

「敵潜は、沈没船の残骸に隠れて、護衛隊や哨戒機の捜索を、何度もやりすごしていた。手練《てだれ》ですね」

「敵潜の艦長は、沈着冷静な男だ。最後の最後に探知できたのは、あと数分が待てずに、発射管の扉を開いたことだ」

　このとき門谷は、ようやくモニターに表示された最後の敵潜の表示を、自らの手で消去した。

第四章　ウラジオストック海岸堡

1

ロ朝国境からの予期せぬ進撃で、一時はウラジオストック郊外まで統一朝鮮軍に攻め寄せられたロシア側は、瀬戸際で到着した米軍の増援により、なんとか持ち堪えることができた。

ただ現時点で到着した援軍は、空輸された米陸軍の緊急展開軍のみで、本格的に対応できる重装備師団は、海兵隊第3師団や米陸軍第2機械化師団、それにハワイから北海道の千歳に入った第25軽歩兵師団が、重装備とともに上陸するのを待つしかなかった。

米海軍の強襲揚陸艦は、一隻で完全装備の大隊戦闘団を輸送可能な能力を備えている。ほかにも、米軍が海軍補助部隊所属の船舶に加えて、本国や日本でチャーターしたコンテナ輸送船を使えば、さまざまな物資や装備を含む補給物資を、沿海州の拠点ウラジオストックへと運び込むことができる。

しかし重装備師団一個分の装備や車両を運搬するには、揚陸艇の専用艦ではなく、多数の輸送船舶を動員する必要があった。

各種装備の陸揚げ作業は昼夜兼行で三交代で休みなくおこなわれたが、戦地では一刻も早く、多くの戦力を必要としていた。

陸揚げ作業は、大雑把に言えば、装甲戦闘車両や各種自走砲、それに大小さまざまな輸送車両に分けられる。

必要度の高い装甲戦闘車両や各種自走砲は、その場で点検がすむと、即座に乗員の手で給油や給弾作業がおこなわれる。そして乗員が乗り込むと、そのまま戦場に向けて中隊単位で移動していく。

輸送車両には、陸揚げされたコンテナから取り出された補給物資が積み込まれると、港湾倉庫ではなく、そのまま最前線に向けて運ばれた。

短時間で荷下ろしを終えた貨物船には、仮設のコンテナキャビンが短時間で露天甲板に設置される。

海上輸送司令部の方針で、民間客船を傭船するのではなく、軍用コンテナ船を、臨時の避難民輸送船に改装して、海軍の監督下で運行するらしい。

民間客船を使わないのは、傭船料のほかに、ロイズの船舶保険規定など面倒な手続きを省略したいのが、費用を支払うロシア側の本音だ。

大勢の避難民が乗り込むと、すぐに錨《いかり》を上げて、避難先の北海道へと向かう。

これらの輸送船舶は、長くは港内に留まらない。長く停泊すると、港内で空爆や戦術ミサイル攻撃を受ける危険性があるからだ。

帰りの輸送船で北海道に運ばれた避難民は、仮設の避難キャンプに落ち着くと、旅客機の席が空くのを待ってロシア各地へと帰国する。

旅客機は、準交戦空域の北極上空を避けて、北米大陸を経由し、北大西洋上空を通過して、欧ロ地域へと飛ぶルートを飛行する。

ロシア赤軍では、極東戦区への補充人員や交代要員をこのコースで日本へ運んでいるため、往路は将兵や技官らを運び、復路では帰国する避難民や負傷兵や傷病兵を搭乗させることが多かった。

日本から先は準戦闘空域なので、人員や物資の輸送は原則として、軍の輸送機か軍と契約したチャーター機しか飛行が認められない。

米国政府は同盟国日本への攻撃は、〝米本土への攻撃に等しいと見なす〟と報復攻撃を示唆して、中国側を牽制していた。

だがロシア領空に入った途端、交戦空域として中国側からの攻撃を覚悟しなければならなかった。

さらに中国側は、すでに日本海及び日本本土上空も準交戦空域と見なすと、事前通告していた。

それゆえに、日本本土上空を通過する空路は、基本的には民間機は飛行禁止であった。

日米は中国機や弾道弾の侵入を警戒して、常時ＡＷＡＣＳを交代で飛ばしていたが、洋上監視には、ステルス仕様の飛行船を運行していた。

この飛行船は、主に機載レーダーで海面を観測しては、中朝の船舶や潜水艦の領海侵入を警戒していた。

開戦と同時に、朝鮮の海洋警察隊が常駐する竹島を、日米両国政府は、敵国基地と特定して、退去を命じており、この竹島の基地施設と港湾は、その後も再利用できないように封鎖された。しかも竹島と島の施設は、排除すべき射爆目標と見なされ、艦砲射撃と爆撃訓練で、主な地上施設は徹底的に破壊された。

さらにご丁寧にも、海上国防軍の敷設艦が竹島の周辺に多数の機雷を敷設して、事実上封鎖し、海上からの島接近を不可能にした。

じつは日本海に侵入を試みた朝鮮海軍の209型潜水艦のうちの二隻が、この勝手知った竹島周辺での潜伏を試み、逆に機雷原に迷い込んだ挙げ句触雷して、相次いで沈没していた。

朝鮮の国内世論は、〝独島《ドクト》奪回〟を叫んで激高していたが、中南海は、海軍戦力の消耗を恐れて、艦隊出撃を禁止していた。

唯一、出撃を許可された潜水艦戦隊の惨敗は、大きな教訓を統一朝鮮海軍側に残した。

以来、統一朝鮮側は対馬や日本海を航行する艦艇に対して時折、威嚇目的でミサイル攻撃を試みる以外は、ほとんど目立つ動きを見せなかった。

威嚇目的の対艦、対地ミサイルの発射が確認された沿岸部のポイントには、即座に米空海軍が、無人機による猛烈な報復空爆を実施している。

この攻撃では、戦術核兵器こそ使用しなかったが、燃料気化爆弾や、トーチカ貫通爆弾などが使用された。

攻撃兵器の威力は、自走式ＳＡＭ発射装置だけでなく、地下に隠された誘導関連施設にまで及び、擬装したものでも、存在が見破られて破壊されている。

とにかく米軍の監視は徹底的であると同時に、確実におこなわれ、その位置が判明した途端、ピンポイントで破壊された。

特に都市部の基地施設では、あえて市街地に被害が及ばないように、ミサイル関連施設だけを正確に照準して、ミサイルや誘導爆弾の直撃だけで破壊している。

またミサイルや弾薬類を貯蔵している弾薬庫には、貫通型爆弾を投下して、貯蔵施設そのものを完全に破壊している。

このとき、内部に貯蔵してあった弾薬類は誘爆して大爆発を引き起こし、衝撃波や爆風は周囲の市街地にも大きな被害を出している。

爆発箇所に残された大きなクレーターを見れば、照準は極めて正確だったことが推測できる。

数年前まで、米軍は在韓米軍として韓国に駐留していただけに、基地の配置や施設の構造に精通していても、不思議ではない。

以前の同盟国、日米を敵に回しておきながら、その対策を打っていないことは、まさしく〝愚か〟の一言につきる。

その点で軍事大国である米国は、ある意味では米国なりの強《したた》かさを見せていた。

米国は在韓米軍の撤退と国連軍司令部の廃止が正式に決定した段階で、韓国が中国に接近し、その後に経済圏に取り込まれることを予想していた。

そのため韓国内の軍事基地や移動可能な巡航ミサイルに関する仮設発射地点のデータをＮＳＡが秘密裏に入手していたのだ。

米国政府にとって〝事大主義〟で、〝日和見主義《ひよりみ》〟の韓国政府と朴政権が、中国側に靡《なび》くことはすでに計算のうちであった。

しかも韓国経済の破綻により、中国の経済圏に取り込まれて、最終的には傀儡《かいらい》政権と成り果てた統一朝鮮が、自治共和国として中華人民共和国に併合されることを、米国シンクタンクのフーバー研究所あたりは、完全に見越していた。

この政策研究所の献策に基づき、オバマ政権はこのころから、日本の安倍政権を積極的に取り込む方向へ、外交政策を徐々に軌道修正していた。

国務省も、韓国を早めに切り捨てることで、中国の国内経済の崩壊を加速させ、対中経済政策と中国への投資リスクを意図的に分散させていた。

そして最終的には米国財務省が、連邦議会内の与野党対立を引き金にして、米国の金融不安を演出すると、世界は一時的な金融混乱に陥った。

これは世界の金融市場に、リーマン・ショック以来の衝撃をもたらした。

金融市場ではドルの暴落と前後して、ユーロと円が高騰し、多くの国々や企業では資金難に陥った。

幸い世界第二位の米国債保有国の日本が、価値の低下した米国債の大量売却を手控えたことで、米国の金融混乱状態は、短期間で収束した。

この恐慌騒ぎで世界中の大企業が、資金面で大打撃を被ったが、日本の国内企業や金融機関の多くは、巨額の内部留保が功を奏して、この騒動を乗り越えた。

また成長著しいＡＳＥＡＮ諸国やインド、バングラデシュ、スリランカは日本と通貨スワップ協定を締結していたために、経済的打撃は最小限度ですんだ。

だが外債に依存して、内部留保の少ない統一朝鮮や中国企業が被った打撃は深刻であった。財閥系を含めた多くの企業が破綻して、外資への身売りを余儀なくされた。

サムスンはシンガポールの華僑資本の傘下に入り、現代《ヒュンダイ》財閥は、中国の国営企業に買い取られた。以前から経済破綻を起こしていた韓国経済は、一層致命的な状態に陥り、デフォルト（債務不払い）寸前であった。

連鎖反応的に財政が破綻状態にあった統一朝鮮政府は、絶望的な選択をした。中国からの資金供与の代償として、世界経済から切り離されて、人民元経済圏に組込まれたのだ。

ただし朝鮮半島を傘下に入れた中国は、米国の起こした金融不安で深刻な影響を残している。

結果として、中国のバブル経済が崩壊したことで、多くの大企業が倒産した。

また地方政府の多くは、事実上、財政破綻の憂き目を見た。この累積負債は三〇〇兆元以上（一説には三五八兆元）に達して、これを解消するために膨大な額の備蓄外貨が一瞬で消滅した。

ちなみに日本経済を遅滞に追い込んだバブル崩壊時の負債総額は九〇兆円。米国のリーマン・ショック時の負債総額は一二〇兆円に達する。

中国が被った累積負債は、この二倍以上に達している。これに加えて併合時に統一朝鮮政府が抱えていた債務の保証で一〇〇〇兆ウォンの負担が重なった。

また財政破綻を回避するために、中国財務部や主要な中国の国営銀行が、ドルに代わる円やユーロ外貨を獲得しようとして、保有していた米国債を国際市場で連日のように大量売却し続けた。

この価値の低下した米国債を、ここで売り払えば大損を被るのは承知のはずだった。

だが財政破綻の危機に瀕して、背に腹は代えられず、中国財務部（省）は国債市場で連日大量売却する羽目に陥り、さらに悪化していた国際収支の傷口を一層広げる結果を招いた。

しかも大損をしてまで外貨を調達したにもかかわらず、それは急場凌《しの》ぎの財政破綻の回避に使われ、市場が安定したときには、中国政府の手元に、肝心の外貨資金はほとんど残らなかった。

この経済危機に際して、日本政府及び国内の金融機関は、高騰した円やユーロの価値を背景に、国債市場で中国側が手放した米国債の多くを、欧州諸国とともに積極的に購入している。

これは米国が一時的な金融不安状態を脱したあとの価格反発で、米国債の価値が国際市場で急上昇した際には、逆に大きな含み益を生むことになる。

今回の件で、日本は再び世界最大の米国債保有国に復帰した。

この事実を米国政府は歓迎した。

中国のように、正体不明の一党独裁政権が、政治目的に利用するため連邦政府発行の債券を大量に買い込んで保有することの方が、経済原理を無視している。

つまり中国政府は米国債を政治的駆け引きに使うか、それとも外交譲歩の恫喝の手段に使うか、そのどちらかのための債券購入だったといえた。

その点で中国は、〝真の友好国〟と言うよりも、むしろ〝戦時的な仮想敵国〟と見た方が、よほど理解するのが容易だった。

その点では、第二次大戦以降から二一世紀に入るまで、日本政府と財務省の監督下に置かれた大手銀行を含む金融機関は、米国から見ても、きわめて信用度が高い、安定した債券保有者であった。

2

米国政府は中国との経済関係を考慮する際の足枷《あしかせ》が外れたことに安堵した。

そして米国政府は、中国国内の反米騒動で、米国系企業の多くが被った損害を賠償させる意味で、法的対抗措置をとった。

連邦裁判所に、中国政府関係者が米国内に保有する預金及び、保有資産を接収する許可を申請した。これは米国内の金融機関から、第三国の税金回避地《タックス・ヘブン》へ送金され、別の人間に、譲渡の形で所有権が移転するのを法的に阻止するものだ。

そのために、米国内の金融機関に限り、個人、法人、団体、匿名を問わず、連邦判事の署名入りの執行状があれば、連邦司法機関が特定の資金口座を対象に、強制的に凍結することが可能になった。

じつは中国の特権階層（中国共産党幹部、紅軍将官、国営企業の幹部）や大企業経営者などの一部の富裕層は、もしもの事態を考えて、賄賂《わいろ》や収賄で貯め込んだ隠し財産を国外へ持ち出し、米国内で不動産を購入していた。

また家族や子供のうちの一人を米国へ留学させ、卒業後は米国系企業に就職させて、銀行に開設した個人口座に巨額の資金を送金する手口も一般的な方法であった。

将来的には、敵に回るかもしれない国に、自分や一族の財産を隠匿するという発想自体、なんとも不思議な話だが、中国人に言わせれば、米国は最後まで社会主義化しない国家の一つであり、しかも世界で嫌われ者の共産主義者で、敵の多い中国人亡命者を公式に受け入れてくれる国は、米国以外はあり得ないという。

ともあれ、この資産凍結措置は中国指導層には、〝確実な警告〟として伝わった。引退後、すべての特権を剝奪され、隠遁《いんとん》同然の身でわずかな年金生活に入るのではなく、収賄で貯め込んだ隠し財産と、カリフォルニアやフロリダの高級別荘地にある自家用プール・サイドで、孫や愛人が水と戯れる姿を眺めて過ごすという、悠々自適の引退生活が夢と消えるのだ。

だがオバマ政権と連邦司法機関は、中国人の逃げ足の早さまでは、計算に入れていなかった。

米国連邦議会の揉《も》めごとの影響で、財務省が金融非常事態宣言を出す前に、多くの共産党幹部や退役将官らは、国外移住という直接行動に出ていた。

彼らの多くは、中国共産党指導部や紅軍上層部の縁故関係にある特権階層（太子党）の一員で、国内外の情報に接する機会も多かった。むろんその地位と特権を利用して、それなりの余禄を蓄え、国外（主に米国）の銀行口座にもあらかじめ送金していたのだ。

権力に固執する習近平主席と保守派の中軍委の強硬策の危うさには、早い時期から気づいていた。特に経済破綻した韓国に、北朝鮮党との統合を餌に、統一朝鮮政府を成立させ、その後、両国の負債の合計額は、韓国の返済能力が限度を越えていると判断して、半ば強引に中国への併合案を朴政権に呑ました時点で、習近平指導部は、日米両国との対決は避けられないと見ていた。

その危惧《きぐ》が現実となったのは、中軍委の強硬派と結託した北京閥の企みで、習近平主席が対ロ侵攻を決定したときであった。

このときに一斉に辞表を提出して、素早く辞任したのは、党内や紅軍部内では親米派や知米派に分類される軍の長老らであった。

国務省や国防総省内の分析では、米国の状況を理解している分だけ、強硬派を押さえて習近平主席に圧力をかけることを、期待されていた連中でもあった。

だがこの連中は、米国務省の期待に反して、強硬派の暴走を阻止するどころか、一瞬で浮き足立った。偉大なる人民中国から、我先にと国外へ逃げ出したのだ。

彼らは一様に、『すべての公職とは無関係な隠退生活に入る』と称して、米国に住む息子や孫、あるいは愛人の元へ向かった。こうして党内と軍首脳部に残ったのは、祖国以外には隠居先も逃げ場所もない連中であった。

彼らは、若いころ、国外で非合法活動に従事していたり、人権弾圧事件の容疑者とされていた連中であった。

その多くは、青年時代を赴任先の日本を含むアジアや欧米諸国で、非合法活動や諜報活動に従事しており、赴任先でも公安や警察当局に目をつけられていた。

幸い外交官特権を盾に逮捕を免れて帰国できたが、該当国から［好ましからざる人物《ペルソナ・ノン・グラーター》］として追放処分を受けた札付きの連中だった。

そのほかにも、国内の少数民族や学生・人権活動家への弾圧で、欧米諸国の人権団体から〝人権抑圧〟の罪状で、国際機関に告訴されていた者がいた。

あるいは非合法な手段で、外国企業や研究機関から技術情報を入手して、ハッキングを含む企業・情報犯罪の容疑者か、重要参考人として国際手配されている者たちである。

また、本人や一族の者が、非合法組織とのかかわり合いがあり、殺人や不法拉致、人身売買、さらには麻薬や密輸、闇資金の洗浄で、該当国の警察や税務当局から〝国際指名手配〟されている者もいた。

彼らの多くは、国内外の非合法活動で、現在に至る党内の地位にのし上がり、さらに国内での足場を固めてきた連中だ。

習近平を支える太子党には、若いころから中国特有の黒社会《やくざ》との関係が深い輩《やから》も多い。その中には、親の代から地方派閥との深い関係を築いてきた者もいる。

しかも表向きには、愛国者あるいは忠実な共産党員として振る舞い、偉大なる祖国や中国共産党のために、これらの不法行為に直接手を染めてきた確信犯たちだ。

もしその正体が暴露されたら、中国の外に一歩出た途端に、外国の司法機関から複数の容疑で逮捕拘束されるか、税関で入国拒否されることを、この連中は誰よりも熟知している。

なによりもほかの連中を真似て、長年の地位と特権を利用して横領した隠匿財産で〝夢の海外生活〟をしようと、一歩国外に踏み出した途端、本人の口は容赦なく塞がれることになっている。つまり、問答無用に消される〝重大国家機密〟を現場で知りすぎた高級幹部なのだ。

こうした連中は、ほかの〝小悪党〟や〝汚職幹部〟とは次元が違う〝国家機密〟に関与しているため、中国共産党や紅軍組織自体が、この世から消滅しない限り、家族を含め、誰も国外で安全な隠遁生活は許されないのだ。

ある意味では、米国が自国経済を犠牲にしてまで仕組んだデフォルト芝居の衝撃に驚いて浮き足立ち、家族を引き連れて国外脱出する輩は、政権や軍部の中核には、到底関与できる立場にはいなかったともいえる。

だから北京閥や中軍委の強硬派と手を握った習近平主席は、幹部の大量離脱で、政権基盤が弱体するどころか、国外逃亡後に彼らの資産や国内に残した隠匿財産を「腐敗一掃・挙国一致」のスローガンとともに、次々に摘発、接収している。

この方法で習近平は、一時的にせよ人民の不満を解消して、中央政府の財政基盤を強化していた。

また、財政破綻した地方政府を、中央政府の直轄支配下に入れたり、民衆の動揺や反北京の動きが明白な地域には武装警察を派遣して、地方政府の行政権を一時的に停止させたり、地元の人民委員会を解散させ、臨時に軍政を敷いた。

もちろん、この事態を招いた関係者は、地方政府の責任者を含めて、全員が免職の上で党員資格停止であり、汚職収賄などの悪事が露見すれば、即刻人民法廷で断罪される。

そのような責任追及を並行しておこない、住民の不満解消に努めていた。

ただ、引き締め政策を実施したものの、中国バブルの崩壊は回避できないところまできている。

今まで国内の経済成長を牽引していた経済発展計画が破綻し、国内世論は中国共産党政権の失政に、怨嗟《えんさ》の声は高まるばかりだ。

目新しい経済政策もなく、国内の不満を逸らすために、意図的に仕掛けた国境紛争も、日本との尖閣沖海戦、そしてＡＳＥＡＮ連合とのトンキン湾沖海戦と、連続して負けた海空軍には、ほとんど期待できない状態だ。

唯一期待できるのは、紅軍が得意とする地上戦だった。しかも相手は、ソ連崩壊後の経済混乱で、装備の更新どころか、予算と徴兵を含む兵役志願者の不足などが原因で、弱体化したロシアだ。

以前は兄弟関係だったソ連の赤軍と中国紅軍とは、政治路線の対立から袂《たもと》を分かち、敵同士となった。そしてソ連共産党政権崩壊後、急速にロシア赤軍は戦力規模の縮小を余儀なくされた結果、中国紅軍と比べて、きわめて非力な存在でしかない。

特に大幅に地上軍の規模が削減された極東方面では、ロシア赤軍と中国紅軍とでは、その戦力差は極端に開いている。さらに東欧の衛星国が次々に分離し、これに加えてソ連邦本体を構成していたほかの連邦諸国が、国内の民族意識の勃興《ぼっこう》とともに、次々と分離独立した。

その結果、本来はロシア民族の一部と見なされていたロシア系スラブ民族国家のウクライナやベラルーシ（白ロシア）までもが、ＥＵとの経済関係を重視して、ロシアとの関係を断絶することになった。

事ここに至ると、ロシアは軍事的にも畏怖される大国ではなく、単に周辺国よりも強力な軍備と核兵器を保有している程度の、軍事国家にすぎないと見なされるまで格落ちしている。

つまりどう考えても、今の時点で中国が単独で戦争を仕掛けて、負ける理由がない。

この際、表面上は中ロの国境紛争の形にすれば、日米が本格介入してくる前に、沿海州や東シベリアの一部地域を占領して、国境紛争を停戦に持ち込める。

さらにロシアが核兵器の使用を示唆しても、対抗できる核弾道弾をすでに保有しているので、核保有国特有の核兵器使用の脅迫は通用しない。こうしたすべてのリスクを計算の上で、習近平は中軍委に対して、今回の計画を提案した。

厳密に言えば、中ロの核兵器の戦力差は、ほとんど考慮されなかった。

国連核軍縮と核兵器不使用宣言が、効果を持てば、ロシアと中国はともに戦略核兵器を敵地攻撃に使用できない。切り札の核兵器が封印されている以上は、現実の戦場で勝敗を決定するのは、当然のことながら通常兵器の質と量である。

その点で、紅軍の装備は質でロシア赤軍には劣るが、量では圧倒的に有利であることは動かない。しかも極東方面での中ロの戦力差は、極端である。

ロシア側が欧ロ方面から主力部隊を動員してくるまでに、相当な時間的な格差《タイムラグ》が存在するので、紅軍は、この間に占領地を拡大して停戦状態に持ち込めば、休戦講和後の交渉の際には、圧倒的に中国側の有利となる。

さらに新たな占領地に住民を送り込んで、軍事占領を既成事実化してしまえば、あとはどうにでもなるとの強《したた》かな計算が働いていた。

今のロシアには、中国との全面戦争をおこなう覚悟がなければ、占領された沿海州と東シベリアを奪回するだけの軍事力や国力は〝ない〟と、習近平は見抜いていた。

それからあとは、占領地を巡る不毛な非難の応酬と無駄な交渉が延々と続くだけだ。問題解決までに十数年が費やされ、占領の既成事実化が世界に容認され、最後にはロシア政府が、中国側の申し出た賠償条件に応じる。

それが習近平主席が、中軍委の席で披露した中ロ間の国境紛争の終着点だ。

「確かにロシア側は、空路で兵員は送れるが、重装備を含む武器弾薬は、海路や鉄道を使わない限り、前線には送れない。

地理的にみても、極東の沿海州や東シベリアの戦場はあまりに遠過ぎて、肝心の兵站補給が間に合わない。したがって鉄道路線地域を占領すれば、極東のロシア赤軍には、備蓄分の燃料弾薬を含めて、長期間の継戦闘能力が非常に乏しい」

紅軍総参謀部戦略研究部門の参謀は、このように会議の席上で、極東ロシア赤軍が置かれている状況を説明した。

しかしここには、中国側の大きな誤算があった。

確かに一部の幕僚や出席者からは、このような状況判断を、〝自軍の優位を意識しすぎて、状況を甘くみすぎている〟として、戦略判断を危惧する意見もあがった。

「冷戦時代とは違い、日米がロシアの救援に動かない保証はない」

「反攻に出るほどの軍事力はないが、急場を凌ぐ程度の戦力を、日米でも沿海州へ派遣できるはずだ」

「海空軍力で勝る日米が支援すれば、劣勢なロシア赤軍でも、なんとか持ち堪えられる」

だがこれらの危惧は、悉《ことごと》く無視された。

「とにかく陸戦能力に自信のない日米両国の軍部は、陸上部隊を沿海州に派遣する可能性は低い……」

軍の長老でもある紅軍総参謀部次長の一言が、こうした現状を不安視する声を一蹴した。

「日中戦争や朝鮮戦争でも、我が紅軍は日米に、まったく負けてはいない」

負けていないのではなく、実際は正面から闘えば負ける戦闘を、意識的に避けて、単に僻地から僻地へと逃げ回っていたにすぎない。

毛沢東は、蔣介石が率いる国民党軍が日本軍と正面から闘う間に、闘わずに端で傍観していた。

そして第二次大戦後、戦闘を回避し続けた共産党軍の姿勢を弁解するために、このような詭弁紛いの言い逃れを口にしたのだ。

国共内戦に勝利したのち、共産党宣伝部は、徹底して当時の歴史記録や記述を改竄《かいざん》して、毛沢東の発言を正統化するように、強引な修正を加えた。

歴史改竄と記録修正は、元来漢民族が一番得意とするところだ。むろん文化大革命で神格化された毛沢東の偉業に、異論を挟む愚か者はいない。もし少しでも疑問を口にすれば、即座に自己批判を迫られて、粛清の対象になる。

こうしてわずかに真実を知る者も含めて、全員が毛沢東の犯した失策に関して口を噤《つぐ》んだ。そして嘘が巧みに塗り替えられて、中国流の「正しい歴史」になる。

こうした状況を不安視する少数の発言は、時代遅れの毛沢東の軍事理論を主張する強硬派に無視された。

ただ、習近平本人も日米両軍と直接対決することを願ったわけではない。

「沿海州の貿易港ナホトカと軍港都市ウラジオストックの攻略には、我が国の紅軍を差し向けるのではない」

併合した統一朝鮮政府の派遣軍を朝ロ国境に差し向けて、世界には、中国がロシア侵攻とは無関係なことを強調すれば、言い抜けられると主張した。つまり対外的には「この紛争は、あくまで朝ロ間の国境紛争だ」との詭弁が成立する。

そこで日米が援軍を沿海州に送り込んで赤軍を支援しても、直接対峙するのは中国紅軍ではなく、統一朝鮮軍という形になる。

これを姑息《こそく》な発想と言えば、言えなくもないが、確かに中国共産党の目から見れば、

「偉大な中国」に擦り寄る統一朝鮮政府の軍隊は、所詮《しょせん》は使い捨ての駒と同様〝消耗品〟なのだ。

仮に統一朝鮮軍と対峙した米軍部隊に死傷者が出て、米国内の世論が激高しても、米国市民の怒りが統一朝鮮政府に向くのは、最初から計算のうちである。

さらに統一朝鮮軍との戦闘で、日米両軍に多くの犠牲者が出ても、国内に多くの朝鮮／韓国系市民を抱える両国政府は、国民の怒りが、この市民に向き、国内に余計な騒動が起きるのを懸念して、公表を意識的に抑えることも計算していた。

またこの被害が漏れて、国内の非難が朝鮮／韓国系市民の方へ向き、これが統一朝鮮国内に伝われば、逆に統一朝鮮国内に巣くう反米反日思想を、一層煽る結果になることも、習近平の計算であった。

中南海は、韓国の歴代政権の手口を詳しく研究していた。それは失政で政府批判が高まると、真正面から問題に取り組まずに、いつも国内世論を反日、反米へと誘導して、事態の沈静化を図ってきた悪癖を正確に見抜いた上での巧妙な利用方法でもあった。

ある意味では、ロシアに続いて、日米との闘いの矢面に統一朝鮮軍を送り出したということは、中国側は、統一朝鮮政府の忠誠度に疑いを抱いていたからでもある。

つまり統一朝鮮政府を闘いに巻き込まない限り、いつまた〝中国を裏切って、敵方に寝返り兼ねない〟と、信用していない証拠でもあった。

それが判っているからこそ、ソウルの統一政府は、統一朝鮮軍の大部隊を、国境を越えて沿海州に送り出したのだ。

もっとも派遣軍の大部分を占めるのは、旧朝鮮人民軍系の自動車化歩兵や軽歩兵部隊であり、これを支援する機甲部隊や砲兵部隊は旧韓国軍系部隊でもあった。

青瓦台の本心は、旧朝鮮人民軍系部隊を消耗させることにあった。

それは中国側の意向で、半ば強引に韓国へ併合された北朝鮮政府の人民軍は、金一族に忠誠を誓い、韓国へ侵攻するために教育訓練され、編成されていたからだ。

中南海の指示で、権力の中枢から金正恩《キムジョンウン》一党が排除された結果、紅軍とともにやってきた暫定政権首班・金正男《キムジョンナム》が主導権を握り、韓国との併合条約に署名をした。

これで〝朝鮮民主主義人民共和国〟は、正式に韓国に併合されて、朝鮮半島の統一が成就した。なお暫定政権首相の金正男は、この仕事を終えると、公式に〝引退〟を宣言して、自分の家族と一緒にカナダへ亡命している。

あとに残されたのは、独裁者の息子に見捨てられた迷子たち、つまり朝鮮労働党と社会保衛部（秘密警察）と朝鮮人民軍であった。

統一朝鮮政府は、彼らには実に冷酷であった。

朝鮮労働党と社会保衛部は、全資産を没収された上で、解散を命じられた。

彼らの多くは、今まで監視、弾圧してきた住民らの反感と報復を恐れて、どこかに逃げ散るか、身分を偽って潜伏した。

そして残った武装集団の人民軍だけが、韓国軍の指揮下に残された。

人民軍が解体されなかったのは、部隊を解散すれば、国内に戦闘訓練を積んだ不平分子を数多く解き放つことになり、その危険を、治安上の問題から考慮したためと思われる。

専門教育や訓練を受けた特殊部隊の出身者（軽歩兵、偵察兵）を含めて、手に職のない職業軍人集団が各地で武装蜂起《ほうき》して、犯罪組織に取り込まれるよりは、統一朝鮮政府の軍隊組織に入れて、飼い殺しにした方が社会的にも安全だと考えていた。

しかも今回、中国中央政府の指示を受けて、統一朝鮮軍がロシア領内に侵攻する際には、こうした元人民軍将兵は、兵科を問わず、全員が自動車化歩兵部隊に編入されて、第一線の攻撃部隊に投入された。

彼らは北朝鮮人民軍時代に、徹底した戦闘訓練と思想教育を受けており、南進作戦に向けて、ひたすら攻撃演習を積んでいた。この勇猛な連中を中南海からの指示であっても、ロシア侵攻作戦に差し向けたのは、歴史上の皮肉でもあった。

中国側から提供された装甲兵車に分乗した元人民軍将兵は、旧韓国軍の機甲科戦車大隊や砲兵科自走砲中隊の支援を受けつつ、ナホトカやウラジオストック市街地を目指し、ひたすら進撃した。

対米韓軍との戦闘を想定して、訓練を受けた旧人民軍将兵は、激しい空爆や砲撃を受けても、決して怯《ひる》むことなく、自軍の損害を無視して、昼夜を問わず攻撃を続行した。

旧人民軍の将兵は、一度攻撃をはじめるとほとんど休憩や睡眠を取らずに、攻撃を継続する。

仲間が倒れても、平然と攻撃を続行し、臆したり怯む様子を見せることなく、ただただ攻撃を継続する。

「奴らの攻撃が止むときは、全員が死体になったときだけだよ。全員狂っている」

前線から後退してきたロシア兵の一人は、戦況を聞かれると、吐き捨てるように言った。

この激しい国境付近での攻撃により、ロシア赤軍部隊は随所で防御線を突破されて、敗退を余儀なくされ、ほぼ一方的な形で領内への侵入を許していた。

開戦初期の統一朝鮮軍の攻撃は猛烈で、侵攻開始からわずか数日で、貿易港ナホトカを陥落している。そして後背地を奪われた軍港都市ウラジオストックは、周囲との連絡を絶たれた状況下で、敵中に孤立した。

統一朝鮮軍は、なおも抵抗を続けるウラジオストックを包囲下に置いたまま、ハバロフスクを目指してロシア領内の北上を続けている。

この時点で、ロシア政府の要請を受け、日米両国は、敵中包囲下のウラジオストックの海岸堡を維持すべく、多くの軍事物資と増援部隊を軍用輸送船に乗せて、現地へ送り込んでいる。陸上では包囲下にあっても、中朝側は有力な艦隊を保有していないことから、海上航路の封鎖だけは、できていなかった。

中朝側は、航空機を使っての機雷投下などの航路封鎖を試みたが、作戦機は、小松や千歳、あるいは三沢ABから出撃した日米戦闘機の邀撃により、ウラジオストック沖合までたどり着けないままに、機雷を投棄して離脱している。

この結果、開戦当初計画された機雷封鎖によるウラジオストック軍港を孤立させる作戦は頓挫していた。

3

包囲下のウラジオストックに、空路から最初に到着したのは、米陸軍緊急展開軍所属の空挺軍団（第82空挺、第101空中機動師団）である。それに続いて、海路から到着したのは重装備を揃えた第3海兵隊師団だった。

この中には陸上国防軍特殊作戦群所属の機械化偵察連隊戦闘団も、先遣部隊として含まれていた。

ウラジオストックに強襲揚陸艦を含む両用作戦艦艇が入港すると、上陸した海兵隊の各戦闘団は、休む暇もなく前線に急行して軽装備の空挺部隊と交代し、第一線の守りについた。

その一方で、装備や車両の陸揚げに手間取った国防軍機械化偵察連隊戦闘団は、後続の要員が空路到着するのを待って、ようやく部隊の定数が充足した状態になり、戦闘に参加できる態勢が整った。

機械化偵察連隊戦闘団とは、各師団の偵察大隊を基幹部隊に、米陸軍の装甲騎兵連隊を参考にした威力偵察専門のモデルケースとして、新たに特殊作戦群内に編成された部隊である。

この部隊は偵察ヘリと輸送ヘリに無人偵察機ＵＡＶ《ドローン》を保有する航空偵察大隊（第一大隊）と、主に装輪装甲車で編成された機動偵察大隊（第二大隊）が中心である。

これに加えて潜入偵察専門の空挺レンジャー中隊を中心とした斥候大隊（第三大隊）、電子情報収集を専門とする電子情報大隊（第四大隊）に、連隊本部と全般支援大隊（第五大隊）等で編成されている。

これは陸上国防軍でも、戦場での偵察と情報収集に特化した専門の部隊である。この機械化偵察連隊戦闘団に課せられたのは、常に敵地で先行して作戦行動上の偵察をおこなう点では、きわめて重大な任務であった。

特に沿海州に侵入した統一朝鮮軍部隊や紅軍部隊に関する戦術情報を積極的に収集し

て、詳細に分類分析した上で、後続で到着する派遣部隊本隊に、具体的な敵軍情報を提供することにあった。

米陸軍には、騎兵連隊《ドラグーン》の名称で呼ばれる偵察専門の装甲偵察部隊が各師団の編成下に組み込まれている。

これは国防軍の師団や旅団の偵察隊より戦力や装備が充実しており、必要に応じて敵中奥深くに侵入して、交戦（威力偵察）をおこない、詳細な情報を師団に持ち帰ることができる専門の部隊だ。

そこでウラジオストックに上陸した機械化偵察連隊戦闘団は、連日ウラジオ海岸堡の各所に部隊を派遣して、前線での敵軍情報の収集に努めていた。

第二大隊の第二中隊第一小隊は、統一朝鮮軍歩兵部隊の襲撃を受けた直後の守備隊陣地に、海兵隊の増援部隊とともに到着した。

ウラジオストック郊外の丘陵地に設けられた陣地は、大損害を被ったロシア海軍歩兵大隊から、第101空中機動師団第三旅団戦闘団（通称ラッカサンズ）が守備を引き継いだ地域だ。

硝煙の臭いと焼け焦げた白樺の消し炭の臭いが入り交じった戦場では、第187歩兵連隊の兵士らが、ロシア兵とともに、戦場に遺棄された敵兵の死体をチェックしている。

軽装甲機動車で到着したばかりの第一小隊は、敵兵の放置遺体から、敵軍に関する情報収集を開始した。前夜の激戦を物語るように、被弾した統一朝鮮軍将兵の遺体が随所に転がっている。

「敵兵の多くは、思ったより小柄だな」

新人の斉藤少尉は、規定どおりに軍靴のつま先で死体の周囲を突っついたのち、着衣を調べるために、かがんで俯《うつぶ》せの死体をひっくり返そうとした。

「あっ。少尉！　待ってください」

阿部曹長が、これを押し止めると、腰から銃剣を引き抜いて俯せの死体の下を探った。一通り探ると銃剣を戻して言った。

「大丈夫です、死体の下に手榴弾はありません。米兵から聞いた話ですが、敵軍は撤退する際に、回収できない重傷者の下に安全ピンを抜いた手榴弾を押し込んで、そのまま退却するそうです」

「酷いことをするなぁ。死体の下に手榴弾があったときは、どうするんだ？」

すると曹長は、耐弾ベストの内ポケットからフックと落下傘降下索《パラシュート・コード》を取り出して言った。

「これを敵兵のベルトに引っかけて、離れた所からロープを引いて、ひっくり返すんです。その際には……こう叫びます」

曹長が言い終わらないうちに、離れた場所で「グレネード！」の声が聞こえた。

阿部と斉藤が反射的に伏せると、手流弾の炸裂音があたりに響いた。

「古参兵から聞いたんですが、戦利品漁り《トロフィー・ハント》の新兵や、敵負傷兵の治療をしようとした衛生兵が、この手の罠で、ずいぶん死傷したとのことです」

曹長は体についた土埃をはたきながら、上官に対してこう説明した。

「戦友の遺体に、爆弾を仕掛ける連中は、どのような精神構造をしているのだろう」

斉藤が吐き捨てるように言うと、阿部がかたわらに転がっている死体から包 帯 嚢《ファースト・エイドキット》を取り上げて、蓋を開けて中身を見せた。中には消毒ずみの包帯と二本の使い捨て注射器が収容されている。

「この注射器を見てください。注射器に青いテープと赤いテープが巻いてあるでしょう。さて、この中の液体はなんでしょう」

「青テープは、たぶん痛み止めのモルヒネ溶液だろう。負傷した際に注射するやつだ」

斉藤は自分のファースト・エイドキットに目をやって言った。陸上国防軍の将兵も沿海州派遣に際して、全員に支給されている。

「ではこの赤いテープの注射器の中身は、なんでしょう」

斉藤少尉が首を横に振ると、曹長が耳元で囁いた。

「アンフェタミンやメタンフェタミンの混合注射液です。早い話が中身は覚醒剤です。旧北朝鮮軍では、軽歩兵や偵察兵などの特殊部隊全員に、この手の注射器を配布していました」

軍隊社会では、新米将校以上に、軍人生活の長い准士官や下士官は、諸事情に通じた情報通だ。新任の斉藤少尉が司令部で受けた説明以上の情報を、阿部曹長は顔見知りの米軍下士官たちから密かに入手していた。

「米軍では、兵士をジャンキーにしないために、士官や下士官に対して見つけ次第、この赤テープの注射器の破棄を指示させています」

曹長はそう言うと、赤いテープを巻いた注射器をケースから放り出し、怒りを込めて軍靴《コンバット・ブーツ》で何度も踏みつけた。注射器は砕かれ、中身の液体は地面に黒い染みを残して広がる。

「捕虜からの情報では、戦闘前に奴らは、指揮官の命令で全員が一斉にこの注射をするそうです。戦闘中は疲労や眠気を感じませんし、副作用で痛覚も鈍くなります。興奮して、戦闘中に恐怖を感じなくなり、おとなしい奴も、一回の注射で凶暴で攻撃的な性格に一変する。……そんな話です」

そこまで言うと、曹長はこの薬の問題点を口にした。

「ただ個人差はありますが、薬の効果が切れると、その反動で極端な疲労感が襲い、心理的には鬱《うつ》状態になるとの話です。だからその場合に備えて、敵軍は兵隊個人に注射器の予備を持たせています。

以前に海保の知人から聞いた話ですが、北朝鮮時代の人民軍が、例の不審船で、日本に持ち込んでいたものは、廃棄処分のモルヒネを原料にした再生ヘロインと、余剰物資の覚醒剤でした。これを日本のヤクザが沖合で受け取り、国内で手広く売り捌《さば》いていたというのが、例の事件の真相でした」

情報通の曹長の説明に、斉藤少尉は信じられないような表情で首を横に振ると、ポツリと呟いた。

「敵は大事な兵士をジャンキーに仕立て上げて、戦場で戦わせるわけか。これでは運よく生き残っても、結局は新たな中毒患者を作り出すだけだな」

斉藤がこみ上げてくる嫌悪感を、まるでその場に吐き出すかのように言った。

だが新米の上官を補佐する立場の曹長は、西南諸島の島々で、紅軍相手に実戦経験を踏んでいたこともあって、話しぶりは実に淡々としていた。

「少尉、これでよく判ったでしょう。敵は兵士を使い捨ての道具にしても、まったく平気な神経の持ち主です。我々は、そんな奴らと戦うんです」

阿部曹長は会話を続けながらも、周囲に視線を配っていた。

曹長は、中隊長の大尉から、この新米少尉を一人前にするよう命ぜられていた。戦場は、このようなひよっこ少尉を短時間で、一人前に育てるのには恰好の場だ。もし、この試練に耐えられなければ、新兵と同様に、組織から見捨てられる。

すると砲弾の炸裂痕の一角に、探していたものを発見した。

「少尉、目指す情報源を見つけましたよ」

曹長は、89式小銃の引き金に指を添えて、いつでも発砲できる態勢で、ゆっくりと砲弾の炸裂痕に近づいた。

その穴には、一目で服装が違う将校と覚しき人物と、かたわらに通信機を背負った敵兵が倒れていた。将校の被るヘルメットは、直撃弾を受けたためか、側面に指一本が入るほどの穴が開いており、顔の周囲は血糊で汚れていた。

「我々の被る最新のものとは違い、これは鋼板をプレス成形しただけの旧式な代物ですね。こうした古臭い装備は、旧北朝鮮軍系の部隊に多く見られる特徴です」

阿部らが被る陸上国防軍の制式鉄帽《ヘルメット》は、新たに開発された炭素系繊維と複合素材を組み合わせた最新のもので、米軍制式の首筋を守るために改良された形状で、通称フリッツタイプを模したものだ。

これは被弾や衝撃に強く、人間工学的にみても首への負担が極力少ないように考慮された軽量構造だ。

さらに鉄帽内には携帯無線機や情報端末の機能が組み込まれており、暗視装置を兼ねた専用ゴーグルのシールド眼鏡部分には、地図や戦術情報を、必要に応じて、音声指示とともに投影できる機能を持っている。

この結果、歩兵の常備品である無線機や軍用地図の携行は、不要になった。

「以前に合同演習で見た韓国軍の鉄帽は、我々のものと比べて旧式だが、これと比べると、かなりマシだったが？」

斉藤少尉は思わず疑問を口にした。

「韓国軍が朝鮮人民軍部隊を指揮下に組み込んだのは、韓国経済が崩壊したあとのことだと聞いています。

経済の破綻した統一朝鮮政府にしてみれば、時代遅れの旧式装備の人民軍の軍装を、韓国軍に準じて、一新させる余裕も意志もなかったのでしょうね」

「だとすれば、彼らは旧式装備や軍装のままで、今回の侵攻作戦に駆り出されたわけなのか？」

将校の死体の回りを銃剣で探っていた曹長が、顔を伏せたまま言った。

「北朝鮮を併合した統一朝鮮政府にしてみれば、独裁者一族が私利私欲で創り上げた麻薬中毒患者《ジャンキー》の部隊を、長く維持していく意図も意志もなく、どうせなら残らず戦場に出して、無謀な攻撃作戦を強行して、すり潰す腹づもりだったのでしょう。同じ民族を弾除けに使うとは、非道な政府です」

衝撃的な事実を告げられて、新米少尉は言葉を失った。

「間違った指導者と、無責任な政府によって使い捨てにされる一番の被害者は、最前線に送られる我々のような兵士です。

我が国の政府が、これほど無慈悲で阿呆な連中でなくて、幸いです」

それだけ呟くように言うと、曹長は顔を上げた。

「さあ少尉。落ち込む暇はありませんぜ。それより給料分の仕事をしましょうや。まず共産主義の軍隊の弱点は、末端の下士官や兵を一切信用しないで、すべての情報を指揮官である将校が握っている点です」

曹長は着衣を点検しながら話を続けた。

「たぶん原則どおりなら、この死体は文字どおりの情報の山ですぜ」

与那国島で中国軍部隊の上陸を阻止した水際戦闘の際、ミサイル攻撃で撃破した敵の舟艇内を調べたときに、阿部らは敵の情報調査将校の遺体から思わぬ発見をした。

舟艇内に放置された死傷者の中で、紅軍将校や政治将校の死体のかたわらから、多数の資料や命令書などの入った地図嚢を発見した。

その経験から、共産軍の指揮官は、地図を含めて、多数の書類を常に持ち歩いていることを熟知していた。

その後、普通科から偵察科に転属し、情報本部で専門教育課程を履修《りしゅう》して、特殊作戦群直轄の偵察連隊に中隊付き曹長として赴任した阿部は情報収集の専門家としての知識と能力を身につけていた。

国防軍では、陸上自衛隊時代にいち早くＲＣｅＳ２Ｖｅｒ３（基幹連隊式統合システム二型バージョン３）と呼ばれる戦術統合情報システムを導入していた。

この統合情報システムは、その後に数回の技術改良を経て、画像情報を含めたデータの送受信ができるヴァリアブルの端末を、兵員の各自の鉄帽に組み込み、個人用装備として制式採用されている。

これは、日米両軍では一般兵員用の戦闘装備として普及している。

兵員各自は、骨伝導スピーカーと咽頭《いんとう》マイクを使うことで、激しい砲撃の最中でも通話情報のやり取りが可能になっている。

その上、暗視装置と組み合わせたゴーグルには、受信した戦術情報が投影され、さらには鉄帽内蔵のカメラで、戦場のライブ映像を指揮官が乗車する指揮車のモニターへ、直接送信することが可能になった。

つまり指揮官は兵員各自の視覚情報から、直接に戦況が判断できるのだ。

いまや班や小隊付きの通信兵が、野戦で携行する背負式通信機器類や携帯電話に似た音声通話用の無線機は、最近の戦場では、ほとんど存在しない。

鉄帽の中身は、汎用の携帯スマホよりも、さらに進歩した高度な機能を持つデータ通信装置である。

それは通信衛星や高高度を飛翔する無人機を経由して、目標の地図座標をＧＰＳで照合する際に使う高速圧縮通信用のデータ通信装置と同じ機能を持っている。

この最先端の情報通信システムに比べると、かたわらに転がる統一朝鮮軍歩兵部隊の将校や通信兵が身につけている無線通信機の類《たぐ》いは、かなり旧式な複数チャンネル式周波数帯の無線通信機だ。

日米軍が使う最新式の機材に比べて、敵兵の装備は古臭い二〇世紀の代物だった。

また将校の地図嚢からは、詳細な現地情報が書き込まれた戦術地図と、通信兵のポケットからは乱数暗号帳が発見された。

いまや日米軍では、USBメモリーの記録媒体を使う三次元デジタル地図と、変動周波数帯を使う通信暗号キーが全面的に採用されている。これは紙媒体に印刷された軍用地図や手帳に比べても、情報の秘匿性はかなり高い。

これを鉄帽内蔵のモニターや軍用タブレットで見る場合には、毎日変更される一二桁の乱数暗号を入力した上で、将兵各自の登録した網膜パターンの認証が必要となる。

敵が日米軍の兵士死体から回収したUSBメモリーは、情報が見られないだけでなく、使うこともできないのだ。

「この鹵獲《ろかく》した地図と乱数暗号帳は、車載の画像情報装置でスキャンして、軽装甲機動車から、連隊本部中隊に送信しましょう」

曹長はそう言って、敵兵の死体から発見した獲物を斉藤少尉に手渡した。

偵察連隊の車両にはすべて、情報通信装置が完備されており、前線で入手した情報を、その場から連隊本部にネット送信できる。

こうして鹵獲した乱数暗号帳のデータは、ただちに解析されて、数時間以内に統一朝鮮軍の暗号通信の傍受と解読がはじめられる。

この通信情報に無人偵察機UAVや偵察衛星が撮影した画像情報を加えると、ロシア領内に侵攻した統一朝鮮軍や紅軍に関する情報は、刻々と正確性を増していた。

先遣隊の機械化偵察連隊は、期待された以上の成果を、この戦場であげていた。

4

戦闘機動車装備の第二大隊と、潜入長距離斥候《リーコン》に従事する空挺レンジャーの特殊技能保持者らで編成された第三大隊は、しばしば小隊単位で統一朝鮮軍の前線背後に出没して、敵軍の状況を探っている。

このときに偵察班が従事していたのは、敵軍の補給拠点や通信指揮所の位置を特定する任務だった。

戦闘機動車の機動偵察隊は、敵の輸送車両を追跡し、林間に設けられた擬装前線補給所や野戦補給所の位置を特定していた。

　またSH60で敵中に降下した斥候分隊は、原生林の中に潜んで、敵の野戦通信所や前線司令部の動向を監視し、衛星通信で状況を定期的に報告している。

　連隊本部と電子情報大隊は、これら機動偵察隊や斥候班の報告を集計して分析を加え、そのGPSの座標点を米軍やロシア赤軍側に通報した。

　こうした情報提供を受けて、地図上で座標点が特定された目標に向けて、新たに増強された航空部隊を投入して、対地支援を兼ねた航空攻撃がはじまった。

　北部の基地からロシア空軍前線航空隊の戦闘攻撃機が離陸する一方で、日本海を遊弋《ゆうよく》中の米海軍の原子力空母からも、米海軍の艦上機が、随時発進しては地上攻撃を開始した。

　この日を境に、これまでわずかだった統一朝鮮軍侵攻部隊の損害が、急速に増大した。

　その結果、統一朝鮮軍は今まで、国内に待機中だった野戦防空部隊を急遽ロシア領内に入れて、上空直衛を含む野戦防空をおこなう事態に追い込まれた。

　進撃する統一朝鮮の陸軍部隊、あるいは後方から物資を運搬する補給部隊は、野戦防空部隊の援護なしでは、昼夜を問わず自由な移動ができなくなった。

　また対馬沖空戦で消耗した統一朝鮮空軍機に代わって、中国天軍（空軍）が、これまで国内で待機していた新鋭戦闘機群、具体的には、殲撃《せんげき》15型や10型の戦闘機師団をこの空域へ投入した。

目的は、沿海州空域での航空優勢の確保と、地上で戦う統一朝鮮軍の援護である。朝鮮半島北部の基地に進出した中国天軍殲撃机師（空軍戦闘機師団）は、航空優勢を獲得するために積極攻勢に出た。

それは複数の戦闘機編隊を、連日出撃させる作戦であった。

ロシア空軍だけでなく、戦力的には優位の日米軍も、緒戦の段階では、中朝領域に無理な攻勢を仕掛けて、無駄に戦力を消耗するのを警戒していた。

だが、いまや中国側の航空攻勢に対し、ロ米軍戦闘機も、頻繁に出撃して、沿海州空域で激しい空戦を展開していた。

ロシア空軍のSuシリーズの戦闘機は、世界水準からみても高性能な機体だが、中国側も、ウクライナから密かに輸入した機体をコピー生産した殲撃（11、15）を配備していた。しかも資金力に物を言わせて、開戦前にロシア政府から、Su35フランカーEの初期仕様の機体を輸入する契約を成立させていた。

ロシア政府としては、輸出を承認した当初は、容易に複製化《リバース・エンジニアリング》されない工夫と対策を凝らしたつもりであったろうが、のちにその考えが甘かったことを思い知らされることになる。

中国の模倣技術は、品質や耐久時間で本物を凌駕《りょうが》できないが、とりあえずの機能はコピー可能であった。

そして中国側は、国産渦扇噴流机《ターボ・ファン・エンジン》WS117を消耗品と見なし、第一線の飛行隊での運用支援補給態勢を整えた。

一機あたり通常の倍以上の四基から六基の渦扇噴流机の在庫を常備することで、前線での消耗に対処したのだ。

これだけの予備エンジンを揃えれば、たとえエンジンの耐久時間が西欧の二五パーセント以下でも、頻繁に交換し続ければ、一応の稼働率は維持できるはずだ。

中国側は、ロシア空軍機の特徴だけでなく、戦術面でもその手の内を知りつくしていた。むろん技術面での対策は、すでに研究ずみで準備を整えていた。

それだけにロシア空軍機だけでは、優位には立てなかった。むしろ戦力的にロシア空軍の方が、空戦を繰り返すたびに損耗の補充が追いつかず、稼働機が減り確実に消耗していた。

航空部隊は移動が容易ではあったが、ウクライナやコーカサス方面に領土紛争地域を抱えているロシア軍は、容易には動かせなかった。

また他方面も、政治的な問題もあって、簡単に増援や補充部隊を極東方面に引き抜けない。

中国側が、こうしたロシア側の政治リスクを、最初から計算に入れていたのは確かだ。

だが米本土から北海道に進出した米空軍が、F22Aラプターを投入すると、戦況は多国籍軍の方へ次第に有利に傾きはじめた。特にＦ22のような新世代の機体は、単にステルス性能だけでなく、高速巡航性能にも秀でていた。

中国側の自慢する殲撃11、15型は、空中機動性能でラプターにほとんど対抗できなかった。

Ｆ22は空戦に突入すると、中国天軍の殲撃機を、少数機の編隊ながら圧倒した。

さらに中国側にとって大きな誤算だったのは、自慢のステルス戦闘機殲撃20や31は、機体や噴流机《ターボ・エンジン》も、いまだに試作機の域に止まっており、両機種ともに実用化以前の研究開発機の途上にあって、実戦投入可能な機体に仕上がっていないことだった。

人民天軍総参謀部の問い合わせに、兵器の研究開発を統括する総整備部は〝実験途上の試作機は戦闘に投入できない〟との理由で、前線部隊から要請のあった殲撃20先行量産型の実戦投入を正式に拒否した。

これは開発と製造の両分野で、管理責任を問われるのを極力回避しようとする総装備部の典型的な官僚体質にも原因があった。

米空軍のＦ22Ａはわずか二個飛行隊だけの戦力だが、短期間の戦闘で中国軍機の出撃数は一気に激減した。機載電探の探知外から、突如奇襲を仕掛けてくるＦ22Ａとの空戦を恐れて、長距離索敵哨戒飛行を避けるようになったのだ。

どうしても出撃しなければならない場合は、まず圧倒的な機数を出撃させて、相対的に数を誇示して、ほんの一瞬の航空優勢を確保するのが精一杯だった。

Ｆ22が航空優勢を確保すると、次は攻撃機編隊の出番だ。爆装した空軍のＦ15ＥとＦ35Ａや米海軍の無人攻撃機Ａ47Ｃファントム・レイが投入される。昼夜を問わず地上の統一朝鮮軍部隊を攻撃したのは、米海空軍のさまざまな機種だった。

空軍の有人機ではＦ15ＥイーグルとＦ35ＡライトニングⅡが攻撃する際に、まず、敵陣上空の注意と対空火器とを引きつける目的で、囮役の無人機の編隊がチャフやフレアーを派手に散布しながら、先行する形で一気に低空域から突入した。

地上配備の対空兵器やＳＡＭ（地対空ミサイル）が囮に向けて攻撃するのを待ってから、有人機の編隊は、脅威となる目障りな対空兵器に向けて、空対地ミサイルＡＧＭによる有効射程外《スタンド・オフ》攻撃をおこなって排除する。あとは地上部隊の装甲車両や自走砲、それに輸送車両を苦労なく撃破する。

このとき、攻撃側が警戒するのは、新型対空兵器ではない。歩兵小隊などに自衛用に配備されている、ＱＷ２携行対空誘導弾前衛二型の直撃か、あるいは車載の重機関銃による対空弾幕射撃くらいのものである。

これも侵入方位や角度、指定高度と離脱速度を維持すれば、被弾損傷する確立はきわめて低く、侵入時に固定機関砲の機銃掃射を併用すれば、これらの火器への制圧効果は高い。

さらに米海軍が日本海洋上の空母から運用する、米海軍航空隊と海兵隊航空団の対地攻撃戦術は巧みであった。

特にA47C無人攻撃機は、操縦者の人的被害を考慮する必要がない分、より積極的に目標への攻撃ができた。

海軍と海兵隊側は、有人機と無人機との攻撃を併用する混成戦術を多用する。この戦術を実行する際には、F18EスーパーホーネットやF35CラトニングⅡは、攻撃編隊の隊長機を兼ねていた。

まずは最初に有人機が、機上で目標を視認すると、その後は無人のA47Cに目標の座標と攻撃方法を指示するだけでよかった。こうして長機から指示を受けたA47Cファントム・レイは、苛烈な弾幕の中でも、確実に目標を捕捉し、指示どおりに攻撃する。もちろんA47Cの被害は多く、毎回出撃するたびに、未帰還機が報告されている。

A47Cの消耗率は上昇したが、製造元のボーイング社に続いて、日本国内の企業も生産計画に参加したこともあって、戦時中に前線部隊へ補充する機体の供給数には事欠かなかった。

実際、無人機は、操縦要員を訓練する必要がなく、発進と着艦は自動操縦プログラムに沿っておこなわれ、特別な指示が必要なのは攻撃に際してである。

また作戦を終了して、無事に帰還した機体から回収したメモリー・データは、次の作戦前に記録の並列化がおこなわれる。こうして新旧を問わず、多国籍軍は無人攻撃機の経験値の向上を図り、作戦成功確率と帰還率向上に努力を払っていた。

特に無人機の研究開発の分野では、米軍が優れており、その運用や整備管理に関しては、日本側が得意としていた。この点で大雑把なロシア側は、日米に比べて大きく遅れを取っていたのは、言うまでもなかった。

こうした一連の航空攻撃により、地上部隊の被害が続出した統一朝鮮軍は、緊急対応策として、自国領内の防空用に配置していたＳＡＭ部隊を含む防空部隊を、沿海州に送り込み、地上軍援護に投入する羽目に陥る。

さらに統一朝鮮軍は、不足する対空兵器の多くを、紅軍から供与された最新兵器類で補っていた。

特に紅軍は、統一朝鮮軍に対してロシア製紅旗2や国産の紅旗7を含む大量の自走ＳＡＭを供与して、なんとか戦線の崩壊を食い止めてきた。

このときに、対空戦闘の〝切り札〟として投入された紅旗17ＳＡＭは、ロシアから輸入したＭ1トールＳＡＭシステムを中国側が無許可で、ほぼフルコピーしたものであり、紅軍でもまだ必要な定数分は、行き渡ってはいない最新型の兵器であった。

この紅旗17システムの持つ利点は、本来は別個に駆動する捜索システムとミサイルランチャーを、一両の自走車体にまとめあげた点である。

従来こうした野戦兵器は、捜索誘導機能と、ミサイルランチャー本体とが、個別に運用されることが多く、布陣の際に、必要以上に距離が開くと、運用や連携にミスが生じやすく、ＥＣＭ攻撃も受けやすい。それが戦術運用面での大きな弱点になっていた。

これを一つの装軌車体上にセットしたことで、紅旗17ＳＡＭの命中精度は高くなった。三次元捜索レーダーは最大四八個の目標探知が可能で、追尾システムは二四個を捕捉し、誘導装置は最大一〇発のＳＡＭを同時に慣性誘導することが可能だ。

さらにＳＡＭの最大有効射程は三五キロメートルと長く、中高度から低空域までを広範囲にカバーできる。

このため米ロ空軍の攻撃機編隊は、ＥＣＭ装備を携行したにもかかわらず、ＳＡＭによる被害が続出した。

有人機と違って、即座に回避行動などの反応ができない無人攻撃機Ａ47Ｃでは、撃墜機が続出した。

ロシア防空軍総司令部からの情報によれば、この紅旗17は、超低空で飛来する巡航ミサイルを、即座に邀撃破壊する能力も併せているとのことだ。

Ａ47Ｃが量産の可能な無人機でも、ＳＡＭよりは調達単価が高い。紅旗17のＳＡＭ発射機本体を潰さなければ、損害を覚悟で攻撃する意味がない。

この無人機の空撮映像から、紅旗17の正体が、ロシア製Ｍ１トールだと判明すると、多国籍軍司令部は紅旗17を要注意目標に指定した。

偵察情報によれば、朝鮮軍に配備された紅旗17の数はまだ少なく、主に米空軍から重要拠点や攻撃目標とされている周辺の防空以外には配備されてはいない。

だから特定の攻撃目標を選択すれば、無人機の被害は抑えられる。

さらに多国籍軍司令部は、ロシア軍に対して、ジャミング用電子機材の提供を求めた。ただしロシア軍は軍事機密を理由にM1トールの技術情報や機密資料の提供を拒否することが充分想定された。

DIA（米国防情報局）の解説によれば、現時点で、このM1トール改良型を更新できる自走SAMシステムは、まだロシア国内では完成していなかったから、M1トールの技術情報を日米両軍に提供することは、防空軍の切り札の弱点を教えることと同じであった。

そのために多国籍軍は自力で、この中国製M1トールを鹵獲して、直接技術情報を入手する必要があった。そこで白羽の矢が立ったのは、ウラジオストックへ派遣されている陸上国防軍機械化偵察連隊MRRの連隊長、伊藤宏大佐であった。

紅旗17自走中距離対空火箭の捕獲命令が連隊に下った。

この命令を受けた伊藤宏連隊長は、信頼する部下数名を呼び出して、密かに捕獲チームの編成を命じた。

獲物の紅旗17は、無人機の偵察報告によれば、配備先は統一朝鮮軍の司令部や野戦通信施設、兵站補給所など、空爆で破壊されると作戦行動に支障が生じる部隊や重要施設の周辺が多いようだ。

この紅旗17は、索敵、追尾、誘導レーダーに管制システムと、多数の対空ミサイルを格納した垂直発射式ランチャーを一つの大型装軌車両に、フルセットで搭載した巨大な自走発射台であることが特徴だ。

ほかの地対空ミサイルのように、各種野戦レーダーと管制システム、さらに自走式発射装置兼格納庫を、車両単位で分離して、双方をケーブルかネットで接続して運用する従来の方式とは、根本的に発想が違う。

本来ならば、いくつかに分割すべきすべての装置を、一両の装軌式車両に詰め込んでいるので、単独で運用できる点が、紅旗17の長所であると同時に弱点でもある。

伊藤大佐は、第四大隊に命じて無人機を多数飛ばし、紅旗17が使用する索敵レーダーの周波数を探知して、その発信位置を特定させた。

連隊本部指揮所の大型モニターに、この特定ポイントを表示させると、紅旗17は紅軍のＳＡＭ部隊とは個別に展開して、運用されていることが判明した。

「紅旗17は、自己完結型のＳＡＭシステムだけに、個別運用ができることから、地上警戒レーダーとネットしない状態で、主に単独で使われているらしいな」

しばらく画面を睨んでいた大佐は、ポツリと呟いた。

するとかたわらで、しきりにパッドを操作していた岡村仁少佐が顔を上げた。

「連隊長、独立運用されているならば、この特定箇所に配置された紅旗17は、狙いどころです。

もし我々が襲撃しても、空爆の際の通信遮断で連絡が途絶えたのだと、敵軍司令部が誤認する可能性は充分にあります」

この指摘のように連絡途絶の理由を誤認する可能性はある。

「当然、稼働状況の有無を司令部側でも再確認しますが……。その点で短時間でも、敵の誤認による空白時間の発生は、充分に見込めます」

ロシア軍の野戦防空システムに精通している技術将校の岡村少佐は、パッドを片手に、このようにネットの弱点を指摘した。

切り札の自立防空システムを管理しているはずの、敵司令部のネットワークに空白が生じる以上は、そこにつけ込むのはベストだ。

敵の監視網が機能停止している隙に、必要な情報入手に成功すれば、敵も自軍の紅旗17の防空能力の優位性に、しばらくは疑いを抱かないだろう。

「しかしシステムを破壊するのは簡単でも、鹵獲した上で、内蔵メモリーから必要なデータを含む一切の情報を取り出すのは、プロテクトの排除を含めて、少し手間がかかりますからねぇ」

岡村少佐は渋い顔をした。

「敵中で悠長に、モニターと遊んでいる暇はない。最悪時間がなければ、システムからメモリーごと装置を取り外してこい。取り外した空間には、身代わりの機械を押し込んで、爆破してしまえば、敵が記録媒体を取られたことに気づくまで、時間が稼げる」

伊藤大佐の指示は単刀直入だ。

「遣《や》り口が、非合法活動そのものだなぁ。昔、警視庁の公安と組んで狸穴《まみあな》や麻布界隈で、散々やった悪さを思い出すねぇ……」

率直な感想を漏らしたのは、斥候中隊を率いる髭面の石川大尉である。外見上は、とても凄腕の電子戦の専門家とは思えない。

しかし電子盗聴の専門家でもある石川大尉は、伊藤大佐が、小平《こだいら》学校の教官から引き抜いたほどのベテラン工作員だ。

「できれば、操作要員を捕虜にするのではなく、操作マニュアルや整備手順書も、一緒に入手してくれた方がありがたいなぁ」

技術将校が付け加えた。そんな要求をするところから、この技術将校は、技術開発の裏道に精通していることが判る。

「単純な器物破損ではなく、誘拐、窃盗、さらに擬装工作など、証拠隠蔽までやるんですね。ハイハイ、判りました。それでは事前に練習をしたいんで、ロシアからM1トールの図面や説明書を入手してほしいんですけど、大佐のお力ならできますよね」

百戦錬磨の斥候中隊を率いる石川大尉が、去り際に言った。

「やれやれ、上司を上司とも思わない連中は、人をいいように使いおるわい」

伊藤大佐は、そう言うと楽しそうに笑う。

「技研で聞かされたんですが、偵察連隊の連中は、潜入作戦に手慣れているとか……」

岡村少佐が言うと、伊藤大佐は、ニヤリとして言った。

「我々偵察連隊には、空挺レンジャー教育課程や冬季戦技教育課程、それに米海兵隊《マリンコ》の偵察隊員課程《リーコン》を修了したマーク持ちが、一通り揃っているからね。

ほかには、小平の調査学校で情報戦課程を習得した諜報員並みの下士官や幹部将校も、ゴロゴロいる。陸上総隊司令部では、我々を独立愚連隊とも呼んでいるそうだ」

そう言う大佐の胸には、空挺記章にレンジャー記章の略章が付いている。その二つだけで、相当の上級戦技資格者だ。

それに加えて特級射撃技能章とスキー上級技能章を示す特技マークが並んでいる。

大佐の胸の略章の意味に気づいて、岡村が周囲を見回すと、会議の出席者の大半が、なんらかの技能取得を意味する特技章を付けていた。

「空挺団、レンジャー資格者、おまけに雪中レンジャーの冬季戦技教出身者が、ゴロゴロいるじゃないか。いったい機械化偵察連隊とは、どんな連中なんだ……」

新型無人機の実戦テストの名目で、技術研究所秘技実検隊から派遣された岡村少佐は首をひねっていた。

陸上国防軍では、特技章や戦技資格を取得するだけでも、相当な肉体鍛錬の上に、長期間の過酷な選抜強化訓練や教育を受ける必要がある。

しかも年齢や階級により、受験回数に制限が加えられており、通常勤務の合間に挑戦して、簡単に取れる資格ではない。

その中には、米軍の特殊部隊や海兵隊と同じ規定内容の試験もあり、手加減があるわけでもなかった。

技研で二足歩行の無人兵器の実地試験をしていた岡村は、急遽試作中の指揮中継機能付き路外走行観測器材のHG03一八台とともに、技術試験小隊を引き連れて、この沿海州の軍港都市にきていた。

これは国防軍が野外偵察用に開発した駝鳥《だちょう》型UGV（無人地上走行体）で、本体にさまざまなセンサーを組み込み、二脚走行で地上を軽快に行動する。

米軍はその形状から〝ロードランナー〟と呼ぶ、この無人偵察用UGVを使って、伊藤大佐は敵の後方で例の紅旗17の捜索をやらせようというのだ。

「HG03は観測専用機種で、開発時点で戦闘を想定してはいないのです。基本は非武装のＵＧＶなんですが……」

岡村は、思わず呟いた。

5

原始林を切り開いた林道を車列が進む。機動戦闘車が車列の前後を警戒する中、軽装甲機動車が牽引する荷物車《キャリアー》の上には卵状の物体が、二個ずつ積まれている。この荷物車は、ＨＧ０３の専用運搬車兼電源車なのだ。

車列を構成するのは、護衛役の機動戦闘車に、軽装甲機動車と九六式装輪装甲車、それに新型の二〇式装輪装甲輸送車である。

偵察隊の車列は、すべて装輪車両で統一されている。装軌車両は一両も見当たらない。金属製の履帯が駆動する際に、騒音の発生源になる装軌車と比較して、装輪車両はマフラーに手を加えて、エンジン出力を絞れば、それなりの消音モードで、隠密行動ができるのが強みだ。

地図に記載がない林道を進んできた車列は、敵の監視兵や索敵部隊に遭遇しなければ、存在を探知される心配はなかった。

車列が停止すると、軽装甲機動車が牽引する荷物車を切り離した。

偵察衛星や無人偵察機が、紅旗17が配備されていると特定した地域の近くまで進出すると、車列は一旦停止して、待機の態勢に入った。

操作員はUGVの機動準備をはじめた。

操作装置を兼ねたパッドの液晶画面を操作して、起動モードにすると、妙な機械音がして、卵形胴体の上方にある突起物のような頭部が作動した。

この頭部には、単眼式カメラ（モノアイ）だけでなく、低光量テレビカメラを兼ねたビデオカメラが組み込まれている。さらには嘴《くちばし》状の熱源センサーを含む、各種のセンサーを内蔵したポッドを兼ねている。

また頭部に付いている鶏冠《とさか》状のものは、GPSアンテナを含む各種の汎用アンテナであった。

パッドの画面には、センサー・ポッドに内蔵された各種センサーが、正常に起動していることを示すサインが点滅している。

「各種センサーは、正常に起動を確認。次に折り畳みマストの動作確認」

すると格納モードだったマストが駆動して、頭を支える首の部分が動き出した。

「最初は隠蔽モードで、折り畳んだ脚部を現在位置のまま全高一メートル以下、よろしい、問題なし。次は主脚を立てて、マストを最大限伸ばした際の偵察モード状態では全高二メートル以上に」

作動確認した操作員は、こう呟いた。

まずは胴体の側面に折り畳まれていたモーター駆動式関節を動かして、主脚を踏ん張るようにして立ち上げると、ＨＧ０３は〝首〟と呼ばれる折り畳みマストを最大限に伸ばした。

センサーポッドを内蔵した〝頭〟は、高さ二メートルの位置から、周囲を睥睨《へいげい》する恰好になる。

この駝鳥に似た外見の無人偵察機材は、木立や茂みの中に胴体を隠した状態で、折り畳みマストを使用して、目標を密かに観察することができる。

岡村はパッドの表示どおりに、各部が駆動状態にあることを確認すると、操作を歩行モードに変更して、電源を外部電源から内蔵電源に切り替え、キャリアーから下車するように指示を出す。

ギミックを駆動させると機械音とともに、二機の金属駝鳥《メタリック・オーストリッチ》がキャリアーから降り、並んで立った。

「スタッフはエネルギー・パックの接合部を確認。さらに高圧水素の充填圧を確認」

岡村の指示で、メカニックらが、金属駝鳥の尾部に取り付けられたボトルを点検する。

尾部というより、尻の部分から突き出した羽を連想させる部分は、通称〝ボトル〟と呼ばれる高圧水素を充填したエネルギー・パックだ。

この金属駝鳥の動力源は、リチウムイオン電池ではなく、燃料電池であった。これは外部から取り込んだ酸素と、ボトルから供給される水素を化学反応させて、電気を発生させる化学反応式電源である。

尾部に装着した六本のボトルには、一本あたり金属駝鳥の燃料電池を四五分程度、最大出力で駆動させる量の高圧水素が充塡されている。つまりボトル六本で四時間半程度の駆動時間が保証される。

なお移動モードに隠蔽モードを併用すれば、駆動限界を、さらに延長することも可能だ。

また定期的に監視任務を交代し、後方に下げた際に使用ずみのボトルを交換してやれば、最大数日間の連続駆動も可能である。

燃料電池以外に、発電用の小型発動機を搭載する計画もあったが、駆動音以外に排気の熱源が探知されることが指摘され、小型発動機搭載案は却下された。

燃料電池の利点は、化学反応で発電する際に生じるのが、排気ではなく、純粋な酸素と水素の化合物である水（H_2O）であることであった。

ここで生じた水は、七本目に挿入された空のボトル（通称尿瓶《しびん》）に注入され、これが一杯になれば順次水素を使い果たして、中身が空になったボトルに注入される。

メカニックらは〝駝鳥の小便〟と称してはいるが、この回収ボトルの中身は、化学合成で生じた〝純粋の水〟である。

この水は、イオン変換で得られる蒸留水と同様に余計な含有物を一切含まないため、飲料水には不向きだが、その利用価値が高い。

だから緊急時以外は、ボトルの中身は廃棄されずに現場で回収されて、任務修了後に整備部隊へ提供される。

整備部隊では主に車両用バッテリーに使う電解液や部品洗浄用にも使われるなど、その用途は広い。

ほかには〝純度の高い蒸留水〟として、医療部隊にも提供され、薬剤を溶かし込んだ点滴溶液などにも再利用されている。

このＨＧ０３金属駝鳥は、基本索敵プログラムによって行動し、指示された目標を発見するために、単独で行動することが多い。

特に広範囲の索敵の場合には、複数機が投入されることもあり、運用は専門部隊が担当する。

この場合には、四両の軽装甲機動車が牽引していたキャリアーに、各二機の金属駝鳥が搭載され、四両合わせて八機のＨＧ０３が索敵に投入される。

折り畳み式の主脚の足に相当する部分には、対地振動センサーが組み込まれており、走りながら重車両や戦車のような装軌車両か、それとも装輪車両かを、走行の際に起こる振動により、遠方から探知できる識別能力を持つ。

紅旗17の場合、レーダーに加えて、FCS（火器管制装置）やVL（垂直発射装置）を一台の装軌車両に組み込んだために、その全備重量三四・二五トンは、ほかの自走砲や戦車と比較してきわめて重い。

それが移動した際に地中を伝わる振動は、並みの自走砲や戦車と比較すると、あきらかに振動のレベルが違う。

紅軍総参謀本部ではこの紅旗17が、米ロ空軍の〝最優先攻撃目標〟の一つに指定されていることを、よく承知していた。

だから、対空戦闘を終えると、位置を特定されない間に、大急ぎで擬装を解いて、新たな待機位置へと移動する。

指定された位置に到着すると、再度擬装を施して、待機モードに入り、次の射撃の機会を待つ。

基本的に紅旗17は、常に戦場を移動している自走SAMである。

ちなみに紅軍が採用しているほかの自走SAMシステムは、異なる機能を自走化した構成車両に分散していることが多い。

つまりレーダーとFCSと発射機本体が分離している関係上、ユニット（射撃中隊）を構成する各車両は、ケーブルや通信LANでの情報交換が可能な距離と隊形を意識して展開するため、ある程度の広さの空き地が必要だ。

こうしたほかの自走ＳＡＭと比べ、運用上の配置がパターン化していないのも、紅旗17の特徴の一つだ。

米軍の専門家はこの紅旗17の運用パターンを分類していた。

金属駝鳥には、固有振動のパターンをすでに入力ずみで、針葉樹林の原生林の間を走行しながら、その固有振動の発生源を追跡していた。八機のＨＧ０３はさまざまな方向から、この紅旗17の配置が予想される地域を、索敵／捜索モードにしたがって、自由に移動していた。

岡村は軽装甲機動車の車内で、モニターの液晶画面を見ながら、八機の金属駝鳥が、次第に包囲網を狭めていくのを見守っていた。

やがて一機が、車体に擬装網を被せて、待機モードに入っている紅旗17の一両の姿を視認した。

金属駝鳥は、木立の間から首を伸ばして、広域観察モードに切り替えた。

この紅旗17の周囲には、近接防御用の九五式二五ミリ自走高射機関砲二両が、直衛役として控えている。

さらに後方には、紅軍の九六式戦車三両が、警戒態勢で待機しているのが確認できた。

この二両の自走高射砲と戦車一個小隊が、紅旗17の護衛チームのようだ。さすがに、自走SAMの護衛役は、統一朝鮮軍部隊に任せるのではなく、紅軍からの派遣部隊が担当しているらしい。

岡村は手早く、この護衛車両の配置を画面上にプロットした。まず厄介なのは、この直衛車両を最優先で叩き潰すことである。

岡村は複数の駝鳥を通じて、この場所の全景を見回してみる。

すると奇妙なことに気づいた。

「見張りの兵が、ほとんど見当たらない……歩兵部隊はどこかにいるはずだが、隠れているのか……ああ、いた、いた……」

先ほどとは少し離れた場所に潜む駝鳥の視界が、窪地に擬装網を展開して、野営の準備をする歩兵の姿を捉えている。

「頻繁に移動するから、容易に発見されないと思い込んで、護衛小隊が総出で、宿営地の構築作業中てぇわけだ」

駝鳥の視野がズームすると、野営用の天幕や擬装網を張る一方では、食事の準備をする紅軍兵の姿が確認できた。岡村はこの映像を連隊本部に転送すると、一計を案じて、早速に意見具申をする。

この岡村のプランは、敵の指揮官が安心しきって、警戒の歩哨をまったく立てていない点に着目して、それに乗じた作戦案だ。

意見具申を受けた伊藤大佐は、即断で許可を出した。

「大丈夫ですか、岡村少佐は戦闘兵科ではなく、本職は技官ですよ？」

横で見ていた幕僚の一人は、心配そうに聞いた。

すると伊藤大佐は、さらりと言ってのけた。

「儂《わし》の本科は通信科で、専門は電子戦だ。けれど機械化偵察連隊の連隊長を拝命しておる。岡村少佐とて現況は認識しておる、大丈夫じゃ。それに戦闘機動車も増加装甲を取り付けてはいるが、真正面からの撃ち合いになれば、二五ミリ機関砲弾の直撃で、簡単に貫通するほどの薄さだ。

それに相手が重装甲の戦車となれば、真正面から戦っても、戦闘機動車が勝てる相手じゃあないだろう。

その相手に勝つためには、相手の上をいく妙手奇策で対抗するしかない」

伊藤大佐は、岡村少佐の発想に、閃《ひらめ》くものがあった。だがその一方で、次の手立ても、別に考えていた。

岡村の提案は、金属駝鳥の搭載する有線誘導の偵察用小型ロボットを使う作戦だった。

この小型ロボットとは、ＵＥＲ５の有線誘導観測機材の、付随装備として開発された無人機の一つだった。

もともとは大型のＨＧ０３が潜入できない、複雑な市街地や地下室への偵察や観測任務をおこなうためのものだ。

　操作方法を有線誘導にしたのは、無線誘導が難しい地下室や屋内での索敵行動が、前提だからだ。

　このロボットの外見は、四足歩行の小動物を模してあり、一見するとイタチやアナグマの類いと誤認されやすい姿になっている。

　また短く太い尾に見える部分は、有線の収納部分になっており、有線そのものは、髪の毛と同じ太さで被覆されたグラスファイバー製光ケーブルである。

　その頭部にはモノアイ式のテレビカメラがあるほかに、暗闇での行動を想定して、両眼には赤外線センサー、鼻先には超音波センサー、それに狭い箇所への侵入を想定して、髭に見立てた触覚センサーまで装備している。

　その後期型には、野生動物と誤認させる目的から、人工皮革に植毛を施した毛皮カバーまで被せられている。

　その外見から通称〝狸〟あるいは〝マーモット〟と呼ばれるUER5だが、その特徴の一つは胴体の腹部に物資運搬スペースを備えていることだ。

　必要ならばこの腹部に五〇〇グラムほどの特殊爆薬を搭載して、敵の拠点まで入り込み、そこに爆薬を仕掛けて、そのままUER5を自爆、ないしは屋外に待避させることもできる。

そして今回の提案は、このＵＥＲ５の潜入運搬能力を利用して、厄介な戦車と自走高射機関砲を同時に始末することであった。岡村が目をつけたのは、紅軍の指揮官が歩哨を配置していないことだ。

戦車や自走砲に搭載されたテレビカメラ監視装置は、人間識別はできるが、草むらを動く小動物の判別はできない。このような小動物の動きを発見できるのは、訓練を積んだ歩兵でしかできない。

だからＵＥＲ５が至近距離に近寄り、車体の底部に潜り込むのは容易な話だ。

岡村少佐は、情報ネットで検索した九六式戦車や九五式自走対空機関砲に共通する車体の基本構造図に着目した。

九六式戦車は、ロシア流に砲弾と装薬を分離して、砲塔の下部区画に格納している。砲撃準備時に、装填用アームが作動して、下部に円周盤《ルーレット・テーブル》状に並べられた格納区画から任意の種類の砲弾、それに続いて装薬を選び出して、自動的に装填するカトセコ方式を採用している。このカトセコ方式だと、砲弾と装薬は車体下部に半円を描くように収容されている。

同様に九五式自走高射機関砲車は、車体下部に燃料槽と並んで、メタルリンクに装填された機関砲弾の予備格納庫がある。

構造上、車体底部の装甲鋼板は、重量軽減目的で、被弾確率の高い車体前面や砲塔部に比べて薄い。

戦車や自走砲の場合、戦闘時に被弾する確率が圧倒的に高い箇所は、砲塔と車体前部だ。それ以外では、車体側面部と車体後部の順に被弾確率は下がり、車体下部に被弾することは、地雷を踏んだり、歩兵や戦闘工兵の手により、爆発物を仕掛けられること以外は滅多にない。

だから設計時には、重量軽減の意味から、装甲戦闘車両の底板を薄くして、重量を節約するのが常識となっている。

対戦車地雷対策としては、最近の装甲歩兵戦闘車などでは、底板を分厚く強化するよりはV字型構造にして、爆発時に上方に向く爆薬の威力を直接受け止めずに、分散させる形状を採用する例がある。

とにかく、車体底部に収容された燃料や装薬へ、爆薬の衝撃や火線が及ぶように、工兵爆薬を装着すれば、確実に車内での発火や誘爆を期待できる。

岡村はＨＧ０３が出動するに際して、ＵＥＲ５の腹部に収容する爆薬の磁気装着装置を、両端に取り付けた時限信管に変更するように、メカニックに指示していた。

岡村はこのＵＥＲ５を敵戦車や自動砲の底部に入り込ませて、仰向けの姿勢で、腹部の爆薬を指定した位置に押し付けるように指示を出した。

「爆薬の量は戦車用に各二個、自走砲には各一個で充分だろう。念のために紅旗17にも一個仕掛けるか」

八機のＨＧ０３には、各二匹のＵＥＲ５を搭載しているから、仕掛ける爆薬の数は充分必要数が足りている。こうした作業は、ＵＥＲ５が普段の訓練でおこなっている障害物爆破作業の要領と、ほぼ同じである。

やがて五機のＨＧ０３から、九機のＵＥＲ５が敵の戦車と自走砲、そして紅旗17の底部に収容されたことを確認する〝任務完了〟のコメントが戻ってきた。

その一方で、待機中の機動戦闘車や軽装甲機動車と装輪装甲車の小銃班や重火器班から、〝包囲態勢に入った〟との連絡が届く。

宿営地構築中の敵歩兵小隊を含めて、誰一人逃さないような包囲が完了している。

岡村少佐は、満足の笑みを浮かべて、画面上の髑髏《どくろ》マークに、カーソルを合わせた。

カウントの数字が0になった瞬間。戦車三両、自走機関砲二両の車体から火柱と白煙が上がった。

それが合図となって、敵陣を包囲中の小銃班や機動戦闘車の攻撃がはじまった。

戦闘はわずか数分で終了し、不意をつかれて、大半の紅軍兵士は、どこから狙われているのかも確認できないまま、次々と銃弾を浴びて倒れていた。

しかも真っ先に狙われて、狙撃されたのは、将校や下士官と覚しき連中で、これは着衣や部下に指図する仕草で、事前に見当がついていた。

銃撃が止むと、生き残った紅軍兵士は、武器を捨てて降伏した。その後、戦死した指揮官や政治将校の死体からは、数点の重要書類が回収された。

また履帯を破壊され、行動不能になった紅旗17から、乗員とともに、電子機器のメモリーやブラックボックスがすべて回収された。情報回収後の車体は、痕跡を止めないように入念に爆破された。

こうして捜索部隊が、林道を通って帰投する背後で、無人機の編隊が、襲撃の痕跡を隠す目的で、繰り返し地上攻撃をする爆発音と噴煙が確認できた。

たぶん敵の捜索部隊が、この戦場に到着しても、周囲で確認できるのは、徹底して爆撃された痕跡であるに違いない。

それは、一目では判別できないほどに破壊された戦車や自走砲、それに種別の識別すら困難なほどに徹底して破壊された、装甲車両の残骸であった。

紅軍の偵察隊は少数の装輪戦闘偵察車と装輪戦闘装甲車で編成されていた。この部隊は、戦闘の合間に運良く前線の隙間から侵入できたもので、連絡を絶った紅旗17の防空小群の消息を探索するように指示されていた。

周囲には敵戦車隊の存在を示す履帯の痕跡はほとんど発見できず、周囲に四散した爆弾やミサイルの破片と爆発の痕跡などから、この防空小群は、弾薬補給中に無人攻撃機からの攻撃を受け、壊滅したものと推測された。

「隊長、敵の通信量が増えています。どうやら我々の侵入した痕跡が、敵の警戒用無人機に気づかれた模様です。このままでは、いつ敵に発見されるか、判りません」

車内の通信士席で敵の通信状況を傍受していた通信士が、悲痛な表情で報告した。

この偵察隊を指揮する斉《サイ》上尉は、一瞬迷ったが、通信士の表情を見て、残された時間がほとんどないことを悟った。

「時間がきたから撤収する。味方の遺体からは、各自の認識票だけを急いで回収しろ。あとは現場写真を撮影したら、大急ぎで引き上げるんだ」

こうして紅旗17の防空小群の消滅は、敵軍司令部に確認された。

第五章　ウラジオ橋頭堡の攻防

1

大規模な戦車戦は、ウラジオストック郊外の原野でおこなわれた。

紅軍集団軍の到着により、統一朝鮮軍戦車旅団の残存兵力は、紅軍の指揮下に集成戦車連隊として編入され、新着の紅軍戦車師団に組み込まれる形で、その指揮下の部隊の一部として、再度前線に投入された。

これに対するのは、多国籍軍の援軍が到着したばかりの連合軍で、主力は相変わらず、既存のT80に、一部新型のT90が混じるロシア連邦赤軍機甲旅団である。

だが紅軍の無人偵察機が送ってきた映像には、新たに到着した多国籍軍に含まれる米陸軍及び海兵隊のM1A2エイブラムス戦車と、一部見慣れない外見の戦車が確認できた。その映像を戦車師団司令部の情報参謀が、紅軍電達網で確認してみると、符合するのは日式九〇式戦車改であった。

説明には、日本国防軍が新型の一〇式戦車の規格に合わせて既存の九〇式戦車にC4I改修を施した改修型との記述があった。さらに砲塔側面部に描かれた図案は、「日本陸上国防軍北部方面隊所属第二師団第二戦車連隊」のものだと判明した。

映像の各部分を拡大すると、車体に増加装甲が追加されており、主砲の一二〇ミリ砲も、既存の性能表に記載された四四口径のものより、さらに長砲身に換装されていると分析された。

「その砲身長から推測すると、九〇式改は徳国《ドイツ》陸軍の豹《レオパルト》型二式改六、２Ａ６に準じた主砲に換装したと判断できる」

と情報参謀は、識別資料を片手に、師長に急ぎ現状を報告した。

この報告を受けた師長は、その場で部隊の戦闘序列の変更を命じた。

「日式九〇式改には、統一朝鮮軍の集成戦車連隊を当てよ。奴ら倭奴《ワト》が相手だと判ると、火病《ファビョン》（病的興奮）を起こして積極攻勢に出るからな」

そう言って、この師長は薄ら笑いを浮かべた。

こうして統一朝鮮軍将兵の単純な思考回路を見抜いた李《リ》少将の指示で、Ｋ１Ａ１及びＫ２戦車を装備した統一朝鮮軍第一〇五集成戦車連隊は、陸上国防軍第二戦車連隊と対峙する位置に展開した。

無人偵察機から送られてきた空撮映像を確認して、リカルド・ヘルナンデス中将は、思わずこみ上げてくる笑いを抑えた。

「日本の第二戦車連隊に、朝鮮軍の戦車連隊を対峙させるとは、日本軍も随分と敵に舐められたものだ……」

ヘルナンデス将軍は、戦車連隊の中隊長で大尉だったころ、ヤキマ演習場で、陸上自衛隊の戦車隊との演習のたびに、幾度となく苦杯を舐めさせられた記憶があった。

「ヤキマに派遣された機甲科の自衛隊員は、他国の演習部隊と比較して、行進間射撃を得意としており、特に初弾命中率には、どの砲手も異常なこだわりを見せていた」

欧州諸国やロシアとの合同演習で、多くの国の戦車中隊と砲戦の技量を競ったが、ほとんどの国では米国と同様、初弾と次弾は至近弾にとどめ、三発目で命中弾を得る射撃方法が一般的な射撃術だ。

それに対して、陸自の戦車兵は、初弾から命中弾を狙って砲撃していたことを鮮明に記憶している。

当時中隊長だったヘルナンデス大尉がこれに驚き、そのあとで尋ねてみた。すると自衛隊の指揮官は苦笑いしながら、そっと耳元で囁いた。

「国内では滅多に実弾演習ができないから、部下たちは、ヤキマにくると皆が〝初弾必中〟と、異常なほどに気合いが入っているようです」

ヘルナンデス大尉が感心すると、自衛隊のシマダ二佐は、自衛隊内では有名な、文句《ポエム》を口にした。

「たまに撃つ、弾がないのが、玉に疵《きず》」

陸自の戦車中隊長が、内緒で教えてくれた有名な文句だが、これは予算や安全配慮の関係で、実弾射撃の経験が少ない自衛隊員の自虐的ジョークだと教わった。

普段から、頻繁に射撃ができない環境下で、最初の一発目からの命中にこだわる射撃方法は、尋常では考えられないほどに高い練度を砲手に要求する。

だから行進間射撃から、瞬時に停止すると、砲手は、ほぼ条件反射的に照準射撃に移行する。

九〇式戦車は高性能の油圧懸架《けんか》装置を採用しているから、停車時の動揺を極力抑止して、環境センサーやレーザー測距儀で集めたデータで確実に初弾を目標に撃ち込む。

初弾で命中弾を得るということは、遭遇戦で主導権を握るだけでなく、敵の陣形を崩す原動力となる確率が、一層高くなる。

仮に左翼に位置する第二戦車連隊が初弾の命中率で優位に立てば、敵軍の右翼による突破を阻止できるだけではなく、むしろそこから敵の陣形を崩して、その勢いで本隊の横腹を突くことができる。

主力の米軍戦車旅団は、まずは敵軍の突進を一歩も退かずに、その場で押さえ切れば、一応の役目は果たせる。そうやって貴重な時間を稼いでいる間に、敵の側面を食い破った左翼の第二連隊と連携して、敵の主力を一気に殲滅《せんめつ》できる。

その場合、もし右翼のロシア赤軍戦車連隊が押されて後退しても、陣形が完全に崩されない限りは、まだ敗北状態ではない。

むしろ右翼と対峙する敵部隊は、その背後を左翼から回り込んだ第二連隊に突かれる形で陣形が崩れて、そのまま敵の敗北が決定する。

ヘルナンデス中将は、戦史の時間に学んだ名将ハンニバルが指揮した歴史上の闘いを、この場で再現して、勝利を確実な形にする腹であった。

「問題は、いかに早く第二連隊が、統一朝鮮軍戦車連隊の足並みを崩して、闘いの主導権を握り、突破に出られるかだ」

この作戦はヒスパニック系のヘルナンデス中将にとっては、戦局を左右する大きな賭けでもある。

指揮車内の液晶パネル上では、中将が作戦参謀に作らせた多国籍軍のヘックス（密集隊形）が紅軍戦車軍団のヘックスと真正面から対峙しており、時間の経過とともに激しく衝突している。

そのとき、多国籍軍の隊列の中で第二戦車連隊を示す左翼のヘックスが、対峙する紅軍の右翼を一気に崩しにかかった。紅軍の右翼である統一朝鮮の戦車部隊は、激しく抵抗しながらも、急速にその数を減らし、隊列が崩れはじめている。

このまま第二連隊が攻撃の手を緩めなければ、確実に紅軍の右翼は崩壊する。

「もし第二戦車連隊の攻撃に時間がかかりすぎれば、逆に右翼のロシア赤軍戦車連隊が押し込まれて、我が方の前線が崩壊する危険性が増す。さらに本隊の米軍第1機甲師団の側面が露《あら》わになる。最悪、そこを紅軍戦車隊に突かれると、師団にとっても、戦列が崩壊する危険度が増すだろう」

中将のかたわらの作戦参謀が液晶の片隅を操作すると、局面は変わり、多国籍師団の右翼を形成する赤軍戦車連隊の隊列が、一気に崩壊した場面に変わった。

これにより米軍戦車連隊の側面はがら空きになり、前面と右側面の二方面から、紅軍戦車隊の砲撃に晒され、苦戦する状況が現れた。

「予期したことが起これば、この時点で米軍機甲師団は、正面に続いて、右翼の方向から挟撃される危機に晒されるだろう。

そのまま右翼を突破した敵軍が、余勢を駆って、米軍第1機甲師団の背後に回り込めば、敗北するのは我が軍になる。

ここで頼みの米機甲師団が敗退すれば、現時点でハバロフスク方面にいるのは、一連の国境地域の紛争で消耗して、現在は再編成中の赤軍戦車師団と自動車化狙撃師団しかない」

そう言うと、ヘルナンデス中将は、一同の顔を見回してこう続けた。

「そしてこの部隊を戦線に投入するのなら、ロシア政府が大規模な増援をおこなわない限り、侵入した紅軍集団軍を阻止することは、現時点ではできない。

しかも市内にいるのは消耗したロシア海軍歩兵旅団と、ロシア太平洋艦隊の艦艇から引き抜いた乗員で急遽編成した海軍守備部隊だけだ。この程度の戦力では到底、ウラジオストックを守り切ることは難しい」

その師団長の言葉を受けて、主任作戦参謀のエリック・オニヅカ大佐が言い添えた。

「ただしロシア側が、軍港を維持している限り、周辺国から援軍が続々と到着する確率は高い。

だが到着した上陸部隊を、防御線に送り込む時間稼ぎが、絶対に必要になる」

この打ち合わせに参加した誰もが、ウラジオストック港の作業効率の悪い岸壁の配置と、手間のかかる陸揚げ作業を実感していた。

日米の手早く迅速な積み込み作業を実体験している側としては、苛立たしいことこの上ない。しかもロシア人の港湾労働者は、戦火が間近に迫っているのに、危機意識どころか、作業を急ぐ気配はまったくないのだ。

ついに激怒した赤軍基地司令官の猛抗議により、ようやく港湾労働者組合は、陸揚げ作業時間の延長に応じる始末だった。こうした港湾労働者の無気力な仕事振りを見ていると、なんのために、この地に駆けつけてきたのか、判らなくなる。

もしこのスローモーな仕事振りに、敵空軍の空襲が加われば、どれほど陸揚げ作業が遅れるか、絶望的な気分にもなる。

その間にウラジオストック市街地に、薄い防御線を突破した紅軍戦車師団が自動車化歩兵旅団を伴って突入を図れば、ウラジオストックの橋頭堡の維持は危うくなる。

最悪の場合は、この軍港を放棄して、守備隊は海路で撤退することも考えられる。ウラジオストックが紅軍に占領されたら、ロシア側はこの軍港都市に続いて、沿海州の大半を失うことになる。

そして現在、到着した部隊の武器弾薬と主な装備がすべて揃い、ようやく前線に急行して、敵と全力で戦っているのだ。

逆に言えば、この反撃が成功して、紅軍を撃退できれば、ウラジオストックには、日米の増援部隊に続いて、野戦軍団規模の多国籍軍が上陸して、沿海州方面に展開するはずだ。

そしてこれだけの戦力があれば、ウラジオストックに続いて、すでに占領された商港都市ナホトカを奪回できる。その上で、さらに朝ロ国境付近まで侵略軍を駆逐することも可能である。

当面の作戦目的は、侵入した敵軍部隊を朝鮮領内に追い返すことだ。

さらに日米両国政府とロシア政府によるモスクワでの協議の結果、報復論を振りかざすロシア側を米国務長官が説得して、ある提案がなされた。

つまりこの時点で三カ国は、戦闘をロ朝国境付近に止めて置くことを優先した。

ロシアが主張するように、戦闘範囲を拡大して紛争を長期化させるよりも、当面はこのあたりで戦闘を一時停止して、休戦交渉へ持ち込むことで、三カ国政府は合意した。

2

戦闘は前線の左翼からはじまっていた。このとき、日本陸上国防軍第二戦車連隊が、対峙する統一朝鮮軍第一〇五集成戦車連隊に向けて、速度を上げて前進すると、統一朝鮮軍のK1A1及びK2戦車の前衛大隊が、まだ距離も充分詰まらないうちに発砲した。ただ一斉発砲と言うには、どこか不揃いで、統一性に欠けた各戦車ごとの発砲であった。しかも前進中に最初の一両が発砲すると、残りの戦車も釣られて発砲したような感じだった。

だがその砲撃は行進間射撃でもあり、照準が不充分なために、肝心の着弾は前方で集束しないままに、幅広く拡散した状態であった。砲弾は、九〇式改に直撃するどころか、命中弾もきわめてわずかである。

また命中しても前面装甲や砲塔部分をかすめただけで、斜め方向に弾け飛んだ砲弾も少なくはない。しかも真正面の日本軍戦車を狙った割には、予測以上に離れた場所へ着弾した砲弾も多かった。

これを見ると、いくら宿敵日本軍を相手にして興奮していたとはいっても、統一朝鮮軍戦車隊は指揮統制が徹底しておらず、各車の車長や砲手が勝手な判断で発砲していたようだ。さらに衝撃を抑制するサスペンションの性能が不安定で、走行中の振動を吸収できずに、砲撃や照準時の砲塔の安定に、微妙な影響を与えていた。

これに対して日本側の第二戦車連隊は、激しい砲撃を浴びる中でも、隊列を乱さずに前進すると、全車が一旦停止して、そして測ったような絶妙のタイミングで、前列の二個中隊が、ほぼ一斉に発砲した。

九〇式改が発射した砲弾は、初弾発砲後、次の砲撃に備えて急停車したK1A1やK2戦車を、次々に直撃した。

韓国製戦車の多くが、懸架装置の性能不足から、急停車時や初弾発砲時の衝撃や反動を充分に吸収し切れていなかった。砲身を支える砲塔の揺れを抑制できず砲身がやや上方を向き、砲塔を守る防盾《ぼうじゅん》部分と砲塔基部との間に、わずかな隙間が生じていたのだ。

九〇式改に搭乗する第二連隊の砲手は、この防盾と砲塔基部との間に生じた死角を、見落とさなかった。

行進間射撃の技量が高い上に、一時停止した状態で、水平方向から放たれる一二〇ミリＡＰＦＳＤＳ弾（翼安定式分離装弾筒付き徹甲弾）は、ほぼ一直線に飛翔して、タングステン合金製の弾芯が砲塔基部に命中すると、その箇所を貫通した。この部分を破壊された戦車は、砲塔の旋回機能どころか砲身の仰角、俯角ともに、作動不良が生じる。

こうなると事実上、砲戦が不可能になり、さらに二発、三発と被弾すると、燃料や弾薬に火が回り、炎上爆発する恐れがでてくる。

そこで乗員は、車体を放棄して、脱出をはかる。

こうして初弾命中で、戦果をあげた前列の二個中隊は、さらに砲撃を続けた。

またこの間に、前列の車体の間を縫うように、後列の二個中隊が前方に出ると、急停車して、この直後に間髪をいれず砲撃を開始した。

朝鮮軍のK1、K2戦車は、前方で被弾撃破され停止状態の僚車が邪魔になって、これを迂回しない限り、前方には出られない。

そこで射界がとれずにモタモタしている間に、命中弾や直撃弾を食らい、撃破された僚車の脇で、擱座する戦車が続出する羽目になった。

さらに統一朝鮮側の被害を増やしたのは、サスペンションの性能不良であった。

この性能不良の懸架装置は、初弾発射後の衝撃を充分には吸収できず、車体の動揺が収まらない欠陥が、就役後も克服されなかった。そのため二射目の発射可能になる静止状態までの時間が、九〇式改と比較して、約一〇秒以上もかかっていた。

この欠点が、双方が接近した砲戦時には、致命的な弱点となった。K1、K2が、二回射撃する間に、日本の九〇式改や米軍のM1A2ならば、三ないし四発目までの連続射撃が可能であった。

日本は九〇式以上の戦車に、自動装填装置を使用しているが、米軍は装填手が重い一二〇ミリ戦車砲弾を、毎回手動で装填していた。日ロが自動装填装置を採用しているのに、欧米各国は手動装填方式に固執している。

頻繁に故障する自動装填装置と、手作業で装填する手動装填方式は、熟練すると装填回数では大差がない。

しかし日本側の命中精度は格段に高く、前列の中隊と、後列の中隊が、相互に前進と急停止、そして射撃を繰り返すことで、間断のない連続射撃が可能だった。

しかもこの間に、日本軍は急速に敵軍との間隔を詰めて、敵の戦列に突入していく。

こうなると第一〇五集成戦車連隊は、戦闘隊形を維持できずに、擱座したり、爆発炎上する僚車を放置して、後退するしかなかった。

第一〇五集成戦車連隊の指揮官はこのまま一方的に隊列が突き崩されて、一気に蹂躙されることを恐れたに違いない。

わずか三〇分ほどの間に、半数以上の戦車が撃破され、黒煙を噴き出し、炎上はしないまでも、外見上では戦闘不能で擱座している。

このような予想外の状況下では統一朝鮮軍戦車連隊の残余は、煙幕を展開して、その煙に隠れ、撤退するしか選択肢がなかった。

このとき、撤退する第一〇五集成連隊にとって幸いだったのは、日本軍戦車連隊が、追撃してこなかったことだ。

この間の戦闘で、総勢七〇両近い九〇式改戦車の中で、被弾損傷して擱座を余儀なくされたのは、わずか四両にすぎなかった。

敵戦車連隊が、後方へ退却したことを確認した第二戦車連隊長・重光大佐は、再度隊列を整えると、データ・リンクを介して戦闘状況を確認した。

戦場上空を飛翔する無人機からの映像は、一目で戦場の全景が映し出されていた。

師団の主力を構成する米軍戦車連隊は、真正面から倍近い戦力の紅軍戦車連隊を相手に、激しい戦闘の真っ最中だ。

右翼に配備されていたロシア赤軍戦車連隊は、中国紅軍戦車連隊の強襲を受け、そのまま前衛大隊が切り崩されて、大きく後退を強いられている。

右翼のロシア赤軍戦車連隊は、あと一時間も持たずに、総崩れになるのは目に見えている。そうなればヘルナンデス中将は前方と右側面から敵の重圧を受け苦境に追い込まれるのは推測できる。

そこで重光大佐は、米軍戦車連隊と交戦中の紅軍戦車連隊に対して、その側方を目指して行動を起こす決断をした。

「カク、カク、こちら重光。各車、自動装填装置の後部弾倉への給弾作業を急げ。車体各部の点検を終了次第、戦闘を開始する。各車準備せよ」

重光の狙いは、紅軍戦車連隊の側面に第二戦車連隊が一気に突進を仕掛けて、突き破ることであった。

米軍戦車連隊と対峙する紅軍戦車連隊の中央には、師長が乗る装甲指揮車を含む師団司令部の本隊が含まれると睨んでいた。

無人偵察機の映像で見る限り、集団の隊列の最後部あたりに、無線アンテナが林立した装甲戦闘兵車の集団が、戦車列の中に紛れている。ここが一番怪しい。

多分、敵の師長も師団司令部小隊の戦車と装甲指揮車を、必要に応じて使い分けているはずだ。

全体を指揮する場合や、戦場が広域の地形では、通信機能が充実した指揮車両に幕僚らとともに乗車して、直接に指揮下の各部隊と通信連絡を取りながら戦闘を指揮する。

しかし地形が限定された戦場で、旅団や師団単位の部隊同士が、真正面から激突するとなると、師長も司令部直轄中隊の戦車に搭乗して、自ら陣頭指揮を取る方が、都合がいいし、装甲の厚い戦車に搭乗していれば、戦闘中は安全でもある。特に対戦車戦闘の場合は、戦車は一番装甲が厚くて強固な砲塔と前部装甲だけを、敵に向けて砲撃を交えることが多い。

つまり装甲鋼板に加えて複合装甲や増加装甲で車体全体が硬く防御されている戦車で

も、徹甲弾の直撃に耐えられるのは、砲塔の前面と車体の前部装甲だけなのだ。

車体側面や機関部、さらには車体上面部分の装甲は、砲塔や前部装甲に比べて、装甲厚や装甲の材質や強度の点では、徹甲弾の直撃を防ぎ切れない。

また徹甲弾の弾芯が、装甲を貫通した際には、装甲板を貫く衝撃により、車体に取り付けられた機器や装置が、故障を引き起こす。

特にロシア式戦車の場合、カトセコ（自動装填装置）の装填アームを作動させる砲塔の基部に配置した砲弾や分離式装薬の格納区画の防御が、構造面からみても不十分であった。

車体側面に直撃弾を食らうと、その衝撃で装填アームが故障して装填不能に陥ることが意外に多く、これが弱点の一つとして報告されているのだ。

それに加えて、徹甲弾の弾芯部分が貫通した際の衝撃で、砲塔基部に格納されている装薬が引火し誘爆・炎上することが、被弾後に放棄された残骸の調査から判明した。

湾岸戦争やイラク侵攻などで、イラク軍のＴ72がその砲塔基部を米軍のＭ１Ａ２エイブラムスから集中的に狙われて、甚大な損害を被った。

以来、ロシア側は、このシリーズの戦車に増加装甲を採用してＥＲＡ（爆発反応装甲）を追加するなどの対策を講じている。

これは旧ソ連／ロシア連邦のカトセコ方式、自動装填システムを採用する戦車に共通する弱点の一つでもある。

これに対して、自動装填装置を採用した日本の九〇式や一〇式は、ほかの欧州諸国の戦車と同様に、砲塔後部に弾薬庫を設けて、ここから直接砲尾へ自動装填をおこなう方式である。

ただし砲塔後部の弾薬庫は、自動装填装置を組み込んであるために、収容可能な弾数に限りがある。

そこで日仏の戦車では、この弾薬庫の収容分を即応用としている。これを撃ち終われば、車体下部の弾薬庫に格納してある予備の砲弾を乗員の手で引き出す。

そして砲塔後部の弾薬庫へ、手作業で再装塡する手間のかかる方式を、不便を覚悟であえて採用している。

ただこの即応用弾薬庫には、被弾時には、誘爆する砲弾の爆風を含めて、その爆発エネルギー自体を、砲塔外へ放出する被害制御を重視した設計を採用している。

それに加えて、日米欧諸国の主力戦車の多くが、砲弾を装薬と分離せずに、砲弾と一体化した薬莢式砲弾を採用している。

この薬莢式砲弾は、砲弾底部の金属部分を除くと可燃式だが、被弾時の安全性は、分離式装薬よりも高い。

しかも九〇式改は、敵を前方に捉えて交戦している間は、砲塔後部に被弾する確率はきわめて低い。

いま紅軍本隊の九九式戦車は、まさしく伝統的な突進隊形《パンツアー・カイル》を組んで、戦列の突破を仕掛けてきた。

米陸軍第1機甲師団の陣形を、その数の有利さだけを武器に、突き破ろうと試みたのだ。

この突破を、真正面から受けた米軍のM1A2の隊形は、激しく応戦しながらも、徐々に戦列の後退を余儀なくされていた。

はじめに撃破されたロシア赤軍のT90戦車は、発射速度の遅い、カトセコ自動装填方式で砲戦をおこなっていた。

そのために、同じ構造の戦車に搭乗していた中国紅軍の戦車兵らには、この弱点を見抜かれていた。

一両のT90が砲撃する間に、二両の九九式が前列に出て砲撃すれば、火力差は二倍になり、結果的には砲撃差で圧倒される。

これと対照的に米軍のM1A2戦車は、装塡手が乗り組んでおり、訓練を積んだ装塡手の手にかかれば、中国やロシアの戦車の倍近い発射速度が維持できたから火力で打ち負けることは少ない。

しかも米軍は、Ｍ１Ａ２戦車に比重の重い劣化ウラン装甲を追加装着しており、これは被弾には強かった。

また米軍は弾芯にも劣化ウランを仕込んだ徹甲弾を使用し、中国紅軍戦車を攻撃していた。

この劣化ウラン合金製の弾芯は、陸上国防軍が使うタングステン合金製並みの貫通を示し、装甲貫通時には高い燃焼性質をみせる。

そして命中した敵戦車の車内で弾芯が四散し、その破片が高熱で燃え上がる焼夷効果を発揮して、火災を発生させる。

こうしてＭ１Ａ２の劣化ウラン徹甲弾が命中した九九式戦車は、確実に炎上して爆発した。

紅軍戦車隊は、僚車が撃破され擱座しても、自軍の損害を一切無視した力押しで、米軍戦車隊の陣形を崩し、戦列突破を図った。

しかも主力の米軍戦車連隊を支援すべき赤軍戦車連隊は、紅軍の猛攻によって、このころには急速に消耗して戦力が激減していた。

強固な劣化ウラン装甲を備えていても、これを追加した箇所は、砲塔や車体前面に限られている。

それ以外の箇所は通常の複合装甲や追加装甲に覆われていた。そこに徹甲弾が貫通すれば、いくらM1A2エイブラムスといえども無事にはすまない。

もともと米軍の中戦車は、過去の戦訓から、被弾には強く、仮に砲塔や車体の装甲部分が貫通されても、その被害を現地で応急修理ができるように設計されている。

そのため被弾した戦車は、それ以上の深刻な被害を避けるために、後方へ一時的に退き下がる。

こうして米軍第1機甲師団の戦車隊は、中国紅軍側の猛攻を受けて、急速にその数を減らしつつあった。

3

砲塔や車体各部に被弾して、その際のダメージで〝戦闘続行不可能〟だとコンピューターが判断した前列の戦車は、後列の戦車にポジションを譲って、安全な後方に退き下がる。

そこで応急マニュアルに従って、機能復旧の操作をしても、「回復不可能」のエラーサインが消えないようであれば、改めて後方に下がって整備中隊に支援を求めることが許可される。

戦闘がはじまった当初は、単なる被弾ダメージからくるセンサーの異常で、五分ほど背後で調整すると、すぐに戦列に復帰できたが、砲戦が激化すると、二、三発の被弾程度の損傷ではすまない車両が徐々に現れはじめた。

　こうした車両は、履帯や走行懸架系統が破損して自走不能になる前に、自力で後退して、後方の整備中隊に向かうように指示が出る。

　整備中隊の整備兵たちは、こうした被弾各部の損傷を、車載の事故損傷検出機能の手助けで、素早く見つけ出すと、まさに分単位で主要部品のユニットを交換して、再び戦場へ送り出す。その手際の良さは、まさにロードレースでのメカマンの仕事振りを連想させる。

　しかしそのメカマンの技術を持ってしても、容易に修理ができずに、後方の待機ポイントを兼ねたモータープールへ送られる車体が増えてくると、戦力低下は深刻な状況となる。そして後方に待機している戦車回収車に、出動要請が出るようになると、事態は一層深刻になる。

　自力で整備中隊まで戻れない戦車が発生しているとの〝緊急事態発生〟のサインを意味するからだ。

　この場合、牽引されて戻ってくれば、まだ、ましな方で、最悪の場合は、回収車だけが戻ってくるときもある。

　これは文字どおり〝回収不能車〟ということで、損傷が酷くて、即〝廃車処分決定〟

となり、まさに全損戦車を意味する。

そこで車内の生存者だけが救出され、駆けつけた装甲救急車に、負傷者や戦死者の遺体だけが託される。

そして戦車回収班は、車載コンピューターからメモリー・チップだけを回収すると、内部に爆薬を仕掛けて、重要電子器材の爆破を確認したのちに、車体は放棄される。

こうして〝損傷戦車〟や〝全損戦車〟が増えるたびに、モニター上からは、戦闘可能な戦車の数は、確実に減少していく。

戦闘を指揮する戦車の車内で、液晶画面上に表示される冷酷なデジタル数字を見ながら、ヘルナンデス将軍は歯嚙みをした。

「敵軍の攻勢がこのまま続けば、残り少ない我が軍の隊列は、ひと揉みで蹂躙される」

そうなったら「お終いだ」との言葉が喉から出かかったのを、師団長は慌てて呑み込んだ。いよいよ最後となれば、このヘルナンデス中将が車長として搭乗する師団本部小隊のM1A2四両を率いて、敵の針路上に立ち塞がる覚悟であった。

「神よ、我を救い給え」

中将は、無意識のうちに、胸のロザリオに手を当てて祈りの言葉を呟いた。

ここで紅軍の攻勢を押さえ込めれば、あとの展望が見えてくる。

後続の多国籍軍部隊が、次々に到着して、反攻に転ずることができれば、敵軍部隊を国境線の向こう側へ追い返すことも可能である。

その際には、多国籍軍やロシア赤軍部隊は、偵察や追跡目的を除き、朝ロ両国の国境線を越えて、それ以上朝鮮領内に戦火を拡大させないことで、双方が了承している。

日米両国政府に対して、国連事務局を通して伝えられた「最悪でも、朝鮮国内に戦線を拡大したくない」との朝鮮自治政府からの要請を、事実上受け容れる形だ。

ただし、ここで第1機甲師団が紅軍戦車師団に敗れ去れば、この合意は、一気に無視されることになる。

「あと、もうひと踏ん張りできれば、敵の突破を押さえ切れたのに、残念だ。

儂もここで、覚悟していた場所を得るのか……残念だが、マリア、儂は先にいくよ」

思わず、愛妻への最後の思いを、中将は心の中で呟いた。

そのときだった。紅軍部隊の側方に左翼から回り込んだ第二戦車連隊が激しく攻撃を仕掛けてきたのだ。

車体と砲塔の接続部分や側面を狙って、徹甲弾が次々と放たれる。タングステン合金製の弾芯が、装甲の薄い部分を直撃し、貫通すると、角度によっては、砲塔基部に置かれた砲弾や装薬を直撃し、それが車内で誘爆する。

さらに車体側方に命中して履帯を切断して、複数の転輪や懸架装置を損傷させれば、確実に戦闘継続は困難になるはずだ。当然のことだが、戦場で動けなくなった戦車は、その場で恰好の餌食になる。

第二戦車連隊は、次々に中国紅軍の九九式戦車中隊を撃破しては、遮二無二《しゃにむに》、その隊形を崩しにかかった。

この予期せぬ側面攻撃に対して、紅軍指揮官の何人かは、配下の中隊を隊列から外して、新たに現れた敵に振り向けようとした。

だが、進撃隊形から離脱して態勢を整える前に、頭上に飛来した米軍機からの攻撃を受けて、撃破されている。

このころ、機械化偵察連隊が入手した紅旗17の電子情報が解析されて、詳細な技術情報が、米空軍にも提供されていた。

そこで三沢ABから出撃する米空軍機には、ECMポッドの周波数帯に細かな変更調整をして、多数の対地爆弾を満載し緊急出撃していた。

このとき、紅軍の紅旗17の三次元捜索レーダーに対して、猛烈な電波妨害《ジャミング》がかけられた。目標追尾、ミサイル誘導用レーダーの機能にも強力な電波干渉を受け、その能力は半減していた。事実上、その威力は封印されたに等しい事態だ。

さらに予備誘導装置として、この紅旗17に追加搭載されているTVカメラを使う光学誘導方式は、光学装置ゆえの弱点から、有視界外での誘導はおこなえず、その誘導可能域は、紅旗17の頭上の限られた範囲内しかカバーできない弱点が露呈していた。

そこで第二戦車連隊に対処するため、戦車中隊が進撃隊形の隊列から離れた途端に、随伴していた野戦防空部隊の援護の傘から、外れてしまうことになる。

するとその場で、紅旗17の索敵レーダーやミサイルの有効射程外で、旋回しながら待機していた無人攻撃機の餌食になったのである。

また紅旗17と、紅軍のSAM部隊に向けてECM攻撃をしているF16E／Fの編隊は、その隙に地上の対空自走兵器に対して、紅軍のSAMの有効射程外から、空対地ミサイルによる攻撃を実施している。

多国籍空軍が、中国天軍（空軍）をこの空域から駆逐して、航空優勢を獲得した結果、ロシア前線空軍の攻撃機や多国籍空軍の戦闘機隊は、地上攻撃に専念できるようになった。

これ以来、地上の多国籍軍やロシア赤軍は、自軍の劣勢を気にすることなく、積極的に攻勢に転じている。

それに比べて、航空優勢を喪失した紅軍は、自軍の頭上を守る随伴型対空兵器の傘からほとんど出られない状況になる。

防空ミサイル網の傘から出た瞬間、その部隊は上空の攻撃機から、執拗な対地攻撃を受けるからだ。

またこの隊列を狙うのは、なにも翼下に吊り下げた地対空ミサイルだけではない。無人攻撃機や有人のF16やF35は、攻撃を終えると地上の目標に向かってレーザー・ビームを照射する。

するとこのレーザーを照射された目標に向けて、新たな攻撃が仕掛けられた。地上のMLRS（多連装ロケットシステム）から発射されたBAT（ブリリアント対装甲子爆弾）搭載のM26ロケット弾だ。これが飛来して敵隊列上空で、内装された六発のBATを一度に散布する。

一発のM26には、六発のBAT子爆弾が内蔵されており、散布後、それぞれ個別の地上目標に向けて、攻撃を仕掛ける。

一両のMLRSは六発入りロケット・コンテナを二基搭載するから、手持ちのM26ロケットを全弾発射すれば、最大で、七二発のBAT子爆弾が、紅軍戦車の隊列を襲う。

しかもMLRS中隊の定数は、MLRS六両と、観測器材で編成されている。

この一個中隊が、M26の一斉発射をおこなえば、無数のBAT子爆弾が次々と降り注ぐので、随伴する対空兵器の弾幕では不十分だった。

逆に弾幕を張っていた九五式二五ミリ自走機関砲車まで、BATの命中で破壊されてしまった。

なお今回MLRSの攻撃で、一番被害を受けたのは、装甲兵車を装備して隊列の後方に位置していた、自動車化歩兵連隊や自走砲装備の機械化砲兵連隊であった。

そのとき、米軍のＭＬＲＳ部隊は、自軍の戦車連隊を誤爆することを恐れ、後方に攻撃範囲を定めたためであった。

最前列で砲戦を交える戦車部隊は、中隊単位で隊形を組むと、地形の凹凸を巧みに利用して前進し、互いに援護しながら前進と発砲を繰り返していた。

砲戦は五〇〇〇メートルあたりからはじまり、三〇〇〇から二〇〇〇メートルで最高潮になり、彼我の距離が一〇〇〇メートルを切ると、ほぼ肉迫状態の乱戦と見なされる。

中国紅軍とロシア赤軍の戦車は、五〇〇〇から三〇〇〇メートルあたりまで、命中精度の低い砲弾の代わりに、戦車砲から発射できるレーザー誘導のＡＴＭ（対戦車ミサイル）で交戦し、交戦距離が三〇〇〇メートルを切ると、順次砲撃戦に切り替えた。

このときの米軍のＭ１Ａ２戦車は、遠距離砲戦で飛来するＡＴＭに対しては、同軸機銃の弾幕射撃か、レーザー誘導を攪乱する発煙弾を発射して、敵戦車からの照準を阻止する方法で対抗する。

その一方では、低速で飛来するＡＴＭに向けては、近接信管で作動する榴散弾《りゅうさんだん》を発射して、進路上で炸裂した散弾《ショット》の雨で、ＡＴＭ本体を一瞬で押し包み、破壊する対応策を取った。ただＡＴＭへの一番の対応策は、砲塔と車体前面を向けて、その装甲防御力に頼ることであった。

米軍がＭ１Ａ２で採用した比重の重い劣化ウランの加工品を、内部に組み込んだ増加装甲は、徹甲弾のみならずＡＴＭのＨＥＡＴ（成形炸薬弾）にも、無類の強さを発揮して、高熱噴流が装甲を貫通するのを阻止している。

最初の会敵で中国紅軍の最新鋭九九式戦車は、同じ戦車砲で砲弾とＡＴＭを併用する戦術をとったが、これには大きな弱点が存在した。

長距離砲戦でも、高い命中率を誇るＡＴＭは、一度ＡＴＭを発射すると、目標へ命中するまでの十数秒間、砲手は次弾を発砲するのではなく、ＡＴＭの誘導に専念する必要がある。

そのため次弾の発射を意識的に控える傾向があった。この短い間に、Ｍ１Ａ２の熟練したクルーならば、単一目標に向けて、九九式が一発発射する間に、二発以上の連射が可能である。

そしてＭ１Ａ２が狙った敵戦車を撃破すれば、飛翔中のＡＴＭは誘導側との接触を失い、目標を捕捉できずに彼方に飛び去ってしまう。

このように、米軍が戦車砲発射のＡＴＭへ迅速な対処できるのは、過去の苦い経験があるからだ。

半世紀近く前にＭ551シェリダン空挺軽戦車やＭ60Ａ２中戦車で、戦車砲とシレイラＡＴＭの併用を試して運用した際に、多くの挫折と失敗を重ねていたからだ。

またＡＴＭと砲弾の併用戦闘は、用兵側に多くの矛盾と戸惑いをもたらしていた。加えて、装塡手による手動装塡で対応するＭ１Ａ２は、自動装塡方式の九九式戦車よりも、発射速度や長距離砲戦では、併用砲よりも、あきらかに運用面で勝っている。

4

このＭ１Ａ２戦車の強靱な前部装甲と高い射撃能力が、数に物を言わせて攻める中国紅軍戦車隊の戦線突破と戦列の崩壊を防いでいた。

ただその重圧に米陸軍第1機甲師団の前線は、ほぼ限界に達していた。だが、そのときに起きた左翼の陸上国防軍第二戦車連隊の攻撃は、中国紅軍戦車隊の側面を崩すだけでなく、隊列で一番弱体な箇所を、一気に突き崩す効果があった。

第二戦車連隊の九〇式改は、彼我の距離五〇〇〇メートル付近から砲戦状態に入り、初弾から側方警戒の二式装輪対戦車自走砲（一〇五ミリ搭載）に命中させて、全車を瞬時に壊滅させた。

続いて側面防御に変針した九九式戦車一個中隊を、上空の無人攻撃機と連携して、最大射程距離三〇〇〇メートル近辺で、応戦する暇を与えず連続撃破している。

さらに距離を詰めた第二戦車連隊は、砲撃目標を自走砲大隊に絞って、主にＨＥＡＴ弾で激しい砲撃を加えて、この中核部隊の一二二ミリ自走榴弾砲や五式一五五ミリ自走榴弾砲大隊に甚大な損害を与えて撃破している。

この時点で、側方からの圧力に気づいた紅軍戦車師団司令部は、後詰《ごづ》めの戦車大隊の一部を、側方からの脅威に対処させて、攻撃に備えようとしていた。

だがこの戦車大隊は、移動直後の隊形を整える直前に、二〇〇〇メートルあたりから発砲してきた日本側からの砲撃で、次々に車体側面に被弾し、履帯や転輪を破壊されて、擱座を余儀なくされている。

側面に被弾して動きが止まった戦車は、上空から飛来した無人攻撃機による激しい銃撃と地対空ミサイルの攻撃で、瞬時に鉄屑と化した。

さらにこの無人機に対処すべく、対空自走機関砲が側方へと移動したが、日本戦車からの砲撃を受けて沈黙させられた。

自走砲や装甲戦闘兵車の多くは、側面部分の装甲部分が戦車よりも薄く、増加装甲もなく弱体なために、徹甲弾でなくＨＥＡＴ弾を撃ち込まれて大破する。

この自走対空機関砲以外の自走砲は、行進間射撃能力をほとんど備えておらず、大半の自走榴弾砲は、一旦は車体が停止しないと、懸架装置だけでなく、砲架本体が、安定せず、さらには肝心の照準も定まらなかった。

また一二二ミリや一五五ミリ自走榴弾砲も、対戦車戦闘を想定しての直接照準射撃の訓練はまったくしておらず、ましてや戦車の前面装甲を貫通できる徹甲弾も搭載していなかった。

中国紅軍戦車師団の師長と師団政治将校は、米陸軍第1機甲師団の戦列を、物量で押し潰そうと、側方に展開中の予備戦車大隊まで、最前線に投入していた。

戦車に代えて、側方警戒を任せられていたのが、中隊規模の装輪装甲車（対戦車自走砲）であったことも、紅軍側の大きな誤算であった。

装甲の脆弱な装輪装甲車は、第二戦車連隊の遠距離射撃を受けると、瞬時に装甲を貫通されて、車内で弾薬や燃料に引火して、そのまま爆発炎上したからだ。

この時点で、後方から側方に向けて移動し、間接射撃の命令を受けて展開した自走砲連隊も、装輪装甲車と同様であった。

平時では通常の砲撃訓練以外に、近距離からの対戦車戦闘を想定しての教育訓練を、ほとんど受けておらず、しかも砲塔や車体部分の装甲もきわめて薄く、脆弱であった。

それだけに、通常の演習や訓練とは違い、流動的な戦場特有の遭遇戦闘が起きると、柔軟に対応する能力に欠けていた。

中国紅軍の戦車師団の戦車連隊を後方から火力支援する自走砲連隊のうち、主力の二個大隊はＭＬＲＳの遠距離攻撃により、壊滅的な損害を被り、残る一個大隊も、第二戦車連隊の強襲攻撃を受けて壊滅している。

敵陣の上空を飛行する無人偵察機が撮影した、鳥瞰《ちょうかん》画像を入手した重光連隊長は、モニターの映像を見て不可解な表情をした。

それは、米軍と対峙する紅軍戦車隊が、戦車部隊を過度に前方へ集中させている点にあった。左翼に布陣した一個戦車連隊も、ロシア赤軍戦車連隊を撃破して、敗走させているにもかかわらず赤軍部隊を追撃せず、横合いから米軍第1機甲師団の隊列に襲いかかっていた。

米軍の戦車部隊は、即座に陣形を横隊に切り替えると、二個旅団規模の連隊戦闘団を前線に配置して、敵軍の攻撃を正面と右翼の両方で激しく受け止めている。

この激しい攻撃を支えるべく、後方に控えていた師団の予備戦力を、ほとんど前方に抽出したため、これ以上戦列の隙間を埋める手立てがないようだ。現時点で予備戦力を含め、ほぼ使い果たして絶体絶命の危機にあった。

まさにその時機に、左翼の第二戦車連隊は紅軍本隊への攻撃を開始したのだ。

第二戦車連隊の連隊長と幕僚らは、紅軍戦車部隊の布陣を見て、側面からの強襲にほとんど対処できないことを素早く見抜き、側方から突破を狙った。

戦車部隊の攻撃陣では、強力な戦車連隊や大隊は、前方や両翼に配備され、陣形の中央の後方を、装甲兵車の機械化歩兵や自走砲部隊が占める。

そして師団の攻撃隊形の最後部は、戦闘の能力の低い、補給支援部隊や整備部隊で構成されるのが、基本である。

補給部隊は、相手を駆逐して追撃に移る際に、燃料や弾薬を補充するために、あえて後方に待機させて随伴させるのだ。

同様に整備支援部隊も、部隊が敗走する敵部隊を追撃するときに戦場に現れ、被弾して履帯や機関部に損傷を負った友軍車両に応急修理を施したり、機密を守るために味方の擱座車両を回収し、野戦工廠《こうしょう》へ後送するのが本来の役目だ。

そして味方が敗北した際には、最優先で避難させる必要から、比較的安全な最後尾に配置されている。

また必要に応じて、指揮官は、支援部隊の護衛を兼ねて、予備の戦車部隊を最後尾に配備しておくこともある。

今回は、側方の危機に対処するために、予備として待機中の二個戦車中隊を送り込んだ途端に、第二戦車連隊の強襲を受けている。

第二戦車連隊は、最後尾の部隊と中堅部隊との間に、一気に入り込む形となって、紅軍戦車師団の師団司令部と、戦闘の拡大時に投入される自動車化歩兵連隊の隊列の背後に、躍り込んだ形となった。

この時点で紅軍戦車師団は、前後を挟まれる形になり、それまでは数で米軍を圧倒していたはずの戦術的な優位は、第二戦車連隊の側面突破が成功したことで、一気に形勢は逆転した。

「今だ。ＭＬＲＳを敵の師団司令部へ撃ち込め。各旅団戦闘団は、ここで一気に全面攻勢に転じよ。日本軍と連携して叩き潰すのだ」

ヘルナンデス中将は後方の指揮中継車を呼び出して、指示を伝えた。

「作戦参謀、後方で待機中の戦闘ヘリを全機投入しろ。敵の第二梯団、第三梯団の残存部隊を頭上より叩き続けろ！」

さらにヘルナンデス師団長は戦闘指揮車の車内で、モニターを睨みながら参謀からマイクを取り上げると、師団共通周波数で、各部隊へ攻撃命令を叫んだ。

第二戦車連隊に背後を突かれた紅軍戦車師団に対し、これを絶好の機会と判断して、反撃に転じた米第1機甲師団の猛攻で、戦線は急速に崩壊していた。

退路を塞がれた上に浮き足立つ部隊に、命令を出すべき師団司令部は、ＭＬＲＳのロケット弾攻撃を受けて、通信車両や師団指揮車が次々に破壊されたことで、大混乱に陥った。

状況を把握して、配下の部隊に具体的な命令を出すべき師長や政治将校も乗車する装甲車両が、この混乱に巻き込まれてしまい、なんら具体的な命令は出せない状態だった。

その混乱に乗じて、上空からＡＨ64Ｅアパッチの編隊が、無人攻撃ヘリの編隊を先頭にして、紅軍の後続部隊の頭上に襲いかかった。

超低空から防空網の死角を突いて襲撃した米軍の攻撃ヘリ編隊に、肝心の自走対空ミサイル部隊は、即座に反撃はできなかった。

囮役《おとり》の無人攻撃ヘリMQ40は、チャフとフレアーを散布しながら突っ込んでくるので、紅軍歩兵が携行する前衛二型対空誘導弾発射筒《ランチャー》（QW2携帯SAM）も、先端部のセンサーが目標を捕捉し切れない。

慌てて携行式対空ミサイル発射筒を担ぎ、狼狽する敵兵の姿に、AH64Eが素早く銃撃を見舞う。機首の三〇ミリ機関砲の一連射で、QW2携帯SAMを抱えていた敵兵の姿は、ほぼ一瞬で消えた。

さらに後続のAH64Eは、無人ヘリから転送された画像情報を元にして、搭載するAGM114ヘルファイアを一斉に発射する。

すでに狙うべき目標は、先行する無人攻撃ヘリの機首部分に搭載された自動評定式TVカメラが、確実に捉えていた。

その画像情報データに加えて、戦術目標の詳細な性能や情報、さらに捕捉した目標の最新の映像を、随時更新しつつ、戦術情報システムで後続編隊のAH64Eへ転送していく。

そこですべての情報を把握したAH64Eの射手は、有効射程内に入った瞬間に、発射ボタンに触れるだけでよかった。

最優先攻撃の目標として狙われたのは、戦車や自走砲よりも、危険度が高いと認定された車両である。

これは、その外見上からは見過ごされることの多い車両で、具体的には自走SAMの発射機や誘導用の無線アンテナを車上に林立させた装甲指揮車や通信部隊所属の車両であった。

実戦では過去の戦訓から、これらの防空作戦車両が一番脅威度が高いと見なされる。

「まず、優先的に頭上を守る傘（SAM）と師団司令部を叩く。指揮機能とともに通信手段を奪われた敵は、情報と指示を配下の部隊に伝える目と耳を喪失する。あとに残る敵兵は上からの命令がなければ、なんの判断もできない、烏合《うごう》の衆も同然だ」

このときの状況をヘルナンデス中将は、そのように説明している。

ロケット弾と攻撃ヘリの強襲で、SAMの傘と指揮命令系統を喪失した紅軍戦車師団は、それまでの猛攻が影を潜めて、前線の部隊に動揺と混乱が見てとれた。

今まで守勢一辺倒だった米軍の第1機甲師団も、各連隊戦闘団も、後方からの増援部隊の到着で、確実に勢いを盛り返していた。

そして増援部隊を先頭に、逆襲に転じた。

5

　M1A2戦車エイブラムスが激しく砲撃する背後で、機械化歩兵や装甲騎兵連隊のM2A3ブラッドレーが、車載ATMを矢継ぎ早に発射する。

　目前のエイブラムスとの砲戦に注意を奪われていた九九式戦車の車長が気づいたときには、目前に迫る大型ATMの姿に驚愕した。

　改良型の対戦車ミサイルBGM71（TOW3）は、増加装甲対策用に、弾頭の先端部に爆薬を充填したプローブ（触角）を装着している。

　最初にこの先端部が増加装甲部分に衝突、爆発して、破口部分を作る。頼みの増加装甲が破壊され、装甲本体が露わになった部分にHEAT弾の成形炸薬弾頭の火線が貫通する。

　改良型TOW3の特徴は、先端部のプローブだけではない。このTOW3は命中する直前に、ホップアップ機能が働き、飛行針路を変更して、一番装甲の分厚い車体前面や砲塔正面でなく装甲の薄い砲塔上部を選んで攻撃する仕組みだ。

　砲塔上面には前面とは違いハッチや各種センサー、アンテナ類が配置されているために、構造上からも、増加装甲を分厚くはできない。

しかも砲塔内には砲手や車長がいて、自動装填装置も設置されているから、被弾貫通すれば確実に戦闘機能に支障が出る。場合によってはＨＥＡＴ弾の火線が装填装置上の砲弾か装薬を直撃すれば、誘爆を起こし、九九式戦車は爆発炎上する。

ある九九式戦車の車長は、被弾した自分の戦車から脱出した際に、僚車だけでなく、後続小隊の戦車が次々と爆発炎上している光景を見て、愕然とした。

さらにその頭上を米軍のＴＯＷ３が通過して、後退する後続中隊の戦車の一両へ命中する光景を目撃した。

米軍の大型ＡＴＭは、紅軍の装備するＡＴＭよりも、さらに有効射程が長い。これを車載型にした米軍のＩＦＶ（装甲戦闘車）は、Ｍ１Ａ２戦車の隊列の背後から、紅軍戦車隊の隊列を目掛けて、次々と頭越しに撃ち込んでくるのだ。

米軍は守勢の際には、あえて被弾に強いＭ１Ａ２を前線に押し立てて、防御力の劣るＩＦＶを後方に下げて損耗を防ぎ、自軍が攻勢に転じたときになって、ようやくこれを前線への攻撃に投入する。

紅軍の現場指揮官が、前列との間に距離を開き前線の中隊を犠牲にして、この間に地形を利用した防御線を敷こうとしても、米軍の長射程ＴＯＷ３が、後続中隊の戦車を撃破する。

攻勢に転じた米軍は、紅軍正面の第一梯団に続いて第二梯団も、短時間のうちに殲滅させた。

後方を遮断した第二戦車連隊が、脱出を試みる第三梯団と交戦中に、早くも第一、第二梯団を連続撃破した米第1機甲師団の先陣の戦車隊がそこへ姿を現した。

日米両軍に、前後を挟まれたことを悟った紅軍連隊長の一人は、かたわらの政治将校を自分の拳銃で射殺すると、その場で降伏した。

こうして統一朝鮮軍を露払いにして、怒濤の勢いで沿海州に侵攻した中朝連合軍は、大損害を被って壊滅することになった。

そして残存部隊をロ朝国境の図們江《トウメンチ》のあたりまで一気に下げると、その周辺一帯に防御線の構築をはじめた。

しかし多国籍軍は、そこで、これ以上の追撃を停止する。

予期せぬ進撃中止命令に激怒するロシア赤軍指揮官に対して、ヘルナンデス中将は頑として進撃を認めなかった。

「合衆国政府が、越境攻撃を、外交上の理由から認めないからだ。貴官も軍人である以上は、判ってくれ」

米軍が動かない限り、弱体化した赤軍では国境線を越えられない。憮然とした表情で歩み去るロシア軍中将。

そういうヘルナンデス中将も、火の消えた葉巻を強く噛みしめていた。

多国籍軍が図們江の手前で進撃を停止したのは、モスクワ、ワシントン、東京との間での高度な政治的判断と妥協の結末だった。

日米ロの三国にしてみれば、国内に多くの朝鮮族や朝鮮系住民を抱えている関係上、戦後に朝鮮半島を占領下に置くことで生じるリスクは、あまりに大きすぎた。

自国内に半島を祖国に持つ少数民族を抱えていることは、政治問題に加えて、民族問題の後処理が尾を引き、騒動が起きることがあるからだ。

日米ロの三国にしても、問題を抱える厄介な地域を、自国の管理下に置くことは願い下げなのだ。

たとえば日本は、過去の帝國時代に国防上の理由から朝鮮を併合したことで、近代化に多くの国家予算を費やす羽目になった。

また米国は第二次大戦後に朝鮮半島南部に進駐したことが原因で、朝鮮戦争に参戦し、あとあとまで多くの厄介事が起きた。

その米国は、南朝鮮（韓国）の保護者の役目を背負わされて、長く東アジア外交政策の足を引っ張られる原因になった。

さらにロシアは旧ソ連時代に、金日成《キムジョンイル》を支援して北朝鮮を建国したことで、朝鮮戦争に引き込まれた上に、ソ連邦崩壊までさまざまな財政援助を強要された。

そうした過去の歴史からみても、日米ロ三国は朝鮮半頭問題には懲《こ》りていた。日米ロの三国には［歴史的に朝鮮半島に関わると酷い目に遭う」との共通認識があったのである。また戦火が朝鮮半島にまで拡大しないことで、中朝双方に互いの裏切りを警戒する疑心暗鬼が生まれることを、密かに期待する向きもあった。

「あの朝鮮政府なら、風向きが変われば、中国を裏切って、日米に接近するはずだ。少なくとも北京には、そう疑念を抱かせたい」

閣僚会議の席で、官房長官は外務大臣の耳元に囁いた。

「米国務省のアナリストたちも、官房長官と同様の観測をレポートにして、国務長官宛に提出しています」

外務大臣はそう言うと、日米ロ三国はともに朝鮮半島に侵攻して、自らが朝鮮半島を管理する貧乏籤《くじ》を、国策上からみて、絶対に引きたくないとの本音をあかした。

「下手に朝鮮半島へ足を踏み入れて、国内の朝鮮系市民の民族主義を煽り、国内に余計な波風を起こすような愚行は、極力避けたいのが、各国政府の本音ですからねぇ」

官房長官は同意するように頷いた。

この時点で朝鮮自治区政府首脳部は、自分たちの存在を日米ロ三国に高く売りつけた上で、宗主国の中国を裏切って、多国籍軍側に取り入ることを画策していた。

これ以降の主戦場は、中ロ国境に接する中国東北地方（旧満州）地域に移行して、ここに多国籍軍部隊の攻撃作戦の重点が移ることになる。

閣僚会議の席で防衛大臣が状況を説明した。

「朝ロ国境の紛争は、侵攻した紅軍の本隊が多国籍軍の攻撃で駆逐され、ナホトカを占領中の敵部隊は、その一部を残して中ロ国境付近まで後退し、そこで朝ロ方面は、一応の安定をみました」

そこで防衛大臣は一息入れると、説明を続けた。

「本来ならば、この作戦終了後に、陸上国防軍の二個師団と米陸軍第25軽歩兵師団を加えて第五軍団を編成することが、予定されていました。

しかし多国籍軍統合司令部の方針では、補給拠点としてのナホトカ奪回が優先され、我が軍の二個師団は、まずはこの作戦に参加する予定です。これに関しての状況説明を統幕議長、お願いします」

そう言い終えると、あとの説明は、かたわらの統幕議長に振った。

統幕議長は制服組のトップとして、紛争勃発以降は毎日のように閣僚会議に呼び出され、軍事問題にうとい閣僚を相手に説明に苦労している。

そのために、防衛省内局や各幕僚部から有能な人材が駆り出されて、こうした問答集造りを担当しているのは、省内の機密事項だ。

防衛相の指示で、統幕議長が起立すると、液晶スクリーン上に映し出された沿海州の地図を使って、現在の軍事状況に関する説明をはじめた。

米軍が主導権を握る多国籍軍は、ロ朝国境付近が安定するとみるや、戦略方針に大幅な修正を加えて主戦場を変更した。統幕議長の説明によれば、ロシア赤軍は欧州方面から移動した部隊で新設したシベリア第3軍団と第4軍団を新たに投入して、ハバロフスク方面の奪回に出る方針だ。

これを支援する形で、米軍陸軍主体の第1軍団と、第1騎兵師団に米海兵隊第2、第3師団を加えた第2軍団は、ハバロフスク方面に移動して、赤軍二個軍団の攻撃を側面から援助する。ただし主な作戦正面は、モンゴルやカザフスタンに面したザバイカル方面である。

ロシア赤軍は、この方面に新設のシベリア第1、第2軍団を含む五個軍団を投入する方針だ。これにはロシア赤軍所属師団以外に、ウクライナやベラルーシなど元CIS（独立国家共同体）構成国からの派遣部隊を編合した、スラブ連合系の部隊も含まれている。

これはロシア政府の度重なる協力要請により、ようやくロシアへの部隊派遣に同意した周辺国の治安維持部隊だ。周辺国に援軍の派遣を要請したのは、強《したた》かな政略家でもあるプーチン大統領の思惑があってのことだ。

プーチンは、自国の危機すらも、今まで不仲だった周辺国との協力関係強化を誇示する宣伝目的のために利用する気でいたのだ。

それに加えて、ロシア政府の要請でNATO諸国が派兵を決断したことで、欧州域内のNATO軍から現地に急遽到着した緊急派遣部隊も名目上は加わっている。

6

プーチンは、中国政府の侵略行為に対して国連制裁の発動と国連軍の編成を安全保障理事会に要求した。

安保理事会の開催は、日本側が提案した〝台湾共和国の国連再加盟〟が拗《こじ》れて、これに反対した中国国連大使が国連安保理を〝抗議目的の長期欠席〟していたことにより、簡単にできると思われた。

だが用意周到な中国の政治工作で、議長国パキスタンと非常任理事国イラン、キューバが遅延工作をおこなったため、その開催は流れて、国連軍の編成案も見送られた。

しかし中国の軍事面での脅威を重視した日米両国は、国連軍に代わる別の対抗策を、国際舞台に打ち出した。

まずは米国政府が欧州以外の諸国の協力を取りつけて、国際社会での多数派工作に成功した。その結果、今まで傍観を決め込んでいたＥＵ諸国は、その態度を一変させて、多国籍軍の編成を支持した。

またオバマが、渋るプーチンを説得して、ロシア政府に［エネルギー資源の長期間的な安定供給契約］を全欧州諸国に対する保障することを承諾させた。

その中でも、ロシアのシベリア鉄道の近代化構想は、欧州諸国にとっても、南回り航路に代わる利益を、経済面で保障する壮大な計画であった。

このような国際社会において中国政府や中国系企業への評判は、習近平らが予想した以上に酷かった。

悪名高いチベットや新疆ウイグルでの人権問題とコピー商品の製造や偽造取引と輸出で、知的財産を侵害された企業を多数抱えるＥＵ諸国の怒りを買っていたからだ。

また日米両国政府と契約した有力広告代理店が、国際社会でおこなった一連の〝反中朝キャンペーン〟が、想像以上に効果をあげていた。

しかし〝ある事、ない事〟を書き立てるゴシップ的な誹謗《ひぼう》中傷攻撃では、むろん世間では通用しない。インターネットが普及した世界では、この程度のレベルの攻撃は日常茶飯事で、安易に誹謗しようものなら、その意図を探られて激しい反論を食らい、キャンペーンを仕掛けた側が社会的信用を失墜する。

それにもかかわらず、この手法を〝反日攻撃〟やキャンペーンに多用したのは、中朝両国政府の広報機関であった。

特に歴代の韓国政権は、国内の支持率が低下すると、〝反日宣伝〟を多用して、国内の支持率の底上げを図る傾向があった。簡単に言えば、政府の無能無策を隠蔽するには〝反日キャンペーン〟は恰好の切り札だ。

また中国で、江沢民時代に起きた反日キャンペーンは、江沢民の死去とともに終息した。しかし中国にとって〝日中戦争に関する歴史批判〟は、共産党の存在価値の正当化のためには、欠かすことのできない政治的価値を持っていた。

そして人民の世代交替が進む中で、大躍進以来の共産党指導の失政や汚職腐敗問題への不満が高まるたびに、指導部は反日意識を煽っては、民衆の不満の捌《は》け口としていた。

そこで広告代理店は、中朝が日米ロの三カ国に対しておこなったネガティブキャンペーンを一つ一つ反証する形で、その大半の主張が自己中心的で、悪意に満ちた欺瞞《ぎまん》で恣意的《しいてき》に作られた情報捏造であることを証明する情報をネット上に提供した。

中朝の政府宣伝の内容に不信を抱く方向へ誘導したのだ。

特に中国に関して言えば、世界各地の人権運動団体が、中国政府や共産党の主張と歴史が、いかに欺瞞と脚色に満ちたものかを、あきらかにする情報や証拠を豊富に提供した。さらに亡命中国人の証言も、決定的な証拠となった。

統一朝鮮政府への反論は、日本政府と企業側が膨大な反証資料だけでなく、当時の詳細な記録を提供した。それは米国務省が、機密保持期限をすぎて公開した当時の記録文書によって、すべての記述内容が裏付けられるものであった。

また韓国軍派遣部隊が、ベトナム戦争の従軍先でおこなった数々の残虐行為は、当事者のベトナム人民共和国政府が、国内に残る映像情報や当時の記録文書を、積極的に提供したことで、否定できない事実となった。

このときの記録映像は衝撃的で、朝鮮側が自己正当化のためにおこなった宣伝と主張を、見事に粉砕した。

これに止めを刺したのが、これまた米国務省の公開機密文書であった。

朝鮮戦争やベトナム戦争当時の慰安所の運営管理を民間業者ではなく、韓国軍が直接担当していたことが判明したのだ。

しかもその双方に関与していたのが、朴《パク》少佐で、のちに大統領に就任した朴正熙《チョンヒ》本人であった。

国務省の機密文書には、ベトナム戦争の際、韓国派遣軍将兵向けに南ベトナム国に〝軍公認の慰安所を設けよ〟との直接指示を出していた記録が残されていた。

穿《うが》った見方をすれば、朴槿恵《クネ》大統領が、大統領就任直後から、〝反日批判〟や〝慰安婦問題〟に異様なこだわりを見せて、日本政府に謝罪を迫ったのは、自分の父親だった朴正煕元大統領が、朝鮮戦争とベトナム戦争で、軍管轄の従軍売春に関与した過去を隠蔽する意図があったともいえる。

さらには過去の日韓基本条約で、従軍慰安婦や強制労働被害者へ支給する給付金を、韓国政府が着服したことだ。

そしてこれを経済開発資金に流用した事実を、極力隠蔽したいという当事者親族の本音が、隠されていたからだ。

全責任を日本政府に被せて、事の真相の隠蔽を試みたが、肝心の機密資料や記録が、外国政府に保管されていることに思い至らなかったのが大きな誤算であった。

米国政府は、すべてを承知の上で中国側の仕掛けた反日工作に載《の》せられた朴政権に対して、厳しい警告を与えた。

閣僚会議後の雑談の席で、官房長官が閣僚らと愉快そうに話していた。

「統一朝鮮政府がおこなった日本の植民地支配時代への非難や中傷だけでなく、歴代の政権が事あるごとに持ち出す慰安婦問題の虚構と偽証が、決定的になったな。

もうこれで朝鮮政府の主張と反日宣伝を信用する者は、世界のどこを探してもいなくなった」

官房長官は、そう言うと満足そうに頷いた。

「決定的だったのは、人類すべての偉業と発明が朝鮮半島を起源とするウリジナル・キャンペーンへの反応でした。

これを重く見たローマ法王庁が、わざわざ〝イエス・キリストは朝鮮半島出身者ではない〟との声明を発表したほどでしたからね」

外相はそう言って、同意した。

「これで中国へのイスラム諸国の支持は消滅し、キリスト教圏の諸国は、統一朝鮮政府の宣伝に、根強い不信感を抱くでしょう」

それに続いて外相は、新情報を披露した。

「じつに興味深いのは、シンガポールに本社機能を移転したサムスン・グループが、〝我々は韓国系企業ではない〟と、朝鮮との関係を一切否定する宣伝をはじめたことです。

消費者が自分のタブレットを起動させると、一目でインド系と判るCEO（最高経営責任者）が、『我が社は朝鮮とは、一切無関係の国際企業です。これを証明するために、創業者一族は全株式を譲渡して、総退陣しました』とユーザーに向けて語りかけるビデオメールが再生されている」

極端な一族重視経営の韓国企業も、国際化の時流には逆らえない証拠のような話だ。

「これで統一朝鮮政府は、国外に出た韓国・朝鮮系市民からも、三行半《みくだりはん》を叩きつけられたわけだな。文字どおり国家としての存在感の喪失だな。まさに亡国だね」

最後に官房長官は、そう冷たく言い放った。

この日の閣議で決まったことは、今回の多国籍軍派遣に向けて、臨時予算を組むことであった。新たな新兵器の追加配備と、新規調達予算も承認された。

追加調達が承認されたのは、防衛省が要求した火力支援用自動歩兵の二〇式多脚歩行戦闘兵器「土蜘蛛《つちぐも》」と二足歩行の二一式自動歩兵「傀儡《くぐつ》」であった。この「土蜘蛛」と「傀儡」はペアで行動し、連携した戦闘を想定して開発された。

この二〇式「土蜘蛛」は、SFアニメで登場したロボットタンクに外見が酷似している。

対照的に二一式「傀儡」は、日本の自動車メーカーが開発した二脚歩行ロボット、アシモの発展型の歩兵型戦闘ロボットだ。

これらの自動兵器は、自立戦闘プログラムで行動し、現場の指揮官の命令や指示で、戦闘任務に従事する。さらに戦闘時の指示や命令は、音声やタブレットを通じておこなうのではない。騒音の多い戦場では、音声命令は伝わり難く、戦闘の最中には誤認、誤解を生じやすい。

またタブレットを使う通信は、ジャミングに弱く、敵に奪われて逆利用される弱点が、以前から指摘されている。

そのために、指揮官用に新たに研究開発されたのが、二〇式戦闘鉄帽で、これは指揮官が被《かぶ》る戦闘鉄帽に組み込まれた思念通信装置である。

この構造は鉄帽に内蔵された装置が、自動歩兵小隊指揮官各自の思考パターンを読み取り、一度電気信号に変換した上でＲＣｅＳ２を通じて各ロボットに伝達する仕組みだ。

また各戦闘ロボットの視覚・聴覚センサーが捉えた情報やデータを、小隊指揮官は、この装置を通じて、脳内の知覚として確認することも可能だ。

光学装置が捉えた視覚情報を、鉄帽のバイザーに投影させて、見ることもできる。

小隊指揮官用戦闘帽には、各自の思考パターンが電気信号の形で登録されている。

同時に、それが始動キーの役目も果たす。したがって、もし仮に、この鉄帽を敵が鹵獲しても、小隊内のロボットへの指示や命令には、一切使えないし連絡もできない。また戦術情報ネットのＲＣｅＳ２にも接続できない。

少子化社会に突入し、補充人員の確保が困難な時代に、地上戦闘で損耗の多い歩兵や爆発物処理など危険が多い任務を、量産化が可能なロボットに置き換えることが、開発側の最終目標であった。

これが防衛省技術研究本部の長年の研究課題だった。

日本の場合、こうした研究開発を産学複合体が長年に渡って続けており、この数年間の飛躍的な技術の進歩で、ようやく戦場での使用に耐える実用的な戦闘ロボットが試作されるに至った。

さらに、この手のロボット研究はさまざまな分野の業種でおこなわれ、二〇式「土蜘蛛」の開発は建設機械メーカー、二一式「傀儡」は自動車メーカーの製品であった。これらのメーカーは、調達単価を抑える意味からも、既存の製品生産ラインを使って量産できる力があった。

ロボット兵器の指揮統制に不可欠な小隊指揮官用鉄帽を、世界に先駆けて実用化したのは、ゲーム機メーカーの研究開発部門であった。

陸上国防軍は、この「土蜘蛛」と「傀儡」を部隊編成に取り入れることで、戦時に徴兵制に頼ることなく、戦闘に必要な戦力を維持し、必要に応じ常時戦力を補充することができた。

特に徴兵制度の場合は、本人の適性の有無にかかわらず、短期間で一人前の戦闘員として育成せねばならない。そしてその教育訓練に割《さ》く人員とコストは、膨大な予算を必要とする。

これをロボットに置き換えれば、プログラムに必要なデータの入力は、記憶媒体のチップだけですみ、戦闘能力は記録の並列化で確実に向上する。

また損傷や破棄されたロボットが修理不可能な場合は、記録媒体のチップの回収だけですみ、兵員の損害を被った際の指揮官が、負う精神的負担も軽微ですむ。

この「土蜘蛛」と「傀儡」の試験投入によって、沿海州に派遣された陸上国防軍第二師団の死傷者は、同じ条件下で戦った米ロ両国部隊に比べて、最小限度に抑えられた。

その反面で、交戦した統一朝鮮軍部隊の多くは、膨大な数の死傷者や捕虜を出した。

その噂が帰還した兵員から統一朝鮮国内で広まるにつれて、猛烈な政府批判を招いた。

陸上では中国の尻馬に乗って、威勢よく沿海州に攻め込んだ統一朝鮮軍も、急遽派遣された多国籍軍の反攻を受けて、朝ロ国境に追い返された形だ。

海上では日本海の海上優勢を獲得するどころか、日米両国の海上封鎖に遭遇して、切り札の潜水艦隊が壊滅状態になったことも、計算外だった。

さらに空軍も主力のF15Kが、対馬航空戦により消耗していた。

結局、統一朝鮮政府の陸海空すべての命運は、中南海の手に握られているのに等しい。

その中華人民共和国政府も破竹の勢いがあれば、じつに頼もしい存在なのだが、その勢いと運気にも昨今は陰りが見えている。

それでも主攻部分の中ロ国境地帯では、比較的優位な戦闘を続けているが、助攻の朝ロ方面の沿海州地域では、土壇場で多国籍軍の到着が間にあって、ウラジオストックへの進撃が阻止され、占拠した商港都市ナホトカも、退路を断たれて孤立状態にある。

ここに残されているのは統一朝鮮軍の兵士たちである。

統一朝鮮軍の中で唯一無傷で朝鮮北部に帰投できた部隊は、後衛に位置したために、多国籍軍部隊とは遭遇する機会がなかった機械化歩兵一個師団のみであった。

この敗北に泡を食った統一朝鮮政府は、日米軍の上陸を警戒して、南朝鮮沿岸部に張り付けていた元韓国軍系の精鋭軍団を急遽北上させて、朝ロ国境地帯の防衛任務に配置した。じつは今回の沿海州侵攻には、旧人民軍所属の将兵に加えて、巷《ちまた》の噂では倭胞《キョポ》と称する帰国在日朝鮮人志願兵を中心に、政治的意図から構成された戦闘部隊が含まれていた。

それと同時に、旧韓国軍系部隊を意図的に国内に温存したらしい。

北部に進出した韓国軍系部隊は、〝再編成〟と称して本国に引き上げる紅軍集団軍の一部と交代して、朝ロ国境地帯の警備についたが、この時点で各師団長は、ソウルの自治政府から、次のような秘密命令を受領していた。

「多国籍軍との戦闘は原則として禁ずる。統一朝鮮自治政府は今後、中ロ紛争には、局外中立の方針を維持する」

つまり統一朝鮮側は早くもこの時点で、傍観者を決め込んでいた。

7

戦闘を終えた第二戦車連隊は、次の作戦に備えてウラジオストックに帰還し、第二師団の指揮下に復帰した。

第二師団は、後続の第七機甲師団、ハワイ州から到着した米陸軍第25歩兵師団（軽歩兵）とともに第五軍団を編成して、今も紅軍が立て籠もるナホトカ奪回作戦に参加する予定だった。

この作戦に参加する三個歩兵連隊のうち、第3、第25、第26連隊には、本国から輸送艦で到着した大型貨物コンテナが次々と陸揚げされていた。

このコンテナに収納されていたのは、防衛省の技術研究本部が秘密裏に開発研究を進めていた一連の試作自動兵器であった。

それは富士学校の試験場で、これを目撃した米軍兵士が「スパイダー・タンク」と命名した二〇式多脚歩行戦闘兵器「土蜘蛛」と「ドロイド」と呼ぶ二一式自動歩兵「傀儡」であった。そのうちの一個歩兵小隊は、「土蜘蛛」六機と「傀儡」三〇体で編成されている。

その指揮官を兼ねて「土蜘蛛」に搭乗する軍曹と伍長の下士官兵二人が、ロボット歩兵「傀儡」小隊を指揮する仕組みだ。

ただロボットと人間の区別は遠方からも容易なので、二人は「土蜘蛛」の後部に装着したポッドと称する〝一人用コックピット〟に乗り込んで、戦闘中には、そこから思念装置を通じて、直接小隊の指揮を執る。

なお六機の「土蜘蛛」のうち、有人は二機で、ほかの四機は無人のまま一緒に機動して、有人機が故障や損傷した際の乗り換え用予備機となる。

この六機の「土蜘蛛」を先頭にして、三〇体もの「傀儡」が戦闘隊形を維持して前進する光景は、地元のロシア兵や米軍将兵からは、異様に見えた。

「頭のいい日本人《ヤポンスキー》は、なんとも面白いことを考えつくな……」

ヴォッカの瓶を片手に、ロシア兵が呆《あき》れたような表情で言うと、隣に座る米軍兵士が、呻くように言った。

「奴らは、スターウォーズの世界を、すでに実現していたんだ」

そのとき、背後に現れた白衣の日本人技術者が口を開いた。

引っ詰めた髪とチタンフレームの眼鏡、顔は薄化粧で、着衣はグレーのシャツにネクタイ、そしてスカート姿は紛れもない理系女子だ。

ただスタイルはアジア系に多い痩せ型で、お世辞にもグラマーとは言えない。

あきらかに外見上はバストとヒップが目立たなく、具体的に言えば肉付きが少ない。ロシア人の感覚からは、まだ小柄な二〇代前の少女に過ぎない体型だ。

米兵の基準から言っても、外観から判るほどの豊満なバストの持ち主でない限りは、美人とは言えない。それにアジア系の女性は、実年齢の割に、かなり幼く見える。

一瞬、「お嬢ちゃん」と言いかけ、白衣の襟に付けられた階級章を見て、言葉を止めた。

金筋二本に桜《チェリー》の階級章、米陸軍の階級でいえば、少佐《メジャー》に相当する。

米兵の階級はＰＳＧ・一等軍曹《サージャント・ファースト・クラス》。慌てて敬礼するが、この女性佐官は階級に無頓着なようで、敬礼を無視して、口を開いた。

「これではまだまだよ。指揮官は人間なので、戦闘がはじまると、少数だけど死傷者が出るのは避けられないわ。

将来的にはこれも、クローン兵に置き換えることができれば、戦闘でも死傷者が出ない理想的な軍隊が完成するわ。我が日本国防軍には、今後とも徴兵制は不要です」

眼鏡で白衣姿の女性技術者は、東部訛《なま》りの英語でそう宣言すると、現れた方向に歩み去った。

あとに残された米ロの兵士は、呆然《ぼうぜん》とした表情で、その後ろ姿を見送った。

米兵は、ロシア兵の差し出したヴォッカを一口呷《あお》ると、寂しそうに言った。

「こんな兵器が出回ったら、俺たちはもうすぐ失業してしまう」

そしてロシア軍の曹長も同意するように頷いた。

第六章　港湾都市ナホトカの闇

1

ナホトカ郊外の野戦陣地に立て籠もった統一朝鮮軍将兵は、国境方面に向けて撤退する紅軍本隊から、事実上は見捨てられた存在だった。

統一朝鮮軍部隊が本来所属する、紅軍の軍団司令部の兵站幕僚からは、「守備中に不足を起こさないように」と、規定以上の大量の弾薬や糧食を支給されたが、この部隊の移動に必要な車両と燃料の割り当ては、「一切ない」と言われた。

この極東地域のナホトカ港で、一番取り扱い高の多いのが日本の中古製品である。特に日本製中古車は、一時期、ナホトカ経由で持ち込まれるものが、ロシア国内で流通する大半を占めていた。

国内製造業の保護を打ち出したプーチン政権の政策で、日本製中古車にかけられる輸入関税は、以前より幾分増えた。それでも耐久性、燃費に加えて、低い故障発生率など、陸路から輸入される韓国、中国製の新車と比較しても、あきらかに日本車の人気の方が高かった。

皮肉なことに、保護政策で関税が増えたのは、外国製の輸入新車に対してで、中古車への課税額は、〝中古〟を理由に抑えられた。

ロシアでは、民間乗用車以外にも商業車の需要が高い。車体や荷台に、日本企業名や会社のロゴマークが入った商業車が走っていることが、〝日本製中古車〟の市場価値と人気を示していた。

そんなわけで、北海道だけでなく、日本海沿岸の各港から、日本の中古車業者が買い集めた車が貨物船に積み込まれて、ナホトカ港を経由で、ロシア全土に向けて供給されていた。

当然の話だが、故障以外の破損した部品は、自動車ディーラーの元へではなく、個人経営の修理業者に持ち込んで、修理や部品を交換する。

そうした需要があるため、日本国内の解体業者から回収された再利用可能な自動車部品が、外国人バイヤーの手を通じて、ロシア国内に流れている。

それらは、大はエンジンからギア変速機、小はハンドルに至るまで、大雑把に言って国際標準貨物用コンテナ一個単位で、日本国内で買い集められて、〝スクラップ〟の品目でロシアを含めて、世界中に輸出されているのだ。

その道に通じた業者に言わせれば、中古車で輸入しても、通関時にある程度の関税がかけられる。だが部品で持ち込むならば、たとえ自動車一台分の部品でも、税金はかけられないから、その分丸々儲けになる。

貪欲な州政府は、この利点に気がついて、中古の自動車部品にも課税して、主な地方財源にすることを密かに検討しはじめたとの噂も流れている。

ロシア人輸入業者の中には、日本から車体とシャーシ部分だけを、税金逃れの「スクラップ」の名目で輸入する知恵者がいる。

あとはこれを、国内に設けた組み立て工場で、別個に輸入した中古部品と組み合わせ、完成車にするものも現れた。

しかし現時点では、この中古車輸入港ナホトカが中朝軍に占領されたため、こうした販売業者も肝心の荷物を入手できず、港が再開しない以上は、商売にはならない。

中朝軍が現地で犯した最大のミスの一つは、地元のロシアマフィアの商売に手を突っ込み、妨害したことである。

これは公安筋の話だが、地元のロシアマフィアは海産物の輸出、武器弾薬の横流し、それに輸入中古車の国内販売が、主な収入源だと言われている。

ロシア政府が、時々〝海洋資源保護〟と称して、蟹類の対日輸出を厳しく制限するのは、政治的な思惑があってのことではない。

こうした日本向け海産物の闇輸出で大儲けしているロシアマフィアの資金源を、意識的に潰すのが目的らしい。

また極東地域の軍事基地や軍港で、時折弾薬庫や武器庫が爆発事故を起こすのは、軍中央からの査察に対して、証拠隠滅を図るかららしい。

普段から陸海軍では、上層部が常習的に地元マフィア組織を通じて、武器弾薬の横流しをおこなっている。

そして帳簿の改竄《かいざん》などで、在庫記録との辻褄が合わなくなると、弾薬庫や武器庫に爆発物を仕掛けて、証拠を残さずに吹き飛ばすのだ。

海産物の密輸出には、漁の好不漁がある。また武器弾薬の横流しは、国防予算削減の影響で軍の弾薬庫にすら何もない状況が、ここしばらく続いていた。その点で以前どおり安定して儲けられるのは、この中古車販売であった。

しかし突如、越境侵攻した中朝軍の手で、ナホトカ港が占領され、中古車が流入する入り口が、外国軍の手で一方的に閉ざされてしまった。

そうなると普段は政府とは無関係を決め込む地元の犯罪組織も、無償で赤軍やロシア政府と共闘する多国籍軍に、協力するようになる。

これにより多国籍軍は今までは、無人偵察機や通信傍受でも得られなかったナホトカ市内の状況が、手に取るように詳細に把握できることになった。

なんとも皮肉なことには、表向きナホトカ港を占拠したのは中朝の占領軍だが、市内の流通経済を実際に掌握しているのは、地元に巣くう犯罪組織ロシアマフィアの地方勢力であった。

ここに占領軍とともに闇の新興勢力が入り込んできた。地元の行政機関が、占領軍の出現で機能を喪失している間に、占領軍の軍政官に取り入り、多額の賄賂や報酬の見返りに、市中の経済取引全般を掌握しはじめていた。

当時、ナホトカ港の関税特区や保税区には、陸揚げされた多数の中古車や中古自動車部品、それに無数の家電製品を格納した輸送コンテナが並んでいた。

最近の日本製家電は、その品質や耐久性と並んで、さまざまな最新機能が追加されたことで、安価を売りものとして台頭してきた韓国や中国家電よりも人気が高く、国内市場で捌《さば》けば結構な利益に繋がった。

まさに需要の旺盛なロシア国内の市場に向けて、当局の通関許可が得られ次第、出荷する直前であった。

国内販路に載せれば、即座に現金化できる寸前で、侵略軍に商品を押さえられて、手が出せないロシアマフィアの怒りは、相当なレベルに達していた。

ある意味では、地元ヤクザと、占領軍の権威を笠に着る新興勢力との、商品を巡る利権争いだ。

しかも侵略軍の権威の下で、大事な商品を横領した相手が、商売仇として台頭してきた新興勢力となれば、当然、ただですむはずもない。

そこで老舗《しにせ》のロシアマフィアとしては、まさしく犯罪組織としての面子《メンツ》に加えて、市場での信用問題になってきている。

「〝キタイ〟と呼ばれる朝鮮族系犯罪組織の新興組織の連中は、国境の向こう側にいる東北幇《トンペイバン》の手先にすぎない。

東北幇は紅幇《リャンパン》系の伝統を引く犯罪組織で、国共内戦当時から共産党幹部との関係が深く、裏商売を仕切っている。もともとは中ロ、ロ朝国境間での密貿易で、小銭を稼いでいた連中だ。

だから今回の侵攻作戦でも、〝キタイ〟を自分たちの手先のように使い、占領地で儲けた利益を、半分は共産党へ上納することで、すでに話がついている」

機械化偵察連隊を率いる伊藤大佐にそう説明したのは、武闘系犯罪組織として、ロシア国内でも悪名高いロシアマフィア〝ホテル・モスクワ〟で沿海州地域を束ねる幹部の一人、イワン・サヴァノヴィッチ・シュガポフである。

この男、自称生粋《きっすい》のロシア人と称していたが、その顔立ちからすると、アジア系の血統が濃厚で、先祖には隣国からの移民か、それともツングース系の少数民族出身者の血が混じっていると推測されている。

ただロシア連邦保安局ＦＳＢの情報ファイルを見ても、この男に関しては、モンゴルとの国境に近いボルジャが出生地と記載されているだけで、両親や親族に関する記録は一切なかった。

もっとも帝政ロシアの時代から、流刑地として有名なシベリアには、多くの人々が国内の郷里から追放されて、強制移住させられた暗い歴史がある。

さらにスターリンの粛清時代には、個人どころか民族単位での流刑も公然とおこなわれた。だから当時、最大の流刑地シベリアは、文字どおりロシア国内に住む、さまざまな人種が混在する地域なのだ。

そんなカオスな土地柄だから、腕っ節と冷血さを武器にして、こうした身元不明の余所者《よそもの》が、いつの間にか犯罪組織の幹部にまで這い上がれたのであろう。

この経歴不詳のマフィア幹部を、米軍の情報将校らは、その人相から〝マシュマロマン〟と呼び、伊藤大佐らは本名をもじって〝砂糖鯖《さとうさば》〟の秘匿名称で呼んでいた。

事前の調査によれば、ロシアマフィア〝ホテル・モスクワ〟の資金源は、水産物の密輸出、武器弾薬の横流し、日本製中古車の販売以外にも、いくつかあった。

その中にはシベリアの原生林や平原で、当局の監視の目を潜り、夏場の短期間に育つ、シベリア産野生大麻もあった。

広大な原生林が存在するシベリアでは、いまだに人の手が入らない土地や未耕作の地域がいくつも点在していた。

そこに、雑草同然の生命力を持つ、一年草の大麻の種を蒔《ま》いておけば、勝手に芽を出して、短い夏場に一気に生い茂る。

このような光景は北海道にもあり、農水省はこの自生する野生大麻の撲滅に懸命であったが、その旺盛な繁殖力には、当局も手を焼いていた。

日本と同様にロシア農業省や各地の農政事務所は、こうした野生の大麻草の茂みを発見次第、有害植物として刈り取り、その場で焼却処分する。

しかし生命力の強い大麻草は、わずかな空き地と適度の湿度さえあれば、容易に発芽し、気温の高い夏場のシベリアや沿海州ならば、短期間で驚異的な成長をとげる。

シベリアの夏の時期は短く、多くの作物や牧草の刈り取りを一斉に迎えるので、シュガポフの組織は、農作物や牧草の刈り取りに見せかけて、各所の群生地から大麻草を収穫して回る。

この時期には街道や地方の農道を、農産物や牧草を満載した農業用トラクターやトラックが頻繁に往復する。

地元の民警は、こうした車両をいちいち止めて検査しないので、シュガポフ一味は、堂々と収穫した大麻草を牧草の山に隠して、農場に運び込む。

そこでシュガポフらは施設内の加工場で、花や葉、さらに茎から抽出した成分を、長期間の保管や輸送に便利な、乾燥大麻や大麻樹脂に加工することで、高い価値を持つ商品に仕立てていた。

この農場では、加工の際に出た大麻草の屑やあまった大麻は、ほかの穀物屑とともにボイラーで燃やして焼却処分し、熱源に利用していた。

さらに用心深いシュガポフは、こうした灰は農地や牧草地に撒いて肥料にしたので、見事に証拠を隠滅していた。

この加工場は夏の大麻草の収穫・加工時期を除けば、普通の田舎農場《コルホーズ》となんの変わりもなかった。

商品は出来上がると、ほかの農産物や家畜とともに、間を置かずに出荷されるから、農場には欠けらすらなかった。

シュガポフが所属する〝ホテル・モスクワ〟は、製造した〝商品〟を組織の縄張り内の闇ルートを通じて、ロシア国内の市場で密売していた。

これは仕入れ原価が安価なだけに、ほかの組織が扱う麻薬と比べても、充分に競争力のある有力商品でもあった。さらに安価を売りに国境を越えて、近隣諸国の犯罪組織にも売り捌いていた。

シュガポフの資金源は、仕入れ原価がただ同然の野生大麻を収穫し加工して、闇ルートに流す禁制品であった。

そして皮肉なことに、シュガポフが〝東北幇の手先〟と称した〝キタイ〟と呼ばれる朝鮮族系犯罪組織は、もともとシュガポフ一味が、大麻を越境密貿易で卸していた得意先の一つだった。

のちに伊藤がＤＩＡ（米国防情報部）筋から入手した情報によれば、シュガポフの一味も、〝キタイ〟を通じて、北朝鮮製造の高純度のヘロインや覚醒剤を、大麻商品とバーターする形で仕入れて、ロシア国内の密売組織に卸していたようだ。

北朝鮮の場合、高純度のヘロインは、大半は破棄される期限切れの医療用モルヒネを再使用する形で、化学合成されている。

これは特殊部隊向けの余剰物資の覚醒剤とともに、北朝鮮人民軍の〝裏の資金源〟になっていた非合法商品だ。

過去には、人民軍偵察局が管理する工作船で日本に密輸され、在日系暴力団の手で売り捌かれていた。

だが〝不審船事件〟以来、日本政府が海保を強化したため、日本海ルートが遮断された。

その結果、余剰となったヘロイン、覚醒剤が、中国東北地域を経由して、〝キタイ〟の手でロシア領内に運び込まれていたらしい。

ロシアの場合、それまで、ケシ栽培が盛んで阿片の産地だった中央アジア諸国が、ソ連崩壊後、次々と分離独立したせいで、一時的に闇ルートでのヘロインの入手先が絞られていた。

さらに決定的なのは、ソ連崩壊とともにアフガニスタン全土をイスラム原理主義勢力が支配したことで、ソ連は最大の阿片の供給地を失った。

それ以後、ロシア赤軍では、将兵に配布する医療キットの中身すら、基本的には化学合成のモルヒネ麻酔薬が主流となった。

2

第二次大戦中、枢軸同盟支配からの解放を旗印に掲げた連合国でも、必要とあればときには躊躇せず、地元犯罪組織と手を組み重要な情報源として利用した。

その中でも連合国軍が最大限に活用したのは、地中海戦線でのシチリア上陸作戦のときで、ムッソリーニのファシスト政権下で、徹底的な取り締まりの対象となっていた犯罪組織シチリア・マフィアを、地元の情報源や後方での攪乱作戦に使った。

その過程で米陸軍情報部は、連邦刑務所に服役中のマフィアの幹部を仮釈放させ、地元のマフィア組織に対して、連合国軍へ協力するように、働きかけをやらせている。

なお今回の場合、どちらの側が先に接触したのかは不明だが、赤軍参謀本部情報部GRUがFSBを通じて、ロシアマフィアを、情報源だけでなく後方攪乱の手先として使うように、多国籍軍部隊へ売り込んだのは確かだった。

伊藤大佐は情報将校としての教育課程で、小平の調査学校で専門教育を受けていた。そこでは、第二次大戦中の地中海戦線で米軍がイタリアの犯罪組織、シチリア・マフィアやナポリのカッモラを手先に使ったことを知った。

それだけでなく、国共内戦時代には国民党軍は青幇《チンパン》系、共産党軍は紅幇《リヤンパン》系秘密結社の流れを引く犯罪組織を、もっぱら非合法活動や現地での情報収集のために、頻繁に使った事例も学んだ。

もっともこうした犯罪組織との提携は、公式戦史や記録に残されるものではなく、どちらかと言えば、戦闘終結後に、都合の悪い記録は破棄される。

また地元犯罪者で詳細を知る者は、作戦終了後に、証拠隠滅と擬装工作のために〝風紀紊乱《びんらん》〟などの微罪を理由に憲兵の手で逮捕され、ほとぼりが冷めたころに、ようやく証拠不十分として釈放される。

こうした闇の取引条件の中には、その直後に捜査記録の一切を破棄された上に、犯罪そのものがウヤムヤな形で揉み消されるものもある。

これらのすべてが、関係者への箝口令《かんこうれい》で一切が闇に葬られ、公式な報告書や陳述調書を含めて、詳細な記録が、すべて破棄されるのが、普通の処理方法だ。

詳細な事実と記憶は、ただ単に関係者の間で囁かれるだけの秘話にすぎないことになる。

これが歴史の表面に現れるのは、長い月日が経過したのちのことだ。そして実態が判明するのは、時効をはるかにすぎた時期で、それも現役を引退した関係者の誰かが、自分の回想録の中で、私的に触れる程度だ。

肝心の〝闇〟の真実は、関係者が存命中は、実態が辛うじて窺える程度にすぎない。今回の顚末《てんまつ》が、具体的に判るのは、機械化偵察連隊長・伊藤大佐が、私的に事の次第を詳細にメモしていたことにある。

さらにあとになって、国務省から情報公開された機密記録文書の中に、外国諜報機関からNSAが通信傍受した興味深い記録が、大量に含まれていたからである。

その中には、ロシア連邦保安局FSBがモスクワへ送信した機密報告書に関する傍受記録があった。

このことは、中ロ極東紛争時における両国間で生じた混沌と誤算の連続が最悪の事態を招いた事実を、より鮮明に浮き上がらせた。

その傍受記録が暴露した衝撃の事実によれば、中朝ロ三カ国の治安維持機関は互いの国境が接する地域限定で、ある密約を結んでいた。

これは中国公安部・国家安全部、それに北朝鮮国家保衛部、そしてロシア連邦国境警備局FPSやFSBらの三カ国の治安維持機関が、事実上の構成メンバーだ。

それは旧ソ連国家保安委員会ＫＧＢの時代に、ＫＧＢ側が中朝の担当責任者と秘密裏に会合した際に極秘で締結された協定であった。

そしてソ連崩壊後、地域責任者らの失脚などで、担当者が交代する事態が生じても、互いの相互利益もあって長らく遵守《じゅんしゅ》されていた。

もちろんその協定の存在が中央に露見したら、関係者全員が職務を解雇され、即刻逮捕されて、秘密法廷で〝銃殺刑〟を宣告される危険はあった。

だが国境紛争の勃発を回避するために、〝必要不可欠〟との認識が、当事者たちにはあり、それが有効に機能している間は、紛争の危険は回避されるとの〝強《したた》かな計算〟が現場責任者たちの共通認識でもあった。

この協定は、一切の証拠を残さないために、すべてが人の記憶だけに留めることとして口頭で伝えられた。

さらに興味深いことに、実際の接触や交渉事は、地元の犯罪者や犯罪組織と呼ばれるマフィア（黒社会）の連中を代理人に仕立てることで、継続的におこなわれていた。

その理由はじつに簡単で、犯罪者とその組織には、罪を黙認する見返りに、さまざまな仕事を代行させることができた。

しかも用事がすんで、不要となったならば、いつでも切り捨てることができる。

また〝越境密貿易〟を罪状にして、口を塞ぐことも容易にできるからだ。

当局の目を逃れて、越境密貿易をおこなう連中は、それで多くの利益をあげているが、時期によって収益の格差はある。

非合法行為（密貿易）を、黙認する見返りに、多額の上納金《リベート》も期待できた。特にFPSやFSBの調査部門は、こうしたロシアマフィアを通じて、金と極秘情報を定期的に入手していた。

それは、普段ならば容易に立ち入れない国境線の向こう側の情報、つまりは中国や北朝鮮側の内情を、自らが潜入工作員を派遣して、相手側に捕縛される危険を冒すことなしに、詳細に把握することができたのだ。

むろん今回もロシアマフィアのシュガポフ一味だけでなく、例の〝キタイ〟も配下の者を、国境線を越えて往復する麻薬の取引業者の群れに紛れさせて、ロシア領内に極秘潜入させていた。

ただ了承なく相手の縄張りに踏み込んだ者は、見つかったらその場で拘束、あるいは射殺されても当然なのが、双方に共通する沈黙の掟だ。

国境地帯で越境時に捕縛された者、あるいは射殺された〝キタイ〟の死体を、直後にFPSの担当者が確認することがよくある。

その顔立ちから察して、工作員の大半は、高麗族か漢族系だと推察する。

また時には、その身体的特徴から見て、報告書には〝北朝鮮人民軍の偵察兵《レンジャー》だと推察される〟との記述があったりする。

訓練を受けた職業軍人の目から見れば、単なる犯罪者上がりか、選抜され訓練を受けた職業軍人かの識別は容易につく。

たとえば利き手の人差し指の関節部に射撃熟練者に特有の痕跡が見られ、手首の部分も太くて頑丈なのは、反動の強い軍用銃を制御しながら連続射撃を繰り返した者に多く見られる身体的特徴だ。

また両足の裏は極めて皮が厚くて硬く、しかも頑丈な場合、それは通常の行軍訓練ではなく、昼夜を問わず、長距離の山岳走破訓練を、長年の間繰り返してきたことを物語る。

連邦国境警備局ＦＰＳの特別追跡部隊には、ＦＰＳの分離独立時に、ＦＳＢ管轄下のスペツナズに所属していた特殊部隊出身者が、特技を買われて移籍した。

そして彼らの多くは旧ＫＧＢのころには、特殊部隊員として、外地での潜入工作を想定した襲撃作戦や暗殺に関する専門的な特殊教育や訓練を受けていた過去がある。

彼らはそうした過去の経験から、その身体的特徴を見ただけで、相手の過去の経歴だけでなく、死体本人が受けてきた訓練の内容を推測できるのだ。

また〝キタイ〟の構成員の多くは、身分証代わりに犯罪組織構成員に多い入れ墨を、手足に入れている。

ただ経験の浅い者が見れば、「これは〝キタイ〟の構成員の証拠に間違いない」と簡単に納得する。

だが経験豊富な特別追跡隊員が見ると、その入れ墨は、あきらかに注射針の痕跡を隠蔽する目的から、擬装目的で入れられたものだと判る。

朝鮮人民軍偵察総局の隊員は、敵中での潜入活動中に、ほとんど睡眠や休憩を取らずに活動するため、覚醒剤の混合注射液を多用する。

シャブを定期的に注射することで、各自の体力の限界までの活動が保障される。この薬剤の効力で、飢えや疲労感から解放され、視覚や聴覚などの感覚が鋭敏になる。

また同時に痛覚が鈍くなり、戦闘時には付きものの恐怖感すらも、独特の高揚感により感情が支配されて、感じなくなる。

しかしその薬剤の効力が切れたときの反動は深刻で、心身ともに猛烈な脱力感と疲労感に襲われて、本人はまったく動けなくなる。

つまり偵察兵の大半は、任務中に事前に与えられた薬剤を注射し続けることで、驚異的な行動力を維持しているのだ。

もちろん作戦任務を終えて無事帰還できても、そのまま宿舎に戻れるわけではなく、さらに数日間は軍病院に入院させられ、軍医の監視下で観察を受ける。

その間は点滴治療を受けつつ、体内から薬剤の影響が抜けたことが確認されるまでは、退院は許可されない。

もしその回復治療がおこなわれないままに、宿舎へ戻されたとしたら最後、その結末は見えている。おそらく短期間のうちに、心身ともに覚醒剤に蝕まれて、慢性的な後遺症に悩む重度の覚醒剤中毒患者になるだろう。

ただ具合のいいことには、人民軍には労働党や参謀本部から、無事な生還をほとんど期待できないほどに、危険な任務に就かされている。

俗に言う〝片道切符〟の任務だ。

そこで朝鮮人民軍偵察総局は、軍病院の上級軍医官が〝薬剤の副作用が深刻だ〟と診断した者を、特に優先して、そうした生還が期待できない危険な任務へ派遣していた。

FSBは、金正恩の人民軍粛清から逃れて、ロシア領内に政治亡命した元偵察総局の上佐（上級大佐）の証言から、ある実態を把握した。

それによれば、この〝キタイ〟と称する犯罪組織そのものが、じつは人民軍上層部による産物であった。

国境地帯で密貿易をおこなう際に、人民軍の関与を隠蔽するため、労働党の指示で密かに創設された〝擬装犯罪組織〟が、この〝キタイ〟だと断定している。

こうした非合法組織を造り上げることで、人民軍と朝鮮労働党は、すべての犯罪と非合法行為から、無関係を装うことができる。

加えて、都合の悪いことはすべて〝キタイ〟に被せて白を切り通せるとの姑息《こそく》な計算もあった。

過度の覚醒剤の投与や慢性的な覚醒剤中毒であると定期検査の際に診断された偵察兵は、即刻他部署へ転属が命ぜられ、所属先が偵察総局から、自動的に〝キタイ〟に移される。そこで消耗目的の任務へと派遣され、順当に始末される仕組みである。

ただしFSBは、その実態を摑んでいながら、あえて外部には隠蔽していた。

この〝キタイ〟と直接渡り合って、多数の犠牲者を出しているのは、普段はその活動を黙認している犯罪組織のロシアマフィアの連中であり、ほかには管轄は違う国境警備を担当するFPSである。

〝キタイ〟との抗争で、どれほどの犠牲者がロシアマフィア側に出ても、FSBは一切関知しない。

実際、シュガポフ一味を含むロシアマフィアの組織は、国境付近の抗争で、多くの構成員を〝キタイ〟により殺害されていた。

この抗争による犠牲者の多くは、銃撃戦よりも襲撃による被害が多く、接近戦での刺殺や野外や街中での仕掛け爆弾による爆殺だった。

中途半端に死傷させるよりも、確実に殺傷することに力点を置いたのが、〝キタイ〟の特徴だった。

シュガポフが、〝キタイ〟の殺し方から職業軍人特有の手口と気づく前に、首領や主だった幹部の大半を殺害され、組織全体が壊滅したマフィアもいくつか出ていた。

実際にシュガポフたちも何度か襲撃を受けたが、壊滅を免れたのは、上部組織〝ホテル・モスクワ〟が助っ人として派遣してきた、俗に〝アフガンツィ（アフガン帰り）〟と呼ばれる歴戦の傭兵集団のお陰であった。

3

一カ月前のことである。組織内では、雷帝親衛隊を意味する〝オプリチニーキ〟の通称で知られるアフガンツィの傭兵部隊が、新潟空港経由でナホトカに到着した。

そのときには、シュガポフらはナホトカ郊外に所有する農場の一つに、わずかな護衛らと潜んでいた。数日前、〝キタイ〟の襲撃により、ナホトカ市内の倉庫を兼ねたアジトが襲われ、配下の大半が射殺されている。しかもアジトは放火され、在庫の大麻製品とともに全焼していた。

「襲撃に備え、充分に守りを固め、倉庫には軍払い下げの赤外線監視装置まで備えていた。もちろん、民警の連中には、署長以下の幹部全員に金を掴ませて、数区画先まで毎晩巡回させていたのに、結局は、このありさまだ」

シュガポフは頭を抱えて、落ち込んでいた。そのとき、隠れ家の扉が勢いよく開けられると、赤軍の将校用トレンチコートを肩から羽織った女性が現れ、鋭い声で言った。

「そこの眼鏡の中年男。ドブネズミのように臭い穴蔵に這い込んで、〝キタイ〟に撃ち殺されるのを、震えながら待つつもりか！　〝ホテル・モスクワ〟の看板を背負っている以上は、闘って死ぬくらいの気概をみせろ」

と叫んだ。

シュガポフは、テーブルから顔を上げた。ようやく援軍が到着したらしい。

「オブリチニーキのカピタン（大尉）・ミーシャか？」

「そうだ。お前が、モスクワに泣きついたお陰で、我々は東南アジアのアジトから、わざわざこのクソ田舎の沿海州まで、出張る羽目になった」

「三日前に到着していると聞いていたが、三日前なら、儂のアジトは〝キタイ〟に襲撃されて、焼き討ちされずにすんだはずだ」

未練がましくシュガポフが言うと、それを聞いたミーシャは冷たく言い放った。

「三日前にナホトカの市街地に姿を現して、お前のアジトでヴォッカを飲んでいたら、たぶん一緒に待ち伏せされて、今ごろ無事ではいられなかったろうよ」

それから女性大尉は、背後に立つ部下の方を向いて言った。

「おい曹長。シュガポフ一家のアジト付近で見つけた玩具を、見せてやれ」

曹長が肩に提げた雑嚢から、黒い配線がついた機械のようなものを取り出すと、テーブルの上に置いた。

「これはなんだ？」

シュガポフも初めて見るもののようだ。

「日本製の高速通信回線専用の盗聴機だ。自動録音機能に、転送機能もついている。アキハバラで簡単に入手可能なものだ。

お前のアジト周辺の地下共同溝の電話線を私の部下たちが調べたら、同じものが数点ほど見つかったぞ。電話機やPCを使うデータ通信の情報をすべて吸い出す高級品だ。

多分こちら側の情報が、すべて〝キタイ〟側に筒抜けのはずだ」

それだけ言うと、ミーシャは懐のシガレットケースから、葉巻を一本取り出し、ナイフで吸い口をカットして口にくわえる。そして曹長の差し出すライターの炎で、葉巻を丁寧に炙《あぶ》る。

そのときにオイル・ライターの炎で照らし出される顔の片面には、大きな傷跡が見えた。

シュガポフは、その瞬間、女性大尉に対立するマフィアがつけた〝金髪の魔女〟という異名を思い出した。

アフガンの戦場で、ムジャヒディンの拠点を次々に襲撃して、殉教を恐れないムスリムゲリラたちから、悪魔の如く恐れられた戦闘小隊が存在した。

この部隊は、赤軍特殊部隊〝スペッツナズ〟の所属だが、一人の女性将校に率いられている点が、注目された。

厳格なイスラム原理主義者の多くは、戦闘で殉教した者は天国に召されるが、男より劣る存在の女性に殺害された者は、神に見捨てられ、地獄を彷徨《さまよ》うとの迷信がある。だからムジャヒディンの多くは、この〝金髪の魔女〟の率いる小隊との交戦を疫病のように恐れた。

しかしアフガン戦争末期、ソ連政府の財政は破綻状態で、アフガン駐留軍への支出すら満足に確保できなかった。

戦費削減とともに、派遣部隊の兵力は激減し、現地のソ連赤軍司令部は、アフガン各地の駐屯拠点を次々に放棄して、戦線縮小と撤退を強いられる事態に追い込まれていた。

敵が劣勢に陥ったことが判ると、〝これぞ好機〟と判断して、これまで様子見を決め込んでいた各地の部族も一斉に蜂起し、路上を撤退する赤軍部隊の車列を、各地で襲撃した。

また隣国パキスタンを経由して、米国製の携行対空ＳＡＭスティンガーや中国製の無刻印の銃器や弾薬、さらにはアラブの保守系産油国からの多額の軍資金も、ウサマ・ビン・ラディンらの代理人を通じて、現地へと流れ込んできた。

こうした絶対的に不利な状況下でも、この〝金髪の魔女〟の率いる小隊は、絶望的な撤退戦も怯《ひる》むことなく果敢に戦い続けた。

この間の小隊は、数多くの勲功をあげて、最後にアフガンから撤退した赤軍特殊部隊の一つであった。

それにもかかわらず、その直後にソ連邦が崩壊したために、隊員の多くはなんの退役後の保障も得られないままに、軍を放り出された。

経済混乱のロシアで、こうした退役軍人たちを〝アフガンツィ〟と一括りにして、世間は冷酷に扱った。

当時、〝金髪の魔女〟は最後の戦闘で負傷し、叙勲後、大尉に昇進。戦傷を治療するために軍病院に入院していた。

だが退院後に、退役した部下たちの過酷な境遇に激怒して、軍当局に辞表を出した。

その後、彼女を慕って集まってきた元部下を引き連れて、雇用に際して好条件を提示したロシアマフィア〝ホテル・モスクワ〟と契約し、組織専属の傭兵となった。

両者を仲介したのは、元ＫＧＢの大物で、その男は新生のＦＳＢに局長待遇で引き抜かれたという。

このとき、ミーシャ元大尉が見抜いたのは、ＦＳＢが以前のＫＧＢのように、非合法に活動できる特殊部隊の存在を欲しているということだ。

そのため、協力関係にある犯罪組織のロシアマフィアに、こうした戦闘部隊を傭兵として契約することを推奨して〝ホテル・モスクワ〟は合意したらしい。

以後、彼女の率いる戦闘集団は、絶対的な指揮統制下で、一個の戦闘機械のように対抗組織の武装集団を瞬時に壊滅させることから、ロシアの地下社会では、恐怖の対象になった。

噂では、ロシア国内で無敵の存在に成長した〝ホテル・モスクワ〟が、東南アジア地域の市場開拓の先遣部隊として、真っ先に派遣したのが、このオブリチニーキであった。

「そうか、〝ホテル・モスクワ〟は、〝キタイ〟を単なる紅幇系の凶悪ギャング組織とは、判断していなかったんだな」

そうシュガポフは呟いた。

シュガポフの表情を冷静に観察していたミーシャは、その魅惑的な口から一筋の紫煙を吐き出した。

「判った、シュガポフ。お前は、大頭目を裏切って、〝キタイ〟の側に内通していたわけではないらしいな。

貴様の犯した唯一の失敗は、相手は自分と同じ程度の密売組織だと誤認したことだ」

「奴らはやはり元職業軍人だったのか？」

ミーシャは、冷静に事実を告げた。

「我々の先遣隊は、一週間前からナホトカに潜入して、極秘に監視を継続していた。お前のアジトを襲撃した手際から見ても、あきらかに〝キタイ〟は、麻薬密売人ではない。おそらく中朝に所属する特殊部隊が、国境地域で非合法活動に従事する意図で、創設した擬装組織の一つだろう」

そのときだ。突如、農場の周囲で、激しい銃撃や爆発音が連続して響き、そして短時間で唐突に途絶えた。

しばしの静寂が訪れたのち、ミーシャの手元で携帯電話の呼び出し音が鳴った。

ミーシャが出ると、部下のカズロフ特務曹長からの戦闘終了の報告であった。

「カピタン、脅威の除去に成功。生存者なし。

我が方に損害なし、確認死体は二五。携行する武器からみて中国製タイプ95歩兵槍。新型のブルパップタイプの制式装備の突撃銃です。

ほかに狙撃銃、暗視装置、手榴弾、消音器付き拳銃等若干。死体を確認しましたが、偽造の身分証明書以外は皆無でした」

「ご苦労。曹長は、敵の武器と死体を回収後、速やかに監視要員を残して、次の出撃拠点へ移動せよ」

簡潔な通話を終えたミーシャを見たシュガポフが、思わず口にしたのは、怒りの一言であった。

「お前たちオブリチニーキは、俺たちを囮に使ったな。我々を餌にして、〝キタイ〟の襲撃部隊の規模と陣容を把握して、俺がここに逃げ込むのを計算し、罠を仕掛けて、意図的に情報を流して誘い込んだんだ」

そしてすべてを察したシュガポフは、半ば自嘲気味に言った。

「大頭目は、どちらも潰れれば、両方の利権と縄張りがそのまま手に入るし、仮に俺が生き残っても、以後は、〝ホテル・モスクワ〟の庇護を受ける直系支配下に入らなければ俺の組織が生き残る道はない。

どちらに転んでも、〝ホテル・モスクワ〟には損がないうまい仕掛けだ」

するとミーシャは葉巻の紫煙を優雅に漂わせて微笑んだ。

「このエロデブにも、多少の知恵はあるようだな。もちろんお前の大麻ビジネスは、利益は大きいし、その商品を日本から輸入される中古商品の国内流通ルートに載せれば、お前の才覚ならば、さらに大きな儲けを産むことを、〝ホテル・モスクワ〟は計算に入れている。

意地を張って、ここで一家を構えてみても、いつかは中朝情報部や軍部を背景にした〝キタイ〟に潰される。

利口なお前ならば、ここで勝ち馬に乗る利点を、改めて説く必要はあるまい」

これが元FSB現地工作員イワン・サヴァノヴィッチ・シュガポフが、悪名高いロシアマフィア〝ホテル・モスクワ〟の極東地域統括幹部の一人へ台頭する第一歩であった。

4

ナホトカ沖合に揃ったのは、米海軍第7艦隊所属の水陸両用作戦群であった。

その艦種はさまざまで、大型の強襲揚陸艦ＬＨＡ／ＬＨＤもあれば、輸送揚陸艦ＬＰＤや揚陸艦ＬＳＤの艦影も識別できる。

さらに後方の海域にも、海上国防軍の護衛隊群に守られて待機するのは、非武装の民間船舶ながら、車両や各種補給物資を満載した事前集積艦Ｔ－ＡＫや海軍補助部隊所属の高速輸送艦ＦＳＳである。

それ加えて同盟国の日豪の強襲揚陸艦や輸送艦の艦影も識別できる。

今回の揚陸作戦には、上陸作戦部隊の輸送用船舶が、米海軍の保有分では不足することから、日豪などの同盟国にも、米国政府より艦艇の派遣が要請されたのだ。

この要請を受けて、海上幕僚部は当初の海上輸送隊群（第一、第二）に加えて、新たな緊急追加措置をおこなった。

そこには防衛省が民間商船会社との間で、新規に傭船契約を結んだ民間船舶一二隻も加えられた。

最初の動きは、日本国内の基地を発進した米空軍の航空攻撃である。

三沢や千歳ABを発進した米太平洋空軍の攻撃機編隊の第一波は、日本海上空で松島ABを拠点に活動する日米の空中給油機から、相次いで給油を受けた。そしてロシア沿岸部ギリギリに接近してから、搭載する巡航ミサイルとデコイを次々に投下した。

こうした巡航誘導兵器は、海面高度ギリギリまで降下してから、初めてスターター・ロケットに点火して加速する。

その後、尾部の個体燃料がつきたブースターを投棄して、胴体に内蔵するターボ・ジェット推進に切り替える。

海面高度を亜音速で飛翔する巡航ミサイルやデコイは、通常の水上レーダーでは発見が難しい。

特に海面上の波濤が電波を反射する際に生じるクラッターが、こうした飛翔体の反射《エコー》の識別を困難にする。

そこでクラッターを自動的に除去する機能を備えた、高性能な沿岸監視レーダーでないと、飛翔体を識別できない。

つまり中朝側が沿岸防衛に配備した対空火砲の中で、レーダー管制誘導に依存している兵器は、海面高度で飛来するミサイルの迎撃には、自動照準モードでは役に立たない。

このとき現場で配置についていた対空火砲の砲手や地上配備SAM操作要員は、肝心の射撃管制レーダーが、まったく役に立たないことに愕然とした。

そこで訓練された緊急手順どおりに、自動照準モードのスイッチを切り、補助照準装置の光学照準や目視照準で、射撃や発射準備を試みる。

だが、瀬戸際の判断では、もはや手遅れだった。

まずSAMシステムの多くは、最大有効射程距離以外にも、最短有効射程距離という射程制限が設定されている。これは範囲内に目標が侵入すると、このSAMの管制誘導装置が、目標を追跡できなくなる。

同時に情報処理能力がシステムに負荷をかけて、追尾、照準機能が作動しなくなるので、制御系本体の誘導制御プログラムに直接セーブがかけられる仕組みだ。

目標があまり急接近すると、SAMの発射直後に、安全装置の自動解除が間に合わず、肝心の電波信管が作動しない状態で、至近距離での目標の通過を許してしまう。

こうした野戦防空SAMシステムで生じた穴を埋めるのが、近接用に配備されている赤外線誘導の携行式SAM前衛や自走式を含めた対空機関砲の類《たぐ》いだ。

これは高度なレーダー誘導や射撃統制方式に依存しない分、センサーの構造が簡単な赤外線IR誘導や目視照準での発射が可能だ。

しかし戦闘経験が豊富で老獪《ろうかい》な米空軍は、このような単純な相手にも、一応の対応策をとっていた。

真っ先に敵の防衛線上空に到達した囮のデコイには、弾頭部分に大量のチャフやフレアーが仕込まれており、追撃を受けて撃墜される直前に、これらチャフやフレアーを一斉に空中に放出した。

しかもデコイ自体、マグネシウム合金製の胴体で、被弾した途端に派手な閃光を発して炸裂する特徴を備えている。

それにより、デコイが散布した欺瞞《ぎまん》素材の影響を受けて、構造が単純な携行SAM前衛シリーズのIRシーカーや光学照準器を覗く砲手の視力は瞬時にして奪われた。

また空中を漂うチャフの効果で、さまざまな周波数帯の電波が異常を起こしたことで、初歩的な測距レーダーを混乱させることができる。

その中を海面から一瞬だけ高度を上げた巡航ミサイルの群れが、デコイの活動によって、混乱のきわみにある最終防空ラインを一気に通過する。

もともとこうした巡航ミサイルには、誘導用レーダーは搭載されていない。誘導するのは電波高度計とGPS航法装置が内蔵されたデジタル・マップで、それによって目標まで飛翔している。

だから飛翔中に、いくら周囲で電子戦ECMや対電子戦ECCMがおこなわれていても、ほとんど影響を受けることはない。

これは事前に、予定された攻撃目標までの航路と指定高度が、非常時の回避コースを含めて、すべて作戦担当者らの手で入念に検討され、出撃前に入力がすんでおり、それでECMに関する電波障害を、飛行中には誘導装置本体がほとんど受けないのだ。

実際に、搭載機から分離後に、空中でブースターロケットに点火した直後から、内蔵のデジタル・マップに従い、飛行針路が決定される。

それから固定燃料を燃焼しつくしたブースターを切り捨て、内蔵のターボ・ジェットが駆動してから先は、電波高度計によって、さらに飛行高度も合わせて制御される仕組みだ。

これは海上を飛行中も維持され、それが変更されるのは、初めて陸上に到達したときだ。

過去の戦訓や戦果を元にして、巡航ミサイルの目標到達までのコースは、年々改良や改修を加えられて、複雑怪奇な飛行経路をたどるようになる。

最新の巡航ミサイルの飛行プログラムは、より知性的になり、しかもその動きは狡猾《こうかつ》だ。

さらに目標の間近で、防空側の予測や推測を次々と裏切るような動きを見せ、予想外の回避航路をとり、徐々に最終目標の周囲まで接近する。

絶妙なタイミングで回り込み、対空火器やSAMの間合いを外してから、一気に命中する。

米空軍が攻撃第一波として選択した攻撃目標は、ナホトカを確保する守備隊にとっては、そこを潰されると、あきらかに防衛態勢に支障が出る致命的な場所ばかりだった。

紅軍は入念に擬装を施して、航空偵察を欺いていたつもりだが、こうした内部情報は、占領地に住むロシア系住民らの間に根を張るロシアマフィアからもたらされた。

この港湾都市ナホトカが紅軍の占領下に入ったとき、中朝軍部隊とともに進駐してきたのは、今まで長らく国境地帯の密貿易でロシアマフィアと敵対していた〝キタイ〟の構成員らであった。

地下に潜ったシュガポフの指示を受けて、手下の一人がデジタルカメラで密かに建物の窓から撮影した映像は、あきらかに朝鮮軍服を着用した〝キタイ〟の有力幹部の一人であった。

「これは出っ歯の尹《イ》の野郎だ。前は粗末な革ジャンを着ていたくせに、今では将校の軍服だとさ。似合わないぜ……」

シュガポフは液晶画面に映し出された映像を見て、思わず嫌味を口にした。

「しかし〝キタイ〟の幹部が統一朝鮮軍の将校とは、奇妙な一致だな。でも軍服からは、いろいろと興味深い情報が拾える」

そう言うと、ミーシャは愛用のトルコ葉巻の先端をマッチの炎で丁寧に炙った。

「お前が〝キタイ〟の連中だと指摘した者は、共通して襟元の兵科章は人民軍偵察兵記章だ。

その尹と呼ぶ幹部も、本来の所属は偵察兵で、階級章は元上級大尉だろう。

そこから推測すると、おそらく〝キタイ〟は、元偵察兵出身者らによって編成されている朝鮮人民軍の擬装組織の一つだと推測できる」

ミーシャは冷静に、この断片的な映像の中から、必要な情報を引き出してみせた。

もともとスペツナズと称する特殊部隊は、赤軍所属の空挺部隊や特殊偵察隊員の中から、特に有能な者だけをKGBが選抜して引き抜いた部隊だ。そこで秘密裏に編成した特殊部隊というのが、〝謳《うた》い文句〟になっている。

創設時の目的は、東西両陣営の衝突があった場合に西側諸国に潜入して、敵国の重要人物の暗殺や拉致、または配備中の核兵器及び重要軍需施設の破壊など、さまざまな任務が与えられる部隊であった。

それだけに潜入偵察や情報分析能力は、並みのKGB工作員よりも秀でた能力と技量が要求された。

もちろんシュガポフ本人も、一応の教育訓練を受けている。その訓練所卒業時の成績評価順位は、ミーシャの比ではなかった。

シュガポフ本人も自覚しているが、成績評価が上位の優秀者は、まずは欧州、米国方面への配置を優先的に割り振られ、それ以下の者は本人の容貌や人種、それに選抜以前の経歴を考慮されて中央アジアや中東、または極東方面へと配属される。

また特に順位の低い者は、ひとまとめにして志願者が少ないアフリカや中南米の政情不安地域へ、現地工作員として送られている。こうした政情不安な地は、KGB部内では工作員の〝墓場〟とさえ囁かれている。

そこでは多くの者が、最初の赴任期間を全うできずに、現地で原因不明の風土病や内戦・内乱に巻き込まれて、任務遂行中に行方不明になったり、命を落とす。

その点で言えば、シュガポフの場合、成績が中位だったことに加えて、アジア系の風貌に着目されて、ロシア国内でもアジア系が多い東シベリア・沿海州地域へ赴任先が決まったのは、まだ幸運だったかもしれない。

赴任先が発表された時点で、シュガポフは中国語、朝鮮語、日本語のどれか一カ国語の専修を命ぜられた。生活環境のいい対日工作任務を希望して、日本語取得に熱を入れたが、同期には在日系が多く、競争率は高かった。

結果的にシュガポフは、日本向けの選抜に落ちて、その代わりに指名されたのは、朝鮮語の北部方言を習得して、国内の組織潜入工作員になる任務であった。

こうしてシュガポフは、当時のKGBにより、「朝鮮系ロシア人で、素行不良のため化学大学を中退、その後犯罪者に転落」という偽の犯罪経歴を準備されたのち、ハバロフスクの軽犯罪者矯正収容所を振り出しに、潜行工作員としての経歴をスタートさせた。

そしてハバロフスク収容所時代に築いた人脈を頼りに、港湾都市ナホトカに流れてきたのは、ソ連が崩壊したころであった。

当時は、ロシア連邦の成立によって治安活動の全権を握っていたKGBが解体された時期にあたり、治安の乱れに乗じた国内の組織犯罪は絶頂をきわめていた。

政治的混乱で生じた無政府状態の中で、度胸はないが駆け引きと策謀に長《た》けたシュガポフが、地元の小犯罪組織の構成員から、組織を牛耳るボスの地位に伸し上がるのに、さほど時間を要さなかった。

それは無能なエリツィン大統領の政権下で、治安組織の再建を命ぜられたウラジミール・プーチンが、KGBの国内部門を元にFSBを再編したころであった。

FSBが再建すると、ウラジオストック支局から連絡が入り、シュガポフは元のKGB時代の上司と再会して、任務復帰が承認された。

こうしてシュガポフの組織は、FSBの庇護下に入ることで、中朝国境付近での諜報活動をおこない、情報を提供することになった。

その見返りにシュガポフ一味は、FSBやFPSの取り締まりを免れることができた。野生の大麻を収穫して、これを組織の資金源にすることは、FSBとFPSの全面的な黙認があって、はじめて可能となったビジネスだ。

事実、国境貿易は中朝ロ三カ国の相互の外交関係が露骨に影響を受けることが多く、国境を自由に往復できる中国人や朝鮮人商人に比べて、ロシア人の出入りは頻繁に制限対象となった。こうした中で、非合法品を扱う密貿易は、外交や経済状況とは無関係におこなわれていた。

しかも麻薬を含む禁制品の取引は、国境警備の穴を探して、ブツを運び込む仕事であった。これらの取引は、利益は大きい反面、常に危険は付きもので、商品の運搬中にライバル組織や国境付近に出没する盗賊団の襲撃を受けることも頻繁だった。

そのため、大手のロシアマフィアの傘下に入り、そこから護衛要員を派遣してもらい、こうした警護を伴った上で、シュガポフ一味は朝ロ国境を越え、取引相手の元へ商品を運び込むなどしていた。

当時のシュガポフのビジネススタイルは、業界の慣習を超えて積極的であった。取引相手が国境を越えて、こちらの領域へくるのを待つよりも、逆に国境を越えて相手側の領域に、直接輸送隊を送り込む積極的な商法を試みた。

これには相手国の国境警備当局や軍隊に賄賂を送り、抱き込む必要もあったが、その積極商法が他の組織を出し抜いて、取引販路を広げる効果をもたらした。

むろん輸送隊の派遣には、中朝の国境地帯の偵察や現地での情報収集の役目もあり、ここで得た情報は、ＦＳＢどころか国境警備担当のＦＰＳや赤軍当局にも提供していた。

しかし〝出る杭は打たれる〟の譬《たと》えどおりに、シュガポフの輸送隊は、競争相手のロシアマフィアの別組織だけでなく、国境の向こう側の敵からも襲撃を受けた。

たとえば東北地域では紅軍や武装警察や国境警備の公安部、朝鮮側では、社会保衛部や偵察総局と対立する人民軍の他部局などからだ。

これはシュガポフ一味がＦＳＢの手先だと正体を見破られたわけではなく、麻薬密売業者としてマークされたのだった。

もっとも商売人としてのシュガポフは、敵を作るよりも、味方を作る方が容易なことも、充分に承知していた。

もともと中朝の公務員は、官舎や特定の食糧配給などの特典がある反面、基本給与が物価水準からみても、相当低く抑えられている。だから公務員の多くは、それなりの権限と立場を利用しての役得（賄賂）に腐心するのが常識化している。

それだけに、治安当局の責任者に充分な賄賂を摑ませて籠絡《ろうらく》すれば、外国人でも、味方に引き込むことができる。

空港や港湾で入港審査の係官が、公然と賄賂を要求しない国は、欧米や日本など、一部の先進国だけだといわれる。

当然これらの国の公務員には、一応の生活水準が維持できる程度の給与が支払われており、年金などでも優遇されている。その分、地位を利用しての汚職などは、懲戒免職を含めた厳しい処罰対象になる。

日本の場合、明治新政府の管理には武士階級出身者が多かったゆえに、武家社会特有の規律が公務員にも持ち込まれ、ある意味では規則一点張りで、融通が利かない反面で、欧米の厳しい公務員規律に適応できた。

公務員の汚職や腐敗が酷い国は、押し並べて公務員の給与水準が低い国だ。

むろん中ロ朝の三国は、第三世界諸国の公務員のように、公然と賄賂を要求しないまでも、周囲に見ている者がいなければ、係官の中には黙って受け取る者が多い国だ。

それだけにシュガポフは、賄賂や贈賄で相手を籠絡できる場合には、躊躇なく金や物品に物を言わせた。ありがたいことに、シュガポフの一味が縄張りにしている港湾都市ナホトカは、日本から大量の中古家電や自動車、衣料品がコンテナ単位で輸入される極東の貿易港だ。

そこで輸入の中古電化製品の中から、適当な物を見繕って、シュガポフは中朝の公安や国境警備関係者に、贈り物攻勢を仕掛けて懐柔した。

これが現金なら、その行為が発覚した途端に、問答無用で収賄問題となるが、中古でも品質の良い日本製品ならば、贈られた側も受け取りやすいし、露見しても新品ではないから、それなりに言い逃れができる。

もちろん、贈る側のシュガポフも、便宜を図ってもらうよりも、いろいろな情報を聞き出し、その際に手土産として手渡している。

じつは、国境地帯の動向に関する情報収集が本来の目的なのだが、シュガポフ本人は、世間話するような口振りで、いろいろと貴重な情報を聞き出していた。こうして立場上、中朝の双方の裏情報を自由に入手することができた。

5

麻薬業者とFSB潜入諜報工作員の立場を、巧みに使い分けてきたシュガポフが、異変に気づきはじめたのは、中ロの外交関係が悪化するよりも、さらに前の時期だった。最初の兆候は、顔見知りの税関や国境警備隊の幹部職員が、次々と異動して、面識のない新顔と交代しはじめたことだ。

顔見知りの事情通の下士官からの情報では、新たな赴任者の大半は、都市部や南部の部隊から呼び寄せられた者らしい。

この予想外の異動は、朝鮮方面だけでなく、中国東北部でも、同様なことが起きていた。

しかもこうした動きは、国境地帯を越えて、密輸商品を運搬する密輸商人の動向にも、いろいろな形で支障を与えていた。

山間部や川の浅瀬を越えて、荷物を運び込む国境地帯の抜け道が、軍や国境警備隊の手で次々と閉鎖され、今までのように当局の目を逃れて、自由な往来ができなくなっていた。

「ボス、今回は無理です。今まで使えた間道や獣道まで、地雷が埋められて、通過ができないように閉鎖されています」

数日前に、注文された商品を運んで、山越えルートに向かった手下らも、戻ってくるとシュガポフに、こう報告した。

当時、シュガポフたちは山羊や羊の放牧を装って国境を越え、麻薬製品を含む禁制品の密輸取引をおこなっていた。

商品の多くは防水製の袋に入れて、毛足の長い山羊や羊の腹部に固定した上で、そのまま牧童に扮した手下らにより、目的地まで家畜を追いながら運んでいった。

国境地帯は、治安目的の意図から住民の居住や農業耕作は、当局により厳しく規制されていた。

それでも家畜の放牧に必要な牧草地は広大な地域に沿って点在していたから、遊牧民は国境線が敷かれる以前から、こうした国境線の河川を越えて、両国の領域を頻繁に出入りしていた。

この地に国境線が敷かれたあとも、これは暫定的に地元の遊牧民の既得権として認められていた。シュガポフは、そこに眼をつけたのだ。

牛や馬のような大型家畜は、商品価値が高いし、長距離の移動や放牧も可能である。当然、越境する際には移動規制の対象物になる。

だが山羊や羊のように小型の家畜は、小規模な放牧で、行動範囲も限られているため、当局も逐一規制するのは面倒なこともあり、対象外とされた。

しかもこうした山羊や羊ならば、車や荷馬車の通行できない山道や間道も走破できる。むろん一頭あたりの輸送量は、重量的にはわずかであるが、放牧の際に移動する頭数が多ければ、数で補うことができる。

それに麻薬は重量の割には、単価が高い商品でもある。実際に、野獣や対立する組織に襲撃される心配さえなければ、女子供でも牧羊犬の助けを借りれば、山羊や羊の放牧や移動は問題なくできるし、危険度が少ない作業でもある。

こうした女子供の牧童を使う方が、国境警備側の疑いを招く心配がなくて、なにかと越境の際には都合がいい。

シュガポフがつけた傭兵主体の護衛の多くは、こうした家畜の放牧の群れとは別行動である。

彼らは、移動する放牧の群れとは少し距離を置き、外見上は旅の行商人のような風体をする。そして常に放牧の群れを視野に入れる形で、間接的な随伴護衛をおこなう。

しかし中朝のロシア領侵攻作戦がはじまる数日前から、国境警備が厳しくなったことを確認したシュガポフは、素早く決断を下した。

まず商品の輸送を中止する指示を出す一方で、直接の監督組織であるＦＳＢやＦＰＳに対して、警報を出すことも忘れなかった。

もちろん、ナホトカ市内や港近くのアジトに買いつけに現れる顧客連中、それに越境しては、定期的に仕入れにくる他国の麻薬業者には、普段と同様に小売りや卸しを続けるように指示を出していた。

その一方で、余計な資産の売却や市中の銀行口座の預金を、ほかの都市に移す手配を抜かりなくおこなっていた。それは諜報員の性《しょう》と言うべきか、シュガポフの諜報員としての第六感に従うある種の予防措置行動であった。

自分の家族や愛人にはニコライエフスクやチタを含む、ロシア国内のほかの都市に移動するように命じたが、自分は依然として、ナホトカ市内から動かなかった。

それは土壇場までに、外交交渉で紛争回避が図られ妥協が成立して、国境間紛争が起きないことの方に、内心では賭けていたからだ。そこには、縄張りを留守にしたくないマフィアの地域ボスの一人としての心理が、微妙に働いてもいた。

もっとも最悪の事態を想定して、シュガポフは上部組織〝ホテル・モスクワ〟に、自分の身辺警護と、縄張りを〝キタイ〟襲撃から守るために派遣を要請していた。

シュガポフの一味と〝キタイ〟とは、麻薬取引に関して、因縁とも言える揉め事を以前より抱えていた。

シュガポフはその立場を悪用、〝キタイ〟に不利な情報を流して、当局に摘発させた。

もちろん地元では、シュガポフが、北朝鮮系組織の〝キタイ〟に露骨な対抗意識を抱いていたのは、承知していた。

慢性中毒の危険度が低い大麻を扱うシュガポフの縄張りに、純度の高いヘロインと危険度の高い覚醒剤を持ち込んだのは、〝キタイ〟系の息のかかった売人らであった。

そこで〝キタイ〟が関与する取引を、当局に通報して次々と摘発させて、取引そのものを悉《ことごと》く潰した。それを仕組んだのは『シュガポフの差し金』との噂が巷《ちまた》に流れていたから、当然のように〝キタイ〟からは、相当の恨みを買っていた。

もしもシュガポフが予測したとおりに国境紛争が勃発し、これが拡大すれば、国境地帯に隣接するナホトカに戦火が及ぶのは、容易に見通すことができた。

最悪の場合には、中国紅軍の後押しを受けた統一朝鮮軍部隊が、ナホトカをその軍事力で占領する事態も、現状の貧弱な極東ロシア赤軍の軍事力を考慮すれば、充分に想定はできた。

二〇一四年にロシア連邦が隣国ウクライナとの国境紛争で、クリミア半島の『一方的併合』を宣言して以来、ロシアの周辺地域では、国境問題や領土紛争の収拾に、政治的外交交渉ではなく、軍事力を行使することが多くなっている。

実際、武力を行使することなく、机上の交渉事で、領土問題が、ほぼ合意に達したのは日ロ両国の〝北方領土問題〟だけであった。

何事でも武力解決を好むロシア政府でも、シベリアの交通インフラの近代化に、日本の資金と技術が不可欠なことが、プーチン大統領を含めロシアの首脳陣が痛感していたからであろう。

つまりロシア周辺隣国の中で、唯一日本だけが、領土的野心を持ってはいなかった。それをプーチン本人が一番承知していたからこそ、日ロの北方領土交渉は比較的スムーズに進展したのだ。事態が中朝との全面戦争に拡大する前に、なんらかの形で大国米国が間に入り、[停戦講和から休戦交渉に入るはず]との楽観的な見方がロシアに流れていたのも事実だ。

しかし戦闘は起きた。国境地帯の戦闘でＦＰＳや内務省軍の部隊が敗走したが、日米から到着した援軍のお陰で、軍港都市ウラジオストックの近郊で中朝軍の進撃をようやく食い止めることができ、事態は確実に変化してきた。

甚大な損害を被り、中朝軍の初期攻勢は、一気に停滞することになる。

そこで中軍委は、紅軍参謀本部に対して、統一朝鮮軍部隊を殿《しんがり》に置き、順次、紅軍部隊を国境付近まで後退させるように、指示を出した。

ただし統一朝鮮軍の一個師団に機甲旅団や砲兵旅団を加えた独立部隊は、あえて囮として、多国籍軍の攻撃を吸引させるためにナホトカに残置させた。

一方の青瓦台の統一朝鮮政府は、日韓の非公式ルートを使って北京中央政府には秘密裏に、ロシア政府への休戦講和の斡旋《あっせん》を日本政府に対して、打診していた。

もっともこの統一朝鮮政府の朴大統領兼主席の背信行為とも取られる行動は、日米両国の統一朝鮮政府への不信感と疑惑を一層高めるしかなかったのは、言うまでもない。

こういった情報戦では、冷戦時代の勝者だった米国政府の方が一枚上手であった。

日本政府からの報告を受けた米国政府は、朝鮮側が日米を通じて、ロシアとの休戦交渉を提案してきた事実を、国務省内の外交筋から中国側にリークするように仕向けていた。

「北京が、属国と見なしていた統一朝鮮政府を信じられなくなり、中朝間に相互不信の種を蒔くことが、今回の戦略ではきわめて重要な布石となる。その結果は、この先の展開をみれば、よく判るだろう」

米国大統領は、秘匿回線を使用した国際電話で、日本の安倍首相に対してこのように戦略意図を説明した。

電話を終えると安倍首相は、盟友の麻生財相兼副総理や腹心の側近を含めた数人だけに、この米大統領との会話内容を話した。

「おそらく米国政財界の本音は、『中朝許すまじ』で一本化している。怖いくらいだぜ」

米国政財界に人脈が広い麻生財相は、見事に米国の本音を言い当てた。

「米国人は、日本の植民地支配から朝鮮を解放して、朝鮮戦争では米軍将兵の膨大な犠牲を代償に、北朝鮮軍から防衛した。

さらに日本政府に圧力をかけて、当時の岸首相に日韓基本条約の締結に加えて、財政援助をさせ、戦火で荒廃した韓国を経済発展させる機会を与えた。

本音を言えば、今の韓国は米国が育てたとの自負心がある」

それだけ言うと、麻生は懐からシガレットケースを取り出し、葉巻を口にくわえた。

そして、巧みにライターの炎で先端を炙ると、美味《うま》そうに煙を吐き出した。

麻生財相兼副総理は、自分の思考をまとめる際に、こうやって葉巻を一服して時間を稼ぐ。

「つまり、なんだな。育てて一人前にしたにもかかわらず、それを恩義に感じるどころか、ＡＩＩＢや朝鮮統一の際に、米国の横っ面を張るようなことをやらかした韓国に、米国政府は心底腹を立てている。

そしてこの間、米国は復讐する機会を虎視《こし》眈々《たんたん》と狙っていた。しかも立場上、米国が直接報復に手を下した形にしたくない。

ならば、韓国が米国を見限って尻尾を振った相手に、直接潰させるのが一番いい方法じゃないのか。そう考えたのよ。

そんな陰湿な報復手段を、大統領に提案したのは、おそらく米国国際外交の仕掛け人で、あの米中国交回復を仕掛けた老獪なキッシンジャー教授の門下生で、複雑な国際政治学を学んだ奴らに違いねぇ」

麻生は、祖父で時の総理大臣吉田茂の指示で、若いころ米英両国の大学へ、本人の意志とは無関係に半ば強引な形で留学させられた経験を持っていた。

当時の日本は敗戦国でもあり、そこで青年麻生は白人優位社会特有の人種差別の残酷さを、直接肌で知る貴重な経験をしている。

それと同時に、気の荒い北九州育ちの麻生は、高い気概を維持して、まず実力で相手を屈服させることに全力をあげた。

小柄で体力が劣る青年時代の麻生が、欧米のエリート連中と互角以上に争えるために選んだスポーツは、意外にもクレー射撃だった。

もともと欧米社会では銃器は高価なこともあって、〝狩猟や射撃〟は紳士や貴族階級の趣味の一つだと見なされていた。

高価な散弾銃や練習で使う弾薬代、それに射撃場での練習費用は、北九州の炭鉱王と呼ばれた麻生家だから、苦もなく捻り出せた。

家業の合間に、暇を見つけては射撃場に通い、熱心に腕を磨いた麻生は、後年オリンピック日本代表に選抜されたほどの腕前だから、単なる趣味の領域を越えている。

日本の政治家の多くが、趣味の一つとしてスポーツをあげる者は多いが、過去にオリンピックに出場経験のある有力政治家は麻生くらいのものであろう。

実際、欧米の政治家の多くは、若いころに学業やスポーツの分野でも、目覚ましい実績をあげている者が多く、国際会議や社交の場でも、こうして築いた人脈を最大限に利用する。そうして外交の場でも、これを使って巧みにポイントを稼ぐことが多い。

確かに日本ではクレー射撃は、銃器の免許制度の影響でマイナーなスポーツだが、欧米では、高価な銃器もコレクションの対象であり、紳士の嗜《たしな》む趣味の一つと認められている。しかも欧米では、狩猟は釣りと並んで、資産家には人気のある野外スポーツだ。

さらに日本には、世界的に有名な上下二連猟銃（散弾銃）の製造元『ミロク』が存在している。

その製品の大半は欧米に輸出され、製造される商品の半分は、世界的な銃の老舗企業ブローニング社の受託生産品でもある。

銃器に詳しい麻生が、国際会議の雑談の際に、この『ミロク』社製〝上下二連銃〟に触れないはずはない。『ミロク』の製品に関する話題で、欧米との会話は盛り上がる。

このようにして麻生は、日本人の得意とする、計画性や気配りの積み重ねで相手の信用を得て、それから周囲の尊敬を勝ち取る術を、欧米社会で暮らした体験の中で自然に会得していた。

そんな中で麻生は、米国政府が韓国を嫌う理由を、素早く見抜いていた。

「韓国政府がやらかしたのは、裏切りと背信の二つである。これは米国上流社会では、一番侮蔑の対象になる卑怯な行為だ」

さらに納得がいかない一同に対して、麻生は葉巻を燻《くゆ》らせて、こう解説した。

「つまりこうした行為を米国の地域コミュニティーで、非白人系の二級市民がやらかせば当然、問答無用で私刑《リンチ》の対象になる。

そして、ビリー・ホリデーの『奇妙な果実』の歌詞どおりの光景が再現されることになる。

特に最近の在米コリアは、非白人系市民からも徹底的に嫌われているからなぁ。しかし今の米国政府は、相当な知恵者が揃っているから、自分たちが直接手を汚さずに、今回は中国に朝鮮を始末させる魂胆だろう」

第七章　ナホトカ奪回作戦始動

1

復興作業の進む軍港都市ウラジオストックを出撃した艦隊と、北海道方面から出撃した上陸船団とが、ピョートル大帝湾付近の海上で合流した。

すでに海上国防軍第二護衛隊群が対馬沖に警戒陣を張り、この海峡を突破して日本海への侵入を図る中朝の潜水艦を、海中に潜む潜水艦隊とともに次々と始末していた。

さらに日本海入りした米海軍第7艦隊は、増強された二個空母攻撃群の持つ戦力を最大限に利用して、朝鮮半島東岸部一帯の航空基地や沿岸ミサイル陣地の大半を、随時攻撃しては、その戦闘力を段階的に消耗喪失させていた。

興味深いことに、対馬沖航空戦で、自慢のF15Kをはじめ主な航空戦力を消耗しつくした統一朝鮮空軍南部戦域（旧韓国空軍）の飛行隊は、〝戦力再建〟と称して、比較的安全な西岸部や首都ソウル近郊の航空基地に、残存稼働機の大半を引き上げて、戦力の温存を図っている。

そこで東岸戦域での防空戦闘にあたるのは、中国から供与された殲撃7や殲撃8、あるいは殲撃10である。

搭乗するのは北部戦域空軍（旧北朝鮮人民空軍）の搭乗員らであった。もともと南部と北部とでは、統一されても、教育訓練を受けた機体や養成精度自体が大きく異なっている。

特に米国式の教育訓練を受けてきた旧韓国空軍のパイロットや装備員らは、消耗した米国製の機体の代わりに中国製の機体を供与されても、すぐには馴染めなかった。

その点ですぐに供与機に慣れたのは、旧ソ連製の機体に乗り慣れて、あるいは整備し慣れていた旧北朝鮮人民軍の搭乗員や整備員である。

元来、中国空軍の国産機は、旧ソ連時代に購入した機体を模倣したものが出発点だった。だからロシア式とほぼ同じであるため、その機体に馴染むのは容易であった。

そんなわけで元人民軍の連中は、中国製供与機で戦力を再建させて、防空戦闘を挑んできたのだ。

一方、闘いに慣れた艦上戦闘機F18E／Fスーパーホーネットの戦闘機乗りは、単独で空戦を挑むことはない。早期警戒機E2Cホークアイや電子作戦機EA18Gグラウラーが、その時々に応じて適切な情報支援や電子戦をおこなうからだ。

旧ソ連／ロシア式の戦闘機の搭乗員は、すべて地上管制からの指示や情報によって、事細かく行動が統制されている。

特に攻撃の際には、携行する空対空ミサイルＡＡＭの発射ですら、管制官らの〝発射許可〟を必要とする。

だがこうした邀撃機の動きのすべてが、上空で監視する早期警戒機ＡＥＷのＥ２Ｃに見張られており、目標の背後を取る直前まで、その推定位置がＦ18Ｅの搭乗員に筒抜けになっている。

Ｆ18Ｅは統一朝鮮機が、罠に引っかかる機会を待っていた。

教本どおり、殲撃８が恰好の獲物として選んだＦ18Ｅの二機編隊の背後を取った瞬間に、別の高度にいた二機編隊が、突如急接近して殲撃８の編隊の背後を襲う。

そして次の瞬間、囮《おとり》役の二機が機首を太陽の方向に向け、緊急離脱を図る。

Ｆ18Ｅが太陽の方向に向かって飛ぶと、それを追っていた殲撃８の近距離の赤外線ＩＲ誘導ＡＡＭは、シーカーが太陽光に幻惑されて、目標との識別が事実上困難になる。

追跡機のＡＡＭのシーカーが太陽を捕捉した段階で、Ｆ18Ｅが軸線を外して離脱すれば、ＩＲ方式の短射程ＡＡＭは、太陽を目指して、燃料のつきるまで飛び続ける。

また中射程や長射程のＡＡＭの多くは、本体がいくら高性能を誇っても、捕捉誘導する肝心の機載捜索レーダーや射撃統制装置の能力によって大きな制限がでる。

特に索敵や目標捕捉をおこなう電子器材が、常時電子戦攻撃に晒されていれば、その有効射程や誘導可能域は、きわめて限定された範囲にとどまる。

本来ならば、この弱点を地上に設置した管制指揮所と対空レーダー網が補う仕組みだ。だがＥＡ18Ｇが装備するきわめて高度な電子戦機材は、低空域から高高度まで、広範囲な周波数帯を、さまざまな電子妨害で錯乱できる。

さらに地上の指揮所と邀撃機との通信回線まで、通信妨害で遮断または断続的に混乱させることも可能である。

こうして沿岸部から、多少離れた沖合の戦闘空域まで誘い出された統一朝鮮空軍の邀撃機編隊は、上空で待機中のＦ18Ｅから不意に攻撃される。

このときＦ18Ｅの編隊は、ＡＡＭ120アムラームを一斉に放つと、そのまま緩降下で低空へ離脱していく。

これに対して、ＡＡＭ120を撃ち込まれた殲撃８の編隊は、ミサイルの接近を探知した途端に、編隊内が大混乱に陥った。

このアムラームは、管制誘導と完全自動追尾方式《アクティブ・レーダー・ホーミング》を組み合わせた最新型の自動追尾方式のＡＡＭである。その点で、一般的なＡＡＭ７スパローのような半自動追尾方式《セミ・アクティブ・レーダー・ホーミング》とはっきり違う。

ＡＡＭを発射した母機が、終始標的を機首の追跡レーダーで捕捉し続ける必要はないのだ。

つまり敵機の方向に向けてＡＡＭ120を発射すれば、このアムラームは、本体の有効探知範囲まで管制誘導で飛行し、近距離に近づくと初めてミサイル本体の追跡モードに入る。

こうしてアムラームに捕捉された敵機の操縦士は、緊急離脱しない限り、AAMの餌食となることを悟った。

同時に、今まで追跡していた敵機は、最初から自分たちを、自国の対空レーダー圏外の空戦空域へと釣り出すための囮にすぎなかったことに、ようやく気がついた。

ほんの一瞬の油断から、巧みに管制空域外へ釣り出されたことで、二個中隊の殲撃8型戦闘機は撃墜された。

その結果として東岸地域の統一朝鮮空軍は、この方面の稼働機と熟練搭乗員を失い、航空戦力が半減した。

こうして生じた隙間を突くように、後方で待機していたA47C無人攻撃機の編隊が、彼方の陸地に向かう。

すでに無人や有人の電子作戦機が、この空域の監視網に電波妨害を仕掛けて、地上配備の対空レーダーを含め、全周波数帯にわたる電波妨害で無力化している。

このような電子戦に比較的強いはずの旧韓国空軍が保有していた早期警戒機AEWは、補修部品の不足が原因で、全機が飛行不能の状態である。

旧韓国軍は日本への対抗心丸出しで、日本が採用した兵器や装備を、価格無視で導入する癖に、あとの維持経費や手間を、まったく考慮していない。

こうしたことで、当時から韓国では新型装備の大半は短期間で使用不能になっていた。

Ａ47Ｃの編隊は、亜音速を維持したまま、沿岸部の対空監視網の中空域を通過する。

敵機の侵入を水際で阻止する沿岸部の危険地帯を、なんの妨害や攻撃も受けずに、全機が無傷だ。

統一朝鮮側が、完璧だと日ごろ自慢する沿岸部の対空陣地を、やすやすと通過したＡ47Ｃは、あらかじめ入力されていた攻撃計画に基づき行動する。

二機か三機の小編隊に分散すると、指定された個々の攻撃目標に向かう。

またＡ47Ｃの侵入と前後して、沖合の水上艦から次々と垂直発射された巡航ミサイル群も亜音速飛行に移行し、やはりこの直前に、朝鮮半島東岸に到達している。

事前のＥＣＭで、完全に機能停止した沿岸部の防空網を突破して、ここから内陸部の主な攻撃目標へと、一気に突っ込んでいく。

巡航ミサイルが攻撃目標に選ぶのは、地形的には平坦な所に存在する目標で、周囲の建物と混同せずに、偵察衛星で正確に識別できる箇所に限られている。

主要な航空機基地、駅や道路や橋梁などの交通の要衝、それに発電所や変電所のインフラなどである。

それに加えて軍関係基地や兵舎、地方都市の目抜き通りの場所に、存在感をあえて誇示するように設けられた秘密警察の支所や支局、さらには紅軍部隊の駐屯地などであった。

それは戦略的な意味合いよりも、統一朝鮮政府の威厳と権威を示す象徴のような存在であったから、市民が政府に抱く権威を根底から覆す効果を狙ったものである。

戦時体制になれば、統一朝鮮軍の基地や紅軍の駐屯地は、大半の部隊が前線に出動しており、現実にはわずかな管理要員しか残っていない。

しかし権威と支配の象徴である警察署や秘密警察の支所や支局を、多国籍軍のミサイルが破壊する意味合いは大きい。

これにより市民の間に中国に従属する統一朝鮮政府への反感が生まれて、急速に不満が高まり、結果的に政府の思想統制ができなくなることが重要であった。

ただ、より軍事的には無人攻撃機A47Cの小編隊に与えられた攻撃目標の方が重要だ。

これらの編隊が狙うのは、地下や険しい山岳部の中に隠された地下工場や、地下式格納庫《シェルター》に貯蔵されている自走式車台に載せられた長射程の弾道弾、あるいは旧ソ連製の新型戦闘機などであった。

また沿岸部の断崖に工兵隊が刳《く》り抜いた、高速艇や潜航艇の基地を兼ねた格納庫も攻撃の目標になっている。

こうした出撃基地は、沿岸部の岸壁内に同様に設けた地対艦ミサイルＳＳＭや沿岸砲台とセットで運用されることが割と多い。

この意識的な配置は、敵対する外国艦艇が、攻撃を目的で接近した際に、沿岸重砲やSSMの有効射程内に誘い込むために、この基地や高速艇をあえて囮にするつもりのようだ。

だがここを攻撃するのは、旧朝鮮軍が当初予期した水上艦ではなくなっていた。上空から緩降下で急接近するステルス攻撃機なのだ。

胴体内部の兵器庫《ウエポン・ベイ》に格納されているのは、地中貫通型専用爆弾である。

この爆弾はアフガン戦争で、パキスタンとの国境近くの山岳部にある地下基地に潜むタリバン勢力を、洞窟基地ごと粉砕する目的で、秘密裏に開発されたものだ。

爆弾の弾殻には、目標貫通時の頑丈さを考慮して、本来は野戦重榴弾砲の砲身が、爆弾製造時に流用されている。

爆弾の貫通試験では、シェルターに見立てた六階建ての鉄筋強化コンクリートを瞬時に貫通して、さらに地下二階部分で弾頭が炸裂したことが確認された。

実際、この地中貫通型爆弾を使用する際には、緩降下状態で低空まで降下して、正確に目標を直撃する投弾コースと絶妙の投下タイミングが要求される。

だが無人機の操作に慣れた古参操縦者の腕前は精密そのもので、現役当時の湾岸戦争を彷彿させた。

この貫通爆弾の威力は確実に証明された。その証拠に、東部海岸沿岸に設けられた旧人民海軍の高速艇、潜航艇の基地は、これら地中貫通爆弾の威力で、ほとんどが壊滅している。

しかもその煽りを食って、岸壁の上方に設置されていた沿岸砲台やＳＳＭの隠蔽式発射台の大半も、岸壁の崩落に巻き込まれて、ほぼ同時に消滅している。

その結果、東部沿岸の防御ラインには、随所で大きな穴が空き、これは容易には修復できない損害であった。

米空母機の空襲による被害は、沿岸部に限らず、内陸部の重要拠点にも及んでいた。興味深いことには、旧北朝鮮人民軍は、この地下軍需工場や地下格納庫の擬装に、相当な自信を持っていた。そのためか、周囲には目立つような対空火器やＳＡＭの類いを、配備してはいなかった。

実情は、数が足りない対空兵器やミサイルの大半を、沿岸部や国境付近に優先配備した結果、内陸部の拠点防空に回す余裕がないというのが、本当のところであった。

つまり沿岸部の防空ラインを突破すれば、あとは無人のＡ47Ｃのやりたい放題であったのは、その戦果と高い生還率を誇りたい米海軍の確定事項だった。

電子戦で地上の防空管制システムと対空監視レーダーの機能を失った北部管区の旧人民空軍は、もともと単純化した教育しか受けていなかった。

早い話が、防空指揮所にいる管制官から、具体的な指示がなければ、空戦一つまともにできない単純思考の連中揃いだ。

逆にA47Cファントム・レイを、通信衛星を通じて遠隔操作する操縦者は、過去に幾度もの戦闘を潜り抜けた兵《つわもの》揃いだ。だから後方警戒レーダーに、旧ロシア製の機載レーダーの捜索周波数を探知した途端、反射的に手慣れた回避行動に入る。

一旦、敵の追尾機をやりすごしてしまえば、探索範囲や角度の狭いソ連製電子資材では、ステルス攻撃機の追尾や目視での発見は一層困難になる。

特に飛行高度を低空まで下げられると、高性能のAEWを保有しない統一朝鮮空軍の対空監視能力は、〝ザル同様〟だった。そのことを、米海空軍のパイロットたちは、長年の対地攻撃訓練と実戦経験から、無意識のうちに覚え込んでいた。

2

地形的には開けて平地の多い朝鮮半島南部に比べて、朝鮮北部は山岳部が多く、耕作地に適した平地が少なかった。そこで植民地時代の日本帝國は、南部で平地の開墾や水路の整備などで耕作地を増やした。

それと同時に南部の山間部には、山の保水力を高める意図から、成長の早い松や杉の植林をおこなっている。

そして山岳地帯が大半を占める北部では、耕作地の拡大を諦《あきら》めて、鉱床探査と鉱山開発を積極的に進めた。

その一方で山岳地域特有の地形に眼をつけ、多数の貯水ダムを建設し、その落差のある地形を利用して、精力的に水力発電所を建設した。

当時の日本は、この地の水力発電で得られる安価で豊富な電力を利用して、朝鮮北部に複数の化学企業を誘致している。

そこで新たに建設された事業所で、化学薬品から合成繊維にいたるまで、さまざまな化学製品の量産化を計画していた。

そして第二次大戦で日本が連合国に対してポツダム宣言を受け入れて無条件降伏すると、満州国や朝鮮北部に侵入したソ連赤軍は、まさしく火事場泥棒のような行為を働いた。

つまり〝戦後賠償〟と称して、満州や朝鮮国内にある日系企業の工業生産施設を悉《ことごと》く接収すると、そのまま略奪して自国に送らせた。

だが山間部のダムや発電所に据えたタービン発電装置は、いくら強欲なロシア人でも、これを取り外して持ち帰ることはできなかった。

しかしこうしてロシア人の略奪から逃れたダムや発電設備は、さほど長くは持たなかった。それは一九五〇年六月に、突如、金日成が非武装境界線を越えて、韓国領内へ奇襲攻撃を仕掛けたからだ。

前線部隊や情報部からの繰り返される警告にもかかわらず、完全に油断していた李承晩《イスンマン》初代大統領は、首都ソウルを放棄した上に、最後は南部の港湾都市釜山《プサン》まで、国民を見捨てて逃走した。そして最後は、韓国を脱出して、日本の山口県に落ち延びて亡命政権樹立まで画策していた。

東京のGHQから駆けつけたマッカーサー元帥から、李承晩は激しく叱責されたことにより、韓国政府は土壇場で踏み止まり、抵抗を続ける決断を迫られ、ようやく強固な姿勢を国内外に見せた。

歴戦のマッカーサーにしてみれば、いくら中ソ出身の将兵で補強され、戦闘経験豊富な金日成の軍隊でも、戦闘能力は限界に達していると見抜いていた。

非武装地帯から続く、釜山までの長い道のりで、前線部隊にいたる兵站補給線は、伸びるだけ伸びきり、将兵の損耗や疲労は限界に達しているはずだ。

そこでこの釜山周辺に強固な防御陣地を築きあげて、敵軍を消耗戦に巻き込み、可能な限り敵残存兵力を、この釜山橋頭堡に引き寄せる。

そして頃合を見計らって、放棄した首都ソウルに程近い港湾都市仁川《インチョン》に、強襲上陸を敢行すれば、戦略上の主導権は奪回できると読んだ。

朝鮮半島南部一帯に展開する敵野戦軍主力の大半を、南部戦域に封じ込めた状態で、非武装地帯を上陸部隊が閉鎖する。

この状態で残存兵力を喪失した北朝鮮国内に突入し、一挙に平壌《ピョンヤン》を占領したのちに、逃走する金日成一味を追撃しつつ、中朝国境付近まで北上を続ければ、中ソからの軍事介入がない限り、韓国の朝鮮統一は既成事実化するとマッカーサーは踏んでいた。

だが、米軍の後押しを受けた韓国による朝鮮半島統一を嫌うスターリンの要請で、中国の毛沢東が介入を決断した。

これにより満州域内に待機中だった義勇軍数十万人の紅軍部隊（総司令官・林彪）が、中朝の国境鴨緑江を越えて、朝鮮半島に大量派遣された。

これで一時は壊滅寸前だった共産党勢力が勢いを盛り返し、逆襲に転じて、国連軍は非武装地帯の線まで押し返される。

もっとも朝鮮戦争中、米軍は北朝鮮の工業力を根刮《ねこそ》ぎ破壊するために、各地の貯水ダムや発電所への爆撃を徹底しておこなった。

米海軍飛行隊の部隊名の中に、〝ダム・バスターズ〟の名称を冠した部隊がいくつか存在するが、この戦争でのダム破壊作戦時の勲功を記念したものである。

険しい山岳部に点在するダムや水力発電所への空爆は、気流の激しい空域を突破し、また対空砲火の中を危険を冒して、目標上空に侵入する。

そして構造上、一番効果的な箇所に、特殊徹甲爆弾を命中させるのは、非常に高度な技量に加えて、精神面でも、高い冷静さが要求される。

米海空軍の飛行隊は、多くの犠牲を払いながらも、朝鮮北部のダムや水力発電所を一つ一つ、確実に破壊していった。そして戦争終結までに、朝鮮北部のダムと発電所の大部分は破壊された。

休戦協定の締結で、朝鮮半島での戦火は収まったが、その後も米軍は、北朝鮮に対する警戒心を緩めなかった。米国政府が、北朝鮮への攻撃計画を本気で検討しはじめたのは、金日成の息子の金正日の代になってからである。

後継者の金正日の指示で、北朝鮮が核爆弾の研究開発計画を秘密裏に進めている噂が囁かれていたが、それは亡命者らの証言と偵察衛星の監視活動などから証明された。

その後の情報収集と衛星写真情報の分析によれば、核爆弾の研究開発拠点と濃縮ウラン燃料の製造プラントは、北部の山岳地域に設けられていることが判明した。

金正日は、旧ソ連から導入した短射程の通常弾頭型スカッド戦術ミサイルに眼をつけた。

このミサイルの射程を延長するとともに、多段式ロケットに改造して、韓国国内だけでなく、日本国内の米軍基地や軍港まで、その有効射程内に収めることを技術者たちに命じた。

のちにこの射程延長の改良型〝ノドン〟を、公海上に向けて試射（推定射程一五〇〇キロ）して、韓国や日本を威嚇した。

ただその後、北朝鮮は方針を変更して、国産化したミサイルを中東のイラクやイラン、シリアまたはパキスタンなどに、外貨稼ぎの商品として輸出に力を入れている。

そしてその後、北朝鮮は表向き〝宇宙開発〟と称して、人工衛星打ち上げ可能な多段式長射程（推定射程二二〇〇キロ）の弾道弾〝テポドン〟開発に重点を移した。真の狙いは、米国本土を直接射程内に収める大陸間弾道弾ＩＣＢＭの開発である。

この大陸間弾道弾〝テポドン〟シリーズの開発は、金正日没後に後継者となった金正恩の元で、さらに拍車が掛かり、改良型〝テポドン２〟（推定射程四三〇〇キロ）では、基本構造が従来の二段式から三段式へと変更されている。

また、その一方では、秘匿性を高める意図から、潜水艦発射弾道弾ＳＬＢＭの試作開発も、同時並行の形でおこなっている。

むろん米国政府としても、この事態を放置する気はなく、事あるごとに隣接するロシアや中国を通じて、北朝鮮の核開発と弾道弾開発を抑止しようと圧力をかけてきた。

またこれ以外の選択肢として、実力行使の機会さえあれば、躊躇なく北朝鮮の研究施設や製造工場への攻撃を検討している。

たとえば在日米軍は、上空から見て、朝鮮北部の想定目標と酷似した地形を、日本国内の山岳地域に数カ所発見していた。

この想定目標に至る飛行ルートを設定して、そこに超低空から侵入する。爆撃進入路から目標を捕捉、直後に急速離脱する仮想攻撃訓練を、十数年前から頻繁に繰り返していた。

その高い練度と技量を維持するべく、普段から米空軍のF16、海軍のF18装備の飛行隊は猛訓練にいそしんでいた。

こうした危険スレスレの仮想侵入離脱訓練は、実行に移す機会がないままに、長く続いていた。

実行されなかった理由の一つは、想定作戦空域が中ロどちらの国境にも近く、作戦計画の実施には両国の合意が不可欠であり、しかも作戦参加機には被害が予想され、墜落機から無事脱出できたとしても、救出には多大の危険が伴うからだ。

ただ最近になって、この作戦計画のリスクを軽減できる見込みが出てきた。日本のシミュレーションゲーム・メーカーの協力で、三次元・体験型飛行訓練装置と想定訓練用プログラムが完成したからだ。

しかもこのシステムは、自立航法システムを装備したA47Cファントム・レイのメモリーにも搭載が可能だ。このことで、米海軍は機体や搭乗員の損耗を杞憂《きゆう》する必要なく、極限に近い機動を想定した侵攻作戦が、実現可能になっている。

しかしこの作戦計画が実現可能になったとき、状況は暗転した。

北朝鮮政府部内で人民軍のクーデターが起き、金正恩とその家族は、万景峰号《マンギョンボン》で日本への政治亡命を余儀なくされた。

その機に乗じて習近平は、東北軍区の紅軍集団軍に鴨緑江を越えさせ、対岸の北朝鮮領内への侵攻を指示した。

この指示を受けて、すでに準備を整えていた紅軍集団軍は、怒濤のように雪崩《なだれ》込むと各地を制圧して、わずか数日で北朝鮮国内は紅軍の軍政下に置かれた。

そして暫定政権の首班に就任したのは、金正日の長男・金正男であった。

金正男は、以前から父親と仲が悪く、その後父親の怒りを買い、自ら平壌を出て北京に移り住んだ。

そこで金正男は金一族の金庫番として、金正日が健全な間は国外に居住し、北京とマカオの両方に住まいを持ち、その間を往復しながら、一族の裏の資金運用と闇資金の洗浄を任せられていた。

だが金正男は金正日の没後、後継者に就任した異母弟の三男・金正恩に、資金運用責任者の任を解かれた上に、以後は終始その命を狙われ、何度か暗殺の危機を経験している。

その後、北朝鮮国内では叔父の張成沢《チャンソクテク》を筆頭に、金正男支持派への粛清がおこなわれたことで、金正男は長らく中国共産党政治局の保護下に置かれていた。

当時の習近平が、金正男を保護下に置いたのは、将来、北朝鮮に軍事侵攻した際の暫定政権の首班に据えるための〝駒〟として、評価していたからだ。

最終的に北京は韓国政府に対して、軍政下の北朝鮮を韓国が併合した上で、統一朝鮮政府の樹立を打診した。

北朝鮮全土を韓国政府の統治下へ引き渡す際には、次の点での韓国政府の合意を、北京は要求した。

それは当時の北朝鮮政府が、北部山岳地域の秘密施設内に隠匿していた、核兵器と核物質のすべての在庫を中国側に譲渡する。

さらには北朝鮮が開発製造した弾道弾のすべてを、紅軍第二砲兵部隊（戦略ロケット軍）が回収して、中国に持ち帰ることであった。

これに加えて北京は韓国側に、核兵器の研究開発施設及び弾道弾製造工場のすべてを、閉鎖した上に、設備を解体することを要求している。

つまり習近平は、朝鮮半島の非核武装化を完了させてからこの荒廃した北端の地を韓国側に併合させる腹であった。

朝鮮半島統一の世論と熱気に、背中を押された朴槿恵大統領は、政権末期でもはやその指導力にも陰りが見えていた。中国側の要求には、抗《あらが》うこともできず、ただ黙って中国側の示す書類に署名することしかできなかった。

朴大統領は北京市内の人民大会堂で、世界各国の報道陣のフラッシュを浴びながら、［朝鮮半島統一合意書］に署名した。

それとほぼ同じころ、北京経由で北欧に向かって旅立ったのは、元朝鮮人民政府暫定主席の金正男であった。

彼は中国側の要求する北朝鮮暫定政権首班を務めたあと、祖国統一に一役買い、北京の要求どおりの役割を演じた。そして事が終わると、素早く北京側からの成功報酬の入金を確認して舞台を去り、自分の家族が待つ北欧へと向かった。

歴史的な分断国家統一の使命を終えて、本国への帰途に就く朴槿恵元大統領の心中は、まさに暗澹《あんたん》たる思いであった。

朝鮮戦争で荒廃した韓国の経済発展を、足下から支えた二大経済大国日米を袖にして、自分の任期の最後を飾るために選択したのは、父親がたどったのと真逆の道であった。

そこで〝祖国統一〟の美名を得る意図で、日米と敵対する中国の元に走った。

このことを日米二カ国の政府首脳部は、当然のことながら、〝韓国の裏切り〟としか取らないであろう。

これから先、荒廃した北朝鮮の国土を再建し、インフラを整備するのに、長期間に渡る膨大な資金投下が必要であった。

祖国統一の熱狂が冷めたとき、ただでさえ経済が不安定な韓国には、この荒廃した北朝鮮社会の再建が、大きな負担になるのは目に見えている。しかも現時点では、中国に走った統一朝鮮（旧韓国）政府に対して、日米双方からは、なんら経済支援の声もかからない。

痺れを切らした朴槿恵元大統領が、国土復興庁（北朝鮮担当）辛《シン》長官をアジア開発銀行（ＡＤＢ）に派遣して、融資を申し込んだところ、日銀出身の日本人総裁は微笑みながら、次のようにやんわりと断ってきた。

「今はＡＳＥＡＮ諸国や西南アジア諸国からの融資の案件で手一杯で、特に当行の規約では、貴国のような先進工業国よりも、経済発展途上の低開発国の融資が、優先的に審査されますのでご了承ください」

それでも辛長官が粘ると、ＡＤＢ総裁は実に慇懃《いんぎん》無礼に答えた。

「本行規約に従って扱いますと、貴国の申請は、審査の段階で優先度は相当に低くなります。

よろしければ、貴国が有力メンバーのアジアインフラ投資銀行ＡＩＩＢへ、まず申請なされれば、優先的に審査されると思いますが……」

実際に辛長官は、先日ＡＩＩＢの融資審査会から最終回答を受け取った直後であった。

回答は想像以上に過酷な条件を要求してきた。

ＡＩＩＢ側は融資の条件に、担保物件として朝鮮半島北部の良質な無煙炭を算出する石炭鉱山を含む、タングステン鉱石、鉄鉱石、さらには良質なウラン鉱床の存在が確認されている鉱山の大半の譲渡を要求してきた。

これらの鉱山は北朝鮮時代には、すべて国営鉱山として、労働党の直轄事業の形で経営されており、採掘された鉱石はすべて隣国の中国側に国境貿易の決済用として、輸出されていた。

中国東北部の軍需複合産業集団は、大部分が中国北方兵器公司（ノーリンコ）の直営傘下に置かれている。こうした兵器に必要な金属素材は、すべて北朝鮮から輸入される鉱石類を原料にして、合金類が製造されていた。

これらの鉱石の多くは、国際市場価格ではなく、中国側の主張する友好的な〝価格〟で、相場よりも安く買い叩かれている。

しかも支払いは現金（外貨）ではなく、北朝鮮側が必要とする石油製品、化学肥料、自動車用タイヤ、家畜用穀物（主に飼料用玉蜀黍《とうもろこし》）で支払われるバーター交易の形を取っていた。

のちに判明したことだが、中国側は、この手のバーター交易で、相当有利な算定により、充分な利益をあげていた。

これに対して統一朝鮮政府（旧韓国側）は猛烈な抗議をおこない、算定基準の見直しと、帳簿上の累積債務の再計算を要求、それに基づき債務の大幅削減を要求している。

それと同時に鉱物取引は、正規の国際市場価格に基づきおこなうことを、通商貿易部は通告した。

だが中国側は依然として、旧北朝鮮側の鉱物資源の取得を諦めたわけではなかった。

今回、ＡＩＩＢの融資条件の担保物件として、改めて要求してきたのもその狙いに添ったものなのだ。

3

この時点で朴槿恵政権には、ＡＩＩＢに北朝鮮開発計画を提示して、巨額の融資を申し込むか、それとも無理を承知で、北部地域へのインフラ開発をおこなうかの選択肢しかなかった。

しかし韓国が南部地域一国のときですら、先進工業国の日本と後進工業国の中国との間に挟まれて、独自の技術力を持たない国内企業の工業製品は、性能や品質で日本製に負け、価格や納期では中国製や東南アジア諸国製品からも、相当に追い上げられていた。

さらに韓国自慢のＫポップやゲーム、韓流ドラマなどのコンテンツ産業は、その多くが欧米、日本などの外国企業のアイディアやコンテンツのパクリ（劣化コピー）で、それをネット上で次々に指摘されるに及んで、その人気は国内外で急速に衰退している。

それに加えて止めを刺されたのは、その時、韓国内で流行したMERS感染症（中東地域性呼吸器疾患）騒ぎで、衛生保健当局や病院側の初期対応のまずさにより、多くの感染者と死者を出したことだった。

この一件で、韓国は「危険な伝染病が蔓延しやすい」とのイメージが定着し、世界中の観光客から中継先《トランジット》として、立ち寄ることすら拒否された。

しかもこの時期、日本政府が〝クールジャパン〟戦略を打ち出し、観光立国戦略で、外国人観光客誘致に力を入れはじめたことが、韓国には逆風として働いていた。

日本人の得意とする接客習慣［おもてなし］のサービス精神が、外国人観光客の顧客《リピーター》増加に一役買った。

料理をはじめとする国内の観光業界、飲食業界のノウハウが、外国人観光客の来日により、ようやく世界に注目され、評価されはじめたのだ。

加えて〝秒単位の遅れにもこだわる〟と噂される、日本国内の公共交通インフラの正確さも、韓国には新幹線以上に脅威であった。

容易には妥協しない、徹底した改良・改善主義の日本人気質が、工業製品から農水産物、デパートからコンビニ、高級ホテルや地方の温泉旅館にまで及んだ結果、言葉の障壁を除けば、外国人観光客を迎え入れるのに、好環境を整えていたわけだ。

結果的に、こうした環境の格差が、欧米、アジア諸国からの観光客だけでなく、これまでは韓国の上得意だった中国人観光客までも、奪われる結果を招いた。

韓国の経済収支は、以前のように、国際通貨基金ＩＭＦの管理下に置かれたときほどではなかったが、ここ数年急速に悪化していた。

そして日本企業が円高で苦しんだときに、ウォン安を利用して、自国の工業製品を売りまくって膨大な収益を上げた蓄えを、韓国政府と産業界は急速に食い潰していた。

しかし朴政権が打ち出したのは、実態が皆無の〝創造経済〟のスローガンのみで、本来ならば、経済改革の産業構造転換に必要な財閥解体にも手をつけずに、富裕層の課税も見送る始末だった。

そして支持率向上のために人気取りの〝反日キャンペーン〟のみに血道をあげた結果、習近平の唱える対日包囲網に積極的に参加して、米国政府の怒りを買った。

これに加えて日本との首脳会談の機会を自ら潰し、その挙げ句に貴重な経済協定通貨スワップの更新すら見送った。

しかも当初は、当てにしていた中国と習近平主席からの対応も、経済的価値の低下と前後して、冷淡になっていた。

失政続きの朴政権の支持率が低迷すれば、掌を返したように軽視するありさまだ。

韓国政府が要請する財政支援にも、中国政府財務部の反応は鈍かった。

もっともこの時期、中国経済もすでに不動産バブルが崩壊寸前で、早くも上海や香港の証券市場や不動産市場では、手持ちの資産を早々に売却して、本国への早期撤収を図る華僑系外資企業の動きが、〝破綻の前兆では〟と囁かれていた。

そこで習近平政権では、この予期された中華バブル崩壊を早期に食い止め、経済を成長一辺倒の路線から、インフレ抑制の堅実路線へ軟着陸させるのに、懸命になっていた。

そんな危機的状況下で、習近平には、破綻寸前の韓国経済に関する泣き言に、耳を傾けている暇など、ほとんどなかった。

逆の意味では、破綻した統一朝鮮を中国に取り込んだ際に、どのような形で処理していくのかに、財政当局の関心は移っていたのだ。

要は、統一朝鮮政府の国家そのものを解体して、一地方政府に過ぎない自治区に格下げしてから中華人民共和国連邦に編入する。その後、韓国の国有資産そのものを売却整理して、その負債規模の圧縮を図る。

この過程でサムスン・グループのように、本社機能自体を国外のシンガポールのような外国へ移転できる企業はいい。

問題は、現代グループのように、韓国の地元経済に根付き、生産拠点の移転すら困難な企業の場合だ。

こうした企業は、そのまま中国の同系統の企業の傘下に買収させる以外に選択肢はない。

つまり韓国の大手財閥といっても、拠《よ》って立つ国家そのものが破綻してしまえば、それを手中に収めた大国の餌食となり、〝資本主義は悪〟との観念に立つ共産党の手で、徹底して解体される羽目になる。

さらに歴代の韓国大統領が、反発を恐れて、一切手をつけられなかった二大問題を解決することだ。

簡単に言えば、国際化に対応できず、国内に残留を余儀なくされた大手財閥の組織的解体と宗教法人への容赦のない課税である。

〝独占企業体〟として告発される韓国の財閥は、産業統制委員会の手で、容赦なく会社や事業所が分割され、国内で入札にかけられて、別の企業の傘下に入るか、それとも財閥本体から分離独立して、自立営業するかを選択させられた。

しかし元財閥系企業の多くは、分社独立するよりも、最終的には中国系企業に部門や事業所ごとに買収されて、その傘下に入る道を選択した。米国の経済誌が論評したように、これは財閥解体の名を借りた［中国企業集団による韓国財閥系企業の接収］にほかならない行為であった。

それから露骨とも言えるのは、〝信教の自由〟を共産党の指導下で制限する中国共産党の独自の政治的方針である。

共産党から〝違法宗教団体〟と判断された宗教団体への措置は徹底していた。

財務当局と自治政府当局による課税と違法資産没収は、統一朝鮮を併合した途端に、朝鮮国内で中国共産党風紀委員会と公安部の指導下ではじまり、共産党はそれを〝公権力〟を背景に易々とやってのけた。

大韓帝国時代から日本帝國の朝鮮統治時代を経て、独立後も韓国では〝信教の自由〟は政治的にも保障されていた。

そこで韓国の宗教団体は、時には政治家や財閥と組むことで、大きな政治的影響を及ぼした。それと同時に、一種の資産隠蔽や課税逃れの役割を政治の舞台裏で、宗教組織が担っていた時期がある。

これが韓国の政治スキャンダルになる〝世界統一教会〟と〝勝共連合〟に代表される、新興宗教団体と政治結社との関係だ。

統一朝鮮政府を併合した時点で中国は、こうした新興宗教に名を借りた政治結社を、[人民を惑わす邪教]と称して、徹底的に弾圧し、排除する方針を掲げた。

もちろん財閥系企業と宗教団体は、その資金力と選挙時の集票能力で、歴代大統領にも影響を及ぼし、容易には手が出せない不可避な特権団体《アンタッチャブル》の存在であった。

これに対して〝見せしめ〟的な意図から公安当局や検察側も、徹底的な態度で臨んだこともあって、当初の中国政府が庶民層から好評だったのも事実だ。

その一方で、財閥系企業が解体され、中国系企業集団に売却される過程で、将来に絶望して、研究開発部門だけでなく、営業や生産技術部門、さらには経営部門からも、相当数の優秀な人材が国外の職場を求めて流出したのも事実であった。

4

当時、こうして分割された財閥系企業の事業所を買収した中国企業集団の多くは、傘下の企業からの人材流出の件を、さして気にも止めなかった。

こうした貴重な人材の流出は、新たな受け皿となった日米欧の企業には、プラスにはなったが、中国側には大きなマイナスとなった。

外資系企業の多くは韓国企業から流出した人材を、国内の研究施設だけでなく、それ以外の地域にも振り分けた。

つまりＡＳＥＡＮ諸国や西アジア、アフリカ諸国に設けた合弁企業傘下の事業所に次々と派遣して、製造や建設現場の最前線に投入したのだ。

低開発国のアジア、アフリカ地域は、本来低品質で安価な中国製工業製品が圧倒的に優位な市場であった。

そこに日本や欧米企業は、現地に新進出して事業所を設け、価格帯を現地の物価水準に合わせた上で、現地従業員を雇用して、高品質の製品を製造した。

これは日本政府の指導を受けた日本企業が、政府開発援助ＯＤＡの一環としておこなう後進工業国向けの殖産興業政策の一つだ。

つまり現地政府の協力を得て、殖産興業政策として国内や周辺諸国の市場向けに、本格的な〝国産品〟を生産する。そうして小規模な事業所で製造した商品を、地域全体に供給する〝地産地消〟戦略の一環だ。

そこで生産される工業製品は、その地域の市場向けに製造コストを極力抑えて、機能も簡素化され、製造や修理も容易なように設計されている。

現地の人間が製造するのだから人件費も安く抑えられ、市場は周辺地域が対象だから、流通コストも安くできるし、低価格が売り物の中国製品とも、ほぼ互角に競争ができる。

しかもデザインと品質は日本企業が関与している分、中国企業の類似製品よりは格段に上だ。

また西南アジアや中東・アフリカ諸国は、国内産業保護の観点から、関税を含む税制面での優遇措置など、国内企業の製品には産業保護の政策上、さまざまな恩典を与えている。

これは日本政府が中国包囲網の一環として、豪ＡＳＥＡＮ諸国に提案した「輸出中心の中国企業潰しの戦略」で、後進国向けの国内工業育成計画だ。

日用品や雑貨類などの軽工業を育成して、ある程度の自給体制を整える。

さらにはＡＳＥＡＮ諸国や日本から、主な重要部品だけを輸入して、国内の工場で組み立て、国内市場を中心に安価で販売すれば、中国製品が大半を占める製品を、国内市場から一掃できる。

こうして現地に事業所を設けて、製造ラインを整え、指導や維持管理に必要な基幹要員だけを派遣した上で、あとは現地の人員を雇用すればいい。

日本で設計デザインした現地向けの商品を製造販売すれば、品質も維持できて価格も抑えられる。そうなれば安価だが低品質の中国製品を地元市場から駆逐するには、さほど時間を要しない。

日米両国は、輸出産業に依存する中国経済の弱点を十分に承知しており、それを封じ込める戦略もすでに準備ずみであった。

中国企業の弱点は、米国のように先端技術を開発する高度な研究開発能力でも、日本企業のようにその技術や製品を改良や改修を重ねて、高度な実用品の域に洗練させる総合技術力でもない。

とにかく、研究開発の基盤となる技術を持ち合わせていないから、自力で研究開発するよりも、外国から参考品を輸入して、それを細部まで分解して模倣する技術《リバース・エンジニアリング》を磨くことで、急場を凌いできた。

しかし、いくら模倣を続けても、根本的な部分や問題点の解決・改善は、試行錯誤の積み重ねを経ることでしか見つけ出すことはできない。

実際に中国や朝鮮で製造される電子機器類の大半は、純国産と胸を張れる品物はない。国内で生産される機器の大半には、日米の企業が生産した高精度の部品が組み込まれており、いくら〝国産化〟と称してみても、基本構成部品はすべて日米欧あるいは台湾から輸入した部品の集合体にすぎない。

中国政府首脳部が外国で、〝我が国には、電子産業が発展している〟といくら自慢しても空虚だ。

実態は、外国で調達した部品を、国内で単純に組み立てただけの製品専門の企業にすぎないからだ。

それに組み立てや加工をおこなう工作機械や工業用ロボットまで、すべて日本からの輸入に頼っている。

逆に中国で製造拠点の現地化に関する経験を積んだ日本企業は、新たな動きを見せた。

そのノウハウを元に、人件費が高騰し、大気や水を含む周辺環境の悪化に加えて、中央や地方政府の汚職や腐敗が進んでいる中国での生産拠点を見捨てたのだ。

そして新たな生産拠点を、中国と隣接するＡＳＥＡＮ諸国や西南アジア諸国に求めた。

実際これら周辺諸国は、日本政府が政府開発援助ＯＤＡを増額し、さらにアジア開発銀行（ＡＤＢ）が融資枠を増やしたこともあって、社会インフラや環境整備にも、本腰を入れるようになった。

それが、中国を脱出したい外資系企業が新たな国外移転先を探し求めている時期と、ちょうどタイミング良く重なったのだ。

外資系企業が国外に移転するときは、それに関連する一次、二次、三次の下請け企業も、すべて残らず引き連れて移転する。

それで足りないものは、日本本国に残る国内企業に発注すれば、整備された海上交通路のコンテナ便だと、わずか数週間で到着するし、急ぎの場合や少量ならば航空便も使える。

中国共産党は、米国企業が長期戦略の計画立案を得意とし、日本企業が米国の弱点を補うように、用意周到であることを見落としていた。

こうして日米が動けば、ほかの外資系企業は、それに釣られて、準備が整った新たな移転先に移動していく。

ここで中国側が思い知らされたのは、米国系企業の巧みな撤退戦術だ。

生産設備や人材だけでなく、研究開発分野の人材も、優秀な人材には米国の市民権を与え、手早く米本国やほかの周辺国の研究施設に転勤させて、情報が外部に漏れないように手を打つ。

これは生産現場の中堅技術者も同様で、基本的には何も残さない。その結果、中国各地の都市には、廃墟同然の工場跡地と未熟練の失業者の群れだけが残された。

そして止《とど》めとなる戦略が、中国が輸出産業の目玉とする繊維・雑貨・食器類などの軽工業製品を、その主要市場であるアジア、アフリカ市場から駆逐することだった。

ASEAN諸国や西南アジア諸国から、新たな労働力と市場を求めて、中東アラブ圏やアフリカ諸国に進出する現地企業を、側面から日米が支援する計画だ。

中国の輸出産業の中心は、造船や鉄鋼などの建設資材、あとは軍事産業を除けば、低価格で粗製乱造の軽工業製品が主力商品であった。

つまり中国製の輸出製品の性能や品質面では、日米欧の製品と競争できるものは、きわめて少ないのが現状であった。

アジア、アフリカ圏で、中国製品が市場を確保しているのは、性能や品質は劣っても、安い価格で商品を供給できるからだ。

その証拠に、日本製の中古電化製品や衣料品が価格の割に高品質だとされ、これら低開発国の市場では、中国製品と肩を並べる人気商品である。

そこでASEAN諸国や西南アジア諸国の企業が、日本企業の支援を受けて、こうした地域へ新たに進出し、今までに培ったノウハウを元に現地生産を開始した。

そこへ技術指導員や職場責任者として送り込まれたのが、破綻した韓国の財閥系企業から引き抜かれた韓国籍の現場従業員であった。

一般的に日本人従業員の多くは、その技量でASEAN諸国の企業からの要望は多い。

これに対して、身分意識が厳しい韓国社会では、伝統的に技術職は軽視され、自らが手を汚さない管理職が尊敬される傾向が強い。つまり日本のような職人気質は敬遠されて、一般的に〝匠《たくみ》〟と称せられるような名人気質の現場技能者は、あまり育たない。

そこで解体された財閥系企業を解雇された従業員の多くは、こうした中東やアフリカ諸国の地元企業へ管理要員として再雇用されることが多くなった。

韓国系従業員の多くは、ほぼ全員が兵役経験者で、最低限の軍事訓練を受けているので、有事の際には、即席警備要員として、配備された小銃を手にして、自衛できる強みもあった。

こうした国々は、大抵の場合治安が悪いので、各地の事業所では、ある程度の自衛能力が要求された。

その意味では、基本的に兵役制度のない日本人技術者や指導員は、地元の強盗や反政府ゲリラの襲撃には、無防備でほとんど対応できない。

だから全員が即座に拳銃や突撃銃が扱えて、襲撃の際には迅速な対応ができる韓国人派遣社員の方が、こうした治安状態の悪い国々では日本人技術者よりも、また士気の低い現地の警備員よりも信頼されたともいわれる。

ＡＳＥＡＮや西南アジア諸国では、中国から生産拠点を移してきた事業所を迎えて、次々と新たな工場が操業を開始するので、空前の求人ブームであった。

また各国間を結ぶ高速幹線《シンカンセン》鉄道や高速道路の建設、それに加えて各国の首都の渋滞解消のために、高架橋鉄道や地下鉄網の建設など都市インフラ整備にも力が入れられた。

この高速鉄道や都市鉄道網整備と、その運用ノウハウと技術には、蓄積のあるＪＲグループが都市設計や環境対策を含めて、全面的に参加している。

また今回のインフラ整備のポイントである港湾設備と河川水路に加えて、浄化設備と一体化した沿岸部都市の下水道などの排水路整備は、南国に多い雨季特有の洪水対策の一環として、本腰が入れられた。

こうした分野を得意とする日本の建設企業が、現地企業とＪＶ（ジョイントヴェンチャー）する形で、現地での人材育成を含めて本格的に参加している。

もちろん地球温暖化対策の一環として、ＡＤＢもこれらの整備計画には融資を惜しまなかった。

この結果、ＡＳＥＡＮや西南アジア諸国は、どの国でも公共工事ブームに沸いていた。

ただこれらの計画では、中国系企業の参入を条件とするアジアインフラ投資銀行ＡＩＩＢの融資は、中国系企業の技術や経験不足も影響してか、ほとんどが失敗に終わっている。

さらに中国政府主導のＡＩＩＢは、開設当初は賑々《にぎにぎ》しかったが、次第に中国の国益優先の組織運営が表面化して、その権威と実績は急速に下落していく。

そしてこのＡＩＩＢとＡＤＢとの融資競争に最終的な決着をつけたのは、今回米国のウォール街の金融筋が積極的に仕掛けた、中国への経済戦争であった。

まずウォール街の仕手筋は、過去密かに買い集めていた、統一朝鮮政府国債（旧韓国政府国債）を一挙に市場に〝売り〟に出して、文字どおり売り浴びせた。

中国政府は、統一朝鮮政府が経済破綻した際、これを〝朝鮮自治区〟として併合し、朝鮮韓国政府に関する債権は、中国人民銀行が、これを肩代わりして保障するとの声明を発表して、朝鮮／韓国国債の暴落を瀬戸際で食い止めるという苦い経験があった。

このときの防戦は、予想以上に高い代償で、中国の外貨準備高の数カ月分が、わずか一週間の為替損益で失われたと推定される。

ただ今回は、屑も同様な統一朝鮮政府発行の国債で仕掛けたのではなかった。

むしろ中国政府がＡＩＩＢの開業を期して、〝人民元〟を国際通貨として世界に公認させるべく、固定相場の制限を解除して、部分的に変動相場制を導入した直後の隙を突いて、意図的な通貨暴落を仕掛けたのだ。

以前に中国政府財務部は、このパニックを食い止めるために、あえてウォン／人民元のスワップ枠を、無制限に拡大して、一時的には手持ちの外貨限度額分をほとんど吐き出した瞬間があった。

当時、日米欧が連携して売り浴びせた結果、国際為替相場で〝人民元〟は、その日の限度額一杯まで下落し、中国人民銀行を含む中国の主要外為銀行は、その歴史的大暴落を防ぐため、ドル換算にして相当額の外貨準備金を使って〝人民元〟を買い支えたのだ。

こうして中国側が〝人民元〟を必死で買い支える背景には、米国のドルや日本の円、EUのユーロと比較して、中国の〝人民元〟が国際通貨としてほとんど評価されず、隣接するASEAN諸国ですら〝人民元〟での貿易決済を事実上承認していない歴然たる事実が存在していた。

中国がいくら経済大国を自称しても、インドの通貨〝ルピー〟と同様、中国の〝人民元〟は国際上では決済通貨の価値を持たない。

特に大国中国の自尊心を傷つけたのは、経済的には格下の日本の通貨〝円〟が、これまでの実績から、世界的にも高い評価を得ていることだ。

日本の〝円〟は、米国のUSドルやEUのユーロに準ずる標準通貨の補完的国際通貨の扱いを、世界各国の為替市場から受けている。

欧州随一の金融国家スイスのスイス・フラン、それに二〇世紀初頭に米国のUSドルにとって代わられるまで、世界の交易用標準通貨だった英国のスターリング・ポンドと同様な扱いである。

それは第二次大戦の敗戦国だった日本が、廃墟の中から立ち上がって復興し、米国に次ぐ経済大国になり、正当な評価を国際為替相場でも受けていることであった。いまや経済力で、世界第二位に成り上がった中国の通貨〝人民元〟が、日本の〝円〟の風下に立つことは、大国としての沽券《こけん》にかかわる。

それ以上に「我が国の面子の問題。小日本より格下なのは、心理的にも許されないし、これは屈辱だ」と中国政府首脳部が感じていることの証明でもあった。

そこで今回、米国政府は、金融界と綿密な相談の上で、この中国政府首脳部の〝対日心理〟を逆手に取って、一連の金融攻撃を仕掛けた。中国経済の弱点は、日米から離反した韓国に制裁を加えた際に、充分判っていた。

中国は破綻に瀕した統一朝鮮経済を自国の経済支援で救済するどころか、〝ウォン〟が暴落して、韓国経済が破綻するのを、無慈悲にも放置した。

その後、スワップ協定で獲得していた巨額の〝ウォン〟が無価値化して、これがAIIBの信用低下に繋がるとの報道が流れると、慌てて統一朝鮮との経済統合（事実上の併合）を発表した。

この時点で、〝ウォン〟の使用は停止され、中国政府が定めた市場価格で、〝人民元〟と〝ウォン〟との交換が実施され、国際金融の世界では旧韓国政府の通貨〝ウォン〟は消滅したと見なされた。

経済アナリストの分析によれば、当時の中国財務部と中国中央銀行が、スワップ協定の範囲以上の金融支援を見送ったのには、〝人民元〟には〝円〟やUSドルのような世界経済に裏打ちされた信用がなく、〝ウォン〟支援への金融介入を躊躇したのが真相だ。つまり〝ウォン〟不安が〝人民元〟に結びついて、国内で暴落するのを、極端に恐れていたとの分析である。

こうしたことから、米国政府が眼をつけたのは、「一国二制度」と称して、表向き中国からの分離独立を認められた〝自由都市・香港〟であった。

この香港の資産に眼をつけた中国共産党が、徐々にだが行政面での大陸との統合を進めていた。地元の住民には表向き隠されていたが、中国への復帰後、十数年で香港の繁栄に陰りが見えていた。

英国が中国に執政権を返還する前後の時期に、北米諸国や豪州、あるいはシンガポールへの移住者が増えたり、外国の市民権を獲得することが富裕層の間で流行した。だが外国の市民権を獲得した富裕層は、その後、本来の仕事場である香港に舞い戻ったことが判明したために、この手のパニックは、短期間で終息した。

だが今回の騒動は、逆に中国政府が引き金を引いた形で発生した。

学生を含む青年層が、香港の立法議会（自治議会）と立法長官を、自由選挙で選出するのを要求したことに対して、北京中央政府が正式に〝拒否〟を通告してきた。

加えて［中国の憲法に従い、人民を指導する中国共産党が推薦する人物を、候補に選び、それに対する信任投票をおこなう］と伝えてきたのだ。

そして中国政府は、民主派や若年層の抵抗を、警察力と親中派の圧力を動員して、半ば強引に押し通した。

ただその反動は民主派だけでなく、若年層の失望を招き、本土嫌いの香港人の国外移住を一層強めた。

こうした流れの中で、香港の高学歴者に、外国への留学や就職先を求めて移住する者が続出して、若年人口が急速に減少している。

また地元で労働力を確保できないことを理由に、香港から華僑系人口の多いシンガポールやタイなどに、本社機能を移転する企業が相次いだ。

そして、香港の経済衰退を見通した北京中央政府が次に要求したのは、〝香港ドル〟と〝人民元〟の換金相場の固定ルート採用提案である。

返還当初、［一国二制度］の約束の下に、〝香港ドル〟は独自の変動相場を採用していた。

この間、幾度もの経済危機を意識的にUSドルとリンクさせ、固定ルートを維持することで、なんとか乗り切ってきた。

その〝香港ドル〟の強靱《きょうじん》さには、［一国二制度］を採用しているだけに、容易には管理できない苛立ちを財務部や中国銀行は、かつてより抱いていた。

さらに国内で問題化している余剰資金や汚職資金に、この〝香港ドル〟が法的な逃げ場を与えるとの指摘が、以前より共産党規律委員会から出ていた。

特に〝香港ドル〟の発行元の一つが、上海閥に残された最後の資金源と目される「香港上海銀行」であることも、癪《しゃく》の種であった。

もし〝香港ドル〟と〝人民元〟を同一相場にした上で、香港の通貨を〝人民元〟に一本化してしまえば、発行元の権利を、〝スタンダード・チャータード銀行〟（英国系）と〝香港上海銀行〟から取り上げて、新通貨の発行元を新たに設立される中国銀行香港支店に、ほぼ集約できる。

また同様に［一国二制度］の経済特区マカオも、現在は法定通貨パタカの流通量を抑えて、香港の〝香港ドル〟を代替通貨としている。

それにより［一国二制度］下で自由を謳歌していた香港、マカオの両自由都市の経済も事実上、すべて北京の管理下に置かれることになる。

しかしこの〝人民元〟への一本化は、香港市民に不評で、市民の多くは預金を含め手持ちの〝香港ドル〟を、すべてUSドルや〝円〟、さらにはユーロに両替する者が続出し、これに影響された香港市場は暴落した。

じつはこの機会を狙って動いたのが、ウォール街の禿鷹《はげたか》たちで、香港の金融市場が、上海為替市場ほど当局の介入を受けないこともあって、香港為替市場で大暴落を仕掛けたのだ。

もちろん香港で〝人民元〟が暴落すれば、北京の面目は丸潰れだから、北京の指示を受けた中国銀行系ディーラーが、このとき、一斉にUSドルを売って、〝人民元〟の防戦買いに動いた。

しかしこのあと開いた東京やシンガポール、ドバイ、さらにはロンドンやニューヨークの金融市場でも〝人民元〟は売られ続け、暴落を防ぐために必死で買い支えたのは、中国銀行や中国人民銀行を含む中国系外為銀行が数行である。

むろんAIIBの権威と〝人民元〟の面子を守るために、中国政府は必死に買い支えたことで、大暴落は免れたが、〝人民元〟の対USドル・レートは、大きく下げざるをえなかった。しかもこの間の外為相場の攻防戦の影響で、過去に中国側が貯め込んでいた膨大な額の外貨準備金が、国外に流出した。

空売りしたウォール街の禿鷹を含めて、為替戦争に便乗した中国以外の国々が、大儲けをした。

その一方で、開業時のAIIBの評価損を避けるために、無理な相場維持をしたことで、中国政府の一人負けの様相であった。この損失は、以前に経済破綻した韓国を経済統合した際の損失を、大きく超えることは確かであった。

つまり中国がロシアとの間に、国際紛争を引き起こす半年ほど前に、すでに財政問題で手痛い一撃を食らっていたのである。

ある意味では、中国側がロシアに対して国境紛争を引き起こした背景には、経済問題で金融戦争を米国に仕掛けられたことにある。

この金融戦争で、一端、沈静化していた国内の金融バブル崩壊への不安が再燃したことが大きい。国内経済が悪化すれば、ＡＳＥＡＮ諸国との輸出競争に格差をつけられた国内産業の輸出不振もあって、共産党政権の足下は不安定になる。

政治経済の両面で、切羽詰まった状況に追い込まれた北京中央政府は、国内の不満を回避する唯一の方法として、隣国との紛争を選択したわけだ。

しかしＡＳＥＡＮ諸国は日米豪の環太平洋同盟が、後見人兼守護者として、いつでも支援できる態勢を取っており、インドもこの同盟に一枚嚙んでいる。

特に中国に取って致命的なのは、ＡＳＥＡＮ諸国やインドを敵に回せば、中東からの原油の海上輸送ルートを簡単に遮断されかねないことだ。

そこで習近平は、急遽、中軍委の招集を決めた。委員会招集の目的は、中東の産油地域に代わる新たな石油資源地域の獲得である。

5

話は再び、統一朝鮮軍部隊が占拠するナホトカの沖合に戻る。

この港湾都市ナホトカを占領した時点で、統一朝鮮軍は港口や沿岸付近に、上陸侵攻を阻止する意図から、多数の機雷や水中障害物を敷設したと推測されていた。

加えて占領時に、入港中だった船舶や漁船数隻を港口付近まで移動させ、そこで自沈させて、一種の水中障害物としている。こうして喫水の浅い上陸用舟艇や輸送艦の接近を、なんとか物理的に阻止する構えであった。

特に、港口から強引に侵入されて、強襲部隊や戦車を載せたエアクッション型揚陸艇ＬＣＡＣにでも上陸されたら、防衛計画そのものが破綻してしまう。

そこで港湾部を守備する統一朝鮮軍部隊は、港口を直接照準内に収められる兵器や火器類を総動員し、岸壁に配置して防御を固めていた。

この状況を多数の偵察用ドローンで、事前に撮影した映像を元にして、港内の火器や火砲の配置を３Ｄマッピングした映像が製作されていた。

これは上陸船団の旗艦で強襲揚陸艦ＬＨＡエセックスの作戦指揮室の立体スクリーンに転送されていた。

「水中の機雷除去は、海上国防軍の掃海隊群の手でおこなわれるが、港湾口の沈没船の除去はどうするかね」

上陸作戦を統括する海兵隊遠征軍司令官の問いに、掃海隊指揮官が冷静な口調で答えた。

「こちらは駆逐艦やLCS（沿岸戦闘艦）搭載の有線誘導のUUV（無人潜航艇）を複数投入する予定です。

基本は船底の竜骨付近や艦橋構造部の基部に水中爆薬を仕掛け、一気に船体そのものを爆砕します。基本は水面下の障害物撤去と同じ要領です」

機雷とは違い、単に港口を塞ぐ障害物の除去なので、水面下の特定水深までの障害が、撤去できれば良しとするらしい。

通常のサルベージによる航路帯の沈没船除去方法とは違い、専用爆薬を使って水中爆破し、速攻で港口から邪魔物を撤去する、多少荒っぽい方法ではあった。

最初の動きは、艦載の偵察用ドローンやウラジオストック郊外の野戦飛行場を離陸した無人偵察機による敵情視察や観測からはじまった。

無知な統一朝鮮兵の多くは、この飛来するドローンや偵察機に向けて、対空火器や地上配備のSAMを発射して、撃墜を試みている。

こうした発砲行為は、せっかく施した対空擬装や野戦陣地構築の効果を無駄にして、自分たちの火器やＳＡＭの所在地を、敵にあえて暴露する愚行であった。

一機か二機のドローンを撃墜し、無人偵察機に損傷を与えても、多国籍軍は高高度から有人偵察機や衛星軌道上の光学監視衛星を介して、詳細な情報を獲得している。

この低空を飛翔するドローンや無人偵察機は敵陣の対空火器を釣る囮にすぎなかった。

このようにして、すでに詳細な敵の防衛布陣が判明し、擬装を施した対空火器やＳＡＭのすべてが、ほかの誘導、捜索用電子機材とともに、その配置が特定されていた。

加えて夜間偵察に使用されるステルス無人偵察機に装備されている熱源探知により、各兵員が潜む塹壕や掩体豪、改造された家屋流用の陣地も特定されている。

日中と違い気温が低下する夜間は、いくら灯火管制を実施しても、兵員各自が固有熱源となるので、擬装下での配置や布陣、あるいは就寝場所を特定するのは、きわめて簡単だ。

こうした夜間無人偵察機は、一定高度でエンジンを停止し、海上から陸地に向かって吹き寄せる気流を巧みに利用して、滑空状態で内陸部に接近し、都市部上空の無音偵察を実施する。

さらに何度か都市上空で気流を利用して、上昇と下降の旋回飛行を繰り返したのち、帰路は海に向かって戻る気流に乗る。

その後、無人機は敵に気づかれることなく、安全空域までの距離を滑空してから、内蔵エンジンを再起動して飛翔し、沖合の母艦に着艦収容される。

このステルス無人機の赤外線熱源情報を元に、守備隊の人員配置が割り出され、艦砲射撃と対地攻撃の目標の割り振りが策定された。

実際、物資や装備の揚陸場所としての機能を考慮すれば、ナホトカ港への攻撃は必要最小限度に止め、港湾としての機能を極力喪失しない形が望ましい。

強襲作戦を成功させ、敵軍を無力化させ、しかも自軍も最小限度の損害で、この港湾都市を奪回するのだ。

そこで艦砲射撃と対地攻撃は、ピンポイント限定で、周辺に被害を及ぼさないように注意が払われた。

したがって精密誘導兵器や、炸薬量が少なく貫通力は高くとも、爆発時の破壊力が限定された徹甲榴弾を優先的に使用するように指示が与えられた。

重点目標の砲撃は、命中誤差のきわめて少ない新開発の電磁加速砲（レール・ガン）方式の艦砲のみに限定されている。

このときに、艦砲射撃を担当したのは、主砲二門を新開発の一五五ミリ・レール・ガンに換装した直後の［ズムウォルト］級ミサイル駆逐艦ＤＤＧ１０００で、三隻が初めて実戦投入された。

これは、砲弾発射時に装薬を一切使わず、すべて電磁力場を利用したローレンツ力《りょく》

（電磁誘導）で加速して、一瞬のうちに音速で飛ばす。

その基本原理は通常の火薬式火砲とはまったく違う。

つまり装薬爆発時に付きものの反動や、砲身の振動による誤差修正を一切考慮することなく、ほぼ瞬時で最大初速に加速した砲弾を最大有効射程で目標に叩き込むことができる。砲声や砲煙もなく、ただ加速音と大気を切り裂く飛翔音のみを伴って音速で飛来する砲弾が、目標に着弾して炸裂する。

これは古臭い戦争映画とか、古典的な上陸演習で見慣れた盛大な艦砲射撃とは一味違った、最先端技術のピンポイントのように正確無比な砲撃である。

砲弾の雨で、統一朝鮮軍の構築した防衛陣や布陣を一気に吹き飛ばすような意図はない。

事前の偵察で、敵の陣地や施設だと具体的に判明したものを、一つ一つ、ただ事務的に、それこそ機械のように処理していく。

正確な計算の元に、放物線の軌道を描いてレール・ガンから射出された砲弾は、一定高度になると弾頭部のセンサーが起動する。そして設定された座標区画《グリッド》内に、事前入力された標的の地形と類似したものがないか、捜索する。

該当する目標があれば、着弾コースを固定するが、該当目標がなければ、あらかじめ指示された第二、第三の目標をグリッド内で捜索し、それを確認したら、その方向に針路を修正する。

当然、こうした捜索と選択、針路修正は、ほとんどコンマ数秒でおこなわれ、地上からは、それこそ百発百中で、外れ弾や無駄弾がないように見える。

じつは今回の艦砲射撃では、日米共同開発のカッパーヘッド方式の最新型スマート砲弾が、演習以外で初めて投入された。

つまり、無闇に砲弾を撃ち込んで周囲一帯を廃墟にするよりも、敵兵が潜む陣地や擬装砲座などの脅威度の高い目標だけを、スマート砲弾により処理するのだ。

それは港湾地域に、既存の施設を利用して巧妙に陣地を築いた統一朝鮮軍守備隊にとっては、まったく予想外の攻撃であった。

当初の計画では、港湾施設や岸壁の倉庫群の中に紛れるようにして、砲座やミサイル発射台やロケット弾発射機を設置し、上陸を試みる敵軍が守備隊の火力配置や布陣を充分に把握できないうちに戦闘の主導権を握り、上陸部隊に大損害を与えることが目標であった。

そして上陸した敵を、そのまま港湾部から内陸部の戦闘に引き込み、市街地に主戦場を移し、上陸した多国籍軍部隊に相当な出血を強いる。

郊外には、戦闘を避けて都市中心部から避難している、非戦闘員の市民が多数いた。

この段階での統一朝鮮軍の狙いは、明確だ。つまり非戦闘員の市民を、文字どおり

〝人間の盾〟として使って、そのまま混戦に巻き込み、市民に多くの犠牲者を出させて、多国籍軍部隊に〝虐殺者〟の汚名を着せることにあった。

もちろん侵攻した本隊が、朝ロ国境付近まで追い返されている状態では、ナホトカを占領し続ける意味はない。実際、本体から切り離され孤立した段階で、サッサと降伏する方が、双方ともに損害が少なくてすむ。

しかしこのときの習近平ら中軍委の企みは、一層陰険だった。

あえてナホトカに師団規模の残留部隊を配置し、多国籍軍部隊を内陸の市街地に誘い込んで、避難している多数の市民を戦火に巻き込むのが真の狙いだった。

非戦闘員のロシア市民に多くの犠牲者が出れば、世論は、この強襲策を採用したロシア政府だけでなく、多国籍軍へも非難の矛先《ほこさき》を向けるであろう。

しかも戦闘員の大半を占めるのは、普段の訓練から覚醒剤を常用する統一朝鮮軍将兵である。戦闘時の興奮状態が継続し、簡単に降伏するとは思えない連中だ。

中軍委での会議の席上、習近平は、冷静な口調で今回の作戦の狙いを説明した。

「この地に残留させた統一朝鮮軍部隊の将兵は、主に朝鮮人民軍偵察局管轄の偵察兵や、軽歩兵旅団に所属した連中を選抜してある」

つまり金一族のためには、生還を考えない攻撃をおこなうように教育訓練され、薬物投与で洗脳された全滅覚悟の〝死兵〟だ。この作戦の秘匿名は［南京］であった。

かつて戦局的に不利だった国民党政権の指導者・蔣介石は、国民党軍と戦闘中の日本軍部隊を南京に誘い込み、意図的に犠牲の多い市街戦をおこなうことにした。

当時の中華民国の首都南京は、戦場と化した周辺の村落から、戦火を避けて多数の人々が流れ込み、当時の推定人口二〇万の数倍ほどに膨れ上がっていた。

このとき一部の国民党軍指揮官は、市民の安全を優先するために、南京を放棄して、［無防備都市宣言］を出したのち、撤退することを蔣介石に進言した。

だが蔣介石は、この意見具申を即座に却下して、逆に南京市死守を命じた。蔣介石の意図は、首都南京を、あくまでも〝戦場〟にすることであった。

さらに蔣介石は配下の特務工作機関〝藍衣社《らんいしゃ》〟に指示して、便衣《べんい》隊員（私服）を市中に潜ませ、市内に進駐してくる日本軍将兵を銃撃するように命じた。

市内で銃撃を受けた日本軍将兵は、訓練を受けた軍隊特有の条件反射で、即座に反撃するが、私服姿の便衣隊員が群衆に紛れ込めば、一般市民との区別はつかない。

発見された便衣隊との間で銃撃戦が起きるが、当然のように、一般市民が巻き込まれる。

市内の各所で戦闘が継続され、これを掃討する日本軍との間でさらに戦闘になり、そこでも多くの市民が巻き込まれて、死傷者が続出した。

もちろん守備側の国民党軍将兵も住民を戦闘に巻き込んだが、この戦闘での全責任は、侵攻した側の日本軍に被せることができる。

これが蔣介石の冷酷な計算であった。

「このときに、戦場となった南京市内では、両軍の戦闘で非戦闘員の市民に多数の犠牲者が出た。蔣介石は、それを逆に欧米のメディアを使って、［日本軍の虐殺］と世界各国で喧伝《けんでん》した」

習近平は、当時の関係者の証言記録を委員会の出席者全員に読ませていた。

実際に蔣介石は、その目的のためだけに、英米の元新聞記者や広告代理店の重役を、高額の報酬で雇い入れていた。

そして彼らは、あたかも日本軍の仕業に見せかけた偽造写真《フォト・モンタージュ》や記事を作成しては、世界中の通信社に送りつけた。

じつは欧米諸国では蔣介石の人気は、偉大なる革命家〝孫文《そんぶん》〟と比較して、いま一つ振るわなかった。

そこで蔣介石の妻・宋美齢《そうびれい》が雇い入れた英米のメディア関係者たちは、日本軍を〝無慈悲な虐殺者〟に仕立て上げることを考え出した。

さんざん知恵を絞った末、蔣介石を〝抗日戦争の英雄〟として祭り上げる宣伝戦略を宋美齢に提案した。

だから蔣介石は、宋美齢の顧問らの書いた台本どおりに、南京で市街戦を引き起こして、そこで大勢の住民と避難民（非戦闘員）が、犠牲となるように仕組んだのだ。

習近平の狙いは、この占領下のナホトカで発生した戦闘で、大勢の市民が戦闘の犠牲になることであった。

「こうした一連の情報操作で、蔣介石と国民党は、日本帝國を残虐な侵略者と印象づけ、中華民国を被害者に仕立て上げることに成功する。

同時に日本帝國を外交的に孤立させることにも成功し、日英同盟は延長されなかった。それと同時に、中華民国への軍事援助を躊躇する連合国側に、支援を正当化させる口実を与えた」

席上で習近平は、このように結論づけた。

「大雑把なロシア人は、もともと人権を配慮する感覚がきわめて薄い民族だ。ここで統一朝鮮軍兵士とともに、大勢の市民が殺されれば、国際世論を配慮した多国籍軍が、ロシア軍への支援をおこないにくくなるのは確実だ」

そして習近平は、自分の狙いが、委員会の出席者全員へ伝わるように間を置いた。

そのとき、海軍の羅《ら》参謀次長が隣の秦《しん》政治委員の耳元で囁いた。

「軍事主席の遣《や》り口は、想像以上に狡猾《こうかつ》ですね。

シャブ中の人間凶器のような連中をナホトカに送り込んで、あえて孤立させる。

いくら絶望的な戦況でも、奴らが武器を捨てて投降するはずはありません。

このまま軍隊に置いておけば、平気で味方殺しもやりかねない連中を始末するのに、あえて敵軍を使うとは妙案ですな。

しかも敵国市民と一緒に始末させて、その責めの一切を、奪回作戦を仕掛けるロシア赤軍と多国籍軍に押しつけるとは、主席も相当に悪知恵が働く」

秦上将は、このお喋りな羅少将には、あまり好感を抱いていない。

しかし南海、東海艦隊と立て続けに敗北した結果、立場上中軍委は、海軍の首脳人事に大鉈《おおなた》を振るうしかなかった。

その結果として、多くの経験豊富な古参提督が更迭や引退を余儀なくされ、また一部の将官や高級参謀らも、乗艦が撃沈された際に運命を共にしている。

こうして海軍首脳部は大幅に人事が刷新され、羅少将のような太子党出身の若手将官が一気に登用されることになった。

もちろん秦は用心して、安易に羅の意見に相槌は打たない。

この羅が習近平の手先でないとの確証は、得られていないからだ。

中国共産党内部で一大勢力を誇った、江沢民一派に代表される上海閥が、前主席の胡《こ》錦濤《きんとう》が率いる北京閥と手を組んだ習近平によって潰される前まで、地上軍は徹底して冷遇されていた。

特に装備の近代化政策は、軍閥化する各軍区の地上軍を牽制する意図から、江沢民、胡錦濤政権により、意図的に海空軍へ国防予算が重点配分され、地上軍は削減された。

また公安畑出身の胡錦濤時代には、少数民族対策もあって、主に地上軍から武装警察に多くの人材を引き抜き、公安部門の増強に重点が置かれた。

しかし習近平の時代になると、その反動が現れ、親の代では処遇が冷遇されていた地上軍系の太子党が、逆に習近平の支持母体として、急速に力を持ちはじめた。

加えて、この地上軍を押さえて台頭してきた勢力（海空軍）が、先の海戦で連戦連敗したことが影響して、その力と政治的影響力を大きく削がれた。

そして習近平に対して、今までの支持の見返りとして、対ロ拡張政策への協力を要求したのが地上軍関係者だった。むろん〝損失領土の奪回〟という大義名分はあったが、想像以上に習近平は慎重であった。

まずは統一朝鮮を先兵に使い、ロ朝間に小規模な国境紛争を演出し、好機とみれば、これに中国が介入して戦域を拡大し、過去のネルチンスク条約でロシア帝国に譲渡した沿海州及びシベリアを奪回する方針だ。

しかし状況が悪ければ、短期間で紛争を終結させて、全責任を統一朝鮮政府に被せた上で、公式に全責任を問う形で統一朝鮮政府を解体し、自治政府に格下げ処分にする。

一切の証拠を揉み消し、北京中央政府には責任追及が及ばないように、知らぬ存ぜぬを決め込む腹だった。

第八章　ナホトカ上陸作戦

1

事前の空爆や巡航ミサイルの攻撃により、港湾部から沿岸部一帯に配備されていた統一朝鮮軍の重火器やミサイル兵器の発射台《ランチャー》は、あらかた潰されていた。

このときに攻撃を免れて残ったのは、主に歩兵部隊に配備されている軽便な支援火器類だけだ。

具体的にあげれば、砲口径一〇〇ミリ以下の迫撃砲や肩撃ち式の無反動砲、機関銃の類《たぐ》いだった。

特定の専用陣地を構築して三脚に据え、固定車輪付き台車で移動、配備するような火器は、その陣地の形状で識別できる特徴から、すべて支援火器と判定された。

これらの支援火器は、野戦火砲類やミサイル・ロケット兵器と同様に、脅威度が高い兵器と認定され、艦砲射撃による事前砲撃の優先目標とされた。

これらはカッパーヘッド砲弾や、巡航ミサイルに搭載しているキャニスター（散弾）が弾頭に仕込まれた個別誘導炸裂子弾の散布により、ほぼ直撃を受けて破壊されている。

キャニスターは旧式な先込め鋳造砲時代に、前進してくる歩兵の隊列や、突進する騎兵集団に向けて、野戦砲兵が自衛用に、ブリキ缶に少量の火薬と大量の散弾や折れ釘などを詰め、至近距離から発砲したのが最初だと言われている。

これは砲弾の構造上、長距離は飛ばないし、貫通力も高くはない。だが近距離で炸裂した砲弾は、文字どおり周囲に破片を撒き散らして、すべてを一掃するほどの破壊的な効果を発揮する。

その原理は、技術の進歩とともに榴散弾、対空散弾（三式弾）と発展、現代では最新技術を導入して、子爆弾自体も個々がＧＰＳ誘導の滑空能力を持ち、個別誘導が可能な対地攻撃用の母子爆弾へと進化した。

つまり一発の巡航ミサイルの弾頭から、一度に一三発から二〇発までの子弾が放出され、着弾点周囲一帯の目標に散布されるわけだ。

特に中隊司令部ないしは、大隊司令部の置かれた掩体壕に照準を定めれば、その指揮下にある支援火器や、師団や連隊直轄部隊から分配された野砲や迫撃砲、ロケット砲、対空機関砲、無反動砲陣地なども、一挙に葬ることが可能だ。

そして統一朝鮮軍が、旧ソ連赤軍時代の陣地戦教本どおりに、大隊や中隊単位で、細かく防御区画を割り振っていれば、当然このような布陣をする。

そこで戦術思想の硬直化した共産軍独特の教条主義的な発想を逆手に取り、米軍はその教本の配置から、衛星写真や熱源データを元にして、周辺に多数の擬装した陣地を割り出している。

擬装の特徴や地形の類似点さえ判別できれば、各子弾の誘導装置に、個別の攻撃目標を設定するのは、きわめて容易な作業であった。

さらにパターン解析ができれば、あとは戦術プログラムが該当箇所を次々に選定するから、攻撃担当将校は、ほかのデータとつき合わせて、攻撃優先順位を割り振るだけでよかった。

このようにして、統一朝鮮軍部隊が占領後、数週間をかけて構築した港湾部や沿岸部の防御陣地網が、ほんの一瞬で無力化されている。

その後に残るのは、せいぜいが突撃銃や機関銃、携行擲弾筒を手にする各歩兵小隊や、分隊が潜む塹壕や掩体壕だけになっていた。

当然のことだが、海兵隊や軽歩兵部隊の上陸強襲を迎撃する部隊支援の火砲やミサイル兵器は、すべて沈黙している。

しかも命令を出すべき最前線の中隊や大隊本部、さらには後方に位置する連隊本部も、すでに巡航ミサイルとカッパーヘッド砲弾の一撃で、完全に沈黙していた。

また携行無線で連絡を後方と取ろうにも、電子戦ECM特有のジャミングで、無線封鎖されている。水際の防御部隊と都市部の師団司令部とは、完全に連絡を遮断されていた。

しかし都市部の師団司令部から見れば、水際の防衛線が敵の艦砲射撃や空爆で叩き潰されるのは、最初から計算のうちであった。

敵の上陸作戦がはじまれば、敵の火力支援は港湾部や沿岸地域に集中するはずで、その間を利用して師団司令部は、師団直轄部隊を都市中心部から離れた市街地に構築した予備陣地へ、迅速に移転させる。

そして港湾部を確保し、沿岸部を制圧した多国籍軍が都市部への攻撃を開始する前に、師団司令部と通信大隊は、そこで戦闘指揮を継続する。

統一朝鮮軍部隊の司令官と紅軍からの派遣参謀の推測では、その市街地にはロシア系住民の多くが都市部より戦火を避けて、比較的安全なこの区域へと避難しており、多国籍軍は住民の安全を配慮して、砲爆撃を意識的に避けると見ていた。

ここに避難している住民を盾にして、攻め寄せるロシア赤軍や多国籍軍部隊を相手に、文字どおり多大な犠牲を強いてから、殲滅させる計画であった。

この作戦意図は、すでに入手した紅軍司令部の機密文書データを解析した結果、多国籍軍側も全貌を把握ずみであった。

そこで日本国防軍機械化偵察連隊の伊藤大佐らの提案を基にした浸透作戦計画を、すでに開始していた。

今回の作戦に投入されたのは、日米の特殊作戦群に加えて、例の機械化歩兵部隊だった。統一朝鮮軍が敷設した地雷原は、前夜のうちに、専用の地雷除去ロボットを使い、対人地雷を含む指向性地雷（クレイモア型）の大部分は、固定信管や専用ケーブルの大部分を無力化していた。

有線誘導四足歩行型小型ロボットＵＥＲ５は、腹部に地雷処理専用器材を収容して、速やかに地雷原に侵入すると無力化作業を開始した。

まずは頭部に装備した各種センサーで、土中に浅く埋められた対人地雷を探知すると、腹部の発射ノズルで液状の硬化剤を噴射する。

このノズルから噴出される硬化剤は強力で、少量の噴霧でも、わずか数秒で土中の水分と結合して、地雷周辺の地面をものの見事にカチカチに硬化させてしまう。

そうなると周囲の土と信管が固着して、人間が足で踏んだ程度では信管は一切作動しないし、仮に荷物を満載した軍用トラックが通過しても爆発しない。

次に処理するのは、後方からの手動操作で起爆させる指向性地雷だ。

この手の指向性地雷は、大きく分けてプラスチック爆薬散弾を内包したもの（対人用）と対装甲成形炸薬付き鍛造弾を装着した特殊弾頭付き（対戦車用）の二種類が存在する。

これに対しては地雷本体と後方とを繋ぐ電纜《ケーブル・コード》そのものを切るか、それを倒して、仮に作動しても無害な方に向けておく。また念のために、これも硬化剤の散布をおこなう。

この動きを夜間、遠方から見ると、森などでよく見かけるイタチやテン、アナグマなどの小動物が、餌を探しているようだ。

また片足を上げて、腹部から噴霧する姿は、野生動物が木立の根元や地面に小便をして、自分の臭いを残す縄張り行為《マーキング》と誤解する。

ＵＥＲ５の開発に際しては、野生動物行動学の専門家の意見を参考にしている。野外で使用するときに野生動物と誤認させるためだ。

実際、敵の歩哨の多くは、このＵＥＲ５の行動を〝イタチが地雷原に出没した〟と報告していた。

こうして統一朝鮮軍が敷設した地雷原には、わずか数日で、何本もの突入路が啓開された。

だが市街地を囲む三重に設置された地雷原の、一番内側部分の啓開作業だけは、敵に察知されないため、上陸作戦開始当日まで手はつけずにいた。

2

統一朝鮮軍の市街地の防御陣に関しては、師団直轄部隊の支援火器や対空兵器の大半を、作戦正面と覚しき港湾部や都市部の防御に振り向けた結果、相当手薄になっている。

自動車化狙撃兵連隊以外に残された火力支援部隊は、一握りの対戦車自走砲を保有する自動車化独立対戦車駆逐大隊と、二個中隊規模の対空牽引式（一四・五ミリ×四連装）重機関砲中隊に限られている。

これ以外の火力装備といえば、歩兵小隊や分隊配備レベルの標準装備の汎用機関銃や無反動砲や迫撃砲、携行式対戦車擲弾筒（ＲＰＧ７）の類いに限定される。

このような軽装備の歩兵部隊しか市街地に配置していないのは、現時点で内陸部に姿を現している敵軍は日本国防軍所属の偵察部隊にすぎないとの判断が、統一朝鮮軍司令部にあったためだ。

日本軍機甲師団を含む多国籍軍の主力は、朝ロ国境方面に撤退した紅軍主力を追撃して、いまや国境方面に殺到中との読みがあった。

おそらく近日中には、中ロの政府間で休戦協定の提案があるという噂が流れていたから、ナホトカの守備隊は、この数日間、敵の包囲下で孤軍奮闘を続ければ、戦闘は終結を迎えるとの希望的観測が一部にはあった。

むろん自分たちが、休戦交渉を巡る駆け引きのカードの一枚にすぎないことに、まったく気づいていない。

それはそれで、自分たちの終焉《しゅうえん》を知らないことは幸いなのかもしれない。

彼らの存在は、大国同士の駆け引きの際に、卓上に破棄される捨て札なのだ。

巨体を誇る強襲揚陸艦の艦尾の扉が海面上に降ろされると、轟音を響かせて、通称ＬＣＡＣと呼ばれるエアクッション艇が、次々と後方へと滑り出た。

こうした海面浮揚《エア・クッション》式高速揚陸艇を、多国籍海軍の強襲揚陸艦やドック型揚陸艦は、船体内部に、通常は二隻から三隻ほど搭載している。

このＬＣＡＣは、ほかの汎用揚陸艦艇ＬＣＵと比較して、搭載可能重量は最大六〇トン前後と少ない。だが、ほかの舟艇が一〇ノット前後の低速で航行する海上を、最高速度四〇ノットの高速で移動し、揚陸艇が苦手とする浅瀬、あるいは多少の段差のある海岸でも、容易に揚陸できるのが強みだ。

ＬＣＡＣが搭載しているのは、上陸部隊の先陣を切る海兵隊戦車大隊のＭ１Ａ３中戦車とストライカー装輪装甲車ＭＩＣＶである。

これらのＬＣＡＣを含む揚陸艇は、基本的に充分な自衛火器や装甲を備えていない。だから水際に達するまでの間は、沖合の艦艇や上空の航空機から、火力支援や制圧爆撃が繰り返される。

統一朝鮮軍守備隊の生き残りの兵が、激しい砲爆撃が途切れた合間に塹壕の縁から前方の浜辺に目を向けた瞬間、すでに上陸部隊の第一波が、波打ち際に現れているのを目撃した。

そのときに波打ち際に現れたのは、無防備な歩兵の群れとは違い、重装甲の戦車や装甲兵車であった。

戦車の主たる任務は、海岸部分に築かれた掩体壕や陣地の破壊と障害物の除去であった。

同行する装輪装甲車ストライカーには、上陸誘導班が同乗しており、無線通信やシグナルライトで、水際を目指して進む海上の水陸両用装甲車（ＡＡＶ）を適切に誘導するのが主な役目だ。

つまりこのストライカー装甲車は、直接海岸堡《ビーチ・ヘッド》の確保には、ほとんど協力しない。攻撃を受ければ自衛の意味で反撃はするが、基本的には受け身の自衛に終始している。基本はあくまでも、後続する水陸両用部隊本隊の誘導任務に限定されている。

戦車とともに上陸第一波で闘うのは、ＬＣＡＣから水際に降り立った連中だ。だが戦車や装輪装甲車に続いて浜辺に現れた姿の方が、より強烈な印象だった。

続いて現れたのは、工兵ロボットを伴う対爆防護用の強化服を着用した戦闘工兵中隊と強化装甲服《パワードスーツ》着用の装甲歩兵中隊だった。

波打ち際で機関銃の掃射を浴びて、歩兵が砂浜を鮮血で染める光景は、もはや過去の戦争映画でしか観られない。

米海兵隊が採用した通称アイアンマンの強化外骨格は、当初は汎用のデータ通信機能を内蔵したヘルメットに、全身を覆う耐弾アーマーを装着し重装備をしても、迅速に行動できることを前提に研究開発が進められたものである。当初の試作品では、兵士の四肢に装着するパワー・アシスト機能付きの外骨格であった。

　だがその後、防弾・耐衝撃・耐熱・防刃機能を持つ耐弾ベストに発展したことで、重量が大幅に増加した耐弾アーマー・スーツと組み合わせることが、技術会議の席上で提案された。そのことによって最終的には、補助動力付きの強化装甲服《パワード・バトル・スーツ》へと、機能的には大きく進化している。

　日本国防軍が兵員の損傷を嫌い、ロボット兵器の実戦導入を重視したのに比べて、米軍が、生身の兵隊が装着する強化装甲服の開発に固執したのは、大きな理由があった。陸上戦闘を主とする海兵隊と陸軍が、最終的には白兵戦闘での効果を、国家戦略上で特に重視した点があげられる。

　ただし強化装甲服を実用化する上で、その基礎となった補助動力付き強化外骨格を一足早く実用化したのは、米国の軍事産業界ではなかった。

　それは皮肉にも、高齢者介護や土木作業の現場で、労働人口の高齢化に悩む日本社会の要求に対応した、日本の企業や研究機関であった。

　国防総省の先端兵器研究開発部門と米国軍事企業は、こうした民間仕様の強化外骨格を実用化した日本企業から、データや技術提供を受けた。

その上で、ようやく課題だった強化装甲服の実用型が完成し、今回その実用量産型が、強襲作戦に参加する海兵隊遠征旅団に配備された。

実際にＬＣＡＣから波打ち際に降り立った強化戦闘服の一群は、外見上は中世の騎士か、時代遅れの甲冑《かっちゅう》を身につけたマッチョなゴリラを連想させた。

波打ち際の第一歩こそ、覚束《おぼつか》ない足取りだったが、それから先の動きはじつに早かった。浜辺近くの塹壕から機関銃で狙われていることに気づくと、散開して、手近の窪みに伏せ、即座に片手に持った機関銃で応射した。

この強化外骨格で強化された片腕は、両手で支えることなく、分隊支援火器五・五六ミリＭ２４０や汎用機関銃七・六二ミリＦＮＭＡＧを片手で軽々と持ち、連射する際に生じる激しい反動を、巧みに片腕の機能だけで軽減し、制御している。

しかもこのときの照準と射撃は、通常の弾幕射撃とは違い、想像以上に正確で、突撃銃並みの高い命中率をあげている。

それは機関銃の上部レシーバー部分に装着した照準装置と、ヘルメット内のバイザーに投射される照準用ターゲットが、常に同調しており、銃口を目標に向けるだけで、自動的に自動調整されて、誤差が修正される仕組みだった。

さらに脅威度の高い新たな目標が現れた場合には、ヘルメットに内蔵された監視システムがそれを警告する。

次にバイザー上に別の標的シグナルが標示され、それと同時に機関銃の照準装置がレーザー・ポインターでその目標を捕捉して、追加の諸元データをバイザーに表示する仕組みで、熟練した射手は、それを見て照準を修正する。

射手は射撃を続けながらも、こうして次々と現れるデータを素早く読み取り、反射的に次の目標に照準を合わせて、射撃を再開する。

この自動追尾変更システムを採用したお陰で、一体の強化装甲服が、歩兵の一個小銃分隊並みとなり、複数の目標と同時交戦が可能になった。

通常の分隊や小隊単位の銃撃戦では、戦闘の主役はライフルマンと呼ぶ小銃手で、これをガナー機関銃手やグレネーダー擲弾筒手が、リーダー指揮官（軍曹か伍長）の指示にしたがい、随時、火力支援をおこない敵を圧倒する。

しかし普通の一個小銃分隊がおこなう火力支援を、この強化装甲服を着たアイアンマンは、たった一人でほぼ同時にできるのだ。つまり右腕に装備した機関銃一挺が、歩兵一個分隊に匹敵する火力を発揮する。

その分、機関銃に最新鋭の射撃統制照準装置を装備して、突撃銃並みの高い命中精度を持たせている。

また機関銃の場合は、通常の突撃銃と違って、三〇発入りの箱型弾倉ではなく、外付けのベルト給弾装置付きの五〇発入り箱型弾倉を装着し、これを定期的に交換する方式を採用している。

しかも予備の箱型弾倉は強化服の右側面の胴体に沿って固定されており、装着した弾倉の銃弾を使い果たすと、即座に予備弾倉と交換する。射手は、これを条件反射のようにおこなえるよう、徹底的に訓練される。

さらに機関銃を持つ片方の手の反対側には、単射式四〇ミリ擲弾筒を装着しており、敵兵の潜む塹壕の制圧や、歩兵集団と対峙した際には、機関銃よりも制圧効果が高い擲弾を使用する。

なお擲弾の弾種は用途により、炸裂榴弾、焼夷榴弾、発煙弾、催涙弾、粘着榴弾、照明弾の六種類の中から、任意に選択して装塡し使用できる。

交換用予備弾は、腰の左側に装着したパックケースに収納されている。

これを攻撃目標や用途に応じて、擲弾筒の尾部をケースの挿入穴に押し込み、給弾と装塡、その後に発射、そしてまた装塡を繰り返す。擲弾の薬莢は、排莢の手間を省略するために、燃焼式が採用されている。

こうして海岸部や水際付近で、抵抗する敵兵を一掃すると、それまでは水際で待機していた戦闘工兵たちが動きだす。

戦闘工兵の仕事は、水際から砂浜、いわゆる海岸一帯に設置された障害物や危険物、敷設された地雷を撤去して、上陸部隊の安全な上陸路と、内陸に向けての進撃路を確保することだ。

まずは砂の中に紛れた地雷を探し出して、爆破し無力化する作業だが、これは主に履帯を装備した工兵ロボットが自動プログラムをもとに実施する。

ロボットのセンサーが地雷を探知すると、手榴弾サイズの工兵爆薬を投擲し、対人地雷や対戦車地雷、対舟艇用水際地雷兼機雷も、すべてこれで処理する。

処理をしたあとは、ロボットが現場にいき、探針センサーを土中に突き刺し、安全度を確認する。これは地雷が二重設置されている場合を想定してのことだ。

通常、地雷の爆発は上方へ向かうように設計されており、巧妙な工兵ならば、地雷の下にもう一個、別に地雷を仕掛けておく。

これは地雷が炸裂したあとだから、と安心してその跡を選んで飛び込むと、二個目の地雷を踏んで御陀仏ということになる。

だから念のために、もう一度探針調査をおこない、安全を確認する。

このほかにも、進撃路上に立ち塞がる障害物に工兵用爆薬を仕掛けて破壊したり、爆薬が仕掛けられている建造物から爆薬を撤去したりと、対爆防護服を兼ねた強化装甲服を着用した戦闘工兵は、沈着冷静に作業を続けている。

基本的にこの強化装甲服は、対爆防護仕様であると同時に、耐ＮＢＣ（核生物化学兵器）機能も備えている。

服の内部は高めに気圧が保たれ、気温、湿度ともに快適な状態に設定されているが、誰もが作業中は無言で、その額には脂汗を浮かべている。

塹壕に潜む敵兵と交戦中の強化装甲服の海兵隊小銃中隊と比較しても、戦闘工兵の表情には、あきらかに余裕がないのが判る。

とにかく戦闘工兵たちは、分刻みで設定された上陸作戦の予定表に合わせて、海岸一帯の障害物や危険物を除去しなければならないのだ。

そのために、誰もが強度の緊張とストレスに晒されているのは、その顔を一目見れば、判る。

こうして進撃予定路上の障害物や建造物は、次々に爆破され、浜辺一帯に敷設されていた多数の対人、対戦車地雷も、工兵ロボットの手で、ほぼ処理される。

そうなると戦闘工兵の任務は、ほとんど終了したも同じである。

これから先は、装甲歩兵中隊に協力して、激しく抵抗する防御の堅い塹壕やトーチカを一個ずつ処理する仕事が残っているだけだ。

戦闘工兵の強化装甲服には、歩兵の強化装甲服の左右の腕に装着されている機関銃や擲弾筒の代わりに、追加装備《アタッチメント》として火炎放射器などが装備できるように改良が施されている。

そして障害物や建築構造物の処理が終わった戦闘工兵の多くは、随伴の装輪装甲車ストライカーの兵装ラックから、火炎放射器を取りだすと次々に装着して、敵歩兵の塹壕やトーチカを掃討する装甲歩兵中隊に合流して、残敵掃討に加わる。

海岸付近の塹壕やトーチカに潜む敵兵には、比較的低い場所なら、車体前部に排土板《ドーザーブレード》を装着したM1A3中戦車が、その場にある砂で埋めてしまう方法を取る。

やや小高い場所や、崖の中腹あたりの斜面に構築された陣地に潜む敵兵には、直撃弾を見舞うか、工兵が爆薬を仕掛けるなどしない限りは、簡単に沈黙させるのは難しかった。

結局最後には、戦闘工兵が肉薄して、開口部から火炎放射器で焼き払い、その直後に工兵が爆薬を放り込んで壕内の残兵を吹き飛ばす。

こうして海岸線一帯の敵陣地が、ほぼ沈黙したころ、沖合に戻っていたLCACが第二陣の部隊を乗せて、海岸線に引き返してくる。

これに続くのは、船尾ドックから海上に放出されたAAV7水陸両用装甲兵車の大群だ。

こうした水陸両用装甲兵車は、海上を航行中のときこそ鈍足だが、水際から海岸に上陸すると、途端に動きが素早くなる。

上陸第一波に第二波が合流して、戦車大隊の主力が揃ったころ、AAV7改に乗車した海兵隊連隊主力が合流した。このAAV7改の車体後部には、強化装甲服でも腰掛けられるように、都合のいい出っ張りが設けられていた。

この出っ張り部分に強化装甲服で腰を下ろしているときに、必要な電量や濾過された空気がＡＡＶ７改の車内から自動供給され、同時にパワード・スーツに内蔵されたバッテリーにも充電される仕組みだ。

ＡＡＶ７改は、車体後部に強化装甲服を乗せることで、後方警戒の機銃兼擲弾筒装備の砲塔を備えているのと同じ効果が期待できた。

長距離移動が苦手な強化装甲服を、長距離移動させる研究の過程で、偶然、自宅で子供の玩具を見ていた技術者の思いついた発想が、この改造プランのもとになっている。

とにかくこの大げさな強化装甲服の登場は、上陸進行作戦の一番損害の多い、上陸第一波の戦闘形態を劇的に変化させたことは、間違いなかった。

統一朝鮮軍の当初の目算では、この海岸一帯の防衛線付近の戦闘で、多国籍軍の強襲上陸を、短くとも半日、可能ならば海岸付近で二、三日間は、遅延させる計画だった。

しかしいざ蓋を開けてみれば、内陸部の砲兵陣地やロケット砲陣地は、対空ＳＡＭ陣地群とともに、上陸作戦開始の数時間前におきた長距離艦砲射撃と巡航ミサイル攻撃で、すでに無力化されており、海岸線の防衛陣地自体も、上陸開始からの一時間で突破掃討されていた。

こうして強襲上陸がはじまると付近の海岸線一帯の統一朝鮮軍は一掃された。

続く港湾部は、海岸に上陸して回り込んだ本隊と、ＬＣＡＣと上陸用舟艇で直接港湾部へ乗り込んだ強襲部隊との連携作戦で、強化装甲服の一団が岸壁に駆け上がると、奪回されている。

都市部に師団司令部を置いていた統一朝鮮軍の師団長らは、海岸や港湾部との連絡が突然途絶え、無線もジャミングを受けて、一切が音信不通の中、唯一繋がっていた有線の野戦電話で、海岸線への上陸が開始されたことを知った。

またこの間、対空野戦監視哨からは「ＭＶ22オスプレイの編隊が複数、ナホトカ市内を迂回するようにして、郊外へ向かった」との報告を受けた。

実際に師団司令部としては、海岸線や港湾部に配置した本隊との連絡が途絶状態のため、師団司令部を含む直轄部隊を後方の市街地へ後退させるタイミングすら図れないありさまである。

そこで師団情報参謀は、郊外の状況を把握するために、斥候や偵察隊を通報のあった地域に派遣するのが、精一杯の対応だった。

このように多国籍軍の巧みな電子戦ＥＣＭの効果もあって、統一朝鮮軍の野戦通信体系は、肝心の通信器材が、ほぼ無力化されていた。

すでに、一部の地域で事前に敷かれた旧式な野戦有線電話か、市内通話回線を通じての報告しか、師団司令部には届いていなかった。

これに比べて、通信衛星ネットワークを中継したデータ交換ができる多国籍軍部隊の情報ネットとの差は、あまりにも開きがあった。

多国籍軍の偵察部隊や斥候は、常時上空を飛翔する無人の偵察機ドローンの助けを借りて、数ブロック先からも鳥瞰図《ちょうかんず》的に、敵兵の配置と動きを捕捉できる。

しかも将校や指揮官以外の多数の兵員も、こうした戦場情報を共有できる点が、軍事技術革命ＲＭＡの凄まじいところだ。

将校や指揮官が考慮判断して、いちいち上級司令部にお伺いを立ててから、指示を出さなくともいい。万事承知している古参下士官が、独自の判断で行動に移していた。

将校や指揮官は、優秀な部下の正当な行動を追認するだけでいいのだ。

多国籍軍では、このような情報ネットワークにＲＭＡの理論を導入したことで、無用な指揮系統の命令伝達に時間と手間を空費せずに、迅速に包囲作戦を進めていた。

統一朝鮮軍のナホトカ守備隊司令部は、この事実に気づくのがあまりにも遅過ぎて、対応策をとろうにも、手遅れであった。

3

市街地への攻撃は、密かに開始された。

旧ソ連時代から下水道が整備されており、冬場の凍結を避けるために、水道管や暖房用の温水管も、電話線や電気、ガス管を含めた共同溝を通して、郊外の市街地と都市部とが、ほぼ直結している。

これらをたどれば、郊外に設けられた市営の火力発電所兼温水供給施設、そして最後には天然ガス工場へとたどり着くことができる。

こうした基本的なインフラは、旧ソ連時代に民間貿易港ナホトカが整備されたころに、相次いで建設されたが、ソ連時代を通じて定期的に施設や設備が更新されている。

ただ市街地が、無秩序に広大したため、地元の役所の担当部署以外は、その総延長距離や範囲を把握していない。

そこに眼をつけたのは、地元の犯罪組織や親が育児放棄した浮浪児たちである。

彼らは、安易に外には出歩けない極寒の冬期や、民警の取り締まりが厳しい最中には、こうした足下に存在する地下通路を利用して、人知れず郊外の市街地と都市部の間を行き来していた。

港湾都市ナホトカを占領した統一朝鮮軍は、この都市の通りや道路のすべてを、監視下においた。しかし足下の地下通路に関しては、その存在にはまったく気づいておらず監視の対象外であった。

多国籍軍は統一朝鮮軍の注意を引くために、地上でロボット部隊に、地雷原を啓開させて突撃路を確保した。

そして最深部の地雷を、専用の工兵機材で爆砕すると、あえてそこを通って陽動攻撃を実施した。

攻撃の主力は、〝傀儡〟と呼ばれる戦闘用ロボットと、火力支援を兼ねる多脚歩行戦闘ロボット〝土蜘蛛〟で、これには機関銃と擲弾発射器が装備されている。

この〝傀儡〟ロボットは、突撃銃などの携行兵器で闘い、個別の戦闘プログラムに基づき、個々で戦闘をおこなう。

それに加えて、各分隊や小隊に割り当てられた分隊支援火器、汎用機関銃、擲弾筒を使いこなし、同時に携行式無反動砲《カール・グスタフ》や対戦車ロケット砲などを器用に操作している。

その動きは、富士教導団の歩兵科教導隊が、普段から演習や訓練の際に頻繁に繰り返している戦闘員各自の固有の動きを、モーションキャプチャーの技術でモニタリングしたものだ。さらに想定三次元空間上で、詳細にデータ分析されている。

それを〝傀儡〟の個体メモリー内に、パターン化して蓄積し、近接銃撃戦闘技術として再構築したものを、実戦の場で再現しているのだ。

つまり〝傀儡〟の各個体は、頭部の視覚センサーで、敵陣からの銃撃が激しいと判断すれば、即座に姿勢を低くし、匍匐《ほふく》前進モードに移行して進む。

時折停止しては頭を上げて、銃を構えて目標を探し、視覚センサー内に捕らえた目標に対しては、速やかに照準内に捕捉すると銃撃をおこなう。こうして敵陣内に到達すると、白兵戦モードとなり、手榴弾を投擲して、腰だめの射撃をする。

このようにして、激しい銃撃戦の中や地雷原を突破して、統一朝鮮軍の陣地内に突入した〝傀儡〟の数は、多くはなかったが、白兵戦に突入して初めて相手が人間ではないことを知った統一朝鮮軍兵士を驚愕させるには、充分であった。

実際に頭部や四肢に銃撃を食らった〝傀儡〟が、倒れた直後に起き上がり、落とした突撃銃を手に取るや、再び戦闘を継続する光景を何度も目撃したからである。

本来ならば、血を流して重傷のはずだが、被弾した肉体から漏れているのは、赤い血液ではなく、精密機械類に多くみられる黒い作動オイルと白い潤滑溶液である。

しかも、空中や地上で炸裂した擲弾の破片で切断された片腕や胴体に空いた穴からは、何かを被覆したコード状のものが垂れ下がっている。

この光景を見た統一朝鮮軍将兵の多くは、自分たちが直接闘う相手は、生身の人間ではなく、軍服を着た自動人形《ロボット》だということを知り、大きな衝撃を受けた。

いままで自分たちが薬の力を借りて、痛みや疲労どころか恐怖心すら克服した無敵の存在だと、信じてきたのだ。

それが目前で自分たちが闘う相手は、一切の感情を持たない機械だと判ると、その心理的打撃は半端ではなかった。

薬の力で無理矢理抑え込んできた感情が、一気に爆発する心理崩壊（ＰＴＳＤ）や精神錯乱を起こしたのか、戦闘を放棄して敵の目前に飛び出し、射殺される兵が続出した。〝傀儡〟兵らは、プログラムどおりに前進して、武器を捨てない敵兵は、その場で射殺する。

なお統一朝鮮軍の将兵は、ロボット兵と交戦していると思っていたようだが、実際は、少数の人間の下士官と古参兵が火力支援型多脚歩行兵器〝土蜘蛛〟の後部ポッドに乗り込んで、〝傀儡〟兵らの陣頭指揮を執っていたのだ。

これらの指揮は軍曹と伍長がおこない、各分隊には〝傀儡〟以外に五台の〝土蜘蛛〟が割り当てられている。

そこで分隊長の軍曹と副長格の伍長は、毎回ランダムに機体を乗り換えて、分隊の指揮を執っていた。

もっとも無人の三基は、有人の二基に比べて、戦闘の矢面に立ち火力支援を担当することが多く、そのぶん戦闘中に被弾損傷して擱座する確率が高い。

戦闘終了時には三基とも損傷してしまい回収されている。

だからランダムに搭乗する多脚歩行兵器を選んでいると、修理ずみの機体に当たることもある。

〝土蜘蛛〟は常に回収修理されているが、〝傀儡〟の場合は、戦闘中に損傷が激しく、事実上消耗品の一つとして扱われている。

特に被弾損傷する確率の高い、四肢、頭部、胴体は、回収後に修理するよりも、ユニット単位での部品交換が優先される。

そこでこれらのパーツは、回収後にユニットごとにコンテナに入れられて、憲兵立ち会いの下で、厳重密封して本国の製造元の企業に直送される。

製造元では、〝傀儡〟の損傷破損状況を綿密に分析した上で、これを詳細なデータ化することで、次期製品の研究開発の基礎資料にしているとも伝えられている。

戦闘後に優先的に回収されるのは、戦闘記録データを記録したメモリーチップ一個ということも、ままあることだ。

とにかく地上での戦闘では、日本企業が開発したロボット兵器が、囮としての役割と戦場でのデータ収集の任務を立派に果たしていた。

一方で地下の共同溝や下水道をたどって、郊外から都市部に侵入した日米の特殊部隊は、都市部からの退路を、完全に遮断することに成功していた。

まず米軍特殊部隊は、対テロ戦争やイラクなど国内治安戦争での経験を生かして、敵機動部隊や装甲車両が通過しそうな道路やルート上の数カ所に、巧妙に地雷を仕掛けた。

先頭の一団が地雷に引っ掛かった直後、遅延信管の安全装置が解除されたもう一方の地雷が〝活性化〟して、最後尾で後退する一両が地雷に引っかかる。これで車列の頭と尻尾が押さえられて、この通りに入った車列は、まったく身動きが取れなくなる。

車列で移動中の敵は、車両や装備を捨てて、徒歩での移動を余儀なくされる。これにより予定した部隊の撤退や移動は、大きく遅延する。

鉄筋コンクリート製のビルが立ち並ぶ都市の通りは、見通しの利かない上に狭く、迂回路がない山岳地域の山道と同じようなものだ。

こうした原理や特徴を理解して活用すれば、地雷と工兵用爆薬で罠《トラップ》を作るのはじつに容易だ。

米軍特殊部隊は、移動には一切普通の道路を使わない。隣接する建物に移動するのは、屋上へ飛び移るか、建物の窓から窓へと縄梯子を擲弾筒で撃ち込んで渡る。

渡り終えると、素早く縄梯子やロープ類を回収して、移動した痕跡を敵にたどられないように、常に用心をする。

また壁や地下室が接しているビルでは、成形爆薬を使って壁を貫通爆破させて、専用通路《マウス・ホール》を開けて、そこから出入りする。

こうして爆薬で開けた穴は、室内のロッカーや本棚で必ず遮蔽して、痕跡を擬装する。

最後の一人は、泥で汚れた足跡が、床や廊下に残らないように、その痕跡を消して回る。

「たいしたもんだ。プロの窃盗犯並みの手際の良さだ。これなら軍を退役しても、翌日からＣＩＡの特殊工作員として就職できる」

その鮮やかな手並みに感嘆した阿部曹長が呟くと、副隊長格の三島・ボブロフスキーJr曹長が付け加えた。

「あの技術と経験を買われて、除隊後にＦＢＩアカデミーの教官にスカウトされた奴もいる」

米陸軍特殊部隊は、その高い能力を買われて、さまざまな特殊任務で活躍している。その原点を遡《さかのぼ》れば、英国陸軍のＳＡＳや海兵隊ＳＢＳと同様、敵地の背後に潜入して偵察や捜索をおこなう潜入偵察の専門部隊として設立された。米軍では辺境警備を担当するテキサス州兵のレンジャーがそれである。

英国では欧州諸国の軍制をまねて、野外生活に慣れた山岳出身者や猟師経験者らで編成した軽歩兵部隊で英国陸軍の伝統あるライフル猟兵連隊《グリーン・ジャケッツ》が、これに相当する。

近世のナポレオン戦役の時代、歩兵は命中率の悪い先込め式で、銃身の短い燧発式《フリントロック・》滑腔銃《マスケット》を主要装備としていた。

こうしたマスケット（滑腔）銃で歩兵が闘うには、相互の間隔を狭めた横隊で行動するのが基本だ。

その場合、専任下士官（軍曹）の指揮と監視の下で、横隊の一斉射撃で弾幕を展開するのが一番効果的だと、歩兵操典ではそうされていた。

弾幕火力と銃剣突撃の二本立てで、集団行動を強いられるマスケット銃兵と比べると、同じ先込め式でも、銃身が長く新兵には扱いの難しいライフル（旋条）銃の優位はあきらかだった。

そこで有能な将軍は、個人の裁量で戦闘慣れした古参兵や猟師出身兵に、命中精度の高いこの旋条銃を支給し、斥候や狙撃手として、隊列から離れて自由に戦場を行動する許可を与えた。それが近世の〝猟兵〟の起源だと言われる。

確かに装填には手間取るが、命中精度の高いライフル（旋条）付きの銃を支給された猟兵は、有能な指揮官が使い方を心得ていれば、戦場では高い価値を持つ。

彼らは戦場で単独で自由に動き回り、馬上の敵指揮官や幕僚を狙う狙撃手《スナイパー》として活動し、指揮系統に混乱を引き起こした。

また密かに敵の行動を監視して、速やかに指揮官へ報告する偵察兵《スカウト》としても活躍した。

その後、歩兵の武器は、先込め式の燧発式滑腔銃から、元込め式の雷発式旋条銃《パーカッション・ライフル》へと発展する。

さらには連発式の槓杆式旋条銃《ボルト・アクション・ライフル》が一般化すると、猟兵が携行する小銃そのものの違いで、一般歩兵と区別する必要がなくなった。

その時点で戦術単位として、役目を終えた猟兵や軽歩兵連隊は、第一次大戦のころには漸次《ぜんじ》解隊されて、一般的な歩兵連隊に編入されている。

しかし第二次大戦が勃発すると、各国はあらためて、偵察や奇襲攻撃任務にも使える規格外の部隊、具体的には小規模編成の不正規部隊が必要になった。

そこであらためて、奇襲や偵察任務を専門とする遊撃部隊が、各方面の戦線や戦場で誕生することになる。

第二次大戦後、戦勝国の英国では、軍部隊を平時編成に戻した際に、陸軍はＳＡＳ（空挺特殊部隊）を連隊規模で、海軍海兵隊はＳＢＳ（海軍舟艇特殊部隊）を大隊規模で維持した。

また米軍はレンジャーを連隊規模で維持したが、正規軍部隊の編成下に組み込み、陸軍省の許可なしには、非合法な特殊任務に使用できないように制約を課した。

最初からそのような法的規制を設けなかった英仏を含む欧州諸国は、同じＮＡＴＯ軍であっても、ＳＡＳやフランス外人部隊を特殊部隊として柔軟に運用できた。

米国では、法的規制や連邦議会の監視もあって、陸軍に属する正規兵科のレンジャー部隊に関しては、特殊部隊的な運用方式は確立できなかった。

だが米国が旧宗主国のフランスに代わりベトナム戦争に介入すると、連邦法の規制枠外での不正規戦闘でも投入できる軍事顧問団が必要とされた。

その過程で、在ベトナム派遣米軍事顧問団を原型に、陸軍特殊部隊《グリーン・ベレー》が、Ｊ・Ｆ・ケネディ大統領の時代に創設されることになる。

しかしベトナム戦争以降、米国が関係する紛争の多くは局地主体のものが大半を占めるようになる。

さらに中東紛争から、ハイジャックを含めて、世界各地に飛び火した国際テロの影響も手伝って、不正規戦争の発生件数は加速度的に増加した。

これに応じて米陸軍だけでなく、海軍、空軍、海兵隊までもが、競うようにして各軍ごとに、対テロ任務専従の特殊部隊を創設する時代となった。

その結果、国防総省も、各軍の特殊部隊を統括する対テロ統合部隊デルタ・フォースを創設した。

この特殊部隊が、期待どおりの真価を戦場で発揮したのは、湾岸戦争と、それに続くイラク戦争やアフガン戦争のときであった。

湾岸戦争やイラク戦争で、快進撃を続ける多国籍軍部隊の前後左右だけでなく、敵軍の背後にさえも頻繁に出没したのは、英米各国の特殊部隊だった。

イラク軍部隊は、昼夜を問わずに出没する特殊部隊の奇襲に悩まされ、切り札のスカッド戦術ミサイルを砂漠の各所に移動させ、充分な擬装を施しても、すぐにその位置が特定され、空爆を受けた。

イラク軍の指揮系統は分断され、充分な戦力を発揮する間もなく、首都バグダッドは陥落し、逃亡を図った独裁者サダム・フセインも、最後には捕縛されている。

しかし、9・11ニューヨーク同時テロを指導した、アルカイダの最高指導者ウサマ・ビン・ラディンを、潜伏していたパキスタンのアボダバード市内の隠れ家を襲撃し、暗殺に成功したのは特殊部隊が、単独で実行したのではなかった。

その後の情報によれば、情報分析と追跡は中央情報局CIAと国防情報局NSAが合同でおこない、最終的に大統領の承認を得て、特殊作戦群司令部に命令が下された。

そこで命令を実行したのは、運搬は米陸軍特殊作戦航空連隊ナイトストーカーズ、暗殺の実行は海軍特殊作戦部隊第六チーム（SEALS　No6）の連携作戦であった。

つまり将軍らが戦場で手駒として使うのではなく、国家の威信を左右する場に、首脳の判断で投入される切り札が、現代の特殊部隊である。

実戦経験が豊富な点に関して、日本の国防軍が新設した特殊作戦群所属の機械化偵察連隊は、まだまだ米陸軍特殊部隊に学ぶところが多かった。

4

今回、この日米の特殊部隊に他国籍軍司令部が与えた任務は、都市部の統一朝鮮軍師団司令部と直轄部隊が予定退路で後退するのを、できる限り遅滞戦術で妨害して、郊外に避難しているナホトカ市民が、地雷原を啓開して作った複数の通路を通って、安全な地帯へ避難する時間を稼ぐことにあった。

　郊外に避難した非戦闘員の市民は、日本国防軍の第二機械化歩兵師団の輸送車両で、戦闘地域外に開設した臨時の難民キャンプに収容される。もともと市民保護と支援は、自衛隊の海外ＰＫＯ派遣以来、手慣れた後方支援作業である。

　そして非戦闘員の市民をすべて後方の安全地域に避難させたあとに、湾岸部に上陸した海兵隊に追われて後退してくる敵軍を、市街地で待ち伏せて一気に殲滅するのは、米陸軍第2歩兵師団を主体とする、多国籍軍の本隊である。

　元来、米陸軍第2歩兵師団は、朝鮮戦争以降、在韓米軍の主力として韓国領内に駐留していた経験が長く、全米陸軍部隊の中でも朝鮮民族との戦い方を一番熟知していた。

　その中でも、在韓米軍が廃止されるその日まで、非武装地帯を挟んで北朝鮮人民軍を最大の〝仮想敵〟として対峙していたのが、この米陸軍第2歩兵師団の将兵である。

　北朝鮮人民軍が、末端の兵士に至るまで覚醒剤を配布しているのは、第2歩兵師団関係者には半ば常識であった。

　北朝鮮兵と対峙するときは、［胸や腹ではなく、躊躇せず顔面に銃弾をぶち込め。それも眉間目掛けて銃弾を撃ち込むのがいい］と言われていることは、第2歩兵師団では常識であった。

　米国では〝医療用〟の名目で、多くの州でマリファナが合法化され、大都市の高校《ハイスクール》では校内に密売人が出没していることは、新兵の多くは経験ずみだ。

戦闘経験豊富な下士官や古参兵たちは、中東の戦場では麻薬で恐怖心を麻痺させた、反政府ゲリラやイスラムテロリストとの接近戦を何度も経験しており、その手強さは身に沁みている。

一番厄介なのは、被弾負傷して、戦闘力を喪失しているはずなのに、依然として抵抗や戦闘を継続する輩《やから》が相手のときだ。

凄まじい激痛のはずだが、覚醒剤で痛覚が麻痺し、なおも闘おうとする。加えて始末に困るのが、覚醒剤の大量摂取が原因で、精神錯乱を起こした敵兵だ。

こうなると恐怖心を忘れて、敵愾心《てきがいしん》だけが剝き出しになり、平気で隠し持った手榴弾の安全ピンを抜き、起爆状態にしたまま握りしめて突っ込んでくる。

そこで銃撃で行動を制するよりも、射殺して活動を停止させるのが、一番効果的な対応策となる。

「いくら覚醒剤を注射され、痛みを感じないヤク中でも、顔面を撃たれ、脳髄を破壊されては、さすがにゾンビのような奴らでも戦えない」

本国から派遣された増員の新兵には、射撃訓練担当の古参軍曹が、このように接近戦を想定し、〝照準と射撃方法〟を条件反射のように叩き込んだ。

脱出する市民と入れ違いに、郊外の市街地の建築物に陣取った第2師団所属の各歩兵大隊は、中隊や小隊単位に分かれて、それぞれの鉄筋コンクリート製のアパートや店舗兼個人住宅に陣を構えた。

ソ連崩壊後、数十年が経過しているが、計画経済で建設された建物が、今もこの沿海州では健全だ。

市場経済の恩恵がこの極東の僻地に及ぶには、まだ相当の年月がかかるだろう。しかし、市街地を一歩離れて個人所有の別荘《ダーチャ》が点在する地域に足を延ばすと、そこは農地が広がる地域で、実際には共同組合農場《コルホーズ》が管理する耕作地だ。

液晶パッドの軍用地図ソフトで確認すると、開戦初期にＦＰＳ（連邦国境警備局）の国境警備部隊と内務省傘下の治安部隊ＭＶＤの合同部隊が、紅軍の突破を阻止できないままに撃破され、敗走した地域であった。

その後、中ロ国境を越えて紅軍の大部隊が沿海州へと乱入して、それ以降このあたり一帯は、完全に紅軍の勢力圏内と見なされていた。

もっとも沿海州に侵入した紅軍は、港湾都市ナホトカと軍港都市ウラジオストック攻略を優先した結果、この一帯を軍政下に置くのは、紅軍側にとっては、〝重要ではない〟と後回しにされた。

それでナホトカ郊外の共同組合農場などは、幸運なことに戦火にも見舞われず、都市部とは違って、略奪や徴発の対象にもならなかった。

国境からロシア領内へと進撃する紅軍や、その先鋒を務める統一朝鮮軍部隊にとっては、ナホトカ港内の倉庫内にある、無数の貨物コンテナに格納された中古の電化製品、衣類、車などの方が魅力的に見えた。

郊外のコルホーズのサイロや農業倉庫に保管された穀物や農作物よりも、価値ある商品として映ったからだった。

もっとも時間と兵站輸送能力の両方に余裕があれば、紅軍兵士も郊外の共同組合農場から押収した穀物や農作物を本国へ輸送したであろう。

だが、肝心の航空優勢権を多国籍軍に握られた状況下では、こうした物資輸送の車列が真っ先に狙われて、損害を被るのだ。

ロシア空軍が、旧式なSu25を対地攻撃に繰り出して、対空砲火や携行ＡＳＭの反撃を受けて被害を出しているときに、多国籍軍は人的損耗を一切気にせずにすむ、無人攻撃機を大量に投入していた。

その中には、衛星中継で遠隔操作する方式でお馴染みの、米空軍のＭＱ９リーパー無人攻撃機に加えて、海軍の切り札Ａ47Ｃファントム・レイもみられた。

さらに、ようやく配備が開始された、日本の国産無人攻撃機ＦＡ４〝式神〟を、実戦試験と貴重なデータ収集を兼ねて、この戦場に投入していた。

日本の無人攻撃機〝式神〟は、防空戦闘専用の機体と対地攻撃専用の機体の二種類が計画され、防空仕様のＦ型が先に尖閣沖海戦に実戦投入されたが、攻撃機仕様のＡ型の開発は遅れて、完成したのは数年後であった。

この〝式神〟Ａ型は、当初、通信衛星を中継に使う米国製のＭＱ９やＡ47Ｃと比較しても、また有人機と比べても、攻撃の精度にムラが生じた。

これについては誘導母機Ｆ２の複座型ＢまたはＦ15の複座型ＤＪを指揮統制管制機として使い、間接誘導で目標を視認しながら、最終的には直接的に目標を捕捉した上で精度の高い攻撃を指示誘導できるようになった。

むろん臨機応変の運用や攻撃目標を選択する幅が広いのも、こうした間接誘導方式の無人攻撃機の特徴でもある。

複座の誘導母機には、パイロットと誘導統制担当士官がペアで搭乗し、前席がパイロット、後席に誘導担当士官が座る。

一応後席にも操縦装置が装備されているが、誘導統制中は、管理下に置いた機体と操縦装置がリンクしているので、前席のパイロットに優先権《オーバー・ドライブ》が与えられている。

後席の誘導統制士官は、自分の着用するヘルメットのバイザーに投影された無人機から送信される映像を目視しながら、ライブ感覚で無人機を操って、中高度から低空域まで、さまざまな高度を巧みに飛行し、対空弾幕やＳＡＭを回避する。

無人機なので、胴体か翼下に懸架した兵器に、過度の加重Gがかかる飛行を実行しても、誘導統制士官の肉体には影響がない利点がある。

さらに目標へ肉薄中に、対空弾幕かＳＡＭの邀撃を受けて撃墜されても、誘導統制士官は、上空で旋回待機中の別の機体に操作を切り替えて、攻撃を継続することも可能だ。

そして目標まで飛翔し、有効射程内に接近したのちに、胴体下面か翼下に吊した空対地ミサイルか、胴体内に格納した滑空爆弾を投下する。

この攻撃で目標の破壊に成功したら、任務を終えた機体には、〝帰投モード〟を指示する。

その後、残る爆装中の機体を使って、新たな攻撃目標を選択し、なおも上空にとどまって攻撃を続行することもできる。

こうして指揮統制管制機の大半は残存燃料ギリギリまで上空にとどまり、同時に複数の無人攻撃機編隊を指揮しながら、地上目標への対地攻撃を繰り返している。

この結果、ウラジオストック近郊やナホトカから中朝国境に向かう道路に沿って、対地攻撃で破壊され炎上した紅軍所属の車両や装備が点在した。

路上では鹵獲《ろかく》品や略奪品を運搬中に撃破された車列の残骸も、延々と目印のように並ぶことになった。

中朝紅軍は開戦早々にナホトカを占領したが、ウラジオストック目前での日米の迅速な救援により、不利な戦闘を余儀なくされた。

　そこで戦略面での不利を悟った紅軍首脳部は、先陣を切った統一朝鮮軍（ナホトカ守備隊）を捨て駒にして、国境付近までの撤退を決断した。

　後退する紅軍を追撃するロシア赤軍部隊を含む多国籍軍部隊は、敵軍の殿《しんがり》に追いすがって朝ロ国境付近まで進出した。

　複数の無人偵察機ドローンが次々に転送してきた映像データの断片を、コンピューター上で再構成した３Ｄ情報映像を見ると、次のような現地の状況が見てとれた。

　国境河川（豆満江）付近の河岸には、紅軍工兵部隊が重機を使って、複列の防御陣地を構築中であることが確認できた。

　これを光学偵察衛星が軌道上から撮影した高感度の映像情報と照らし合わせると、その構築物と地形との関係から、さまざまな情報が読み取れた。

　まずあきらかなのは、冷戦時代に中国が東北部の中ロ国境地帯全域に沿って工事に着手した防御線は、その後、半世紀を費やして、旧ソ連が崩壊するまでに、ほぼ全域に沿って延長されていた。

　その基本構造は、亡命した紅軍幹部の証言によれば、工事を紅軍工兵隊が担当しており、半地下構造の複合防衛線となっている。

　これは戦術核が使用されることを前提とした坑道構造主体の防衛線であった。

この国境防衛線の末端部分は、中朝国境付近で終わっていた。国境線に沿って、今回構築中の防衛線は、その中ロ防衛線の延長部分とみて、ほぼ間違いなかった。

用心深い習近平は、緒戦の奇襲作戦が失敗したときに備えて、このような中ロ国境に設けた〝二〇世紀の長城《ロング・ウオール》〟の延長工事まで、密かに命じていたのだ。

5

地下道から都市部に潜入した日米の特殊部隊は、地元のロシアマフィアからの情報提供で、統一朝鮮軍が市街地への撤退時に使用する退却路は、すべて目星をつけており、さまざまな方法で罠を仕掛けていた。

物理的な障害物は、人力では地下道を持ち運びできないので、基本的には、ナホトカ市内でロシアマフィアがさまざまな闇ルートで入手できるものに限られた。しかし米軍特殊部隊は、敵国領内で調達できる物資を使って破壊工作をおこなう達人《エキスパート》であり、特に都市部にはそのような材料が至る所に存在していた。

地元のロシアマフィア組織は、こうした特殊部隊員からの指示を受けて、必要な材料を集めては、指定された場所に置いていく。

イラクやシリア、あるいはアフガニスタンで、多国籍軍の先兵として行動した米軍特殊部隊員が、戦場以上に緊張を強いられたのは、何気ない街や地方の村落、あるいは道路上だった。

反政府武装勢力やイスラム原理主義者たちは、シーア派主導のイラク政府により軍を追われた元バース党員の職業軍人たちから直接指導や教育を受けて、テロ戦術を習得した。

彼らは敗戦時に、戦場へ放置された爆薬や砲弾、それに地雷を利用して即席の爆弾を造り、これを道路端や建物内の随所に設置して、現地を移動する多国籍軍の車両や輸送車列を狙った。こうして仕掛けられた多数のＩＥＤ（即席爆発物）によって、米軍特殊部隊も派遣された現地で、大いに悩まされてきた経験を持っている。

つまり現地で学んだ知識と経験を最大限に利用して、米軍特殊部隊は都市部から市街地へと撤退する統一朝鮮軍部隊の予定経路に沿って、罠を仕掛けて回った。

そして最初の罠に、統一朝鮮軍部隊が引っかかった。

その罠には、路肩に放置駐車している乗用車や貨物運搬用ワゴン車が使われた。これらの車の燃料タンクにはガソリンに加えて、パーム油系洗剤が相当量混入されていた。

パーム油系溶剤と揮発油を同量程度混合して、一定時間が経過するとゲル状化してナパーム化する。

これに適度な電気発火を加えると、自動車の燃料タンクとその配管自体が恰好の油脂焼夷弾（ナパーム弾）となり、高熱を発して爆発炎上する効果が期待できる。

しかも自動車の場合は、電源として使える自動車用バッテリーに加えて、わずかな加工で電気信管に転用可能なエンジンプラグが付いている。

さらに座席回りを見回せば、タイマーとして使える時計もある。

最近の乗用車には、GPSやラジオ用のアンテナ類がフロントやリアガラス内に組込まれており、余計なアンテナ配線を施す必要がない。

これに使い捨て携帯電話とエンジンスターターとの配線を結線する程度で、あとは遠隔操作で自動車式ナパーム弾を、自由に爆発炎上させることが可能だ。

この自動車焼夷爆弾の利点は、設置場所まで自力走行させ、あとは故障車を装って路肩に寄せて、放置駐車させられることだった。二台の車両を上手に使い、敵の車列の先頭と最後尾で爆破炎上を引き起こせば、通りの中に敵車列を孤立させることも可能だ。

また重要な部隊の車列の場合、列の前後を戦車や装輪装甲車で手堅く警備していたが、それも結果的には無力であった。

具体的には、通過するコースが最初から特定できる都市部の道路の場合、その道の真下を通る地下道を巧みに利用すれば、同様の攻撃ができる。

それはマンホールの鋳鉄製の蓋の真下に、指向性の強い成形爆薬を仕掛けることで、装甲車両の弱点である真下からの攻撃が可能になる。

あるいは最初にマンホールの蓋部分の裏に少量の爆薬を仕掛けて、上向きの爆風で蓋が吹き飛んだ直後に、真下に設置した対戦車ミサイルや擲弾筒ＲＰＧ７に自動点火する仕掛けを仕込めばいい。

このときは、あえて操作要員を置かなくとも、自動的に敵戦車や装輪装甲車の底板を貫通し車内を破壊できる。

自動車やトラックのときとは違って、車体重量の大きい戦車や装輪装甲車は、一度破壊されて擱座すると、装甲回収車を呼び牽引回収しない限り、それらが障害となった通りは使用できなくなる。つまりは封鎖されたに等しい状態となる。

朝鮮軍部隊は初日の撤退の際、三カ所で、この地下道に仕掛けられた罠に引っかかり、戦車二両と装輪装甲車二両を喪失、最短の主要撤退路のうち、二カ所が通行不能になった。それに加えて、一般補給部隊や輸送部隊の車列も数カ所で罠に引っかかり、甚大な損害を受けた。

特に焼夷爆弾に改造された放置自動車のお陰で、複数の輸送や補給部隊の車列が壊滅状態になり、生き残った将兵は車両を放棄して、徒歩での脱出を余儀なくされた。

この結果として、都市部での戦闘を放棄して市街地に主戦場を移し、避難した市民を盾に抵抗を継続するという、統一朝鮮軍司令部の防衛作戦計画の時間予定表《タイム・スケジュール》に、大きな遅延が生じた。

致命的だったのは、避難した市民を監視下に置くはずの憲兵大隊が、予定の移動路を仕掛けられた地雷で封鎖され、さらに別の迂回路も同様な仕掛け爆弾によって通行不能になったことだ。

そして憲兵大隊の先発中隊が、ようやく深夜になって収容先のキャンプに到着したときには、市民はすべて安全地帯へ脱出しており、現場はもぬけの殻であった。

こうしたキャンプは周囲を地雷原で囲み、監視兵をつけて、市民の脱出は容易にできないはずだが、いつの間にか地雷原には複数の通路が啓開され、警備兵の姿は見られなかった。唯一生き残った警備兵の証言によれば、自動人形《ロボット》を主力とする日本軍部隊の強襲を受けて、警備隊は壊滅したという。

その直後に現れた米軍部隊の手で、市民は全員後方へと移動させられていた。

地雷原を強行突破した日本軍部隊も、戦闘で破壊された自動人形の残骸をすべて回収して、後方へ引き上げている。

そのほかの収容キャンプに到着した部隊からも、同様に〝市民の姿は皆無〟で、〝配備されていた監視警備兵の姿がない〟との報告があった。

「戦闘の痕跡は随所に残っているのに、市民どころか警備兵も姿を消しているとは、不可解なことだ。

我々が路上で攻撃を受けて到着が遅延した数時間の間に、一体、何が起きたんだ」

憲兵隊から報告を受けた師団司令部では、不可解な状況に作戦参謀が首を捻っていた。

こうした状況を考えてみると、敵軍はあきらかに、こちらの作戦意図を見破っていた可能性は高い。

「司令官、事前に市街地へ避難させていた市民を多数脱出させているところからみて、敵は我々が市民を〝人間の盾〟として抵抗する方針をすでに見抜いていた可能性があります」

そして続けて意見具申した。

「我々が都市部の拠点を放棄して、予定どおり撤退しますと、逆に敵の術中に落ちる危険性があります」

だが頭の固い司令官は、紅軍野戦軍区司令部から、じきじきに与えられた命令の実行に固執した。

「少数だが、我々の保護下にある市民を伴いつつ市街地へ撤退して、なおも戦闘を継続した方が、〝司令部からの命令を遵守した〟そう言い訳がたつのではないのか……」

そう言って、判断を先延ばしししている間に、迂回路を通って到着した本隊と、市街地に陣取る米第2歩兵師団の先遣部隊との間で、交戦がはじまったとの通報が入った。

米陸軍第2歩兵師団の歩兵連隊は、すでに市街地に入り、共同住宅や住宅公社が保有する分譲マンションの各戸を強固な陣地に改装して立て籠もり、統一朝鮮軍の侵入そのものを阻止する構えだ。

特に米軍部隊は、建物の中層階部分に陣を敷き、対物狙撃銃《アンチ・マテリアル・ガン》や機関銃、それに携行式ATMを配備していた。

しかも高い位置から、市街地への侵入を試みる車列に対して狙撃と銃撃で牽制を加えており、容易には市街地へ侵入を許さない構えだ。

あきらかに米軍の狙いは、爆撃の困難な市街地に統一朝鮮軍が人質を伴って逃げ込むのを阻止することにあり、可能な限り、統一朝鮮軍部隊を押し留めて、海岸部から都市部へ侵攻する海兵隊とともに、退路を断って挟み撃ちすることであった。

その一方で、日米の特殊部隊は、すでに地下道を使って市街地から都市部への侵入に成功して、統一朝鮮軍部隊の撤退を市内の各所で妨害し、遅延させる動きに出ている。

特に牽引火砲や自走砲の撤退路を遮断するように、道路上やビルの両側面に爆薬を仕掛けて、その爆破による多量の瓦礫《がれき》を用いて退却路を塞いでいる。

退却路の開通には、工兵の重機を使い瓦礫を物理的に排除しない限り、車両や重装備の速やかな移動は困難である。

移動に手間取れば、海兵隊の攻撃を上空や後方から援護する無人機や砲兵隊に狙われて痛手を被る。

航空優勢を事実上喪失した統一朝鮮軍部隊は、この無秩序に増殖した建築物が複雑に入り組んだ都市構造の中で紛れるようにして、多国籍軍の空爆を凌いでいた。

計画経済のソ連邦が崩壊して以降、この極東で数少ない民間貿易港は、無秩序のまま拡大と繁栄の下に増殖してきた。その結果、この都市の構造は市当局ですら正確に把握できないほどになっている。

腐敗した市当局は賄賂と汚職に塗《まみ》れており、賄賂の金額次第で、いくらでも建築許可や開発許可を乱発したからだ。

そうした事態に気づいた沿海州当局が、取り締まりと調査に動き出したころには、さらに都市部の開発は進んでおり、周辺国から多くの不法労働者が流れ込んで、雑駁《ざっぱく》な下町ができあがっていた。

こうした地域に住んでいるロシア人は少数派で、シベリアの少数民族出身者や中国人、朝鮮族、そのほかのアジア系民族が圧倒的に多い。

また外国人労働者層を餌食とする犯罪組織も、このあたりで勢力を拡大し、縄張りを広げていた。

これとは対照的に、統制がとれているのは、住民の多くがロシア人で、その多数が居住地域の住民委員会を牛耳っている郊外の市街地だ。

治安の悪化した都市部から逃げ出したロシア系住民の多くは、この郊外の市街地に転居していた。

地元の住民委員会が、無秩序な開発を条例規制で許可しなかったことで、郊外の市街地は居住地としての体裁を保っていたのだ。

この点では、秩序だった開発がなされている郊外の市街地を、統一朝鮮軍が最後の拠点に選定したのは間違いではなかった。

郊外の住宅地は、やや緩い傾斜のある扇状地を巧みに利用して造成されており、地域の周囲を囲むように一般市民あるいは、独身者向けの中層アパートが城壁のように建築されている。

この城壁のような中層アパートは、中心部に配置された低層アパート群や、さらに市街地の中心に近い個人住宅を、冬期に吹く極寒の寒風から防ぐ役目を果たしていた。

つまりソ連邦末期に造成されたナホトカ郊外のこの住宅地は、計画段階から中ソ戦を考慮し、ナホトカ市を中国軍の侵攻から守るための防衛拠点として、戦時に利用することを前提に設計がなされていたわけだ。

ソ連時代の末期には、この住宅地に隣接した原生林がいくつか切り開かれて、新たな住宅地が造成され、これらを含めてナホトカ郊外の市街地は構成されていた。

都市部とこの郊外市街地との間には、通勤通学用公営バスが運行されており、ソ連体制が崩壊しなければ、路面電車も都市部の中心から、この市街地までの区間が延長される計画であった。

ソ連邦時代に、治安の悪化した都市部での生活を嫌い、多くの都市中心部の住民が、この市街地へと移転した。

その転居希望を見越した市営の住宅供給公社が、ロシア時代になって、すでに造成の終わっていた住宅地へ積極的に中層アパートや一戸建て住宅を建築、分譲しはじめたことで、さらに郊外の市街地の人口は増えた。

実際に中ロ国境紛争勃発時でも、まだいくつかの中層アパートや個人販売向け住宅群の建築が進められており、完成分は、新たな入居希望者の募集と販売を待っている状態であった。

だから多数の市民を人質代わりに、ここへ収容した上で、立て籠もるには恰好の条件を備えており、しかも攻撃側にとっては、きわめて厄介な場所になるはずであった。

陸上国防軍部隊は機械化偵察連隊を先頭に、ロボット機械化歩兵部隊が強襲を敢行し、各住宅地に存在していた収容キャンプを解放している。

そして多国籍軍の日米部隊の輸送車両を総動員して、人質として収容されていた非戦闘員のナホトカ市民を、ほぼ全員救出して、後方の安全地域へ移送していた。

さらに複数の収容キャンプを空にした上で、一番奥の住宅地に入って建物内に密かに陣を敷いたのが、陣地戦に慣れた米陸軍第2歩兵師団所属の歩兵大隊であった。

この第2歩兵師団の愛称は〝インディアンヘッド〟と呼ばれ、第1歩兵師団と並ぶ歴戦の部隊で、第一次大戦中のフランスで編成され、当初は海兵隊との混成部隊だった。

また第二次大戦では、欧州から太平洋へと転戦し、朝鮮戦争では勃発直後から応援部隊として米国本土から派遣され、休戦まで現地で闘った。

冷戦終結後は、部隊の三個旅団編成に一個旅団を追加して四個旅団編成に改編し、一部の部隊（旅団）を本国に置き、一部の部隊を緊張が続く朝鮮半島の韓国に派遣していた。

ほかの部隊はイラクやアフガニスタン、中東などの紛争地に、ローテーションを組んで派遣する方式を採用している。

この旅団は、用途ごとに、三種類のタイプ分けがなされ、重戦闘旅団戦闘団、歩兵旅団戦闘団、ストライカー旅団戦闘団と称している。

今回、市街地に陣を築いて、後退してくる統一朝鮮軍を待ち構えていたのは、歩兵旅団戦闘団所属の歩兵大隊戦闘団であった。

この大隊の歩兵は、上陸戦で海兵隊員が着用した、被弾や爆風や衝撃に強く重装甲を誇る強化装甲服《パワードスーツ》を着用していない。

だが屋内での戦闘を想定して、四肢の筋力を補助する最新の強化外骨格《パワー・アシスト》と一体化した先進歩兵戦闘装備《ランドウォーリアーズ》を、戦闘装備とともに装着していた。

　これは屋内での戦闘を想定したために、機動時に荷重負担となる追加装甲部分の大半を取り外している。

　そして頭には通信データ・リンクコム内蔵のヘルメットと一体化したゴーグルを被り、耐弾《プロテクター》ベスト兼用の装備キットを胴体部に装着するが、これには予備弾倉や手榴弾、ファースト・エイドキット（救急用具キット）、水筒、補強外骨格を駆動させる電源バッテリーを収納している。

　ほかには肘と膝をカバーするケプラー製プロテクトを着用して、関節を保護している程度で、これは必要最小限度の身体保護のため、体全体を覆う強化装甲服とは被弾に対する防御力は雲泥の差だ。

　海兵隊の強化装甲服は装甲服並みの強度を持つ炭素系複合繊維素材や強化プラスチック樹脂を組み合わせているため、複合装甲でも、.30（七・六二ミリ）高速徹甲弾の直撃や.50（一二・七ミリ）榴弾の衝撃に耐えられるように、幾重にも素材を重ねる構造を採用している。

　この耐弾耐衝撃効果を重要視した強化装甲服では、重量の大幅増加を招き、結果的に強化外骨格を採用することで、重量増加に伴う兵員の運動性の低下をカバーしなければならなかった。

だが陸軍は、あえて海兵隊とは異なる方針で臨み、その強化装甲を取り外すことで、戦闘の際に一般歩兵へ、高い機動性を与える結果を重視した。

判りやすく言えば、被弾率の高い戦場では装甲戦闘車ＩＦＶで移動し、遮蔽物や機敏さを必要とする屋内戦闘や陣地戦では、通常の耐弾装備と強化外骨格で機動性を増した一般歩兵仕様で闘う。

つまり海兵隊員が愛用する強化装甲服は着用者の体力を消耗し、携行バッテリーが消耗すると戦闘継続が困難になり、後退して休養とともにバッテリーを交換する必要がある。

そこで戦場では、最大一二時間以上の連続使用や着用は、原則禁止されている。

しかし短期間で激烈な戦闘を終えると、速やかに撤収する海兵隊とは違い、陸軍部隊は、現地に長期間駐留する戦闘や警戒活動が大半である。

だから陸軍では海兵隊とは違い、強化装甲の耐弾性よりも、むしろ重量過多の強化装甲を排除して重量軽減を図り、強化外骨格の高い機動性と持続性を重視した運用方式を確立している。

また強化外骨格の採用により、歩兵以外の兵科でも砲兵や工兵に多い職業病対策、重量物の運搬作業の際に腰と背中に過度の負担をかけ、後年に発症する腰痛や椎間板ヘルニアなどの予防効果も指摘されている。

もともと強化外骨格は、日本国内で病院などの介護医療従事者や高年齢化する建設土木作業者の労働力強化の目的で、研究開発されていた。

それだけに、戦闘用以外の支援兵科での使用方法が、この強化外骨格の持つ、本来の機能と開発意図を反映しているとも言える。

もっとも、この強化外骨格の採用で一番恩恵を被り、また米陸軍部内で喜んだのは、男性兵員と体格差がある、小柄なアジア系女性兵士らであった。

実際に、この強化外骨格の導入で、体格面で負担の多い重支援火器を、容易に使いこなす女性兵が増えたのも事実だ。

中には男子顔負けの戦果をあげる女性兵だけの汎用機関銃、迫撃砲、対戦車分隊まで現れている。

今回でも、中層アパートのいくつかには、機関銃や携行擲弾筒を操作する女性兵士が潜んでいる。また屋上にはレーザー着弾誘導装置《スポッター》や狙撃銃を構えた女性狙撃兵《スナイパー》の姿も見られた。

しかもその女性兵が構えているのは、長射程の.50大口径対物狙撃銃である。

この対物狙撃銃は、昔の対戦車ライフルと同様に反動がきわめて大きく、強化外骨格を装着しなければ反動を制御しての精密射撃は難しい。

ともかくこのようにして、この市街地に敵本隊を引き寄せることが、この大隊戦闘団

（第23歩兵連隊第4大隊）に師団司令部から与えられた命令だった。

さらこの市街地の後方に位置する森の奥には、切り札とも言うべき部隊が待機中で、これが第二師団所属の第三機械化戦闘歩兵連隊だった。

ほかの二個（第二五、二六）機械化歩兵連隊戦闘団や第二戦車連隊を含む師団直轄部隊も合図を待って密かに待機していた。

歩兵大隊が敵を引きつけている間に、陸上国防軍第二師団の各連隊が背後に回り込み、敵軍の退路を遮断するのだ。

6

ロボット化されている第三機械化歩兵連隊戦闘団は、米軍の二個連隊戦闘団と第二戦車連隊の支援を受けつつ、統一朝鮮軍を包囲することになった。

むろん、その間に第2歩兵師団の主力は、港湾部を制圧した第3海兵隊師団と連携して、都市部の統一朝鮮軍師団を郊外に脱出させることなく、ナホトカ市内で完全に壊滅させる計画だ。

米軍の作戦方針は圧倒的な火力と戦力の優位によって、最小限度の被害で、最大限の戦果を狙う手堅いものだ。

それだけに米軍主導の時間予定表は、充分な時間的余裕を持って作成されている。休養や補給の時間と、戦闘や移動時間のシフト割りは、じつにビジネスライクに徹底管理されているのが、米軍の作戦計画の特徴でもある。

それに比べて日本国防軍は、旧自衛隊以来の貧乏性で、時間一杯に予定を詰め込む悪癖がある。

もともと予算の制限や、演習場の使用時間割り当てが厳しかったころの影響で、それを可能な限り使うために、自然に身についた性癖でもある。

待機するのが苦手な日本人の性癖を見抜いた米軍参謀たちは、この待機時間を喫食時間に利用するよう、時間を割り振っていた。

食事といっても、戦闘中の野外で温かい食事が配給になるわけではない。

兵員各自が配給された携帯糧食（通称パック飯）を、発熱ヒーターで温めて、それを食べるのだ。

この携帯糧食は、米一合分に相当するパック飯二個とレトルト食品の副食一、二品。それに漬け物かサラダ、あとはインスタントスープか味噌汁が汁物としてつくほかに、食事内容に応じて焙《ほう》じ茶か紅茶、あるいはコーヒーのパックがついている。

汁物や飲み物に使うお湯は、各自の携行する水筒に、飲み口から直接投入する使い捨て発熱材を入れて沸かす。

そこで兵員各自は、規定どおり二個の水筒か、背負い式《キャメル・バック》ウォーター・バッグを携行する者が多い。

装甲車両で移動する際には、各自が車内に追加装備された電子レンジで温めることができるが、野外での戦闘待機中では、そのようなわけにはいかないので、各自に支給された使い捨てヒーターで温めて食べる。

なおパック飯には、白飯、赤飯、山菜おこわ飯、五目飯、カレーピラフ風味、中華チャーハン風味から選べる。

戦場では外部包装を剝がし、直接齧《かじ》ることが多いので、握り飯感覚で食べられる白飯を選ぶ者が多い。

普段の演習中や移動中で温食配給ができない場合には、腹持ちがいい赤飯や味のついた飯は人気があるが、野戦の場合なら、風下で相手の鼻が利けば、容易に嗅ぎ分けられる香辛料の香りが強いカレー系統や、油っぽい中華系統の飯は、要注意だ。

実際に潜入偵察をおこなうレンジャー隊員は、携行食の献立に気を遣う。偵察活動中に余計な匂いが漏れるのを嫌うからだ。

さらに食事休憩を節約して、移動しながら齧るためにクラッカーか乾パンとソーセージ、それとツナポテトサラダ、スープの組み合わせを選ぶことが多いと聞く。

この献立の弱点は、主食が水分量の少ないクラッカーや乾パンのため、咀嚼《そしやく》時にどうしても水分摂取量が増えてしまう点にある。それでも冷たいままで齧ることができ、温める必要のないことが、レンジャー隊員らに好まれている。

待機中の野戦部隊は、潜入偵察が任務のレンジャーとは違い、小銃をかたわらに置いた状態でも、温めた飯を腰を下ろして食う余裕くらいはある。

国防軍の携行野戦食は〝ミリメシ〟の愛称で知られているが、駐屯地のＰＸでも来客向けの土産ものとして販売され、人気のある商品の一つだ。

さらに近年は、国防軍仕様のミリメシを災害時の非常食として、年間計画で備蓄する地方自治体や企業も増加する傾向にある。

中でも副食は基本的な家庭の総菜に、和洋中も献立に加えられ、その種類も毎回の献立改訂のたびに増える傾向にある。

特に最近は、ＰＫＯで世界各地に派遣された影響で、世界各地のエスニック（民族料理）が、毎年のように新規バージョンに追加されている。

しかも最近の改訂では主食のパック包装が、袋状の包装か、市販品のレトルト飯に多くみられるトレー方式かの選択が可能になり、トレー方式の方は主食の飯を片側に寄せると、片側に副食を盛りつけられる。

そこで隊員の多くは、手摑みではなくパック飯に付属するスプーンか箸で食事をするようになった。

もっとも副食がカレーや汁気の多い丼物の具のような場合は、箸を使わずに、単にフォーク兼用の先割れスプーンだけですます不精者も多い。

また隊員の中には、個人的な好みなのか、振り掛けやお茶漬けの素を携行する者もいる。

これは容器に移した飯に、湯をかけてお茶漬けにするよりも、単に振り掛け代わりに使うことで、冷えた白飯を食べやすくする工夫で、パック包装式米飯のころから野外演習時に定着した習慣であった。

さらに最近は隊員からの希望で、携行糧食キットに別封として、塩、胡椒、角砂糖、醤油、ソース、マヨネーズ、ケチャップ、唐辛子粉末、辣油《ラーゆ》の入った小分けの調味料パックが新たに追加された。

また新たに多国籍軍に参加するようになり、その基準に合わせて増加食パック（通称おやつパック）も用意された。これは戦闘服のポケットに入れておき、勤務の合間の休憩中に疲労回復の意味から、時折、口にするもので構成されている。

その食品の内容は、調達時期や納品先の企業によってもさまざまな違いがある。

またドライフルーツ、乾燥ナッツ類、干し肉、乾燥梅肉、チョコバー、乾物、羊羹《ようかん》、柿の種、キャンデー、ガムなどの長期保存可能な嗜好品や甘味食品の入ったパックも、支給品に含まれるようになった。

こうした増加食パックの一番効果的な利用方法として、ＰＫＯ派遣要員マニュアルでは、兵員各自が紛争地での避難民の児童に、自分らが取り置きしておいた嗜好品や甘味食品を家族の前で配布することが、［意外に重要である］と教えている。

久しぶりのお菓子を口にして、率直に喜ぶ子供の笑顔から、「これが緊張関係にある避難民と外国軍隊との間に友好関係を築く最初の糸口になる」とマニュアルでは強調している。

以前の軍隊では、煙草は兵が好む嗜好品の一つとして、さまざまな種類が支給されていた。第一次大戦中の前線のドイツ軍歩兵には、数は限定されていたが、数種類の紙巻き煙草、パイプ用煙草、嗅ぎ煙草、葉巻が支給されていたとの記録（「西部戦線異状なし」レマルクより）がある。

伝統的に酒と煙草は、前線の兵士には不可欠な嗜好品だった。

これは第二次大戦中の帝國陸海軍でも同様で、階級により、購入できる煙草の種類に格差はあるが、兵員にも数日置きに二〇本入り一箱の煙草（無税）を配給または、購入する権利は認められていた。

なお軍隊では、個人的には吸わなくとも、組織内での代用通貨として、煙草がその役割を持っていたことは、戦時捕虜の日記（「アーロン捕虜収容所日記」より）からも窺い知ることができる。

しかし医療費負担の増加が原因で禁煙運動が社会化した現代では、その風潮は国防軍内部にまで及び、制度的に煙草の配給は廃止され、喫煙者には窮屈な環境になった。ただ一部の習慣性煙草愛好者においては、軍医の処方付きで購入が許可されている。もっとも抜け道として、ニコチン入りのガムの購入が公認され、勤務中には煙草代わりに、ガムを嚙んで過ごす者が隊内でも急速に増えている。

特に野戦では、煙草独特の臭いとわずかな煙草の火とが、昨今の鋭敏な嗅覚／感熱センサーで容易に探知される点が指摘され、戦場経験豊富な古参兵ほどガムを愛好する者が多い。

また戦場では飲料水は貴重品なために、歯磨きの代わりに食後のガムを習慣にする者も少なくはない。もちろんガムの嚙み滓《かす》は、携行糧食のレトルトパッケージ類とともに手早く回収される。これは単にエコのためではなく、敵地に情報を与える痕跡を残さないための、情報保全措置の一環である。

警察の鑑識ではないが、戦場では敵が撤退時に残したゴミや残骸から、進歩した科学鑑定技術の助けを借りれば、予想以上の詳細な情報を拾い出すことができる。

そこで部隊単位で集積したゴミ類は、保全のために一時的にまとめておき、帰投後に基地内で焼却処分する規則になっている。

ちなみに、敵地の後方に潜入して監視活動に従事する米軍特殊部隊では、糞尿の痕跡や残量から滞在日数や人数が推測されるのを警戒して、監視地点からの撤収時には、化学処理したものをすべて持ち帰る。

尿も持ち帰る理由は、機密保持以上に重要な問題も含んでいるからだ。

携行糧食を連食していると、防腐効果のために使用されているさまざまな香辛料の影響からか、排出された尿が染み込んだ土壌には、一種独特の臭いが残る。

そこで事情を知る者ならば、ここに兵員が一定時間滞在したことを容易に推測できる上に、軍用犬を使えば、臭いから追跡が可能である。

そこでペット用に販売されている消臭凝固剤入り薬剤（猫用）を使えば、その臭いは周囲に漏れることなく、短時間で凝固するから、ほかの可燃ゴミ類と一緒に持ち帰ることができる。

つまり部隊が撤収するときには、すべての痕跡を残すことなく残留臭の始末までじつに細かい気配りが必要となる。

一切の準備がすんだころに、市街地の方向から唐突に炸裂音や銃声が響いてきた。

「いよいよ、はじまったわね」

そう言って立ち上がったのは、第三機械化歩兵連隊本部付き技術少佐・坂口遙《はるか》だ。この技術将校は、本来は後方勤務のはずだった。現に作戦前の野外運用試験の際には、白衣姿で部下とともに実験を視察していた。

しかしこの理系女子《リケジョ》の技術将校は、市街地での地雷原突破作戦で、自らが開発に関与したプログラムに予想外のエラーが報告されると、後方の師団本部で前線から送られてくる戦闘データを逐一モニターしているだけでは我慢できなくなった。

そこで前線まで、自分の技術チームを率いて顔を出したのだ。

最初の突入戦で敵の警備部隊と交戦したとき、敵の装備が自動小銃と軽機関銃だけだったので、〝傀儡〟が被った損傷は、当初の推測より大幅に少なかった。

大多数の〝傀儡〟は、損傷した四肢や頭部をユニット単位で交換するだけですんだし、腹部や胸部に被弾したものでも、重大な損傷を負った個体はわずかで、整備中隊の判断によれば、大半がスペア回路やパーツ交換で修理は完了していた。

最終的に廃棄処分と判定された個体は、完全に破壊されたものも含めて、三〇体ですんでいた。そして補充の機体を加えて完全編成に戻ったロボット兵は、プログラム管理分隊の手で戦闘情報と作動記憶を並列化されると、再び戦闘動作プログラムを再入力されていた。

このときに坂口少佐が用意した改修プログラムが同時に入力されて、モニター上で問題が発見された連携戦闘動作の部分修正が施された。

そのプログラムが正常に作動するのか実際に戦場で確認するために、部下の技官らが止めるにもかかわらず、坂口は予備の〝土蜘蛛〟のポッドに乗り込んだ。

「正常に動くかどうかを確認するには、直接一緒に行動しなきゃ、その場でプログラムの不具合と修正箇所は見つけられないわよ」

坂口はそう言うとヘッドギアとゴーグルをつけて、指定された〝土蜘蛛〟の後部ポッドに乗り込んだ。ポッドは、人間一人を収容するのに、ちょうどギリギリの空間容積しか余裕がない。

この蜘蛛型多脚歩行ロボットは、戦車ほどの重装甲ではないが、一番被弾しにくい最後部に乗員収容ポッドを配置することで、被弾する確率を極力下げることに成功している。

被弾率が一番高いのは、光学や電子センサー系統と電子頭脳区画がある頭部で、それに続くのはバッテリーを含む動力系統が集中している胴体部分だ。

主に移動用に使う六本の主脚部の根元は、この胴体部分から突き出ている。

それに比べて.30機関銃や四〇ミリ擲弾銃が仕込まれているのは、マジックハンドを兼ねた一対の前腕部であり、こちらは頭部の根元から突き出ている。

こうした機関銃や擲弾銃は、基本的には、対歩兵戦闘を想定した装備であり、相手が装甲車両や航空機、あるいは陣地攻略戦などの場合には、指揮下の〝傀儡〟たちが、相応の携行式ATMやSAMを持って随伴することになる。

前腕部に内蔵されたマジックハンドは、必要に応じて光学や赤外線センサーで対象物を確認しながら、部品の分解や結合作業をおこなうことを想定している。

つまり将来的には、後部の乗員ポッドから遠隔操作で、地雷除去や不発弾そして時限爆弾を解体するレベルまで、前腕の操作精度を向上させることを目論んでいた。

もし坂口の狙いどおりに〝土蜘蛛〟の前腕部の精度が向上すれば、歩兵の火力支援だけでなく、戦闘工兵の任務も兼任できるようになり、その分だけ〝土蜘蛛〟の改良型の配備増加が見込めるわけだ。

本音を言えば、人的損耗の多い戦闘兵科のすべてを、人間の代わりに〝土蜘蛛〟や〝傀儡〟に置き換えることができれば、日本国防軍は将来的に、人的損耗を一切心配する必要のない軍隊になる。つまり少子高齢化時代に向けた軍備の切り札が、この機械化兵で編成された部隊である。

赤ん坊から一人前の兵士に育て上げるのに約二〇年の月日と、兵士への教育訓練に一八カ月がかかる。

ロボット兵ならば、生産ラインを立ち上げれば、一時間で数体の生産が可能だし、戦闘や演習を繰り返すことで、短期間で経験値を向上させられる。加えて記憶の並列化を繰り返せば、一定程度の戦闘能力を備えたロボット兵を大量配備できる利点がある。

「むろん初期投資額は巨額だが、その分の経済効果はきわめて高い。資金さえあれば、短期間のうちに一定水準の戦闘能力を備えた戦闘部隊を確保できる」

坂口少佐らは、次世代型国防軍のモデルケースを目ざす防衛省と経産省、それに文科省が手を組んだ三省合同プロジェクトの一環として、この戦場に派遣されてきた。

戦場の無人化は以前よりも進んではいたが、それは航空機や艦艇、車両などを遠隔操作に切り替えて、搭乗／操縦要員の人的損耗を極力抑え込む発想であった。

しかし日本の発想は、闘う戦闘員そのものをロボット兵に置き換えるもので、人的損耗のない戦闘をおこなうことに、研究開発の力点が置かれている。

同じ視点から研究をはじめた日米両国だが、米国は兵員そのものを強化外骨格や耐弾装甲で覆う強化装甲服を採用して、死傷者の数を大幅に減少させる装甲突撃兵《アーマー・トルウーパー》の思想に固執した。

この基本形となった強化外骨格の原型も、日本で介護職員用や高齢者の土木作業向けの補助器具として開発されている。

だが日本が発想したロボット兵は、米国でもアイディアこそあったが、日本以外の国では、どこも試みていなかった。

初期型ロボットの用途は、イベント用かサービス業務用に限定されていたが、次第に3K（危険、汚い、キツイ）分野で、人間の代行ができるように実用化された。

そして、ついには究極の3Kである戦場に対応できる一般歩兵型〝傀儡〟、分隊指揮官兼火力支援型多脚歩行戦車〝土蜘蛛〟が開発実用化された。
ほかにも、各種偵察用途に特化した偵察専用ロボットも研究開発されている。

7

歩兵型戦闘ロボットの開発に際して、開発者は〝傀儡〟の機能を将棋の駒の「歩」と位置づけた。基本的に集団で行動し、「香車」か「桂馬」に相当する下士官（伍長、軍曹）の指揮下で闘う。

この分隊下士官に相当するのが、強化装甲服の概念をロボット化した多脚歩行戦車〝土蜘蛛〟だ。〝傀儡〟を指揮するための能力を、あえてロボットには要求せず、古参兵の伍長や軍曹に託した。

〝傀儡〟は単独行動より、二体一組の連携行動がいいと判断され、一個歩兵分隊の定数の倍にあたる三〇体が基本定数とされていた。

それを統率指揮するのが、各種高性能センサーと高い通信機能を持つ〝土蜘蛛〟だ。

〝土蜘蛛〟は統率指揮と同時に、機体の搭載量に余裕があることから、大量の携行弾薬を必要とする分隊支援機関銃と擲弾銃を左右の手脚に装備し、主に分隊の火力支援を担当する。また多脚化することで、高い不整地走破能力を確保した。

二個分隊分の火力を維持する観点から、小隊には五機の〝土蜘蛛〟が配備され、このうち二機には小隊指揮官の軍曹と副指揮官の伍長が搭乗する。これ以外の機体は、軍曹及び伍長の機体から遠隔操作される。

しかし戦闘に突入すると、軍曹や伍長の多くは、自分の周囲にいる〝土蜘蛛〟や〝傀儡〟以外の正確な状況や動きが把握できず、ほぼ自動戦闘モードのままに交戦を続けていたことが、これまでの交戦記録の分析で判明した。これが被害が続出した原因であった。

ただ漫然と自動戦闘モードで動かしていれば、その動きは敵に読まれて、銃撃されやすくなるのは当然のことだ。しかも分隊を指揮する軍曹の〝土蜘蛛〟が被弾、損傷して、指揮権の継承が適切に伍長に引き継がれず、分隊そのものの動きが終息したケースもあった。

またシステム全体を統制する少尉の〝土蜘蛛〟が、真っ先に被弾、負傷して後送され、補佐役の曹長が統制指揮に不慣れだったことが、部隊の混乱を一層助長したことも判明した。

そこで坂口少佐は、背後からロボットの動きを監視し、かつ頭上に展開した複数の偵察ドローンから中継される鳥瞰映像を、ポッド内のゴーグルモニターに反映させせながら、各分隊の軍曹に適切な情報を提供する情報統制役に徹することにした。

特に新米の少尉や中尉の多くは、幹部学校を出たばかりで、防衛大学校や一般大学の工学部系を修了して、理論上はこのロボットシステムを理解できていても、ロボットを駒のように動かす点では、一般隊員からの叩き上げの軍曹や伍長と比べると格段に劣る。

本来なら経験豊富な補佐役の曹長が、この新米将校に代わって指揮を執るべきなのだが、曹長の多くは小隊長から直接指揮権委譲がおこなわれない限り、上官に遠慮して積極的には指揮を執らなかった。

後方でモニター中に、この事実に気づいた坂口少佐は、自ら前線に参加して、各戦闘中隊の「一元的な指揮統制をおこなう」と一方的に決めて、連隊本部に通告した。

「私がおこなうことを逐一記録して、あとでこれを戦術指揮プログラム化しなさい」

坂口少佐は、主任の技術大尉に、こう命令すると、起動した〝土蜘蛛〟のポッドに乗り込んだ。無論この坂口少佐の決断に異論を挟める者は、連隊長の伊藤大佐を含め連隊本部には誰もいなかった。

このロボット戦闘団システムを技術研究本部で提唱して、研究開発実用化に漕ぎ着けた功労者は、防衛省委託技術学生から、技術系幹部に抜擢登用された理系女子第二期生坂口遙技官（三尉相当）本人であった。

もともと私立の工学部精密機械工学科で、卒業論文テーマにロボットの集団制御プログラムを選んだ坂口は国立大学の大学院進学時、親に頼らずバイト以外の方法で学費と生活費を稼ぐために、偶然公募されていた防衛省の委託奨学生制度に応募したのだ。

当時の防衛省は陸上戦闘部隊のロボット化構想を検討中で、応募した坂口は、まさに一番獲得したい技術系の人材であった。

坂口は大学院卒業後、防衛省に幹部技官として採用され、そのまま米国のマサチューセッツ工科大学ＭＩＴの大学院に二年間の留学を命ぜられた。

その後、ネット・ゲームの技術と理論をもとに、集団制御戦闘プログラムの研究を完成させ、それで博士号を授与されて、国防総省からの誘いを蹴って帰国した。

そして一尉に昇進後、技術研究本部の主任技官として任官した。

仕事は戦闘用自動人形〝傀儡〟とその集団を遠隔制御する、多脚歩行戦車〝土蜘蛛〟の制御プログラム開発だった。

当時技術面では、ロボット本体は完成しても、それを動かすソフトが未完成のままであった。

とりあえず〝土蜘蛛〟には、経験豊富な分隊指揮官（陸曹）が搭乗して、思考制御装置で指揮する方式で実用化試験が進んでいた。

だが集団制御をおこなう一方で、個々の〝傀儡〟や〝土蜘蛛〟が、与えられた戦闘隊形を維持しながら、自由に戦闘をするには、まだプログラム上での補正や修正が必要であった。

特に分隊指揮官の軍曹や伍長が目の前の戦闘に注意を集中させるあまり、具体的な指示が出なくなると、途端に〝傀儡〟や無人の〝土蜘蛛〟の動きが緩慢になったり、画一的な行動しかできなくなることが、戦闘時には大きな問題との指摘がされていた。

そこで坂口は、技研が開発中の自動判断戦闘プログラムに一部修正を施した。つまり自己判断基準の幅を広げて、〝傀儡〟や〝土蜘蛛〟の各個体が、分隊長や副分隊長（伍長）から指示や命令された範囲内でおこなう戦闘行動に一定の柔軟性を持たせた。

これにより分隊を指揮する軍曹や伍長が目前の戦闘に夢中になり、自分の視野から外れた範囲外の〝傀儡〟や〝土蜘蛛〟に新たな指示や命令が出せなくとも、各機は事前に下された命令や指示の範囲内で、自己判断に基づいて戦闘行動が継続できる。

また軍曹や伍長の乗機が相次いで被弾損傷して、人間指揮官が直接命令を下せない状況下でも、隣接する分隊や後方の小隊長や中隊長の判断を仰いで、その間も戦闘の継続が可能になった。

坂口は、これまでの戦闘データの蓄積と情報の並列化により、一時的に指揮の代行が可能な〝予備軍曹〟の疑似人格を無人の三機目の〝土蜘蛛〟に与えるプログラムを、緊急対応策として組み上げてきた。

これは伍長の乗機が作動不能に陥ったとき緊急作動して、分隊の指揮を執る。さらに部隊の最後尾に陣取る坂口少佐が、新たに組み上げた交替《チェンジ》プログラムを作動させると、新たな戦力交替や補充が可能になった。

それは分隊指揮官の軍曹や伍長の乗機が損傷して、戦列を退いた分隊から、無傷の〝傀儡〟や〝土蜘蛛〟を選び出し、後方で弾薬やバッテリーの補充交換や各部の点検を受けると、前線で戦闘中の各分隊へ追加増援戦力として送り出すプログラムだ。

この交替プログラムを効率的に使うことで、第一線で戦う有能な指揮官が指揮する分隊には、後方に下がる部隊から抽出した無傷の戦力が常に補充されて、戦力が大幅ダウンすることがほとんどない。

逆に無能な指揮官や、彼我の損害を省みない無謀な指揮官を早々に前線から下げ、その部隊を実際には、補充戦力の供給源としてみなすこともできる。

〝傀儡〟や〝土蜘蛛〟の戦闘記録は、戦闘が終わるたびに回収され分析調査された上で、翌日には並列化されて、各機体の記憶媒体に戻されるので、「戦果の差は器材のせいだ」と責任転嫁することはできない。

これは分隊指揮官の戦闘指揮能力の個人差が、露骨に評価できるシステムでもある。

坂口はこの第三機械化歩兵連隊が、表向き〝実験部隊〟だということもあって、演習段階から〝無能や評価以下〟と判定された軍曹や伍長を次々と交替させた。

「私たちが研究開発したブリキの兵隊には、随分と税金が費やされています。それを無駄に使われたら、納税者が我々を許さないでしょう。

このロボット兵が、兵器として使い物になることが戦場で証明できれば、政府が徴兵で素人を集めて、無駄な教育訓練に予算を浪費するより効率的です。

そしてこの『傀儡』と『土蜘蛛』の配備に予算を割くことが、より効率的だと納得させることができるはずです」

着任早々に坂口遙少佐は、第三機械化歩兵連隊の幹部や分隊指揮官の前で、このように断言した。

実際、この実戦を想定した演習訓練では、坂口は容赦がなかった。

気温が氷点下になる極寒の真冬でも、中隊単位の実戦演習を継続させたし、さまざまの困難な状況下でも、徹底して戦闘データ採取を優先した。

「ポッド内の構造は、宇宙服と同じ気密構造です。気圧や温度はむろん、耐ＮＢＣ（核生物化学兵器）状況下でも、内部は通常環境と同様の条件下に保たれています。

したがって、この閉鎖環境下で分隊指揮官及び副指揮官各自の体力と精神力、それに判断力が、どれほどの時間保てるか、それが評価基準になると思います」

ある意味で強化装甲服を着用した機動歩兵と同等の能力が、この〝土蜘蛛〟の搭乗者には求められた。

しかし一番大変なのは、そのポッドの中で各〝傀儡〟や無人機の〝土蜘蛛〟、あるいは偵察用ドローンから刻々と伝えられる情報を、ヘッドギアとゴーグルを通して脳内で整理し、体系的に戦場の動きを考えることだった。

ポッド内で乗員に要求される任務は、自ら銃を手にして闘うことでもなければ、〝土蜘蛛〟の操縦でもない。

基本的には〝土蜘蛛〟もロボットなので、自己判断で行動し、命令を受ければ前腕に装備した機関銃や擲弾銃を駆使して、敵と交戦することもできる。

照準や射撃は、あらかじめ入力ずみの戦闘射撃モードにしたがっておこなわれるので、乗員は直接引き金を引く必要すらない。だから乗員がやるべき唯一の任務は、思考して指示を出し、命令の形で決断することである。

無論、ネットやセンサーを通じて各種の必要な情報が、視覚や知覚、聴覚を通じて絶え間なく流れ込んでくる。

個々の〝傀儡〟や〝土蜘蛛〟は戦闘用ロボットであると同時に、高度な各種探知能力を備えたセンサーの集合体でもあるのだ。

こうして個々の〝傀儡〟が視界内に捉えた敵は映像情報となり、指揮官の脳裏に直接送り込まれる。

〝傀儡〟の光学センサーは、夜間は赤外線や熱源探知センサーに切り替えられ、それが捕らえた情報は映像情報として、分隊長の視野に送り込まれる。

また聴覚センサーは、敵兵が動く微かな物音をあまねく捕らえて、増幅後に分隊長の耳に伝える。

つまり分隊指揮官は、これらに慣れていないと、指揮下にある多数の〝傀儡〟や〝土蜘蛛〟が捉える情報の洪水に呑み込まれて、収拾がつかなくなる。

坂口少佐が、こうしたロボット分隊を率いる軍曹や補佐役の伍長に要求したのは、膨大な情報の中から、必要な情報だけを選び出し、即断即決して、なおかつ敵の数手先の動きを読み取り、素早く先手を打てる有能さであった。

兵士からの叩き上げの下士官の多くは、自分で体を動かして、部下に手本を見せることは得意でも、将校のように巧みに部下を操り、自分の思ったように動かすことは、苦手とするタイプが圧倒的に多かった。

ただこれは人間の新兵を相手にする場合で、機械が相手だと、命令や指示を出して、自分の思ったように動かすことができれば、それでいいのだ。

〝傀儡〟や〝土蜘蛛〟を文字どおり将棋の駒のように、役目を果たす道具として使いこなす勝負師の発想のできる人物が一番適していた。

事実、沿海州へ派遣されるまでに坂口少佐が選抜した人材は、ある意味では職業軍人と言うよりも、場違いな印象を与える顔ぶれが多かった。

「ロボット分隊の指揮官に必要なのは、優秀な軍人よりも典型的な職人気質、言わばオタクなゲーマーやパチプロか、博打打ちのような連中ね」

坂口少佐は、選抜の適性検査を通過した分隊指揮官や補佐役の伍長らのリストを、パッドで確認しながら言ってのけた。

どちらかと言えば、生身の人間を率いて闘う軍隊には、不向きな人間ばかりだが、感情や信頼関係が成立しない自動人形を指揮して闘う以上は、逆に親密な人間関係を築くのが苦手な人物の方が、よりシステムに適合しやすい。

「短時間に尋常ではない集中力を発揮して、相手の手のうちを読み、その場の勝ち負けにこだわる連中ばかりが、今回は揃ったようね」

ある意味では、典型的な体育会系社会の陸上国防軍には不向きな人間ばかりだが、第二師団だけでなく、北部方面軍全体を対象に検索してみると、それなりの適合者が確保できた。

もともとアニメやゲームに「ハマる」、通称「オタク」が市民権を得て、すでに一世代が経過している。幼児のころからゲーム機やパソコンを自由に使いこなして育った人間が、卒業後の就職先に、安定した職業として、特別公務員である国防軍（旧自衛隊）隊員を選んでも不思議ではない。

確かに戦争さえなければ、お役所である以上は、倒産の心配はないし、希望すればさまざまな資格が公費で取得でき、じつに安定した職場なのだ。

「人事の言うとおり、『我が社（国防軍）には、多士済々な人材が揃っている』わね」

とりあえず、第三機械化歩兵連隊の編成に必要な幹部と整備支援部隊、メーカーから派遣された技術者、それに選抜された下士官兵らによって、必要最低限度の人員は確保された。このほかに技術本部から、坂口技術少佐を筆頭とする、技術研究班やプログラム管理中隊も派遣され、連隊本部の直轄指揮下に入った。

このプログラム管理中隊は、名称こそ管理中隊だが、本国の複数の民間企業と連携して、〝傀儡〟や〝土蜘蛛〟の制御運用プログラムソフトのテスト版を毎回試験しては、そのたびに問題点を見つけ出し、改修や修正を加えるのが主な任務である。

だから技術研究本部内では、〝バグ獲り中隊〟の通称で、よく知られている。

中隊長の井上孝司技術大尉は、もともと大手ＯＳメーカーの研究所で開発主任をしていたが、機械化偵察連隊の伊藤大佐が坂口少佐に紹介した結果、その場で技研に引き抜かれた。

日本の場合、〝傀儡〟や〝土蜘蛛〟は技術的には戦闘ロボットとして、一応の水準に達してはいるが、問題はそれを動かすソフトの開発であった。

演習や訓練では、一通りの作動状態は確認されていたが、実際の戦場では、まったく想定外のトラブルやアクシデントは付きものだ。

その点では、実際の戦場に投入してみて、現場で起きた状況に対処しながら、細部の調整や手直しを加えつつ、実戦仕様に仕上げていくしかないというのが、この計画を仕切る現場責任者の坂口少佐の持論でもある。

「早い話が、出たとこ勝負よ。いくら実験の段階で、無駄な議論や試験を繰り返しても、実際の変化は戦場で起きているのよ。技術屋は現場に駆けつけて、その場で解決策を考え出して、柔軟に対処していかない限り、最前線の兵士たちに信頼される兵器は完成できないわ」

こう言って坂口は技研本部を飛び出して、派遣出動準備で大忙しの旭川へ飛び、現地に足を踏み入れると、その日から、派遣に必要な人材や装備の確保に奔走《ほんそう》しはじめた。

まず各方面に次々と連絡を入れると、まだ実験段階であった第三機械化歩兵連隊の運用に必要な人材と装備を短期間のうちに揃えている。

ここで、ようやく第三機械化歩兵連隊は、実戦投入に必要な陣容を整えた。

8

郊外にある市街地に向かって攻撃をはじめた統一朝鮮軍部隊の背後を遮断するように、第三機械化歩兵連隊の各戦闘中隊は分隊単位に分かれた。

このとき各分隊は、互いの位置をＧＰＳで確認する一方で、正確に相互の連携を維持しつつ、包囲網を形成しながら、徐々に前進をはじめた。

一方、統一朝鮮軍部隊は、目前の市街地に立て籠もる米第2歩兵師団の一個歩兵大隊を攻撃するのに、指揮官を含めて全員が神経を集中していた。

これは覚醒剤を使用した際に、しばしば起きる現象である。目前で起こっている出来事に全神経を奪われ、周囲や背後には注意が及ばない。

だが、人間と違ってロボットは、余計な殺気や気配を感じさせずに、密かに敵に接近することができる。

ただ〝傀儡〟は、事前にプログラムしたとおりの動きしかできないから、刃物を使った無音の接近戦闘には不向きの兵器である。

最初の奇襲はうまくいっても、相手に警戒されたり、素早く対応されたりすると、柔軟な反応ができないロボットの宿命で、簡単に動きが読まれて、返り討ちに遇う。

人間は格闘戦の際に、はったり《ブラフ》を仕掛けて、相手の心理的な動揺を誘い、巧妙な駆け引きをすることが多い。

つまり対人白兵戦では、型通りの反応しかできない〝傀儡〟は、その先の動きを読まれてしまう。

そこで戦い慣れした敵の古参兵の手にかかると、言いように翻弄されて、最後には制御系統の配線が集中する胸部や、振動に弱いセンサー類の多い頭部に一撃を食らい、その場で戦闘不能にされる。

いくら修理可能な機体でも、頭部と胸部とを繋ぐ構造上で一番脆弱な部分、人間の首の部分を縁が鋭い工兵用スコップや手斧の類いで切断されたら対処できない。

この報告を受けて坂口少佐は、新たなプログラムの変更を指示した。

「極力『傀儡』での白兵戦は回避するように、至近距離での接近戦では可能な限り銃撃と擲弾の投擲で、敵兵に対処するべく戦闘コマンドを修正しろ。

それから壕内や屋内での戦闘では、白兵戦を避けるために、散弾《シエルシヨツト》の優先使用を命ずる」

坂口少佐としては、屋内での接近戦対策は急務であった。屋内での掃討戦の際には、格闘戦で簡単に制圧できると敵に知られるのは致命的だ。

〝傀儡〟が一番得意とする連携戦術が、電波が遮断され障害が多い屋内では、集団ではなく、単独戦闘を強いられる。

これは機体が頑丈な〝土蜘蛛〟ならば、その強力なパワーに物を言わせ、単機でも敵兵を圧倒できる。しかし〝傀儡〟は、開発段階から標準的な成人男性と同程度のパワーという設定である。

坂口少佐は統一朝鮮軍が攻撃を開始した市街地の外側に包囲線を敷いた。地図上で確認すると、その包囲線の外側には、第二五、第二六装甲歩兵連隊が支援の第二戦車連隊とともに前進して、市街地と都市部とを分ける外周道路一帯を封鎖していた。こうして統一朝鮮軍本隊の退路は、日本軍部隊の手で断たれた。

その上で、多国籍軍の攻勢は続いた。まず都市部に突入した米陸軍第2歩兵師団の重装備歩兵旅団とストライカー旅団が背後から攻撃し、正面からは港湾部を確保した海兵隊師団が、戦車や強化装甲服の重装歩兵だけでなく、岸壁接岸した揚陸艦から自走砲やMLRSを続々と揚陸させて、支援火力態勢を整えていた。

陸上の火力支援態勢が整ったら、沖合からの艦砲射撃に頼る必要はなくなり、あとは一気呵成《いっきかせい》に敵軍の前線を破壊して、都市部に突進できる。

海兵隊は、敵前上陸部隊といった性格があり、一気に畳みかける速攻を得意とする部隊だ。逆に陸軍は、一部の特殊部隊や緊急展開部隊を除き、正規軍だけに四《よ》つに組んだ戦い方が得意だ。

海兵隊は勢いをつけて槍のように突入して、一気に戦線を突破し、敵陣そのものを破壊する。特にM1A3戦車と強化装甲服を着用した重装歩兵の集団は、抵抗して時間稼ぎを試みる敵兵に対しては容赦がなかった。

この重装甲歩兵を食い止めるには、通常の突撃銃や機関銃では不可能で、.50口径以上の対物狙撃銃か、対戦車無反動砲を持ち出さない限りは無理な話だ。

ただ、こうした大型の対物狙撃銃や対戦車無反動砲は、その外形の大きさから遠方や上空からでも監視用ドローンを使えば、容易に発見できる。

ドローンがこれを発見すると、即座に警報が発せられ、危険区域内にいる重装甲歩兵は、即座に発煙弾を発射して安全地帯まで後退するか、軽迫撃砲班に依頼して、その潜伏地点へ集中的に砲弾を撃ち込む。

海兵隊の重装甲歩兵隊には、必ず迫撃砲や対物狙撃銃、大口径機関砲、対空／対戦車ミサイルなどの重火器を装備した火力支援小隊が、ストライカー装輪装甲車とともに随伴している。また重火器支援分隊が間に合わない場合には、M1A3戦車が、重装甲歩兵隊からの要請を受け現場に駆けつけて、直接照準で火力支援をおこなう。

米軍の戦車は、その用途のために徹甲弾以外に、焼夷効果を期待できる各種の砲弾、具体的には徹甲榴弾、粘着榴弾、対人散弾、発煙弾などを搭載して、状況に応じて使い分けている。

実際に海兵隊の強化装甲服を着用した重装甲歩兵とM1A3戦車は、抵抗する統一朝鮮軍の拠点を確実に粉砕して前進した。

これに対して陸軍部隊は、その性格上、前線に強力な陣を敷き、強力な火力と装甲打撃力で、海兵隊に押されて敗走する敵軍部隊を待ち構えて、金床のような強硬な防御陣で確実に押し潰す。都市部に潜んでいた統一朝鮮軍部隊は、海兵隊の攻撃を受けて、確実に都市部内の拠点から追い立てられていた。

殿《しんがり》を命ぜられた部隊は、中隊単位で強硬に抵抗を続けたが、海兵隊の重装歩兵は、敵兵の立て籠もる陣地が孤立していると判ると、重火砲による破壊に切り替えた。

この場合は、自走砲のスマート砲弾やMLRSの地対地ロケット弾を、携行式レーザーポインターで誘導して、確実に一発で破壊していた。これが複数の火点で構成する複合陣地であれば、中隊規模の自動砲やMLRSの斉射で、跡形もなく叩き潰して沈黙させる。

すでに日米の特殊部隊の活動により、統一朝鮮軍の高級将校や政治将校らを捕虜にして、詳細な情報を入手ずみであったために、海兵隊は別段、情報入手の目的で捕虜を捕らえる必要はなかった。

そこで海兵隊師団司令部は、自主的に武器を捨て降伏してきた者以外は、危険を冒して捕虜をとる必要性を認めなかった。

事前の情報では、朝鮮軍部隊は［計画的に将兵を覚醒剤中毒にしたヤク中部隊］として知れ渡っていたから、当然、海兵隊員も躊躇しなかった。

米国社会でも麻薬中毒者《ジャンキー》は、潜在的な異常者とされ、警察も問答無用で発砲する。だから基本的には、統一朝鮮軍相手の戦いは、殲滅戦になっていった。

陸軍部隊が、市街地と都市部の境目にあたる外周道路に阻止線を敷いた理由の一つは、凶暴な薬物中毒患者をナホトカ市街から外に出さないことが、その第一目的だった。

かつてベトナム戦争時代に、軍隊内での麻薬汚染に手を焼き、組織や士気の崩壊に直面した米軍は、その経験から薬物中毒に関しては、まったく容赦がなかった。

中毒患者は、戦時捕虜にすることすらおぞましい存在で、文字どおり〝害虫〟扱いだった。

その意味で、陸海空海兵隊を問わず、米軍が選択したのは、手間のかかる薬物患者の捕虜は、［必要最低限度にする］との暗黙の了解だった。

都市部を脱出して、市街地への撤退を試みる朝鮮軍各部隊の車列には、容赦なく中遠距離から、激しい火力を浴びせた。

多国籍軍が航空優勢を確保しているから、米軍は砲撃観測用のドローンを飛ばし放題で、遮蔽物の多い都市部から視野を遮る物がない市街地に出た途端、統一朝鮮軍部隊の車列は即座に発見される。

米陸軍が砲撃観測や戦場監視業務に使用するドローンは、独特の飛行音から通称蜂鳥《ハミングバード》と呼ばれる小型軽量なタイプのものである。

その特性から低空を低速で飛行して、必要ならば目標の上で空中停止して、砲撃観測以外にも、戦場観察や定点監視業務にも使用されている。

反面で空中停止できる利点を逆手に取られて、敵の対空火器や携行ＳＡＭで撃墜されることも多く、常に大量消耗を前提に投入されている。

そこでこのハミングバードは、基本的に群れで行動するようにプログラム制御され、一機が撃墜されて監視網に穴が空くと、隣接する空域の別の一機が移動して、その穴を埋めて監視を継続する。

また重装備旅団とストライカー旅団は、都市部を脱出した統一朝鮮軍部隊が、ほかの区域に逃げ込まないように阻止線を強化して、突破を試みる部隊は、その場で撃破して、予定した脱出路以外への移動を実力で阻止する。

このようにして、市民を盾に抵抗を試みようとする統一朝鮮軍本隊は、その移動途中に砲撃に遭遇して、甚大な損害を被っていた。

こうして戦いの主導権が取れない統一朝鮮軍部隊は、新たな脱出路を試みるたびに、予定針路上に押し戻され、最終的に多国籍軍が設定した殲滅地域《キルゾーン》へと、巧みに誘導されていた。

戦闘で動けなくなった車両は、そのまま放棄するしかなく、次第に統一朝鮮軍部隊の車列は短くなった。また、多国籍軍の偵察隊や協力者が仕掛けた爆弾や地雷が至る所にあり、一本道筋を間違えれば、出口のない袋小路に入り込んで、退路を爆破で塞がれ、進退窮まる場合すらある。

こうなると車両を破棄して徒歩で撤退するか、それとも待ち伏した米軍や蜂起した民兵の前に銃を置き、降伏するしか選択肢はなくなる。

海兵隊師団の正面攻撃により、約一個連隊が壊滅状態になり、同じく車体を瓦礫の中に埋没させた臨時の仮設砲座で火力支援を担当していた戦車連隊と自走対戦車砲大隊が消滅した。

統一朝鮮軍歩兵師団が被った損害は、これだけには留まらない。

まずは後退の途中で、師団直轄の砲兵連隊や工兵大隊、対空高射砲大隊、それに自動車化補給連隊などが大損害を被って壊滅した。

具体的な被害は不明だが、保有する兵器と車両・装備の大半を、路上の戦闘で喪失して、その車両に搭載されていた燃料、弾薬、食糧も車両とともに焼失している。

後退命令を出した統一朝鮮軍師団司令部は、司令部と残存部隊のすべてを後方の安全地帯へ撤退させる方針だった。

そのために、さらに一個歩兵連隊戦闘団を投入して、海兵隊の進撃を都市の中心部で遅滞させる手を打った。

一方、後方の撤退予定の市街地に先乗りしていた憲兵中隊からの連絡が途絶え、それを不審に思った統一朝鮮軍師団司令部は、偵察兵大隊を派遣し、それに続いて最後の師団予備である一個自動車化歩兵連隊を投入した。

もし地元の住民が、多国籍軍の攻撃に触発されて武装蜂起したのなら、この程度の戦闘部隊を送り込めば、鎮圧できると踏んだのだ。

しかし事態は、予想以上に深刻化していた。

市街地の奥に避難していたのは、無力な市民たちではなく、準備万端整えた米陸軍歩兵一個大隊で、統一朝鮮軍偵察兵大隊は、この市街地へ入り込んだ直後に、強力な部隊に背後を遮断されたことに気づいた。

そして後続するはずの歩兵連隊は、両翼から激しい攻撃に晒されて、偵察大隊と連携することができなくなっていた。

「これこそ一九三九年冬に、フィンランド領内に侵攻したソ連赤軍部隊に対して、フィンランド国防軍がガレリア地方で仕掛けたモッティ（薪）戦術の応用だ」

機械化偵察連隊の指揮通信車の車内で、50インチ大型液晶モニターを眺めながら、伊藤大佐は呟いた。

ほとんど人の手が入らない自然のままの針葉樹林が広がる湖沼地と、人の手で無秩序に拡張された港湾都市と市街地との差はある。

だがどちらも視界の開けた原野とは違い、通行可能な道路の数は限られ、鬱蒼とした森林や建築物で周囲の視界は狭められ、たとえ路外走破性能に優れた戦車でも、迂回路や自由に移動できる余地が極めて少ない。

つまり細くて長い腸のような通りを通るときは、部隊の車列はどうしても道幅に合わせて細く、長くなり、側面攻撃に対しては弱くなる。

能力のある指揮官ならば、ほかにも迂回路を探して、部隊を分割進撃させるように配慮するだろう。

だが万事心得た米陸軍第2歩兵師団歴戦の師団長とその幕僚が、両側面を二個旅団で強固に固め、迂回路へ入り込む隙を与えなかった。

それは辻や通りの横道に入りかけた場所で、擱座し、炎上している戦車や装輪装甲車の残骸をみればあきらかであった。

米陸軍第2歩兵師団は、あえて本格的な機甲戦闘は挑まなかったが、都市部の端から市街地の一部地域を除き、周囲をキルゾーンと指定した。

そこには、強化外骨格着用の対戦車猟兵や、光学迷彩着用の狙撃兵や遠隔着弾観測員を配置し、敵の想定外の動きに対して、目を光らせていた。

対戦車猟兵は、鉄筋コンクリート製ビルの中層階のフロアに陣取り、窓から距離を置いた位置から、ATMや無反動砲を装甲車両の上面ハッチ部分に集中的に撃ち込んでくる。

こうした兵器を屋内で使う場合、付きものの後方排気炎や爆風は、廊下に開け放したドアから、廊下方向へと一気に抜けていく。

ドアから逃がした爆風と炎は、廊下や通路にダメージを与えるが、各部屋は壁で仕切られているので、その影響をほとんど受けない。

またそのお陰で、室内にいる兵員は意外とダメージが少ない。

さらに窓から意図的に距離を取っているので、発射時の炎や煙は外からは視認し難く、警戒していても発見が遅れることもしばしばだ。

ＡＴＭや対戦車兵器を警戒するあまり、不用意にハッチから周囲を窺おうとすると、即座に狙撃兵の必殺の銃弾が飛来する。

米軍の狙撃兵は、古典的な擬装服《ギリー・スーツ》ではなく、より進歩した日本製最新光学迷彩の擬装《カメレオン・》服《スーツ》を導入している。

これは光ファイバーと液晶素子を組み込んだ繊維で織られており、シートの場合はそれに周囲の風景と酷似した映像を映し出して、その存在自体を隠し、狙撃要員や観測員は、その下に潜んで、存在を気取られずに目標を狙うのだ。

狙撃手は護衛を兼ねた観的手《かんてきしゅ》とペアを組み、車列の中から最適の狙撃目標を探す。

このとき、最優先で狙うのは、装甲車の上部ハッチから上半身を出して、周囲を警戒中の車長か、指揮車の車上で、部下に対して無線で命令や指示を出している指揮官である。

また装甲車両の車長は、大半が経験豊富な下士官で、指揮車で命令を出す指揮官の多くは、下級士官（尉官）か中級士官（佐官）の場合が大半だ。

通常の軍隊では、組織上命令を出す者が倒されれば、次の代行者が指揮権を継承するまでの間は、新たな行動が起こせない。

狙撃兵の仕事とは、その敵軍の指揮系統の空白を創り出すのが、最大の役目だ。車長を倒せば、車両の動きが鈍るし、指揮官が倒れれば、小隊や中隊の行動が停滞するのは確実だ。

戦闘時とは異なり、行軍中の部隊は、指揮官は隊列の先頭を進み、次席指揮官は殿《しんがり》の位置につくので、即座に指揮権の移行がおこないにくく、部隊に混乱が起きるのは必至だ。そして先頭車の指揮官が死傷して、次の指示が出せずに混乱しているときに、間髪をいれずに攻撃を加えれば、その効果は絶大だ。

このときに効果的な攻撃目標を見つけ出して、速やかに指示を出す役目は、周囲で一番高層の建築物の屋上に陣取り、逐一指示を出す砲撃観測班だ。

この班は二人一組で、砲撃観測員は前線通信兵と組み、後方の砲兵隊や上空の空軍機と連絡を取りながら、爆撃目標の座標位置を地図上の数値で指示するのが任務だ。

時には目標の位置確認に、遠隔操作のドローンを使うこともあるが、基本的には目視で確認し、最終的にはレーザー光線の目標追跡装置《レーザー・ポインター》で、スマート砲弾を直接誘導することもある。だが、もし砲爆撃の観測誘導中に、その位置が敵に発見されれば、確実に攻撃される。

任務遂行中に敵に捕まれば、捕虜にされるよりも、狙撃手と同様に、恨みから射殺される可能性が非常に高い、危険な任務でもある。

だから狙撃手と同様に、敵に包囲され、進退きわまったときには、［ポイント０、誤差修正００］と指示することもまれにはある。

それは自分たちの現在位置に、直接砲弾を撃ち込めとの合図であり、自分らを包囲している敵兵を巻き添えにして、一緒に吹き飛ばせとの〝直接砲撃〟の合図でもある。

無論大抵の場合は、敵に感づかれて潜伏位置が露見する前に、素早く次の潜伏ポイントへ移動するのが前線観測員の常識である。

優秀な砲撃観測員ほど、敵の余計な注意を引かぬように、ほどよい引き際を心得ているものだ。

また敵の注意を引きやすい場所に、囮の観測点を設けて、注意をそこに引きつけ、敵の目を誤魔化す工夫などのさまざまなテクニックを駆使する。

最先端技術の光学迷彩式シートの使用も、これら砲撃観測員の存在を敵に気づかせないための擬装の一つにすぎない。

観測員は狙撃手とは違い、己の存在を敵に気づかせたら、この任務は失敗なのだ。

無人兵器が戦場に登場する前、中東地域で勃発した紛争の最中に、深夜敵中に潜入して、敵軍のど真ん中で砲撃地点を矢継ぎ早に指示した観測チームがいた。

その結果、遠距離砲撃と空爆だけで、イラク軍の一個機械化師団を、ほぼ壊滅状態に追い込んだのである。

この二人は、前日の空爆で大破した戦車の残骸の中に潜り込み、砲撃の最中も終始、座標点と着弾修正を、乱数暗号で圧縮したデータにして衛星通信経由で送り続けた。

特殊部隊出身の二人は、この猛烈な爆撃の中を二日二晩にわたって耐え抜き、四日目に友軍に救出されて、基地に無事帰還している。

そんな凄腕の砲撃観測員の伝説も、今では時折耳にする戦場の逸話にすぎない。

しかし時代は、有人観測員から、無人の偵察ドローンを多数飛ばして、索敵をおこなうようになりつつあった。当然ドローンは、索敵中に敵に発見され撃墜されるが、すでにその消耗を、投入数で補う時代に突入していた。

そして伝説の砲撃観測員が活躍する時代は、もはや過去の話になっていた。ただ相変わらず長距離狙撃だけは、職人気質で腕を磨いた狙撃兵らの手に委《ゆだ》ねられていた。

9

米陸軍では海軍や海兵隊、特殊作戦群とともに、狙撃兵の育成には伝統的に力を入れていた。

それは過去に米軍と交戦した独軍、日本帝國陸海軍、中国紅軍、それに加えて中東のイスラム過激派勢力が狙撃を重視していたからである。

したがって米軍もこれに対抗するかのように、〝狙撃兵狩り〟を専門とする対抗狙撃手《ハンター・スナイパー》を意識的に育成していた。

もともと狙撃は.30（七・六二ミリ）小銃弾の有効射程距離範囲内一〇〇〇メートル台が常識だった。

だがフォークランド紛争でアルゼンチン軍が陣地に備えた.50（一二・七ミリ）M2ブローニング重機関銃を単射に切り替え、長距離狙撃で上陸した英軍を悩まして以来、これが脚光を浴びた。

それ以来.50重機関銃弾を使う最大有効射程距離二〇〇〇メートル台の狙撃が流行した。各兵器メーカーは、さすがにこれを大口径狙撃銃とは宣伝できずに、商品名を対物狙撃銃《アンチ・マテリアル・ガン》と称して販売している。

中近距離では対装甲車銃として使い、遠方の敵兵には狙撃銃としての効果が期待できる。

口径は50で一四・五ミリ、二三ミリまでと、さまざまだが、構造上操作が簡単で、故障が少ない槓杆式《ボルト・アクション》の単射連発式が圧倒的に多い。

こうした長射程狙撃は、肉眼では容易に認識されない距離から確実に命を奪い、敵の指揮系統に混乱を引き起こさせ、敵軍の動きを抑制することができる。

今回もほかの市街地への迂回を企んだ敵の車列は混乱していた。

狙撃により、多数の現場指揮官に死傷者が続出したことで、統一朝鮮軍部隊の行動にブレーキがかかったのである。

現場指揮官が次々と死傷した部隊の士気は低下して、事前に予定していた後退通路や別地域への移動は悉《ことごと》く失敗に終わった。

前線の激戦が予想される戦闘兵科の部隊では、指揮継承順位が厳密に定められており、将校や准士官、下士官の大半が死傷するまでは、指揮系統は維持される。

だが補給部隊を含め、支援兵科部隊の多くは、指揮継承順位そのものが曖昧《あいまい》で、将校や准士官の大半が死傷すると、部隊は統制がきかなくなっていた。

生き残った兵員は死傷者と車列を放置して、全員が逃走した。

このような状況は、都市部の各所に米陸軍が上空に展開していた偵察ドローンにより、逐一映像と音声が録画記録されている。

これを分析した結果、統一朝鮮軍の中で高い練度と士気が現在も維持されているのは、旧北朝鮮人民軍特殊作戦軍団所属の偵察兵や軽歩兵旅団を改編した歩兵連隊と偵察兵大隊、戦車大隊に限られており、いずれも麻薬を使用している模様だ。

そして旧韓国軍の後方支援部隊を改編した他の支援兵科の部隊は、もともと朝鮮人民軍の所属部隊ではない。

どちらかと言えば、韓国陸軍所属の後方支援部隊を集成して、急遽編成した臨時編成部隊という感が強かった。

士気や戦意がきわめて低く、傍受した通信記録を調べても、師団司令部がこれらの直轄部隊の戦闘力を不安視していることが、よく理解できた。

そこで、第2歩兵師団司令部から報告を受けた多国籍軍司令部では、一連の情報を詳細に検討した上で、統一朝鮮軍師団所属の〝歩兵連隊〟や傘下の〝偵察大隊〟の殲滅を最優先にし、第1海兵隊師団や陸上国防軍第二師団に緊急通達を出している。

これらの通達は、乱数暗号化した情報を圧縮した形で、師団の情報ネットワークで一斉送信されている。

こうした情報通信は、受領者が自分の兵籍番号と個人識別コードを入力したのちに、はじめて解読できる。

内容は次のようなものだ。

[各部隊指揮官は、とりあえず麻薬中毒兵《ジャンキー・コマンド》への対処が最優先だ。捕虜にしようとはせず、テロリストと同様に駆除を優先課題だと心得て対処されたし……]

との師団長名の指示文書が一通。

もちろん捕虜虐待などの〝人道上の問題〟だと、マスコミに漏れて騒ぎにならぬように、一回のみの閲覧で消滅するようにタイマーがセットされていた。

それに師団司令部から、この師団長通達を意図的に隠す目的で送られた、正規の記録に残される〝正式通達〟が一通であった。

このような師団長指示と緊急通達が、各小隊長及び分隊軍曹宛に出された。

これは一般将兵宛の通達ではなく、戦場で直接部下を率いる小隊や分隊指揮官を対象に発信された業務命令であった。

この命令を簡単に言えば、統一朝鮮軍歩兵部隊の兵士を捕らえた場合には、自爆目的の狂信的なテロリストと同様に、細心の注意を払って対処しろという指示だ。

その中には「たとえ武器を捨てて、抵抗の意志がないことを見せて、降伏してきたとしても、決して気を緩めるな」との警告以外に、「特別指示」も含まれていた。

それは「もしも捕虜が不審な動きをみせたら、単に戦闘能力を奪うだけでなく、問答無用で射殺しても、軍法会議では告発されない……」との緊急対応措置だった。

また「統一朝鮮軍部隊の将校及び政治将校を捕虜にした際には、自殺を防ぐために、衛生兵の手で麻酔薬を注射して昏睡状態にした上で、負傷者扱いで、情報部へ最優先で引き渡すように」との特別指示も出されていた。

これは共産軍では原則として、本部からの情報や命令は、将校や政治将校以外には伝達されず、下士官兵には情報を一切与えていないことから出た指示だ。

このようにして米陸軍第2歩兵師団と第3海兵隊師団は、着実に統一朝鮮軍師団をナホトカ市内から事前に予定していた市街地の一区画へと徐々に追い込んでいた。

しかも一連の戦闘過程で、統一朝鮮軍師団の固有戦力のうち、歩兵部隊や戦闘兵科を中心に兵力の約三〇パーセント程度、火砲や車両の約五〇パーセントの装備を確実に消耗させていた。

統一朝鮮軍にとって致命的であったのは、段階的な撤退をおこないながら、海岸から侵攻する米海兵隊に多大な出血を強いる遅滞戦術の作戦計画が、内陸部の郊外から突如侵攻してきた日米軍部隊により、撤退先に予定していた市街地が奪取されることによって破綻してしまったことだ。

さらに大きな計算違いは、人質にする予定のナホトカ市民の多くを収容していた居住区を多国籍軍部隊が一足早く奪取し、住民の大半を救出したことだ。

はじめ市街地を確保するために突入した統一朝鮮軍の偵察兵大隊は、米陸軍第2歩兵師団所属の歩兵旅団が市街地内に敷いた布陣に対して、果敢な攻撃を仕掛けた。

しかし増援として到着する予定だった第三人民軍歩兵連隊は、直前で陸上国防軍第二師団所属第三機械化歩兵連隊と第二五、二六自動車化歩兵連隊戦闘団に包囲されて、その場で完全に足止めされていた。

興味深いことに第二五、二六の二個連隊は隣接する市街地のほかの区画と外周道路とを封鎖することが主たる目的であるため、積極的に統一朝鮮軍へ攻撃を仕掛ける動きは見せなかった。

四輪軽装甲車に乗った日本兵らは、時折銃撃を加えるほかは、携行式ATMや無反動砲を撃ち込んでくる牽制攻撃が主体で、あえて積極的な攻勢を自重しているようにもみえた。

そこで統一朝鮮軍が突破を試みると、日本側は偵察大隊所属の装輪戦車（機動戦闘車）や戦車連隊から派遣された戦車中隊の一〇式中戦車を惜しみなく投入して、阻止行動に出てきた。

その結果、戦線の強行突破を図った統一朝鮮軍の装輪装甲車や装甲兵車は路上で次々と撃破され、元いた位置まで、大損害を被って押し返されている。

ただ、日本側は押し返しはしたが、それ以上の攻撃を抑制して様子見に留めている。

その一方で、統一朝鮮軍師団本隊と第三人民軍自動車化歩兵連隊戦闘団の間に、米第2歩兵師団ストライカー歩兵旅団と重装備旅団が立ち塞がり、完全に連携を切断していた。

この段階において、多国籍軍司令部が計画した例の〝モッティ〟戦術は、確実に効果をあげていた。そして寸断された〝薪〟の中で、最初に壊滅したのは、第三人民軍自動車化歩兵連隊戦闘団であった。

市街地に突入した段階で孤立していた偵察兵大隊との連絡を回復すべく、連隊を指揮する上佐（上級大佐）は強引に突入を図り、手持ちの全兵力を集めて、覚醒剤の薬効を借り強引な夜間の強襲を試みた。

しかし突入を仕掛けた場所にいたのは、突然の強襲に狼狽《うろた》える日本兵の姿ではなかった。機械的に命令に従い、感情を持たずパニックに陥る心配のない、自動人形の群れであった。

このロボット兵たちは、闇の訪れとともに光学／視覚センサーを、夜間仕様の赤外線／熱源探知モードへ自動的に切り替えていた。

さらに補助的には、音響探知で目標との自動測距をおこなう音響測定センサーも併用していた。

つまり熱源探知で相手の姿を捕らえ、音響で彼我の距離を測定して、照準を修正発砲する機能だ。

通常の人間ならば、恐怖を感じて、思考停止するであろう無言無灯での夜襲は、ロボットには、当然、対応可能な戦闘行動の範疇《はんちゅう》に入る。

夜襲をかけた兵士の暗視装置の視界内に浮かび上がった人影は、怯えた様子もなく、速やかに、こちらの方を向くと携行する銃を構えて、間髪をいれず正確に射撃を加えてくる。

この射撃を受けて、先頭の数名が倒れる。後続の分隊が慌てて地面に伏せ、伏射の姿勢で銃撃を開始したが、相手は伏せる様子もなく、立射で応戦する。

相手は、着用している軍服の耐弾効果が完璧なのか、何発か命中しているにもかかわらず、依然として立ったまま応戦を続ける。

地面に伏した状態の伏射に比べ、立ったままの立射の方が、視界も広く、射角も自由が利き、さらに相手を見下ろす位置から射撃ができるので有利だ。

ただ伏射の相手から見れば、立射の相手は恰好の標的だった。

しかし伏射中の兵士たちは、奇妙なことに気づいた。立射する日本兵は、何発命中させても、倒れる者がいないのだ。

機関銃の一連射に見舞われた敵兵は、腹部に命中した様子で、一度は倒れた。だが間もなく起き上がると、何事もなかったように、突撃銃の弾倉を交換し、機関銃に向かって正確な照準で発砲をはじめた。

「あれは人間ではない、噂に聞いた日本製の精密な自動人形だ。人間ならば、いくら完璧な耐弾ベストでも、機関銃弾の一連射を食らえば、その衝撃と激しい痛みでしばらくは動きが取れないはずだ」

中隊を率いる李上尉が、ようやくこの事態に思い当たったが、すべては遅すぎた。

伏射を続けている部下の多くが、立射を続ける〝傀儡〟から、無防備な身体を狙われて、次々と被弾死傷していたからだ。

統一朝鮮軍の採用していた耐弾ベストは、正面からの被弾には一応、防弾効果がある。

ところが、その構造上から背面の結合箇所の耐弾強度が予想以上に不足していた。日米の耐弾ベストと比較した場合、徹甲弾が命中すると容易に貫通する弱点が、以前より指摘されていた。

日本軍の〝傀儡〟が立射にこだわったのは、この耐弾ベストの背部の強度不足を狙ったからである。

一定角度で着弾した徹甲弾の弾頭がベストの背面に突入すると、セラミック製の防弾板が割れて、致命的な影響を与えることが判明していた。

指揮官が交戦中の相手はロボットだと判ったときには、もはや手遅れ状態で、統一朝鮮軍の前衛中隊の半数以上が背中を貫通されて、戦闘不能になっていた。

「分隊機関銃は弾幕射撃をおこない、敵の自動人形を足止めしろ。

生き残った者は遺体から弾薬や手榴弾を回収して撤退せよ！」

強行突破は無理だと判断した李上尉は、自分の率いる中隊だけでなく、すでに指揮官が戦死したほかの二個中隊を合わせて、後方への撤退を決断した。

しかしその命令で、無事に後退できた兵員の数は半数以下にすぎなかった。夜襲を仕掛けた大隊（三個小銃中隊基幹）のうち、後方の戦線まで無事に後退できた者を集めてみると、一個小銃中隊を編成するのがやっとであった。

「人民軍の精鋭と称えられた我が第一軽歩兵部隊が、わずか三〇分の戦闘で三割しか残っていないというのか……」

李上尉は思わずため息をついた。

そのうちに李上尉は、大隊長の白《ペク》少校に報告しなければならないことに気づいた。

白大隊長は、予備に一個中隊や重火器中隊とともに大隊本部小隊を率いて、後方の建物に陣取っているはずだ。

計画では李上尉の率いる突撃中隊が、ほかの中隊とともに敵の戦線を突破したあと、予備隊を率いて陣地の補強に駆けつけて、連隊の主力が到着するまで現在地点を確保するのが役目であった。

しかし、いくら無線通話で呼びかけても、大隊本部からの反応はなかった。

李上尉は本部と連絡が取れない状況で、新たな命令を受けられずに、現在位置を確保したまま留まるしかなかった。

そのとき、後方から、顔見知りの曹長が数名の部下を引き連れて現れた。

「報告します。正体不明の多脚装甲兵器の襲撃を受けて、大隊本部は壊滅。予備中隊及び重火器中隊は全滅、白大隊長と張政治指導員は戦死。

部隊は全重火器、弾薬を喪失しました。

白大隊長は、絶命される直前に、指揮権を第一突撃中隊先任指揮官の李上尉に委譲するとの伝言を私に託されました」

李上尉は、突然の話に今の置かれた状況が呑み込めずに、しばし沈黙したが、その直後に後方の連隊本部との間に有線電話が通じた。

このとき、統一朝鮮軍の無線通信は、多国籍軍の電子戦により、全周波数帯が使用不能だった。

唯一、支障なく使えるのは、昔ながらの電話線で通話する有線式野戦電話だけであった。

李上尉は、大隊の置かれた危機的状況を報告しようと、塹壕の中で受話器を手にしたが、耳元で聞こえたのは、けたたましく激しい戦闘音であった。

「こちらは連隊本部、連隊長及び連隊政治員は戦死、参謀は重傷。

本部は、有力なる敵部隊の包囲下にあり、我が軍の被害甚大、車両や重装備の大部分を喪失。各隊は指揮官の独自判断で行動し、敵の包囲網より脱出せよ。

統一朝鮮共和国万歳……」

手榴弾の爆発音を残して、野戦電話は途切れた。

そして李上尉は、敵の罠に飛び込んだのは、前衛部隊の自分たちだけでなく、この人民軍歩兵連隊のすべてであったことを察した。

「敵は我々が都市に立て籠もる持久戦を選ぶよりも、逃げ道を開けて脱出することを予測して、そこにあらかじめ罠を張り、待ち構えていたのだ。

愚かにも、我が軍師団上層部は、その退路を罠とは見抜けず、頭から突っ込んで、抜け出す暇もなく、文字どおり八つ裂きにされてしまったというわけだ」

絶望した李上尉が、腰のホルスターから支給品の大宇DP51拳銃を引き抜き、震える手で安全装置を外し、初弾を装填すると、覚悟を決めた。

鉄帽を跳ね上げて、銃口を自分のこめかみに当てると目を瞑《つむ》り、静かに引き金を引こうとした。だが次の瞬間、間近で迫撃砲弾が炸裂して、その爆風で右手の拳銃が弾き飛ばされ、李上尉の意識は途切れた。

李上尉が意識を取り戻したのは、野戦病院の天幕の中であった。

祖国の降伏と戦争終結を聞いたのは、ウラジオストックの野戦病院のベッドの上であった。

それが元朝鮮人民軍軽歩兵科上尉、李萬鉄の戦争終結であった。

10

ソウルの青瓦台にある朝鮮自治区主席官邸（旧大韓民国大統領官邸）の地下室では、極秘の会議が開かれていた。

会議を主催したのは、朝鮮自治区人民政府副主席の肩書きを持つ、朴槿恵元大統領だった。

この秘密会議は、北京が青瓦台に送り込んできた自治区人民政府主席を含む、中国人顧問らには一切秘密でおこなわれていた。

会議の席上、最初に口火を切ったのは、朴槿恵本人であった。

「我々は中国共産党政府の甘言に釣られ、米国との友好関係を破棄してまで、我が祖国朝鮮の平和統合を承諾した。

その北部統合後に、我が統一朝鮮が経済危機に陥ると、中国は経済支援を口実にして、中華人民共和国の基軸通貨〝人民元〟への切り替えを要求した。

我が国は、国家の破綻を避けるために、その要求を受け入れるほかに、選択肢はなかった」

会議の出席者は、一様に、副主席の発言に頷いていたが、第三者の立場の者が聞けば、なんとも都合のいい自己弁護にも聞こえた。

韓国語を英語に翻訳した録音を聞いていると、アメリカの国務長官は、このあまりにも自己弁護的な元韓国大統領の言い訳を聞かされて、正直嫌気がさしてきた。

「韓国人の自己中心的な発想と外交姿勢には、辟易《へきえき》する」

と、国務長官は一人呟いた。

中国と日米を両天秤にかけて、勢いのいい中国側につくという致命的な外交判断のミスを犯した当事者本人から、その弁解めいた発言を聞くと、正直言って怒りがこみ上げてくる。

「日本の外務大臣が、歴代の韓国政府の外交姿勢を嫌う理由が、今回の盗聴記録で、じつによく理解できた。奴らは交渉のたびに、自分らの都合のいい位置に、平気でゴールポストを動かして、平然としている」

国務長官は、そのときの日本側外相の顔を思い出した。怒りを鎮めるために、執務机の引き出しから、年代物のウイスキーを取り出した。

その瓶に張られたラベルをよく見ると、墨痕《ぼっこん》鮮やかな漢字で〝余市〟と記されてある。このウイスキーは名品で、ネット通販でも容易には手に入らない絶品の日本産シングル・モルトだ。

大統領から国務長官に指名されたお祝いに、親しい駐米日本大使が、わざわざ日本のメーカーから取り寄せて、持参してくれたのだ。

彼の話によれば親族の一人が、創業家の一族から妻をもらっており、その伝で内々に頼み込んだという。

贈られたウイスキーとともに贈答用の箱に入っていたのは、特注の職人手製の江戸切り子のカットグラスだ。

その伝統工芸のグラスにウイスキーを指三本分まで注ぐと、一気に呷《あお》った。

このウイスキーは、じつに滑らかで心地良い喉越しだが、食道から胃の腑に落ちるころには、酒精とともにシングル・モルト独特のスモーキーな香りが、喉から鼻に抜けていく。

「悪くない酒だ。この酒を蒸溜した職人の気構えと至高を目指す飽くなき執念が窺える。このウイスキーと同様に、日本人は馬鹿真面目で、中途半端を嫌い品質では妥協を知らない」

そのとき、卓上に置かれた地球儀に目がとまった。その視線が向かった場所は、極東《ファー》アジア《イースト》地域で、頭痛の種である日本列島の隣の、盲腸を連想させる形の半島だった。

「しかし朝鮮《コリアン》の連中は、隣人の日本と比べてまさしく正反対だ。あの犬の小便みたいなソウルのビールと同様、いい加減な仕事しかしない上に、平気で手抜きをして、他人を騙すことしか考えない、街頭で観光客を相手にするボッタクリ商人みたいな連中だ」

国務次官補時代、韓国外交部を相手の交渉事は、いつも日本以上に厄介だった。日本の役人が相手のときにも、交渉の席ではさまざまな駆け引きをして、自国の国益を維持しようとする。

しかし一度交渉が妥結したなら、決して約束を違えたり、誤魔化したりせず、真摯《しんし》な態度で励行しようとする。

だが相手が韓国や北朝鮮のように、朝鮮半島の住民が交渉相手の場合、決して油断はできない。

「北朝鮮が相手のときは、交渉が妥結しても安心はするな。寝るときも片目だけは開けておけ」

そう先輩外交官が、新人研修のときにレクチャーしていたことを思い出した。

自己弁護と言うよりも、日中ロと強国の狭間で生きてきた半島民族の常として、自己正当化に長《た》けた連中なのだ。

確か日本の外交用語に〝幇間《ほうかん》外交〟という、朝鮮半島の二カ国の外交姿勢を揶揄《やゆ》した単語がある。

この〝幇間〟とは酒宴の席で、欧州の王宮にいた道化役のピエロのように、周囲に笑いを提供して、宴席を盛り上げる芸人のことだ。

ロシアと中国に、米国と中国、常に二大強国の狭間で生きる朝鮮半島の二カ国は、海によって大陸と隔たれ、時にはその島内に籠もることで、独立を維持してきた日本に比べて、わずか一本の河川で大国と隔てられているにすぎない。

その時々の時勢に反応し、時には見苦しく、時には小賢《こざか》しく立ち回ることで、独立を維持してきた歴史がある。

それにしてもこの盗聴録音を聞く限り、今回の対応は、あまりにも不誠実で、打算的そのものだ。

国務長官は録音を聞き続ける。

「中国ももはや限界だから、早めに降伏して、多国籍軍の中国侵攻を手引きした方が、有利であろう」

「この際、早々に中国を裏切り、満州侵攻の手助けを申し出れば、多国籍軍との休戦講和の際に、遼東半島や牡丹江一帯の朝鮮領編入を、米ロ両国に要求できるかもしれない」

「我々が外交取引で、それだけの成果をあげれば、たとえ独島を日本に返還することになっても、当面は国民を納得させられるかもしれないでしょう」

最後の言葉は、会議の締め括《くく》りに、朴副主席本人が述べた本音であった。

国務長官は、もう一度録音データを再生して聞き直すと、最後にこのように呟いた。

「あの連中は……浅薄な判断で我々を裏切っただけでなく、今回は落ち目の中国を見限って、我々の側に宗主国を売る密談をしているとは……じつに呆《あき》れ果てる」

この会議に出席している朝鮮人政治家らは、あまりにも米国の情報収集能力を軽視しすぎていた。

米国政府にとって、韓国人と韓国政府が信頼できないことは、初代大統領李承晩のころからじつによく判っていた。

だから歴代の米国政府と在韓米軍は、韓国軍と政府の監視を常に怠らなかったのだ。

じつは愚かにも盧泰愚《ノテウ》大統領の時代に、韓国大統領府は米国企業に、この秘密会議が開かれた場所である地下の司令部の設計建築を依頼していた。

そこで設計と施工を担当したＣＩＡ傘下の企業が、防音盗聴防止システムの中に、この特殊盗聴機能ユニットを秘密裏に埋め込んでいたのだ。

当時は、この地下司令部での会話はすべて、ソウル近郊の龍山《ヨンサン》米軍駐屯地かソウルの米国大使館で傍受されていた。

しかし在韓米軍の廃止が決まり、朝鮮半島の統一と引き替えに中国への編入が決まった時期に、米国ＮＳＡは発見されやすい地上回線を使わずに、直接衛星軌道上の静止通信衛星を中継して傍受するシステムに切り替えていたのだ。

その意味で日本では、すべての会議や会合を盗聴や録音されていることを前提に、言質《げんち》となる明言は極力避けて、メモや極秘文書での遣《や》り取りに終始して、本音は容易にあかさない。

日本では〝沈黙は金なり〟という武士の時代に生まれた金言を、今でも多くの政治家や官僚たちは頑固に信じている者が多いという。

よく喋る社交的な人間は〝口が軽い〟と言われて、信頼性に欠けると見なされる傾向もある。

中でも政治家や官僚の多くは、交渉の際には対外的な〝建前〟と、組織や国益に関する〝本音〟とを意識的に使い分けて話す傾向が強い。

特に官僚らは本音と建て前とを、会議の席でも巧みに使い分ける。

その点では韓国人の気質はまったく違う。

韓国の政治家や官僚たちは、国際会議の席上で、感情の抑制ができずに、口角《こうかく》泡を飛ばす白熱した激論に、すぐに発展する。

それは国家の方針を左右する閣僚会議でも同様で、閣僚は大統領の前でも、しばしば感情の抑制がきかずに、平気で激昂して、相手に対しても本音を口にする。

だから日本を盗聴した記録では、さっぱり要領が摑めないばかりか、逆に混乱する。

その点、韓国や朝鮮の会議は丸判りで、即座に全体が把握できる。

そしてこの会議の最後にボソボソとした口調で喋った朴副主席の発言は、決定的であった。

この一言で統一朝鮮政府は自国の独立と安全保障を条件に、北京を裏切り、早期講和を申し出ようとしていることが理解できた。

しかも虫のいいことに、日韓係争地の独島（竹島）を日本に譲渡する条件として、新たな要求をするつもりだ。

具体的には、中国東北部（旧満州）の朝鮮族が居住する自治区や自治県を朝鮮領へ編入することだ。

「中国が優勢だとみるや中国に接近して、ロシア侵攻の先兵を務め、今度は多国籍軍が優位だとみるや早々に中国を見限る相談をする。とことんコリアは信用できない連中だなぁ」

国務長官はグラスを空にすると、この報告書を早速、明日にでも大統領に提出することに決めた。

ただし、この報告をすると、その場でどのような対抗策をとるのか、意見を求められそうだ。そのとき、妙案が頭に浮かんだ。

「なにも我々が、今回は手を汚すことはない。逆にこの情報を中国に漏らせば、習近平の性格からして、当然その背信行為に激怒して、その場で懲罰行動に出るに違いない」

そんな策略を思いついたが、その直後に、習近平が報復の範囲を朝鮮半島だけに限定しない事実に思い当たった。

「朝鮮半島だけに目標を絞れば、その攻撃が、はっきり懲罰目的だと判明する。だから朝鮮半島と同時に、日本国内の基地や都市にも限定的な攻撃を加えるに違いない」

そこで国務長官は、日本政府に対して、限定的な弾道弾攻撃を想定したＡＢＭの態勢を早期に整えるように、極秘の外交ルートを通じて提案することにした。

じつは国防総省は日本の防衛省や科学技術省との共同研究で、発電用民間原発を動力源とする、次世代のABM兵器システム開発を、密かに進めていた。

日米合同研究が実を結び、その実用試作に必要な基本技術は完成していた。

当初、防衛省技術本部では、すぐに日米合同の開発計画に着手する予定であった。

だが与党自民党が総選挙で大敗したために、その研究開発計画は、日米双方の合意で凍結された。

そして民主党政権の三年間は、日本での計画は見送られ、基礎研究と研究試作は、機密保持の観点から米国内限定でおこなわれた。

それは当時の民主党関係者の中には、あきらかに中国政府と中国共産党首脳部との関係を誇示するような人物が、きわめて多かったからだ。

しかし東日本大震災の処理のまずさを指摘された民主党政権が、総選挙で大敗したことで、それまで下野していた自民党が政権の座に返り咲いた。

第二次内閣を組閣した安倍首相が、記者会見の席で［米国政府が求める先端技術の提供］を口にした。

これが次世代のABM計画とも言われる〝エネルギー兵器〟の研究開発再開の、日本側のGOサインであった。

すでに米国は、航空機や艦船搭載の高出力レーザー・ビーム兵器や、電磁加速砲(レール・ガン)を開発していたが、当時の日本が実用化を目指したものは、従来のABMに代わる高性能長射程、高速連射可能なエネルギー兵器であった。

米国では電力自由化の影響を受けて、多くの電力企業が、採算性の低い原子力発電所の建設を中止している。また多くの電力企業では、既存の原発を修理しながら寿命一杯まで稼働させる方針であった。

そのために、この計画に基づいた高出力エネルギー兵器の運用試験に適した施設の改装工事は、設備やコスト面でもできなかった。

つまり国防総省が米国内でできるのは、原発施設を使わない中出力で近距離射程のビーム兵器やレール・ガンの試作実験装置に限定されていた。

そこで日本側が原発自体を電源にして、長射程広範囲の高出力レーザー・ビーム砲、あるいは電磁加速砲を国内各地に配備することにした。

また、米軍宇宙防空司令部が、弾道弾早期警戒網によって発する緊急警報を、日本国内でも国産監視衛星で、米国とほぼ同時に受け取る態勢を整えた。

情報本部管轄下の国産監視衛星の監視対象は、北朝鮮及び中国大陸、さらには日本近海で発射が確認された潜水艦搭載弾道弾及び危険度の高い艦載・航空機搭載の巡航ミサイルである。

この発射が確認された場合は、即座に発射弾数と予定飛翔高度、航跡などのデータが入力され、国内のスーパー・コンピューターで想定着弾目標を含む詳細な計算データが算出され、通報される。

飛来するミサイルへは、その到達距離、邀撃猶予時間、被害想定範囲、脅威度などから、邀撃手段が決定される。

邀撃が遠方や高高度の場合は、日本近海に配置された日米のイージス・システム搭載艦が、ＢＭＤ（ミサイル防衛）任務についており、搭載するスタンダードＳＭ３で邀撃する。

だが目標が、近距離や低高度または陸地に接近していると判断された場合には、陸上配備のＰＡＣ３／３ＭＳＥで邀撃する。

なお今回新たに日米で研究開発がおこなわれた次世代の先端兵器は、陸上配備の移動式固定兵器として開発され、原発の敷地内に配備される。

こうして付近の原発から直接供給された電気エネルギーにより、この二種類の高エネルギー兵器は、沿岸部一帯を中近距離の射程で、ほぼ完璧にカバーできる。

日本国内に点在する原発の立地は、海に近い場所が選定されている。これは核燃料の搬入を安全な海上からおこない、冷却を海水に頼るためで、それゆえに、海沿いの平坦な地域に集中している。

この沿岸部に建設された原発が攻撃された場合、核汚染を含む甚大な被害をもたらすのは、東日本大震災直後の福島第一原発の事故を見れば一目瞭然である。

したがって諸外国との間に紛争が起きれば、真っ先に攻撃対象として狙われるのは、こうした沿岸部の原子炉と原発施設である。

海上から日本に接近する弾道弾や巡航ミサイルは、理論的にはすべてこの原発のそばに配備される予定の二種類の高エネルギー兵器の射程内に入ることになる。

日本政府は東日本大震災の教訓から、各地の原発施設や既存の原子炉の強度を根本的に見直して、設備を大幅に補強する工事を急いでいた。

この新型先端兵器の運用を前提にした動力配線を、変電装置を経由して直接引き込む作業は、この工事の一環として緊急におこなわれている。

しかもこの作業を迅速におこなうには、原発を運転休止状態にする必要があった。

福島第一原発の事故後、世論が〝原発の稼動、ゼロ〟を求めた時期が続いた。そこで日本政府は、この休止期間を意図的に利用して、ほぼ全国規模で一斉にこの工事に着手している。

こうした原発再稼働までの約三年間に、国内の原発すべての強化工事と並行して、先端兵器の接続設備工事を実施した。

つまり安倍政権が原発再稼働を急いだ背景には、日米共同研究開発の二種類の先端兵器の実用配備計画が存在していた。

エピローグ

日米の共同研究開発計画によれば、この原発利用の高エネルギー兵器の実戦配備と運用試験は、次のような優先順位がつけられていた。

まず最優先は、地理的に中国や北朝鮮と対峙する可能性が高い、九州一円（九州電力）、中国地方（中国電力）、近畿一円（関西電力）及び日本海沿岸地域（北陸電力）であった。

配備計画では、それらが完了した時点で、東海地域（中部電力）、関東地域（東京電力）、四国（四国電力）及び北海道（北海道電力）の順で、徐々に範囲を拡大する。

そして最後に、東日本大震災の復興作業が一段落した東北地域（東北電力）で完了する予定だ。

もっともこの計画から唯一外れる地域は、域内原発が皆無の沖縄県である。

そこで沖縄の防衛を担当する米軍は、緊急時には第7艦隊所属の原潜を沖縄に回航して、米空軍の嘉手納基地に配備してある牽引式電磁加速砲と高出力レーザー・ビーム砲に接続して、沖縄本島全域をカバーする防衛計画を立てていた。

また長崎県の対馬と壱岐、さらに新潟県の佐渡には、これらのシステムを緊急空輸して、現地の航空国防軍管轄の航空警戒レーダー・サイトの敷地に配備する予定であった。

しかもこうした島々には、事前に本土から敷設ずみの超伝導方式の海底電力ケーブルを通じて電力を供給し、先端エネルギー兵器を稼働させる計画であった。

さらに日米台の三カ国の共同防衛計画によれば、日米は、この先端兵器の全国展開が終了した時点で、日米両政府と台湾政庁との間に、この兵器の貸与と技術供与に関する秘密協定を締結する。

従来の日米同盟では、日本がＡＢＭ専用の固定配備兵器、米国が航空機や艦艇搭載用の兵器の開発を担当すると取り決められた。

それに対して、新たに参加する台湾とイスラエル及びＥＵ諸国は、陸専用の車載及び携行兵器の開発を担当することになる。

なお陸戦兵器に関するアジア地域の開発拠点は、日本の筑波と台湾の新竹《しんちく》に置かれることが、すでに内定している。

またその協定が効力を発揮する前に、沖縄県の先島諸島の島々に日台電力協定に基づき、台湾本土から敷設された海底超伝導ケーブルを通じて、エネルギー兵器への電力供給をおこなう計画であった。

つまり与那国、石垣、宮古、下地島は沖縄本島とは別に、台湾から電力供給を受ける形で、連続発射が可能になる。

こうして大陸から発射された弾道弾や巡航ミサイルを、地対空ミサイル以外にも、確実に中近距離で邀撃できる手段を持つことになる。

もちろん中朝からの弾道弾攻撃を、国内外の領海や領空域で未然に防ぐだけでは意味がない。いくら必死で防いだところで、敵が攻撃の意志を破棄しない限りは、戦争は継続できるからだ。

しかし日本国は憲法上の制約があって、敵国のミサイル発射基地や敵のミサイル搭載潜水艦を阻止攻撃で潰すことはできない。

そこで防御に専念する日本や台湾に代わって、中国の戦争継続の意志を挫《くじ》く役目は、環太平洋同盟諸国の盟主たる米国が担う。

米国は従来のような核弾頭を使わない、心理的な敷居の低い新世代の戦略兵器をすでに準備していた。もっとも米国政府が、そうした〝切り札〟を使うからには、それなりの大義名分が必要であった。

一番手っ取り早いのは、中国が今回の紛争で先制攻撃に核弾頭を使用したという〝事実〟が必要であった。

もっとも同盟国である日本や台湾の国土に、核弾頭を落とすわけにはいかない。日台両国は、そのために米国と同盟を結んだのだ。無論、同盟国が被害を受ければ、米国の世論や議会も黙ってはいない。当然、政府も大統領も厳しく責任を追及される。

そこで国務省と国防総省に関連するシンクタンクが、激しい議論をした結果、全員が文句なしに選んだ〝犠牲の供物〟は、米国だけでなく新たな同盟国中国をも裏切った〝統一朝鮮〟に決定した。

二強国の間を巧みに利用して、〝幇間外交〟を演じていたはずの朴政権は、最後に敵と味方の双方から〝裏切られる〟羽目になったのだ。

中国の公安部サイバー部門が、米国務省の情報バンクの一つを偶然ハッキングした際に、青瓦台に関するNSAの盗聴傍受記録を入手した。

この盗聴記録は、急ぎ中国語訳されて、翌日には中南海の中軍委の定例会議に出席する習近平主席の手元に［関係者閲覧限定］の極秘情報として提出された。

じつはこの情報は、あらかじめ中国側のサイバー部隊向けに、国務省と国防総省のサイバー作戦部門が用意した、貴重な〝餌〟の一つであった。

国務省と国防総省は、中国共産党首脳部に疑心暗鬼を抱かせる意図から、あえて情報網に中国側の電脳侵入が可能な潜入路《バック・ドア》を設けていた。

そこで、国務省やCIAが用意した〝情報〟を紅軍のサイバー部隊に盗ませる作戦を不定期におこなっていた。

そして今回、国務省が用意した〝極上の情報〟を、上海の61398部隊（サイバー部隊）が釣り上げて、中央軍事委員会の元にご注進に及んだというわけだ。

この報告を知って習近平主席の顔色が変わり、中軍委の出席者全員が沈黙したと伝えられた。

そして出た結論は、当然のように〝懲罰〟で、日本と統一朝鮮の主要都市が懲罰攻撃リストにあげられた。

この情報とリストは、その日のうちに、台湾共和国安全部の知るところとなり、総統府の極秘ルートで日米両国政府中枢部に伝達された。

台湾側の通告どおりの時間に、遼寧省、吉林省、そして湖南省の三カ所の第二砲兵所属旅団の基地から、車載式のＤＦ21Ｃ（ＪＬ１）中距離弾道弾の発射が、静止軌道上の日米の監視衛星により、確認された。

このＤＦ21Ｃの原型は、中国海軍が〝夏〟型ミサイル原潜用に開発した潜水艦発射弾道弾ＳＬＢＭの陸上転用型で、即応性は高いが、反面で有効射程が短いのが特徴である。

このタイプの弾道弾を使ったということは、米本土が攻撃目標ではないことを米国側にアピールするのが、中国側の隠された意図だと米国は判断した。

しかし、このＤＦ21Ｃは領空を出た途端に、中国の識別空域外で待機中の米空軍ＡＬＴＢ（空中発射レーザー邀撃機）から攻撃を受けた。

この最初の段階で、上昇飛行中だったＤＦ21Ｃは、一五パーセントが撃破されている。

しかもこのＤＦ21Ｃの捕捉データや飛翔針路は情報ネット上で共有され、公海上で待機中の日米のイージス駆逐艦のシステムに転送されて、邀撃空域に入り次第、即座にスタンダードＳＭ３が連続発射されている。

こうして水平飛行段階に移行した直後のＤＦ21Ｃは、全体の三五～四〇パーセント近くが破壊されて、公海上に残骸が四散した。

そして水平飛行の後半から、突入段階までを確実にカバーして、残存数の九〇パーセント以上を連続撃破したのは、この沿岸部に配備された電磁加速砲と高出力レーザー・ビーム砲であった。これらの兵器はともに誘導不用な光学照準で、飛行中の目標を視認捕捉すれば、空中で確実に撃破できるのだから、高い命中率を誇るのは言うまでもない。

電磁加速砲は、炸薬を詰めた砲弾ではなく、金属製の実体弾を発射して、レーザー光線と同様に、目標を確実に捕捉貫通して破壊した。

国防軍が念のために、都市や基地などの拠点防衛用に配備した二種類のＳＡＭ、具体的には近距離局地防空用のＰＡＣ３ＳＡＭや新型のＴＨＡＡＤ、そして〇三式中距離ＳＡＭ部隊には、ほとんどその出番はなかった。

中国大陸から発射され、日本国内に着弾爆発した弾道弾は皆無であった。

ただ、日本では迎撃成功を〝確認〟できなかったＤＦ21Ｃ核弾道弾が複数発存在した。

やがて米軍の偵察衛星が、この着弾と地上での核爆発を確認して、その鮮明な被害映像を地上のＮＳＡへ送ってきた。

それによれば、中国製のＤＦ21Ｃが着弾、二五キロトン相当の核弾頭が炸裂した場所は、以下のとおりである。

朝鮮北部では平壌《ピョンヤン》、清津《チョンジン》、開城《ケソン》、南部では京城《ソウル》、仁川《インチョン》、大田《テジョン》、大邱《テグー》、釜山《プサン》などの朝鮮半島の主要都市が、軒並み核攻撃を受けている。

韓国が中国側についた時点で、米国からのイージス・ミサイル・システムやＡＢＭ邀撃用ＰＡＣ２パトリオットの消耗部品の供給やプログラムの更新は、事実上、途絶されていた。

統一朝鮮政府は、国産の最新邀撃システムを配備することで、半島の防空は完璧だと国内外に宣伝していたが、それはまったくの虚像であった。

核攻撃の結果はじつに皮肉だった。充分な邀撃態勢を整えていた日本は、完璧に中国側の弾道弾攻撃を防ぎ切った。

これに対して、伝統的な二股外交政策で自己保全を図った統一朝鮮は、米中両国の相互不信と敵意を真正面から受けることになった。

その結果として、南北の主要都市八カ所が核攻撃を受けて壊滅的な打撃を被り、経済的被害は、朝鮮半島自治区の存立自体を危うくしていた。

一方日本政府は、日米間で密かに研究を続けていた次世代ＡＢＭシステムの有用性が実戦で証明され、それと同時に隣接する台湾にも、この先端防衛システム技術を供与することを、公式に発表した。

さらに先進的防衛システムの完成で、核報復戦力だけに依存する従来型の軍事強国中ロ両国に対しても、強い発言力を持つに至った。

そして二カ月後、日米中ロの四カ国は、戦争で荒廃した朝鮮半島を非核化安全地域とすることで合意した。その上で、新たな自治権が保障された〝自由都市香港〟で、暫定休戦協定を締結した。

なお核攻撃で大勢の死傷者を出し、都市自体が荒廃した朝鮮半島は、暫定的に〝非武装中立地域〟として、国連の管理下に置かれることになった。

そして国連事務局の要請により、今回の紛争では無関係の環太平洋諸国から、豪州軍を主体とするアンザック（ＡＮＺＡＣ）諸国部隊と、北米カナダ国防軍部隊が国連平和維持軍として、朝鮮半島に進駐することになった。

また国境の隣接する中ロ両国は、こうした国連平和維持軍ＰＫＦ部隊に対して、海陸からの輸送補給手段を提供することになった。

その一方で、今回の紛争で唯一、核攻撃を受けて荒廃した朝鮮半島から流入した、大量の難民により、中ロ両国は新たな難民問題としての火種を抱えることになった。

（中国軍壊滅大作戦　了）

コスミック文庫

中国軍壊滅大作戦《ちゅうごくぐんかいめつだいさくせん》

【著 者】
高貫布士《たかぬきのぶひと》

【発行者】
杉原葉子

【発 行】
株式会社コスミック出版
〒154-0002 東京都世田谷区下馬 6-15-4
代表 TEL.03(5432)7081
営業 TEL.03(5432)7084
FAX.03(5432)7088
編集 TEL.03(5432)7086
FAX.03(5432)7090

【ホームページ】
http://www.cosmicpub.com/

【振替口座】
00110-8-611382

【印刷/製本】
中央精版印刷株式会社